Barry Eisler

Barry Eisler a travaillé comme agent de terrain à la CIA, puis a vécu au Japon, où il a obtenu la ceinture noire au Centre International de Judo Kodokan. La série des aventures de John Rain, tueur à gages mi-japonais mi-américain, a remporté le prix Barry et le prix Gumshoe et a figuré dans de nombreuses listes de best-sellers. Ses livres sont traduits dans une vingtaine de langues et font actuellement l'objet d'une adaptation cinématographique par Sony Pictures – le film, avec Gary Oldman, est actuellement en cours de tournage au Japon.

Retrouvez l'actualité de Barry Eisler sur :
www.barryeisler.com

TOKYO BLUES

DU MÊME AUTEUR
CHEZ POCKET

Dans la série John Rain :

TOKYO BLUES
MACAO BLUES
UNE TRAQUE IMPITOYABLE (OCTOBRE 2008)

BARRY EISLER

TOKYO BLUES

Traduit de l'américain
par Pascale Haas

BELFOND

Titre original :
HARD RAIN
publié par G. P. Putnam's Sons, a member of
Penguin Group (USA) Inc., New York

Ce livre est une œuvre de fiction. Les noms, les personnages, les lieux et les événements sont le fruit de l'imagination de l'auteur ou utilisés fictivement, et toute ressemblance avec des personnes réelles, vivantes ou mortes, des établissements d'affaires, des événements ou des lieux serait pure coïncidence.

ISBN 978-2-266-15819-0

Pour Emma,
Qui fait chanter mon cœur

Fleurs de cerisier dans le soir.
Je glisse la pierre d'encre dans mon kimono,
Pour la dernière fois.

Ultime poème écrit
par KAISHÔ avant sa mort, 1914

PREMIÈRE PARTIE

Ô combien je pleurerais ma vie
Si je ne savais pas
Que je suis déjà mort.

Dernières paroles d'Ôta DÔKAN,
Expert en arts militaires et poète, 1486

1

Toute ironie mise à part, il faut avouer que tuer un type dans sa propre salle de gym présente pas mal d'avantages.

La cible était un yakuza, un dingue de la fonte dénommé Ishihara qui s'entraînait tous les jours dans son club de Roppongi, l'un des quartiers de divertissements de Tokyo. Tatsu m'ayant demandé de faire passer le meurtre pour une mort naturelle, comme d'habitude, j'étais ravi de travailler dans un lieu où il n'était pas impensable de succomber à une rupture d'anévrisme due à un effort intense, de faire une chute malencontreuse sur une barre en acier, ou d'être victime d'un incident tragique en manipulant l'un ou l'autre des appareils compliqués.

L'une de ces éventualités risquait même de se retrouver immortalisée sur les notices que les avocats d'entreprise ne manqueraient pas de faire figurer sur la prochaine génération de matériel d'entraînement, afin de signaler un usage détourné pour lequel la machine n'était pas prévue et dont le fabricant ne saurait en aucun cas être tenu responsable. Au fil des ans, mon travail a fait de moi le destinataire anonyme d'au moins deux hommages des législateurs – l'un sur un pont qui traverse les eaux polluées de la Sumida, où un certain politicien s'est noyé en 1982 (« Attention ! Ne pas enjamber la balustrade ») ; l'autre, dix ans plus tard, suite à l'électrocution d'un banquier particulièrement zélé, sur les cartons d'emballage des sèche-cheveux (« Attention ! Ne pas utiliser dans le bain »).

Autre aspect pratique du club de gym, je n'aurais pas à me soucier des empreintes. Au Japon, où changer de tenue constitue un passe-temps national, il ne viendrait pas plus à l'idée d'un haltérophile de soulever de la fonte sans enfiler de beaux gants rembourrés qu'à un politicien d'empocher un pot-de-vin en caleçon. En ce doux printemps précoce pour Tokyo – annonciateur, disait-on, d'une superbe saison pour les cerisiers en fleur –, où d'autre que dans une salle de gym un homme portant des gants serait-il passé inaperçu ?

Dans ma partie, ne pas se faire remarquer représente la moitié du boulot. Les gens émettent des signaux – langage du corps, démarche, vêtements, expression du visage, posture, attitude, discours, manières – qui disent d'où ils viennent, ce qu'ils font, qui ils sont. Et, plus important, s'ils se fondent dans le paysage. Parce que si ce n'est pas le cas, la cible vous repérera, après quoi vous ne pourrez plus vous rapprocher suffisamment pour agir comme il se doit. Ou le rare flic non corrompu du quartier vous remarquera, et vous devrez vous répandre en longues explications. Ou bien ce sera une équipe de contre-surveillance, et alors là – bravo ! – c'est vous qui deviendrez la cible.

Mais si vous êtes attentif, vous commencez à comprendre que les signaux identificateurs relèvent d'une science et non d'un art. Observation, imitation, acquisition. Au bout d'un moment, vous serez capable de filer n'importe quelle cible dans n'importe quel environnement et de rester anonyme.

Pour moi, garder l'anonymat au Japon n'était guère facile, vu que mes origines étaient de notoriété publique et m'avaient valu des moqueries dès le jardin d'enfants. Mais aujourd'hui, à moins de le savoir, vous auriez du mal à déceler la moindre origine caucasienne sur mon visage. Ma mère, américaine, ne s'en serait nullement offusquée. Elle avait toujours voulu que je m'intègre dans ce pays et était enchantée que les traits japonais de mon père l'aient emporté dès le départ, dans la lutte que les gènes se livrent pour la domination. Et puis l'opération de chirurgie plastique que j'avais subie à mon retour au Japon, après ma virée avec les Forces spéciales américaines au Vietnam, complétait largement le travail que le hasard et la nature avaient amorcé.

L'histoire que mes signaux raconteraient au yakuza était simple. Il me voyait depuis peu dans son club, mais, visiblement, j'étais déjà en forme. Je n'avais rien du type entre deux âges qui décide de se mettre à l'haltérophilie pour tenter de retrouver son physique d'étudiant. L'explication la plus plausible serait que je travaillais pour une entreprise qui m'avait muté à Tokyo, et que, puisqu'ils m'avaient installé près de Roppongi, du côté de Minami-Aoyama ou d'Azabu, je devais être quelqu'un de relativement haut placé et de bien payé. Que je m'intéresse au culturisme à ce stade de ma vie laissait supposer des liaisons avec des jeunes femmes, auprès desquelles une allure juvénile peut compenser l'émotion inévitable que leur procure l'idée de coucher avec un homme plus vieux. Il ne s'agissait à vrai dire guère plus que de sexe et d'une illusion d'immortalité en échange de sacs Ferragamo et autres menues compensations propres à de tels arrangements. Toutes choses que le yakuza comprendrait, et même respecterait.

En réalité, ma récente arrivée dans la salle du yakuza n'avait rien à voir avec une mutation d'entreprise – il s'agissait plutôt d'un voyage professionnel. De fait, j'étais à Tokyo pour un boulot. Dès celui-ci terminé, je m'en irais. Certaines choses que j'avais faites du temps où je vivais ici avaient suscité une telle animosité que, même après un an d'absence, il n'était pas impensable que les personnes avec qui j'avais eu maille à partir continuent à me chercher ; un bref séjour était donc tout ce que je pouvais raisonnablement me permettre.

Tatsu m'avait remis un dossier sur le yakuza un mois plus tôt, lorsqu'il m'avait contacté et persuadé d'accepter le boulot. D'après le contenu, j'aurais volontiers conclu que la cible n'était qu'un vulgaire malfrat, mais je me doutais qu'il représentait un peu plus si Tatsu souhaitait le voir éliminé. Je n'avais pas posé de questions. Je voulais juste les détails qui m'aideraient à l'approcher. Tout le reste était superflu.

Dans le dossier figurait le numéro du téléphone portable du yakuza. Je l'avais transmis à Harry qui, en bon pirate informatique qu'il était, avait depuis longtemps pénétré les centres de contrôle du réseau cellulaire des trois opérateurs de téléphone japonais. Ses ordinateurs surveillaient les mouvements du portable du yakuza sur le réseau. Chaque fois que la tour couvrant le secteur du club de gym détectait son numéro, Harry m'appelait.

Ce soir-là, l'appel m'était parvenu juste après huit heures, alors que je lisais dans ma chambre à l'hôtel New Otani, dans le quartier d'Akasaka-Mitsuke. À pareille heure, la salle était fermée, je le savais ; il était donc fort possible que je trouve le yakuza tout seul en train de s'entraîner. Exactement comme je l'espérais.

Ma tenue d'entraînement déjà dans un sac, je franchis la porte quelques minutes à peine après avoir reçu l'appel. Je hélai un taxi à quelques pas de l'hôtel, préférant éviter qu'un portier entende ou se rappelle où j'allais, et cinq minutes plus tard j'arrivais à Roppongi, à l'angle de Roppongi-dori et Gaienhigashi-dori. Emprunter un itinéraire aussi direct me rebutait, ce genre de méthode me laissant une possibilité limitée de vérifier que personne ne me filait. Mais vu le peu de temps dont je disposais pour agir, je décidai de courir le risque.

Depuis plus d'un mois que je surveillais le yakuza, j'avais fini par connaître ses habitudes. J'avais remarqué qu'il aimait varier ses heures d'entraînement, venant au club tantôt de bon matin, tantôt le soir. Sans doute croyait-il qu'être aussi imprévisible le rendait difficile à atteindre.

Il avait à moitié raison. L'imprévisibilité est en effet la clé pour ne pas être une cible facile, à condition d'appliquer le concept dans le temps et dans l'espace. Les demi-mesures comme celles que prenait ce type vous protégeront parfois de certaines personnes, mais ne vous préserveront pas très longtemps de quelqu'un tel que moi.

C'est curieux comme les gens sont capables d'observer des mesures de sécurité adaptées, voire rigoureuses, sur certains plans, et de demeurer vulnérables sur d'autres. Autant fermer la porte à double tour et laisser les fenêtres grandes ouvertes.

Ce phénomène s'explique quelquefois par la peur. Pas tant la peur des contraintes qu'impose la vie quand on veut rester une cible difficile à atteindre que celle des conséquences qui en résultent. Toute protection sérieuse oblige à rompre ses liens avec la société, liens dont la plupart des gens ont autant besoin que d'oxygène. Il faut alors renoncer aux amis, à la famille, à l'amour. Traverser le monde tel un fantôme, détaché des vivants qui vous entourent. Si vous veniez à mourir, disons, renversé par un bus, vous finiriez enterré au fin fond d'un cimetière municipal lugubre, comme un vulgaire anonyme, sans fleurs ni couronnes, sans personne pour verser une larme ! Il est normal, pour ne pas dire souhaitable, d'avoir peur de tout ça.

D'autres fois se manifeste une forme de déni. Itinéraires tortueux, contrôles de sécurité renforcés, dialogue intérieur permanent sur le thème *Et si j'essayais de m'avoir, comment est-ce que je m'y prendrais ?* – tout cela nécessite une réelle acceptation de l'idée qu'il existe quelque part des gens ayant à la fois la motivation et les moyens d'abréger votre temps ici-bas. Cette idée, foncièrement troublante pour le psychisme humain, est un facteur de stress gigantesque, y compris chez les soldats au combat. La première fois qu'ils essuient le feu d'un peu près, beaucoup de gars sont indignés. *Pourquoi est-ce qu'il veut me tuer ?* se demandent-ils. *Qu'est-ce que je lui ai fait ?*

Réfléchissez. Vous est-il déjà arrivé d'être tout seul chez vous et de regarder dans un placard ou sous le lit si un intrus ne s'y cache pas ? Et pourtant, si vous pensiez vraiment qu'un assassin en puissance était tapi là, est-ce que vous vous comporteriez ainsi ? Évidemment pas. Il n'empêche qu'il est plus rassurant d'imaginer le danger de façon purement abstraite et de n'en tenir compte qu'assez mollement. On appelle ça le déni.

Enfin, et c'est le plus évident, il y a la paresse. Qui a le temps ou l'énergie nécessaires pour inspecter la voiture familiale à la recherche d'engins explosifs de fortune chaque fois qu'il prend le volant ? Qui peut se permettre de faire un détour de deux heures par mesure de sécurité pour se rendre là où une route directe conduit en dix minutes ? Qui est prêt à renoncer à aller dans un restaurant ou un bar pour l'unique raison que les seules places disponibles font face au mur et non à la porte d'entrée ?

Simples questions de rhétorique, direz-vous, mais je sais ce que Crazy Jake aurait répondu. *Les vivants*, aurait-il dit. *Et ceux qui comptent le rester.*

Ce qui aboutit à un raisonnement simple et très répandu, j'en suis sûr, chez ceux qui, comme moi, ont déjà ôté des vies. *Si vraiment il avait voulu vivre*, souffle la justification, *je n'aurais pas réussi à l'avoir. Il ne se serait pas autorisé pareille faiblesse, celle-là même qui l'a tué.*

La faiblesse du yakuza était sa passion pour les poids. Qui sait ce qui la nourrissait – une histoire de maltraitance infantile qui lui avait donné envie d'avoir l'air d'un costaud par la suite, la volonté de surmonter le complexe d'être né plus menu que les Occidentaux, une sorte d'érotisme homosexuel refoulé comme celui qui animait Mishima... Ou bien certaines de ces mêmes pulsions qui l'avaient poussé au départ à devenir gangster.

Son obsession n'avait naturellement rien à voir avec la santé. En fait, il était clair que ce type avalait des stéroïdes. Son cou était si épais qu'il aurait pu enfiler une cravate par la tête sans avoir à resserrer le nœud, et il souffrait d'une acné si sévère que l'éclairage cru de la salle, destiné à mettre en valeur avec un maximum d'effet les blessures et entailles que les membres du club infligeaient à leurs corps, projetait des ombres minuscules sur la surface grêlée de son visage. Ses testicules devaient être gros comme des grains de raisin, et sa pression artérielle mettre à rude épreuve son cœur surmené.

Par ailleurs, je l'avais vu piquer une colère aussi subite qu'inexpliquée, autre symptôme de la consommation abusive de stéroïdes. Un soir, quelqu'un que je n'avais encore jamais vu, sans doute l'un des civils qui appréciaient l'endroit et trouvaient que se frotter à des voyous patentés faisait d'eux des gros durs par une sorte de phénomène d'osmose, entreprit de retirer quelques-uns des nombreux disques en fonte fixés sur la barre que le yakuza venait de soulever sur son banc de développé couché. Le gangster s'était éloigné de l'appareil, vraisemblablement le temps d'une pause, et le nouveau avait dû supposer, à tort, qu'il avait terminé. Le type, lui-même assez baraqué, arborait un débardeur en tissu extensible coloré qui laissait admirer un torse et des bras d'haltérophile.

Quelqu'un aurait dû l'avertir. Mais les membres du club se composaient pour l'essentiel de *chinpira* – jeunes yakuzas de bas étage et graines de voyou –, pas vraiment le genre de bons samaritains intéressés par l'idée d'aider leur prochain. De toute façon, il faut être un tantinet stupide pour désassembler une barre sans en demander d'abord l'autorisation. Il y avait bien cent cinquante kilos là-dessus, peut-être plus.

Un habitué poussa le yakuza du coude pour lui montrer ce qui se passait. Ce dernier, accroupi, se redressa en hurlant : « *Orya !* » suffisamment fort pour faire vibrer la vitre au fond de la salle rectangulaire. « Ho, là ! »

Tout le monde leva les yeux de surprise, comme s'il venait d'y avoir une explosion, y compris le nouveau qui avait agi si inconsidérément quelques instants plus tôt. Continuant à éructer et à hurler, le yakuza fonça droit vers l'appareil de musculation, jouant à merveille de sa voix, que ce soit par instinct ou par calcul, pour désorienter sa proie.

Tout en lui – paroles, ton, mouvement et posture – criait : *À l'attaque !* Mais, peur ou déni, le nouveau paraissait trop figé pour s'écarter de la ligne d'assaut. Et bien que tenant un disque de fonte de dix kilos dont les bords étaient nettement plus résistants que la boîte crânienne du gangster, il se contenta d'ouvrir la bouche, sans que l'on puisse décider si c'était de stupéfaction ou pour articuler une vaine et vague excuse.

Fonçant sur sa proie tel un rhinocéros, le yakuza lui envoya un coup d'épaule en plein estomac. Je vis le type se préparer à encaisser le choc suivant, mais, cette fois encore, il ne s'écarta pas de la ligne d'attaque, si bien que sa tentative se révéla inutile. Son agresseur le repoussa contre le mur, puis lui asséna une volée d'uppercuts sur la tête et le cou. D'ores et déjà sonné et fonctionnant en pilotage automatique, le gars lâcha le disque et parvint à lever les bras pour parer quelques coups ; mais l'autre, sans cesser de beugler, balaya d'un geste ce bouclier dérisoire et continua de cogner. Un des coups atterrit sur le côté gauche du cou, pile à l'endroit du sinus carotidien. Aussitôt, le type se mit à vaciller, son système nerveux surcompensant la violence du choc par une diminution de la pression artérielle au niveau du cerveau. Le yakuza, les deux pieds écartés comme s'il maniait une hache pour fendre des bûches, continua à marteler sa victime sur la tête et sur le cou. Le type s'écroula par terre, mais conserva assez de présence d'esprit pour se mettre en boule et se protéger tant bien que mal du déluge de coups de pied qui s'abattait sur lui.

Soufflant, dégoulinant de sueur, le yakuza se pencha pour bloquer la cheville droite du gars prostré entre son biceps énorme et son avant-bras. Je crus un instant qu'il allait lui appliquer une clé de jiu-jitsu et lui briser quelque chose. Au lieu de quoi, il se redressa et traîna la carcasse de l'homme qui gisait face contre terre jusqu'à l'entrée du club, d'où il le balança dans la rue.

Il revint quelques secondes plus tard, seul, et, après avoir pris le temps de reprendre son souffle, regagna sa place sur le banc, sans accorder un regard à quiconque dans la salle. Tout le monde retourna à ses occupations : ses associés, parce qu'ils s'en fichaient ; les civils, parce qu'ils tremblaient de trouille. Comme si de rien n'était, alors que le silence ambiant hurlait tout le contraire.

La partie qui reste sans cesse en alerte à l'arrière-plan de mon cerveau enregistra ce qui apparaissait comme les atouts du yakuza : force brute, expérience de la violence, connaissance des principes d'attaque ininterrompue. À la rubrique points faibles, je notai l'absence de sang-froid, l'essoufflement à l'issue d'un combat pourtant bref et unilatéral, ainsi que des dégâts infligés relativement minimes en dépit de la férocité de l'assaut.

À moins d'être limite sociopathe, ce qui d'un point de vue statistique semblait peu probable, je me doutais qu'il se sentait un poil mal à l'aise par rapport à ce que les autres allaient penser de son coup d'éclat. J'en profitai pour m'approcher du banc et lui demander s'il avait besoin de quelqu'un pour l'encadrer pendant qu'il s'entraînait.

— *Warui na*, me remercia-t-il, rempli de gratitude, je le savais, pour le réconfort que ce simple geste lui procurait.

— *Iya*, répondis-je. Il n'y a pas de quoi.

En me penchant pour l'aider à soulever la barre, je vis qu'il déplaçait cent cinquante-cinq kilos. Il réussit à effectuer deux enchaînements, non sans un léger coup de pouce de ma part la seconde fois. Malgré un taux d'adrénaline encore élevé du fait de sa récente altercation, je pris note mentalement de la force limitée dont il faisait preuve à cet exercice.

Je l'aidai à guider la barre pour la replacer sur les fourches, puis sifflai doucement entre mes dents, marquant de manière un peu théâtrale mon admiration devant tant de force. Lorsqu'il se redressa, j'allai me placer au bout du banc et lui dis que, si jamais il avait besoin de moi, il n'avait qu'à demander. Il me remercia de son air bourru en hochant la tête, et je fis mine de m'éloigner.

Brusquement, je m'arrêtai, comme pour ajouter quelque chose, puis me tournai vers lui.

— Ce type aurait dû s'assurer que vous aviez fini de vous entraîner sur cet appareil, dis-je en japonais. Certaines personnes n'ont vraiment aucune manière. Vous lui avez donné une bonne leçon.

De nouveau, le yakuza acquiesça, ravi de me voir apprécier si judicieusement le service incomparable qu'il venait de rendre à la société en pulvérisant ce pauvre abruti. Je sus alors qu'il n'hésiterait pas à l'occasion à faire appel à moi, son nouvel ami, s'il avait besoin d'un coup de main.

Par exemple ce soir même, espérais-je. Descendant à grands pas Gaienhigashi-dori, je me faufilai entre les passants sur le trottoir bondé, sans prêter attention au vacarme de la circulation, des camionnettes à haut-parleur et du concert de Klaxon, jetant des coups d'œil sur les façades en chrome et en verre pour vérifier que personne ne me suivait. Juste avant l'immeuble Roi Roppongi, je tournai à droite, puis encore à droite dans la rue du club de gym ; là, je m'arrêtai derrière un tas de bicyclettes garées en dépit du bon sens et m'adossai au mur d'un rose incongru d'un café Starbucks, attendant de voir si quelqu'un m'avait filé. Pressées d'aller s'amuser, plusieurs bandes de jeunes fêtards passèrent devant moi, sans même remarquer ma silhouette tapie dans l'ombre. Personne ne déclencha mon radar. Au bout de quelques minutes, je me dirigeai vers le club.

La salle occupait le rez-de-chaussée d'un bâtiment commercial gris, flanqué d'escaliers de secours rouillés et couvert de câbles haute tension qui s'accrochaient à la façade tels des végétaux en décomposition. En face, le parking était rempli de Mercedes aux vitres teintées et équipées de pneus haute performance, symboles du statut de l'élite du pays et de ses criminels, les uns singeant les autres, tous partageant tranquillement les plaisirs de la nuit dans l'univers glauque et clinquant de Roppongi. La rue était éclairée par la lueur indifférente d'un unique réverbère en forme d'arc, dont le pied recouvert de prospectus vantant les multiples services sexuels dispensés dans le quartier évoquait, dans l'ombre de son halo, le long cou d'un oiseau antédiluvien qui perdrait ses plumes malades et frisottées.

Derrière les fenêtres du club, les rideaux étaient tirés, mais j'aperçus la Harley-Davidson V-Rod en aluminium anodisé garée devant, au milieu des motos des banlieusards, semblable à un requin entouré de poissons pilotes. Juste à côté des fenêtres se trouvait l'entrée de l'immeuble. J'essayai de pousser la porte, mais elle était fermée.

Reculant de quelques pas vers les fenêtres, je frappai contre la vitre. Un instant plus tard, les lumières de la salle s'éteignirent. *Sympathique !* me dis-je. Le yakuza avait éteint pour regarder derrière les rideaux sans être vu de l'extérieur. J'attendis patiemment, sachant qu'il m'observait et scrutait la rue.

Les lumières se rallumèrent et, une seconde plus tard, le gangster apparut dans l'entrée de l'immeuble. Il portait un pantalon de jogging gris et un débardeur noir découpé, ainsi que les gants d'haltérophile de rigueur. Visiblement en plein entraînement.

Dès qu'il ouvrit la porte, ses yeux se mirent à la recherche d'un éventuel danger pouvant surgir de la rue, au lieu de voir qu'il était là, juste sous son nez.

— *Shimatterun da yo*, me dit-il. C'est fermé.

— Je sais, dis-je en japonais, levant les paumes en avant, dans un geste d'apaisement. J'espérais bien trouver quelqu'un. Je comptais passer plus tôt, mais j'ai été retenu. Je peux m'entraîner un peu ? Le temps que vous ayez terminé, pas plus.

Le yakuza hésita, haussa les épaules et tourna les talons. Je le suivis dans le hall, puis dans la salle.

— Vous allez vous entraîner encore combien de temps ? m'informai-je.

Après avoir posé mon sac, je retirai mon pantalon de ville, ma chemise bleue en oxford et mon blazer marine. J'avais déjà enfilé mes gants, comme je le faisais systématiquement avant de venir au club, détail que le yakuza ne semblait pas avoir remarqué.

— C'est pour mieux minuter mes exercices, ajoutai-je.

Il s'avança vers l'appareil de squats.

— Entre quarante-cinq minutes et une heure, répondit-il en prenant place sous la barre.

Des squats. C'était en général ce qu'il faisait quand il avait fini au banc de presse. *Merde !*

J'enfilai un short et un sweat-shirt, puis m'échauffai en faisant des pompes et d'autres étirements pendant qu'il effectuait ses séries de squats. Cet échauffement risquait de m'être utile, tout dépendrait de sa résistance. Un léger avantage, mais c'est toujours mieux que rien.

Lorsqu'il eut terminé, je lui demandai :

— Vous avez déjà fini le développé couché ?

— *Aa.* Oui.

— Et alors, combien avez-vous soulevé, ce soir ?

Le yakuza haussa les épaules, mais je vis son torse se renfler imperceptiblement, signe que j'avais piqué au vif son orgueil.

— Pas grand-chose. Cent quarante kilos. Je pourrais faire mieux, mais avec un tel poids il vaut mieux être encadré.

Parfait.

— Eh bien, je peux le faire, si vous voulez…

— Non, j'ai fini pour aujourd'hui.

— Allez, rien qu'une petite série ! Ça me stimule. Vous soulevez quoi, deux fois votre poids ?

Ma façon de le sous-estimer était tout à fait délibérée.

— Plus.

— Waouh ! Plus de deux fois votre poids ? C'est bien ce que je pensais, je ne suis pas près d'en faire autant ! Faites-moi plaisir, juste une petite série, ça m'encouragera. Je vous encadre, ça vous va ?

L'haltérophile hésita, puis haussa les épaules et s'avança vers le banc de développé couché.

Sur la barre, déjà en place, étaient chargés les cent quarante kilos précédents.

— Vous croyez être capable de soulever cent soixante ? fis-je d'un ton sceptique.

Il me regarda comme si ma question l'agaçait.

— Bien sûr.

— Alors là, je demande à voir ! m'exclamai-je en retirant du range-disques deux plaques de dix kilos que je fixai à chaque extrémité de la barre.

Debout derrière le banc, je saisis la barre à deux mains, espacées l'une de l'autre d'une largeur d'épaules.

— Prévenez-moi quand vous serez prêt.

Le yakuza s'assit au bout du banc, les épaules courbées vers l'avant, et effectua des rotations du cou d'un côté puis de l'autre. Ensuite, il balança les bras d'avant en arrière, et je l'entendis souffler plusieurs fois de façon brève et énergique. Finalement il s'allongea et empoigna la barre.

— À trois, donnez-moi un coup de main, m'ordonna-t-il.

J'opinai d'un signe de tête.

Il fit encore quelques expirations rapides, puis ajouta :

— Un… deux… trois !

Je l'aidai à maintenir la barre en l'air et à la stabiliser au-dessus de sa poitrine. Il la fixait d'un air rageur, le menton rentré dans le cou, se préparant à l'effort.

Puis il la laissa retomber, contrôlant sa descente tout en lui imprimant une poussée suffisante pour être sûr qu'elle ne rebondisse pas sur son torse massif. Aux deux tiers de la montée, la barre sembla s'arrêter, tiraillée entre la loi de la pesanteur et la puissance de ses muscles imbibés de stéroïdes, mais poursuivit son ascension brinquebalante jusqu'à ce que ses coudes soient complètement tendus. Ses bras tremblaient sous l'effort. Qu'il parvienne à renouveler l'exercice était impossible.

— Allez, encore une fois, insistai-je. Vous pouvez y arriver !

Devant son silence, je faillis lui prodiguer de nouveaux encouragements, mais il était en train de se préparer mentalement. Il prit trois brèves inspirations, puis laissa tomber la barre sur sa poitrine. Elle rebondit de quelques centimètres sous l'impact, remonta encore de quelques autres sous l'effort, mais se figea une seconde plus tard et commença, inexorablement, à redescendre.

— *Tetsudatte kure*, grogna-t-il sans s'affoler, s'attendant à une intervention immédiate de ma part. Aidez-moi.

La barre poursuivit sa descente et s'immobilisa contre sa poitrine.

— *Oi, tanomu !* reprit-il, cette fois avec plus de fermeté.

Au lieu de quoi, j'appuyai vers le bas.

Son regard ahuri chercha le mien.

Entre le poids de la barre chargée de disques et la pression que je lui infligeais, il luttait à présent contre près de deux cents kilos.

Bien que concentré sur la barre et sur son torse, je vis du coin de l'œil ses yeux s'écarquiller, d'abord de désarroi, puis d'effroi. Il ne faisait pas le moindre bruit. Impassible, je continuai à exercer une pression maximale vers le bas.

Serrant les dents, le menton quasiment encastré dans le cou, le yakuza mobilisa toutes ses forces pour repousser la barre. D'un seul coup, il réussit à décoller le poids qui l'écrasait. Coinçant mon pied sous les supports horizontaux fixés en dessous du banc, je m'en servis comme d'un levier pour accentuer ma pression sur la barre qui, de nouveau, retomba sur sa poitrine.

Je sentis un frémissement parcourir les disques tandis que ses bras tremblaient d'épuisement. Une fois de plus, la barre remonta légèrement.

Tout à coup, une odeur de merde m'assaillit les narines. En désespoir de cause, le système nerveux sympathique avait bloqué les fonctions corporelles non vitales, notamment le contrôle du sphincter, de manière à canaliser toute l'énergie disponible vers les muscles.

Le répit fut de courte durée. Puis ses bras se mirent à trembler plus fort, et je sentis la barre s'enfoncer plus profondément dans sa poitrine. L'air qui s'échappait de ses narines et de ses lèvres crispées émettait un léger sifflement. Malgré son regard rivé sur mon visage, je continuai de focaliser toute mon attention sur son torse et sur la barre. Il ne faisait toujours aucun bruit.

Quelques secondes s'écoulèrent, suivies de plusieurs autres. Sa position restait la même. J'attendis. Sa peau commença à bleuir. J'attendis encore.

Finalement, je diminuai la pression et lâchai la barre.

Ses yeux me fixaient toujours, mais ils ne me voyaient plus. Reculant hors de son champ de vision, je me figeai pour observer la scène. La situation ressemblait à ce qu'elle était, ou presque : seul, tard dans la soirée, un mordu d'haltérophilie tente de soulever une charge trop lourde pour lui, se retrouve coincé sous la barre, étouffe et meurt sur place. Un drôle d'accident.

Je renfilai mes vêtements de ville. Ramassai mon sac et me dirigeai vers la porte. Soudain, une série de craquements résonna derrière moi, comme du bois sec que l'on brise. Je me retournai une dernière fois, comprenant au même instant que les côtes venaient de céder. Cette fois, il était cuit. Le yakuza continuait de s'accrocher convulsivement à la barre, comme si ses doigts refusaient de croire ce que son corps avait déjà accepté.

Je m'avançai dans la pénombre du hall et attendis qu'il n'y ait personne dans la rue. Puis je sortis furtivement sur le trottoir et m'enfonçai dans la nuit.

2

Je m'éloignai du quartier à pied, empruntant une enfilade de rues secondaires dans Roppongi et Akasaka, coupant par d'étroites ruelles que des non-initiés pourraient prendre pour de simples raccourcis menant là où j'allais, alors que le but de la manœuvre était de forcer celui ou ceux qui me suivraient à se dévoiler s'ils ne voulaient pas me perdre. Dans le domaine de la détection de filature, à de rares exceptions près, et voulues, je me déplace en adoptant le comportement d'un piéton d'apparence normale. Au cas où je serais suivi, parce que je ne sais quelle organisation se prendrait d'intérêt pour moi avant d'avoir confirmation de ma véritable identité, il est hors de question que je me trahisse en agissant différemment d'un citoyen lambda.

Au bout d'environ une demi-heure, une fois certain que personne ne me filait, mon pas commença à ralentir, et ma tension à retomber. Je me rendis compte que j'étais en train de décrire un long demi-cercle dans le sens inverse des aiguilles d'une montre, selon un parcours que je savais plus ou moins me conduire vers Aoyama Bochi, l'immense cimetière qui forme un triangle de verdure au milieu des quartiers branchés de l'ouest de la ville.

Arrivé au nord de Roppongi-dori, je passai devant un petit îlot d'abris en carton, refuges provisoires de SDF dont les vies étaient, en un sens, aussi désolées et anonymes que la mienne. Je déposai mon sac sur le trottoir, sachant que contenant et contenu – une tenue de sport et des gants d'haltérophile – seraient rapidement distribués et répartis entre les pauvres hères fantomatiques et décharnés qui hantent le quartier. D'ici quelques jours, voire quelques heures, il ne resterait plus une trace des vestiges de mon dernier boulot, rien que des choses sans nom ni couleur parmi des âmes sans nom ni couleur, ces rebuts de la solitude et du désespoir qui tombent parfois ensemble dans un angle mort de Tokyo, et de là dans l'oubli.

Déchargé de mon fardeau, je continuai à marcher, cette fois en direction de l'est. Sous une passerelle à Nogizaka, au nord de Roppongi-dori, j'aperçus une bande de *chinpira* qui frimaient dans des cuirs de motard rutilants, accroupis en demi-cercle, non loin de leurs motos au châssis surbaissé tout en métal garées dans l'allée. Des bribes de conversation résonnèrent contre le mur en ciment sur ma droite, des paroles inintelligibles mais proférées sur un ton aussi agressif que l'étaient les tuyaux d'échappement trafiqués de leurs machines. Ils devaient carburer au *kakuseizai*, l'amphétamine qui est la drogue préférée des Japonais depuis que le gouvernement l'a distribuée aux soldats et aux ouvriers pendant la Seconde Guerre mondiale. Ces jeunes voyous en étaient sûrement à la fois des revendeurs et des consommateurs. Ils attendaient que l'effet provoqué par la drogue dans leurs muscles et leur cerveau parvienne à son comble, que l'heure soit assez tardive et la nuit suffisamment sombre pour jaillir de leur repaire de béton et répondre à l'appel des néons de Roppongi.

Je vis qu'ils m'avaient remarqué, silhouette solitaire débouchant à l'extrémité est de ce qui formait en fait un étroit boyau. J'envisageai un instant de traverser, mais le garde-fou métallique au milieu de la chaussée rendait la manœuvre impossible. J'aurais pu simplement faire demi-tour et emprunter un autre chemin. Renoncer à le faire m'empêcha d'autant plus de nier que je me dirigeais bel et bien vers le cimetière.

Lorsque je ne fus plus qu'à trois ou quatre mètres, un des types de la bande se redressa. Les autres restèrent accroupis, l'œil aux aguets, toute distraction étant toujours la bienvenue.

J'avais déjà noté l'absence de ces caméras de surveillance qui envahissent de plus en plus les rues et le métro chaque année. Il m'arrive de devoir lutter contre l'impression que c'est moi qu'elles cherchent.

— *Oi !* lança le type qui s'était levé. Hé !

D'un bref coup d'œil en arrière, je vérifiai qu'il n'y avait personne. Mieux valait qu'on ne me voie pas en pleine action si jamais ces imbéciles décidaient de se mettre en travers de mon chemin.

Sans changer d'allure ni de direction, je regardai le *chinpira* dans les yeux, le regard le plus neutre possible. Histoire de lui faire comprendre que je n'avais pas peur, que je ne voulais nullement la bagarre, que j'avais déjà eu maintes fois l'occasion de faire face à ce genre de situation et que, s'il était en mal de sensations ce soir-là, il ferait mieux de les chercher ailleurs.

La plupart des gens, surtout lorsqu'ils n'ont qu'une connaissance assez lointaine de la violence, enregistrent ces signaux et ont tendance à réagir de façon à augmenter leurs chances de survie. Mais ce type était apparemment trop stupide, ou trop imbibé de *kakuseizai*. À moins qu'il n'ait interprété mon coup d'œil en arrière comme un signe de peur. Quoi qu'il en soit, au lieu de tenir compte de l'avertissement que je venais de lui donner, il se posta en travers de ma route.

Le processus m'était familier : il évaluait mon aptitude à devenir victime. Allais-je me laisser repousser brutalement sur la chaussée au milieu des voitures ? Avoir un mouvement de recul et hésiter ? Auquel cas, il saurait que j'étais une cible inoffensive et passerait à la violence pour de bon.

Mais, personnellement, je préfère que ma violence éclate. Je passai devant le type en le laissant sur ma droite, avançai ma jambe gauche puis balançai aussitôt la droite du même côté avant d'effectuer un balayage arrière qui le faucha au niveau des jambes en *osotogari*, l'une des prises de judo les plus élémentaires et les plus efficaces. Au même moment, je me retournai pour le repousser avec mon bras droit au niveau du cou, entraînant la partie supérieure de son corps dans la direction opposée à celle de ses jambes. Un bref instant, il se retrouva en suspens à l'horizontale à l'endroit même où il se tenait à la verticale une seconde plus tôt. Sans attendre, je le projetai sur le trottoir, le rattrapant prestement par le col à la dernière minute afin que l'arrière de sa tête ne heurte pas trop fort le sol. Je ne tenais pas à ce que le coup soit fatal. Ni à trop attirer l'attention.

En tout, la scène avait duré moins de deux secondes. Je me redressai immédiatement et continuai mon chemin, regardant droit devant moi tout en restant à l'affût d'éventuels bruits de poursuite.

N'entendant toujours rien et estimant être à distance raisonnable, je m'accordai un léger sourire. J'ai horreur des petites brutes – ils me rappellent trop mon enfance, d'un côté comme de l'autre du Pacifique. Toutefois, j'avais l'impression qu'il s'écoulerait un certain temps avant que ces *chinpira* retrouvent l'envie de chercher des noises à un passant sur ce bout de trottoir.

Je poursuivis ma route, coupant à gauche à l'est du cimetière, puis à droite dans Gaiennishi-dori, profitant, comme toujours et de façon automatique, du moment où je bifurquais pour surveiller mes arrières, en prenant l'air naïf de celui qui évalue la densité de la circulation. À présent, le cimetière se situait sur ma droite, mais comme ce côté de la rue était dépourvu de trottoir, je continuai à marcher à gauche jusqu'à ce que j'arrive en face d'un long escalier en pierre, sorte d'allée qui séparait le champ de verdure où reposaient les morts de l'animation trépidante de la ville. Je restai là longuement à contempler les marches. Au bout d'un moment, je me dis que l'envie à laquelle j'avais failli succomber était ridicule, comme cela m'était déjà arrivé à maintes reprises par le passé. Je fis demi-tour et repris lentement la rue en revenant sur mes pas.

Comme toujours après la fin d'un boulot, j'éprouvais le besoin de me mêler à la foule, de puiser un peu de réconfort dans l'illusion que je fais partie de la société dans laquelle j'évolue. Plus loin dans la rue, je m'engouffrai dans le restaurant La Mousson, où je pourrais savourer une cuisine d'inspiration népalo-indonésienne en même temps que le brouhaha anodin des conversations.

J'optai pour une place légèrement en retrait de la partie en plein air du restaurant, face à la rue et à l'entrée, puis commandai un simple plat de nouilles de riz aux légumes. Bien qu'il fût tard pour dîner, la plupart des tables étaient encore occupées. Sur ma gauche, étaient rassemblés les derniers convives d'un repas d'affaires : des jeunes gens qui avaient desserré leur cravate et portaient des costumes bleu marine identiques, et deux jolies femmes, plus élégantes que leurs compagnons, apparemment à l'aise dans le rôle traditionnel de la femme japonaise qui doit servir à manger, verser à boire et entretenir la conversation. Derrière eux, deux lycéens ou étudiants penchés l'un vers l'autre se tenaient les mains par-dessus la table, le garçon parlant en haussant les sourcils comme s'il proposait quelque chose à la fille, qui riait et secouait la tête en disant « non ». De l'autre côté, quelques hommes américains d'un certain âge, habillés de façon plus décontractée que les autres clients, parlaient poliment à voix basse, la peau légèrement luisante à la lueur des lampes.

Me retrouver dans un restaurant ou un bar juste après un boulot avait quelque chose de surréaliste ; mon esprit se mettait à divaguer, le soulagement survenant dès la fin de la poussée d'adrénaline. Des sensations qui n'avaient rien de nouveau pour moi, mais que le contexte rendait étranges, un peu comme si j'avais enfilé mon costume de tous les jours pour me rendre à un enterrement.

J'avais cru échapper à tout ça après en avoir terminé avec Holtzer, le défunt chef du bureau de la CIA à Tokyo. Ma couverture ayant volé en éclats, le moment était venu, pour la énième fois, de me réinventer. J'avais pensé partir aux États-Unis, peut-être sur la côte ouest, à San Francisco, où vivait une importante population asiatique. Cependant, me forger une nouvelle identité en Amérique eût été difficile sans un travail élémentaire effectué depuis longtemps au Japon. En outre, si la CIA tenait à venger Holtzer, il leur aurait sans doute été plus facile de m'attaquer sur leur propre terrain. Évidemment, rester au Japon me laissait Tatsu à affronter, mais vu que son intérêt pour moi ne tenait en rien de la vengeance, j'avais estimé courir là un moindre risque.

Cette idée me fit sourire. J'avais découvert que le danger que Tatsu représentait pour moi, quoique moins sérieux que la simple possibilité de me faire refroidir par un agent de la CIA chanceux, était en revanche plus insidieux.

Il m'avait traqué jusqu'à Osaka, la deuxième plus grande métropole du Japon, où je m'étais installé lorsque j'avais dû quitter Tokyo. J'avais alors emménagé à Belfa, une tour d'appartements située à Miyakojima, au nord-ouest de la ville. Les cadres mutés par leurs entreprises étaient assez nombreux pour qu'un nouvel arrivant n'attire pas l'attention. Sans compter qu'habitaient là surtout des familles avec de jeunes enfants, un genre de population qui reste attentif à ce qui se passe dans le voisinage, et dont la présence complique la mise en place d'une surveillance efficace ou d'une embuscade réussie.

Au début, Tokyo, où j'avais vécu durant vingt ans, m'avait manqué, et j'avais été dépité de me retrouver dans une ville que le Tokyoïte moyen rejette d'emblée comme un trou de seconde zone à tous points de vue, hormis celui de l'étendue géographique. Mais Osaka m'avait finalement conquis. Quoique moins sophistiquée et moins cosmopolite qu'à Tokyo, l'ambiance y est dépourvue de faux-semblants. Contrairement à la capitale, où le centre de gravité financier, culturel et politique est si fort qu'il se dégage parfois d'elle une impression d'autosatisfaction proche du solipsisme,

Osaka ne cesse de se comparer à d'autres villes, à commencer par sa grande cousine du Nord-Est, et s'en sort naturellement gagnante dans le domaine de la cuisine, de la sagacité financière et de la bonté humaine en général. Je trouvais quelque chose d'attachant dans cette course à la suprématie ouvertement pugnace. On n'a peut-être pas des manières raffinées – comprenez déliquescentes – ni l'establishment politique le plus puissant – comprenez corrompu –, semble déclarer Osaka à un Tokyo qui refuse de l'écouter, mais on a le cœur plus généreux. Le temps passant, j'ai fini par me demander si cette ville n'était pas dans le vrai.

Un soir, j'avais repéré Tatsu derrière moi alors que j'allais à l'Overseas, un club de jazz de Honmachi que je m'étais mis à apprécier. Bien que je n'en aie rien montré, je l'avais reconnu immédiatement. Tatsu était trapu et avait une façon de marcher en roulant les épaules qui le rendait identifiable entre mille. Si la personne qui me filait avait été qui que ce soit d'autre, je me serais retourné pour, si possible, l'interroger. Ou sinon pour l'éliminer.

Mais puisque c'était Tatsu lui-même qui me suivait, je savais ne pas courir de danger immédiat. En tant que chef du Keisatsucho, le FBI japonais, s'il avait eu l'intention de me coffrer, il l'aurait déjà fait. *Tant pis !* avais-je décidé. Grace Akiko, une jeune pianiste qui avait enflammé le monde du jazz japonais avec son tout premier album, *From New York,* donnait ce soir-là un concert, et j'avais très envie de la voir jouer. Si Tatsu souhaitait se joindre à moi, pas de problème.

Il était arrivé au milieu du second set. Grace était en train de jouer *That Morning*, un morceau mélancolique tiré de son deuxième CD, *Manhattan Story*. Je le vis s'arrêter devant l'entrée, le temps d'observer les tables du fond. Je lui aurais volontiers fait signe, mais il savait où chercher.

Il se dirigea vers ma table et se faufila à côté de moi, comme si me retrouver ici était la chose la plus naturelle qui soit. Comme d'habitude, Tatsu portait un costume sombre qui donnait l'impression d'avoir été le cadet de ses soucis lorsqu'il l'avait enfilé le matin. Il m'avait salué d'un signe de tête. Je lui avais rendu son geste, puis avais continué à regarder jouer la pianiste.

La jeune femme nous tournait le dos, vêtue d'une robe bustier à paillettes dorées qui scintillait sous les projecteurs bleu glacé. Autant par ses différences que par ses similitudes, elle me faisait penser à Midori. L'attitude de Grace était plus funky, avec davantage de balancement, un style en général plus feutré, plus contemplatif. Mais une fois lancée dans des morceaux tels que *Pulse Fiction* ou *Delancey Street Blues*, elle donnait cette même impression d'être possédée par son instrument, comme si le piano était un démon et elle sa servante, consentante et comblée.

Je me souvenais avoir regardé jouer Midori à New York, dissimulé dans la pénombre du Village Vanguard, en sachant que ce serait la dernière fois. Depuis, j'avais vu pas mal d'autres pianistes en concert. Chaque fois, le plaisir que j'éprouvais se teintait de tristesse, comme lorsqu'on fait l'amour à une fille magnifique au lieu de la femme aimée.

À la fin du set, Grace et son trio sortirent de scène. Le public continua cependant à applaudir jusqu'à ce qu'ils reviennent bisser le *Bemsha Swing* de Thelonious Monk. Tatsu devait se sentir frustré. Il n'était pas là pour la musique.

Après le rappel, Grace se dirigea vers le bar. Des gens se levèrent pour la féliciter, d'autres pour lui faire signer les CD qu'ils venaient d'acheter, avant de s'en aller à la rencontre de la nuit et de ce qu'elle leur réservait. Une fois nos voisins partis, Tatsu se tourna vers moi.

— La retraite ne te réussit pas, Rain-san, lâcha-t-il de son ton sec. Ça te ramollit. Du temps où tu étais en activité, je n'aurais jamais pu te filer comme ça.

Tatsu perd rarement son temps en formalités. Et il a beau en être conscient, il n'arrive pas à faire autrement. C'est une des choses qui m'ont toujours plu chez lui.

— Tu voulais pourtant que j'arrête.

— Oui, d'être lié à Yamaoto et à son organisation. Mais je pensais que nous aurions ensuite l'occasion de travailler ensemble. Tu comprends le boulot que je fais.

Il parlait de la lutte sans fin qu'il menait contre la corruption au Japon, une corruption largement orchestrée par l'homme qu'il considérait comme un redoutable adversaire : Toshi Yamaoto, politicien et maître en manipulation, celui qui avait suborné Holtzer, lequel avait été un temps au service de la CIA ainsi que mon invisible employeur.

— Désolé, Tatsu. Mais avec Yamaoto à mes trousses, sans parler de la CIA, il y avait trop de risques. Même si je l'avais voulu, je ne t'aurais pas servi à grand-chose.

— Tu m'avais dit que tu me contacterais.

— J'ai changé d'avis.

Il hocha la tête, puis me demanda :

— Savais-tu que, quelques jours à peine après notre dernière entrevue, William Holtzer était mort d'une crise cardiaque sur le parking d'un hôtel, quelque part en Virginie ?

Je me rappelais la façon dont Holtzer avait bredouillé : *« La taupe, c'était moi... la taupe, c'était moi... »* le jour où il avait cru que j'allais mourir. Ainsi que la manière dont il m'avait dressé contre mon frère de sang, Crazy Jake, au Vietnam, pour s'en vanter par la suite.

— Pourquoi cette question ? rétorquai-je d'un ton neutre.

— Apparemment, sa mort a été une surprise pour les gens des services secrets qui le connaissaient, poursuivit Tatsu sans me répondre. Il faut dire que Holtzer n'avait qu'une petite cinquantaine et était en excellente condition physique.

Pas assez toutefois pour supporter les trois cent soixante joules d'un défibrillateur bricolé.

— C'est la preuve qu'on n'est jamais trop prudent, dis-je, en prenant une gorgée du Dalmore de douze ans d'âge que j'étais en train de siroter. Personnellement, j'avale un cachet d'aspirine par jour. L'*Asahi Shimbun* a publié un article à ce sujet il y a quelques années. Il paraît que ça réduit considérablement les problèmes cardiaques.

Tatsu resta silencieux un instant, puis haussa les épaules et dit :

— Ce n'était pas un type bien.

Était-ce sa façon de me faire comprendre qu'il savait que j'avais éliminé Holtzer mais s'en fichait ? Si c'était le cas, qu'allait-il exiger de moi en échange ?

— Comment l'as-tu appris ?

— Plusieurs associés de M. Holtzer qui travaillent au bureau de la CIA à Tokyo ont pris contact avec le Keisatsucho, déclara-t-il en regardant la table. Sa mort les inquiétait moins que la méthode employée. Ils semblent croire que tu l'as tué.

J'encaissai sans broncher.

— Ils voulaient que la Force métropolitaine de police les aide à te localiser. Mes supérieurs m'ont fait savoir que je devrais coopérer pleinement et entièrement avec eux.

— Pourquoi viennent-ils te demander de l'aide ?

— La CIA a dû être chargée de tenter d'éradiquer la corruption qui paralyse l'économie japonaise. Si la situation empire, les États-Unis craignent de voir s'effondrer les finances du Japon. L'effet de ricochet qui s'ensuivrait entraînerait une récession à l'échelle mondiale.

Je comprenais très bien l'intérêt de l'Oncle Sam. Il n'était pas indispensable de vivre au Japon pour savoir que les politiciens passaient plus de temps à se démener pour toucher leur part de pots-de-vin sur les travaux publics d'équipement et les commissions reversées aux yakuzas qu'à ressusciter l'économie moribonde. La pourriture se flaire de loin.

Je bus une autre gorgée de Dalmore.

— Pourquoi penses-tu qu'ils s'intéressent à moi ?

Tatsu haussa les épaules.

— Tout le monde sait que Holtzer rédigeait des rapports secrets qui te désignaient comme un assassin spécialiste des « causes naturelles », responsable de la mort de nombreux délateurs et réformateurs japonais. Cela, soit dans un esprit de revanche, soit dans le cadre d'un programme anticorruption, soit pour les deux raisons.

Du Holtzer tout craché, me dis-je. S'attribuer le mérite d'avoir remis des rapports aux services secrets tout en exploitant le contenu à ses propres fins. D'un seul coup, je revis l'image que j'avais gardée de lui, affalé et sans vie dans sa voiture de location sur le parking d'une banlieue de Virginie, et je souris.

— Tu n'as pas l'air particulièrement accablé, remarqua Tatsu.

Je haussai les épaules.

— Mais si. Que leur as-tu dit ?

— Que, d'après mes informations, tu étais mort.

Voilà, on y est.

— Très aimable de ta part.

Il esquissa un sourire et, brièvement, j'entrevis le type rusé à l'esprit subversif que j'avais tant apprécié au Vietnam, où nous nous étions rencontrés lorsqu'il était attaché à l'un des organismes précurseurs du Keisatsucho.

— N'exagérons rien. Nous sommes de vieux amis, après tout. Il faut bien s'entraider un peu de temps en temps, non ?

J'avais une dette envers lui, il le savait. Après le traquenard tendu à Holtzer à côté de la base navale de Yokosuka, Tatsu m'avait laissé partir, malgré les longues années qu'il avait passées à essayer de m'épingler. Cette fois-ci, il avait détourné la CIA de ma piste, ce dont je lui étais également redevable.

Ces dettes n'expliquaient cependant pas tout. Les propos de Tatsu contenaient aussi une sorte de menace. Mais l'affection qu'il avait pour moi l'empêchait d'être trop direct. Sans quoi, il se serait dispensé du couplet sur notre vieille amitié pour m'annoncer d'emblée que, si je refusais de coopérer, il transmettrait mon nom et mon adresse actuels à mes vieux copains des Christians in Action[1]. Ce qu'il aurait pu faire très facilement.

1. Jeu de mots sur les initiales de CIA. Littéralement : « chrétiens en action » *(NdT)*.

— Tu voulais pourtant que j'arrête, répétai-je, d'ores et déjà convaincu que j'avais perdu.

Tatsu glissa la main dans la poche intérieure de sa veste, en sortit une enveloppe en papier kraft et la déposa sur la table.

— C'est un travail très important, Rain-san. Si ça ne l'était pas, je ne te demanderais pas cette faveur.

Je savais ce que j'allais trouver dans l'enveloppe. Un nom. Une photo. Des lieux de travail et de résidence. Une liste de points faibles répertoriés. Quant à l'obligation de faire apparaître la mort comme relevant de « causes naturelles », elle serait implicite, ou stipulée oralement.

Je ne fis pas un geste pour prendre l'enveloppe.

— Avant d'accepter quoi que ce soit, j'ai besoin de savoir une chose, dis-je.

Tatsu acquiesça d'un signe de tête.

— Tu veux savoir comment je t'ai retrouvé.

— Exact.

Il soupira.

— Si je te livre cette information, qu'est-ce qui t'empêchera de disparaître à nouveau, et pour de bon cette fois ?

— Rien, sans doute. D'un autre côté, si tu ne me le dis pas, inutile d'envisager que j'accepte de travailler avec toi, quoi que contienne cette enveloppe. À toi de voir.

Il prit son temps, comme s'il pesait le pour et le contre. Mais Tatsu, qui a toujours plusieurs longueurs d'avance, avait sûrement tout prévu. Son hésitation n'était qu'une comédie destinée à me faire croire que j'avais eu le dessus.

— Les archives des Autorités douanières, lâcha-t-il finalement.

Ça ne me surprit pas vraiment. J'avais été conscient du risque que Tatsu apprenne la mort de Holtzer et se doute que j'étais derrière ; et du fait que, dès lors, il serait en mesure de reconstituer mes allées et venues entre la dernière fois où il m'avait vu à Tokyo et le jour où Holtzer était mort, moins d'une semaine plus tard, bien loin de Washington. Néanmoins, tuer Holtzer avait été important pour moi, un plaisir que je m'étais préparé à payer au prix fort. Tatsu ne faisait jamais que me présenter l'addition.

Voyant que je restais silencieux, il reprit la parole.

— Le 30 octobre dernier, un individu voyageant avec un passeport au nom de Junichi Fujiwara a quitté Tokyo pour San Francisco. Il n'y a aucune trace de son retour au Japon. On peut donc en déduire en toute logique qu'il est resté aux États-Unis.

En un sens, c'était exact. Junichi Fujiwara est mon nom de naissance japonais. Quand j'ai su que Holtzer et la CIA avaient découvert où je vivais à Tokyo, j'ai compris que ce nom était désormais inutilisable. Je suis parti tuer Holtzer aux États-Unis avec un passeport au nom de Fujiwara que j'ai ensuite retiré de la circulation, puis suis revenu au Japon sous une autre identité, que j'avais pris soin d'établir antérieurement en prévision de ce type de problème. Avec l'espoir que tous ceux qui me rechercheraient se laisseraient berner par cette fausse piste et en concluraient que je m'étais installé aux États-Unis. Ce qu'auraient fait la plupart des gens. Sauf Tatsu.

— C'est drôle, mais je ne te voyais pas vivre aux États-Unis, poursuivit-il. Tu avais l'air… si à l'aise ici. Je ne te pensais pas prêt à partir.

— Tu n'as sans doute pas tort.

Il haussa les épaules.

— Je me suis alors posé la question suivante : Et si mon vieil ami n'avait pas vraiment quitté le pays mais avait seulement voulu me le faire croire, comment s'y serait-il pris ? Il serait revenu au Japon sous un autre nom. Et se serait ensuite établi dans une autre ville, étant donné qu'il était connu comme le loup blanc à Tokyo.

Tatsu se tut, et je reconnus là un truc de diseur de bonne aventure, où la personne chargée en principe de fournir les informations s'emploie au contraire astucieusement à en soutirer, exploitant ce que sait l'autre sous couvert de le renseigner. Pour l'instant, il s'était cantonné à des hypothèses et à des généralités, et ce n'était pas à moi de remplir les blancs à sa place en confirmant ou infirmant quoi que ce soit.

— Peut-être qu'il se serait servi de ce nouveau nom pour entrer dans le pays et s'y installer, reprit-il au bout d'un moment.

Mais je n'avais pas utilisé le même nom pour m'installer. Ce procédé serait apparu comme un lien trop évident à un enquêteur déterminé. Tatsu n'était pas tout à fait certain de ce qu'il avançait et, comme je le soupçonnais, il espérait en apprendre davantage en m'obligeant à réagir. Si jamais je commettais l'erreur de confirmer m'être servi du même nom, il s'empresserait de dire que c'était grâce à ça qu'il avait réussi à me retrouver ; une tactique qui lui éviterait d'avoir à me révéler comment il s'y était pris réellement, tout en lui permettant de garder le maillon faible intact pour l'exploiter une nouvelle fois par la suite.

Aussi continuai-je à ne pas répondre, affectant en revanche un air vaguement ennuyé.

Tatsu me regarda, et les coins de sa bouche remontèrent en ébauchant un sourire. Sa manière à lui de reconnaître qu'il savait que j'avais deviné son jeu, qu'il était donc inutile de continuer et qu'il allait maintenant en venir au but.

— Fukuoka était trop petit, dit-il. Sapporo, trop loin. Nagoya, trop près de Tokyo. Hiroshima était une possibilité parce que l'ambiance y est agréable, mais j'ai pensé que la région du Kansai était plus plausible car moins éloignée de la capitale, avec laquelle j'ai supposé que tu voudrais maintenir une certaine proximité. Ce qui laissait Kyoto, ou éventuellement Kobe. Mais plus probablement Osaka.

— Parce que… ?

Il haussa les épaules.

— Parce que Osaka est plus grand, plus vivant, et qu'il est par conséquent plus facile de s'y cacher. Et puis, dans une ville qui abrite une population de passage aussi importante, un nouveau venu attire moins l'attention. Je savais aussi que tu adorais le jazz, or Osaka est célèbre pour ses clubs.

J'aurais pu me douter que Tatsu parierait là-dessus. Au cours de la période Taisho, entre 1912 et 1926, le jazz a émigré de Shanghai vers le Kansai, la région occidentale de Honshu, l'île principale de l'archipel nippon où se trouve Osaka. Les dancings et les salles de concert ont commencé à fleurir à Soemoncho et à Dotonbori, les quartiers de divertissements, tandis que le jazz faisait son apparition un peu partout dans les cafés. La tradition reste encore très vivace aujourd'hui dans des établissements comme le Hard Rain, Mr. Kelly's, l'Overseas, le Royal Horse et, bien entendu, le Blue Note d'Osaka, dont l'existence, je ne pouvais le nier, avait pesé dans ma décision.

Je m'étais dit, précisément pour les raisons que Tatsu venait d'invoquer, que le choix d'Osaka risquait d'être trop prévisible. En même temps, je m'étais aperçu que j'avais de la peine à renoncer aux avantages du mode de vie qu'offrait la ville. Étant plus jeune, j'aurais automatiquement sacrifié ce genre de confort pour privilégier ma sécurité personnelle. Mais, l'âge venant, je me rendais compte que mes priorités changeaient, ce qui prouvait plus que tout qu'il était temps pour moi de raccrocher.

Aussi, Tatsu me connaissant comme il me connaissait, il ne lui avait pas été trop difficile d'opter pour Osaka. Mais ça ne suffisait tout de même pas à expliquer qu'il ait pu me retrouver comme il venait de le faire.

— Impressionnant, admis-je. Mais ça ne me dit toujours pas comment tu as réussi à me localiser dans une ville de presque neuf millions d'habitants.

Il releva légèrement la tête et me regarda droit dans les yeux.

— Rain-san, je comprends que tu veuilles savoir. Et je vais te répondre. Mais il est impératif que cette information reste entre nous, pour ne pas compromettre l'efficacité de la Force métropolitaine de police dans sa lutte contre le crime. Puis-je te faire confiance sur ce point ?

Le but de sa question, tout comme les révélations qui allaient suivre, était de montrer que je pouvais moi aussi lui faire confiance.

— Tu sais bien que oui, répondis-je.

Il approuva d'un signe de tête.

— Depuis environ une dizaine d'années, les principales administrations des préfectures et des circonscriptions ont décidé, en toute indépendance, d'installer des caméras dans divers espaces publics, notamment les stations de métro et les grands axes piétonniers. Des preuves solides, résultant pour la plupart d'expériences menées en Grande-Bretagne, viennent attester que ces caméras font reculer la délinquance.

— J'ai déjà vu ces caméras.

— Tu peux voir certaines d'entre elles. Pas toutes. Mais les caméras elles-mêmes ne sont pas le vrai problème. Ce qui compte, c'est ce qu'il y a derrière. Après les événements du 11 Septembre aux États-Unis, la Force métropolitaine de police a pris la grande initiative de relier ces réseaux de caméras informels à une base de données centrale, qui dispose d'un logiciel de reconnaissance du faciès issu de la prochaine génération. Ce logiciel lit des caractéristiques complexes ou impossibles à dissimuler – comme la distance qui sépare les deux yeux, ou les angles précis du triangle que forment les coins des yeux et le milieu de la bouche. Et quand une caméra repère un profil correspondant à une photographie émise par la base, une alerte est automatiquement envoyée aux autorités concernées. Ce qui, au départ, était un moyen de dissuasion psychologique est devenu un puissant outil pour lutter contre la délinquance et faciliter les enquêtes.

Je connaissais l'existence du logiciel en question. Il était à l'essai dans plusieurs aéroports et stades, notamment aux États-Unis, dans l'objectif de repérer et d'arrêter les terroristes connus des services de police. Toutefois, d'après ce que j'avais lu, les premiers tests s'étaient révélés décevants. Mais peut-être s'agissait-il de désinformation. Quoi qu'il en soit, j'ignorais que le Japon était aussi en avance en termes d'application.

— Les caméras sont reliées au Juki Net ?

— Possible, rétorqua Tatsu de son ton sec.

Le Juki Net, qui avait vu le jour en août 2002, répondait au souhait du gouvernement de réunir l'ensemble des fiches préfectorales sur un unique réseau national. Sur ce réseau, chaque Japonais se voit attribuer un numéro d'identification à onze chiffres, auquel sont accolés le nom, le sexe, l'adresse et la date de naissance de la personne concernée. Le gouvernement assure qu'aucune autre information ne sera ajoutée. Mais rares sont les gens qui le croient, d'autant qu'il y a déjà eu plusieurs abus.

Je réfléchis. Comme Tatsu avait pris la peine de le souligner, si la nouvelle se répandait, l'efficacité du réseau de surveillance risquait d'être sacrément compromise. Mais ce n'était pas tout.

— Personne n'a protesté contre la mise en fonction de ce réseau ? demandai-je.

— Si, répondit Tatsu. Comme tu le sais sans doute, le gouvernement a mis en place le Juki Net en omettant de l'assortir d'un projet de loi sur l'atteinte à la vie privée. Et toutes les tentatives entreprises ultérieurement dans ce sens se sont révélées moins que convaincantes. Dans le Suginami-ku, les habitants ont organisé un boycott. Des non-résidents cherchent actuellement à se procurer une adresse dans cette circonscription pour échapper à la domination du système.

Je comprenais maintenant pourquoi le gouvernement s'appliquait tant à garder secret le lien existant entre le Juki Net et le réseau de vidéosurveillance. Le risque, c'était de voir éclater des manifestations si le public apprenait que l'étendue annoncée du système ne représentait en fait que la partie émergée de l'iceberg. Si les caméras de sécurité étaient reliées au Juki Net, les gens penseraient à juste titre avoir affaire à une situation à la Big Brother.

— Difficile de leur reprocher de ne pas faire confiance au gouvernement sur ce point, dis-je. Au printemps dernier, j'ai lu quelque part que le ministre de la Défense s'était fait prendre en train de mettre en place une base de données à partir de renseignements qui tombaient sous le coup de la nouvelle loi sur la liberté d'information, et notamment sur les opinions politiques des citoyens.

Tatsu esquissa un triste sourire.

— Quand la nouvelle a éclaté, quelqu'un a tenté de faire disparaître les preuves.

— J'ai lu ça aussi. Le Parti libéral démocrate n'a pas essayé de cacher un rapport de quarante pages sur ce qui s'était passé ?

Cette fois, son sourire se fit malicieux.

— Les responsables du PLD qui avaient tenté d'étouffer l'affaire ont bien sûr été punis. On a retenu une part de leur salaire.

— Voilà qui devrait dissuader de tout futur abus ! me moquai-je. Surtout quand on sait qu'ils ont touché ensuite le double de la somme retenue !

Tatsu haussa les épaules.

— En tant que flic, je considère le Juki Net et les réseaux de caméras comme un instrument de lutte contre la délinquance. En tant que citoyen, je trouve tout ça révoltant.

— Alors, pourquoi me faire jurer de garder le secret là-dessus ? Quelques fuites pourraient justement être les bienvenues.

Tatsu inclina la tête de côté, comme si le manque de subtilité de ma remarque l'étonnait.

— Si ces fuites se produisaient à un moment inopportun, clles seraient aussi inutiles qu'une charge explosive de forte puissance placée au mauvais endroit.

Il voulait me faire comprendre qu'il était sur un coup. Et m'engager en même temps à ne pas poser de questions.

— Donc, tu t'es servi de ce réseau pour me retrouver.

— Oui. J'ai conservé les clichés qui avaient été faits de toi lorsque tu étais en détention au siège de la police, après l'incident de la base navale de Yokosuka. J'ai fait entrer ces photos dans l'ordinateur pour que le réseau dispose de ton signalement. Et donné l'ordre aux techniciens de commencer par concentrer leurs efforts sur Osaka. Mais comme le système part souvent sur des fausses pistes, il a fallu pas mal de temps et de personnel pour résoudre le problème. Il y a presque un an que je te cherche, Rain-san.

À l'entendre, l'avancée inexorable de la technologie allait m'obliger à reprendre l'existence nomade que j'avais adoptée entre le Vietnam et mon retour au Japon, à l'époque où j'avais arpenté le monde sans avoir d'identité, passant d'un conflit à l'autre en jouant les mercenaires. L'idée était loin de m'enchanter. J'avais déjà fait pénitence pour Crazy Jake et n'avais aucune envie de renouveler l'expérience.

— Le système est loin d'être parfait, reprit Tatsu. La couverture du réseau comporte de nombreuses failles et, je te l'ai dit, nous dirige trop souvent sur des fausses pistes. Mais, le temps passant, nous avons quand même remarqué une certaine normalisation dans tes allées et venues. Avec un fort taux de repérages à Miyakojima, notamment. À partir de là, il était assez simple de consulter les registres où sont inscrits les nouveaux résidents au bureau de la circonscription locale, puis d'éliminer les mauvaises pistes pour découvrir ton adresse. Un peu plus tard, nous avons réussi à te localiser avec suffisamment de précision pour que je sois en mesure de faire le voyage jusqu'à Osaka et de te suivre ce soir jusqu'ici.

— Pourquoi ne pas être venu chez moi, tout simplement ?

Il sourit.

— L'endroit où l'on vit est toujours celui où l'on est le plus vulnérable, parce que c'est un goulet d'étranglement qui rend possible une embuscade. Or, je ne tiens pas du tout à surprendre un homme comme toi là où il se sent le plus vulnérable. J'ai jugé plus sûr de t'approcher en terrain neutre, où tu serais à même de me voir arriver, *ne* ?

J'approuvai d'un signe de tête. Si vous êtes la cible désignée d'un enlèvement ou d'un assassinat, ou de tout autre type d'embuscade, les méchants ne peuvent vous atteindre que là où ils sont sûrs de vous trouver. Autrement dit, devant chez vous, c'est le plus probable, ou sur votre lieu de travail. Ou encore quelque part entre les deux où ils ont la certitude que vous passerez – le seul pont situé entre votre domicile et votre bureau, ou un autre endroit du même genre. C'est à ces points d'étranglement qu'il faut être le plus sensible aux signes de danger.

— Et alors ? fit-il en dressant légèrement les sourcils. Tu m'as vu ?

— Oui, répondis-je avec un haussement d'épaules.

Il sourit de nouveau.

— J'en étais sûr.

— Tu aurais pu me téléphoner.

— Tu te serais alors empressé de disparaître une fois de plus à la seconde où tu aurais reconnu ma voix.

— C'est vrai.

— L'un dans l'autre, je crois que cette approche était la meilleure.

— La façon dont tu t'y es pris a impliqué beaucoup de monde, lui fis-je observer. Des gens de ton organisation, peut-être même de la CIA.

Tatsu aurait pu dire quelque chose pour me laisser entendre que cette entorse à la sécurité était ma faute, étant donné que j'avais omis de le contacter comme j'avais dit que je le ferais. Mais ce n'était pas son genre. Dans cette histoire, il avait son intérêt, tout comme j'avais le mien, et il ne pouvait pas plus m'en vouloir de me volatiliser que moi lui reprocher de me traquer.

— Ton nom n'a jamais été mentionné nulle part, précisa-t-il. Rien qu'une photo. Et les techniciens chargés de vérifier les ressemblances que crache le système ne savent rien de ce qui motive mon intérêt. Pour eux, tu n'es qu'un des innombrables criminels recherchés par la Force métropolitaine de police. Mais j'ai pris d'autres mesures pour assurer ta sécurité, à commencer par celle de venir tout seul ce soir, sans informer quiconque de ma démarche.

En me faisant cet aveu, Tatsu se mettait en danger. S'il disait vrai, il me suffisait d'éliminer un seul homme pour que soit résolue une bonne partie de mes problèmes. Là encore, il me montrait qu'il me faisait confiance, et que je pouvais avoir confiance en lui en retour.

— Tu prends de sacrés risques, dis-je en le regardant dans les yeux.

— Toujours, répliqua-t-il en soutenant mon regard.

Il y eut un long silence. Puis je lançai :

— Jamais de femme. Ni d'enfant. Uniquement si c'est un homme.

— C'est le cas.

— Personne d'autre ne doit être engagé sur le coup. Tu travailles avec moi en exclusivité.

— Ça va de soi.

— Et la cible ne doit pas être un intermédiaire. L'éliminer ne doit pas être un moyen d'adresser un message à un tiers. Ça doit déboucher sur quelque chose de concret.

— Ce sera le cas.

Maintenant que j'avais rappelé mes trois règles, il était temps de l'informer de ce qui arriverait s'il les enfreignait.

— Tu sais que, en dehors de raisons professionnelles – c'est-à-dire un combat ou un contrat –, il n'y a qu'une seule chose qui puisse m'amener à tuer.

— La trahison, dit-il pour me prouver qu'il comprenait bien.

— C'est ça.

— Trahir n'est pas dans ma nature.

J'éclatai de rire, car c'était la première fois que j'entendais Tatsu prononcer une phrase aussi naïve.

— C'est dans la nature de tout le monde ! m'exclamai-je.

Nous avions alors mis au point un système grâce auquel nous pourrions communiquer en toute sécurité, à l'aide notamment de simples codes et d'un accès à une messagerie électronique sécurisée que je réservais aux communications confidentielles. Je lui avais dit que je le contacterais une fois ma mission accomplie, mais je me demandais à présent si ce serait nécessaire. Tatsu apprendrait l'accident dont avait été victime le yakuza par des sources indépendantes et saurait que j'avais atteint mon objectif. De surcroît, moins j'avais de contact avec lui, mieux c'était. Une histoire nous liait, c'est vrai. Faite de respect. Et même d'affection. Mais il était difficile de croire que la concordance de nos intérêts allait durer, et, au bout du compte, le fait qu'elle se prolonge ou pas serait tout ce qui compterait. Une idée que je trouvais triste pour plusieurs raisons. Il n'y a pas grand monde dans ma vie et, en dépit des circonstances, j'avais apprécié cette dernière rencontre avec mon vieil ami et redoutable adversaire.

Triste, ça l'était aussi parce que cela m'obligeait à admettre une évidence : j'allais devoir quitter le Japon. Je m'étais préparé à cette éventualité, mais savoir que le moment n'était peut-être plus très éloigné me donnait à réfléchir. Si Tatsu savait où me trouver et en venait à penser que j'étais revenu dans le jeu d'une façon qui compromettait l'œuvre de sa vie, autrement dit son combat contre la corruption au Japon, ce serait trop facile pour lui de me faire cueillir. À l'inverse, si j'acceptais de jouer selon ses règles, rien ne l'empêcherait de débarquer régulièrement pour me demander une « faveur ». D'une manière ou d'une autre, il aurait mainmise sur moi. Or, j'avais déjà vécu ça ; l'idée de recommencer m'était insupportable.

Mon pager se mit à vibrer. En le consultant, je vis s'afficher une suite de cinq chiffres m'informant que c'était Harry et qu'il voulait que je l'appelle.

Je terminai mon dîner et fis signe au serveur de m'apporter l'addition. Une dernière fois, mon regard parcourut la salle. La bande du dîner d'affaires s'était séparée. Il restait les Américains, le bruit feutré de leur conversation aux accents chaleureux et enthousiastes. Le jeune couple était encore là, le garçon parlant avec toujours autant de ferveur, la fille continuant à résister en gloussant discrètement.

Être de retour à Tokyo me faisait du bien. Je n'avais pas envie de partir.

En sortant du restaurant, je m'arrêtai un instant pour respirer l'air frais de la nuit de Nishi-Azabu, tandis que mes yeux balayaient la rue instinctivement. En dehors du passage de quelques voitures, l'endroit était aussi paisible que le cimetière d'Aoyama, dont l'obscurité menaçante, juste en face, me narguait en silence.

Une fois de plus, je contemplai les marches de l'escalier en pierre en m'imaginant les gravir. Puis je bifurquai vers la gauche et poursuivit ma marche dans le sens inverse des aiguilles d'une montre, bouclant la boucle que j'avais commencé à décrire un peu plus tôt dans la soirée.

3

J'appelai Harry depuis une cabine publique dans Aoyama-dori.

— La ligne est sûre ? demanda-t-il dès qu'il reconnut ma voix.

— Relativement. Une cabine. Dans un coin excentré.

Le lieu avait son importance dans la mesure où le gouvernement surveille certaines cabines téléphoniques – celles proches des ambassades et des commissariats de police, par exemple, et celles des halls de grands hôtels, où les oisifs des environs se réfugient pour avoir des conversations « privées ».

— Tu es toujours dans Tokyo, déclara-t-il. Et tu appelles d'un téléphone public à Minami-Aoyama.

— Comment le sais-tu ?

— J'ai mis au point un système qui permet de visualiser le numéro et l'origine des appels arrivant chez moi. C'est ce que la police utilise sur le 911 aux États-Unis. Imparable.

Harry, songeai-je en souriant. Malgré ses vêtements chiffonnés et ses cheveux en bataille qui donnaient toujours l'impression qu'il venait de tomber de son lit, et bien qu'il soit au fond un grand enfant pour qui le piratage informatique était comme un jeu vidéo mais en mieux, Harry pouvait se révéler dangereux. Le service que je lui avais rendu par hasard pas mal d'années auparavant, lorsque je l'avais sauvé d'une bande de marines ivres morts en quête d'une victime japonaise à se mettre sous la dent, avait rapporté de sacrés intérêts.

Et pourtant, malgré tous mes efforts, il lui arrivait d'être d'une naïveté confondante. Jamais je n'aurais confié à qui que ce soit ce qu'il venait de me dire. Un avantage pareil, on le garde pour soi.

— La NSA[1] n'aurait jamais dû te laisser partir, Harry. Tu es le pire cauchemar que puisse imaginer un obsédé du respect de la vie privée.

Il rit, mais sans conviction. Harry ne sait jamais très bien si je plaisante ou pas.

— Tant pis pour eux, dit-il. De toute façon, ils imposaient trop de règles. C'est bien plus drôle de travailler pour une grosse entreprise de conseil. Ils ont tellement de problèmes qu'ils ne s'embêtent même plus à surveiller ce que je fais.

Ce qui était judicieux de leur part. De toute manière, ils n'auraient jamais pu suivre.

— Que se passe-t-il ? demandai-je.

— Oh, rien de spécial. Je voulais seulement te joindre pendant que c'est encore possible. Je me suis dit que, si tu avais fini ton travail, tu risquais de repartir bientôt.

— Bien vu.

— Tu as… fini ?

1. National Security Agency, agence de sécurité américaine *(NdT)*.

Harry, qui avait compris depuis longtemps ce que je faisais, avait aussi saisi qu'en parler était tabou. Il avait cependant dû savoir à quoi s'en tenir quand il m'avait contacté en début de soirée, à ma demande expresse, pour m'indiquer le lieu et l'heure précis où je pourrais trouver le yakuza.

— Fini, confirmai-je.

— Tu ne vas pas rester longtemps par ici, alors ?

Je souris, bêtement ému par son ton chagriné.

— Pas très longtemps, en effet. Mais je comptais t'appeler avant de partir.

— Ah bon ?

— Oui, fis-je en jetant un coup d'œil à ma montre. D'ailleurs, que fais-tu en ce moment ?

— Eh bien… je viens de me lever.

— Bon sang, Harry, il est dix heures du soir !

— J'ai des horaires un peu bizarres, ces temps-ci.

— Comme tu dis ! Bon, tu sais quoi, on n'a qu'à se retrouver et aller boire un coup. Tu n'auras qu'à commander un petit déjeuner.

— Tu as un endroit en tête ?

— Attends une seconde.

J'attrapai l'annuaire des Pages jaunes de Tokyo posé sous le téléphone et feuilletai la rubrique « Restaurants » jusqu'à ce que je trouve l'adresse que je cherchais. Puis, selon le code habituel, je comptai cinq entrées plus haut, sachant que Harry chercherait cinq entrées plus bas que celle que je lui indiquerais. Non par crainte qu'on ait réussi à nous épier – diable, je ne voyais pas qui aurait pu nous écouter si Harry en avait décidé autrement ! –, mais parce qu'on n'est jamais trop prudent. Je lui avais appris à toujours mettre en place une défense à plusieurs niveaux. À ne jamais présumer de rien.

— Que dirais-tu du Tip-Top, dans Takamatsu-cho ?

— Parfait, dit-il sur un ton qui montrait qu'il avait compris. C'est un endroit super.

— Je te rejoins là-bas.

Dès que j'eus raccroché, je sortis un mouchoir de ma poche de pantalon pour essuyer le combiné et les touches du téléphone. Les vieilles habitudes ont la peau dure.

L'endroit auquel je pensais, le These Library Lounge, que les Japonais prononçaient « Teize », était un petit établissement à l'atmosphère de bar clandestin, niché au premier étage d'un immeuble banal à Nishi-Azabu. Bien que situé au centre géographique et psychologique de la ville, le Teize donne l'impression irréelle d'être très loin de tout, comme une île secrètement ravie d'être perdue au milieu du vaste océan qu'est Tokyo. Il régnait là l'ambiance particulière qui fait que les conversations laissent vite place à des murmures, et la fatigue à une délicieuse langueur. Les tracas de la journée s'envolent tandis que vous écoutez un air bouleversant de Johnny Hodges, par exemple *Just a Memory,* comme si c'était la toute première fois, sans idée préconçue ni a priori, sans même avoir l'impression de le connaître déjà. Vous savourez alors une gorgée d'un de ces fameux malts d'Islay bourrés d'iode et réalisez que c'est pour qu'il ait ce goût, ce goût-là exactement, que le distillateur a dû énoncer une prière silencieuse lorsqu'il a versé le liquide ambré dans un tonneau en chêne trente ans plus tôt. Et lorsque vous regardez un groupe de femmes élégantes, assises dans l'une des alcôves subtilement éclairées, le visage rayonnant et encore sans rides, leur certitude que des havres comme celui-ci existent semblant se refléter dans le timbre innocent de leur rire et les inflexions insouciantes de leur conversation, vous repensez soudain sans amertume à l'époque où vous croyiez qu'il n'était peut-être pas impossible d'appartenir à ce monde.

Il me fallut moins de dix minutes à pied pour rejoindre le bar. Avant de grimper l'escalier extérieur qui menait au premier étage, je m'arrêtai un instant, le temps d'imaginer, comme je le fais systématiquement avant d'entrer quelque part, où je me serais caché si j'avais préparé une embuscade. L'extérieur du Teize offrait deux emplacements prometteurs, dont l'un, le hall d'entrée de l'immeuble voisin, me plaisait tout particulièrement ; il était situé en retrait de l'entrée du bar, de telle façon qu'il était impossible de voir si quelqu'un s'y était caché avant d'arriver au pied de l'escalier, autrement dit trop tard pour pouvoir réagir. À moins de prendre la peine de se pencher au-dessus du balcon qui longeait la façade pour s'assurer que tout était calme dans la rue, comme je venais moi-même de penser à le faire.

Satisfait par la disposition de sécurité extérieure des lieux, j'entrai dans la salle. Il y avait longtemps que je n'étais pas venu, mais, heureusement, les propriétaires n'avaient pas jugé nécessaire de tout chambouler. L'éclairage, toujours aussi doux, se composait en gros d'appliques, de lampadaires et de bougies. Une table en bois qui avait servi de porte dans une autre vie avait accédé à ce destin hautement plus enviable. Des tapis persans amortissaient les bruits, tout comme les lourdes tentures de couleur sombre. Le bar de marbre blanc qui trônait, imposant, au centre de la grande salle sans toutefois l'écraser scintillait discrètement sous une rampe de petits spots. Partout, il y avait des livres : des ouvrages consacrés au design, à l'architecture et à l'art principalement, mais aussi une sélection saugrenue d'œuvres comme *Les Aventures de deux poupées hollandaises* et *Oncle Santa*.

— *Nanmeisama ?* me demanda le barman. Combien de personnes ?

J'indiquai le chiffre deux. Il jeta un regard dans la salle, constatant, comme je l'avais déjà fait, qu'aucune table n'était libre.

— Tant pis, lui dis-je en japonais. Nous nous installerons au bar.

Ce qui, entre autres avantages, permettait d'avoir un point de vue stratégique sur la porte d'entrée.

Harry arriva une heure plus tard, alors que j'entamais mon deuxième single malt de la soirée, un Lagavulin de seize ans d'âge. Il m'aperçut dès qu'il entra et me sourit.

— John-san, *hisashiburi desu ne*, me dit-il. Ça faisait longtemps.

Puis il passa à l'anglais, qui nous garantirait une intimité nettement plus grande dans ce lieu.

— Ça me fait plaisir de te voir, ajouta-t-il.

Je me levai, et nous échangeâmes une poignée de main. Malgré l'absence de solennité de l'occasion, je m'inclinai légèrement. J'ai toujours été aussi sensible au respect qu'exprime le salut à la japonaise qu'à la chaleur de la poignée de main ; or, Harry méritait les deux.

— Assieds-toi, dis-je en montrant le tabouret de bar à ma gauche. J'espère que tu me pardonneras d'avoir commencé sans toi.

— À condition que tu me pardonnes de ne pas prendre la même chose que toi et de commander à manger à la place.

— Comme tu voudras. De toute façon, le scotch est une boisson pour grandes personnes.

Comprenant que je le taquinais, il sourit, puis commanda une salade d'herbes au tofu et à la mozzarella avec un jus d'orange. Harry n'a jamais été un buveur d'alcool.

— Tu as fait une bonne PDS ? lui demandai-je en attendant qu'arrive sa commande.

Une PDS, ou procédure de détection de surveillance, a pour but de contraindre un ou plusieurs poursuivants à se montrer. J'ai enseigné cette discipline à Harry, qui s'est révélé un élève plutôt doué.

— Tu me demandes ça à chaque fois ! grommela-t-il sur ce ton légèrement exaspéré que prennent les adolescents pour se plaindre auprès de leurs parents. Et à chaque fois, ma réponse est la même !

— Tu l'as donc fait.

— Naturellement ! fit-il en roulant des yeux.

— Et tu n'as repéré personne ?

Il me dévisagea.

— Si c'était le cas, je ne serais pas là. Tu le sais bien.

— Je ne peux pas m'empêcher de vérifier, dis-je en lui donnant une bourrade amicale dans le dos. Merci encore pour le bon boulot que tu as fait sur le portable du yakuza. Ça m'a mené tout droit à lui.

— Hé, au fait, j'ai quelque chose pour toi ! s'exclama-t-il, l'air radieux.

— Ah oui ?

Harry acquiesça et enfouit la main dans la poche de sa veste. Il farfouilla quelques secondes, puis en sortit une plaque de métal dont les dimensions correspondaient à celles d'une dizaine de cartes de crédit empilées les unes sur les autres.

— Regarde ça !

Je pris l'objet dans mes mains. Compte tenu de sa taille, la plaque me parut lourde. Il devait y avoir tout un tas de circuits à l'intérieur.

— Oh, un presse-papier en plaqué argent ! Moi qui en rêve depuis toujours…

Harry fit mine de vouloir me le reprendre.

— Puisque ça ne te plaît pas…

— Non, non, ça me plaît beaucoup. C'est juste que je n'ai pas la moindre idée de ce que c'est.

À vrai dire, j'en avais vaguement une, mais je préfère que les autres me sous-estiment. Sans compter que je ne voulais pas priver Harry du plaisir de me faire la leçon.

— C'est un détecteur de micros et de caméras vidéo, dit-il, prononçant lentement chaque mot comme s'il craignait que j'aie du mal à comprendre. Si tu te trouves à proximité d'une fréquence radio ou d'infrarouges, cet appareil te préviendra.

— Avec une voix féminine sexy, j'espère ?

Il rit.

— Quand quelqu'un essaie de t'enregistrer, tu ne tiens pas forcément à ce qu'il sache que tu le sais. Donc, pas de voix sexy. Juste un vibreur. Intermittent pour la vidéo, en continu pour l'audio. Et alternatif si c'est les deux. Mais uniquement par séquences de dix secondes, pour préserver l'énergie de la pile.

— Comment ça marche ?

Harry rayonnait.

— C'est de la haute technologie, avec un système de circuits longue portée qui détecte les transmetteurs opérant sur les fréquences comprises entre 50 MHz et 3 GHz. Plus une antenne interne, qui capte la fréquence de l'oscillateur horizontal émise par les caméras vidéo. Je l'ai optimisé au standard NTSC, que tu rencontreras le plus souvent, mais, si tu veux, je peux le transformer en PAL ou en SECAM. Comme la réception est relativement faible à cause de sa petite taille, tu ne sauras pas où est placé le micro ou la caméra, mais seulement que quelqu'un est en train de t'écouter ou de t'observer. Pour ce qui est des gros moniteurs de surveillance CCTV qu'on voit parfois dans les gares ou les parkings, ils resteront en général hors de portée de l'appareil.

Dommage. Si j'avais eu un moyen portatif fiable de détecter ces caméras, j'aurais pu récupérer la vie privée que Tatsu ou d'autres me confisquaient.

— Tu penses pouvoir augmenter un peu la puissance de réception ? demandai-je.

Harry prit un air vexé, et je me rendis compte que j'aurais dû le féliciter avant de poser ma question.

— Non, sur un appareil aussi petit, ce n'est pas possible. Il faudrait une pile beaucoup plus grosse avec une antenne extérieure.

Tant pis. Même avec ses limites, cet appareil me serait utile. Je le soupesai dans le creux de ma main. J'avais déjà vu des modèles dotés de fonctions similaires dans le commerce, mais jamais rien d'aussi miniaturisé. Du très beau boulot.

— Batterie rechargeable ?

— Bien sûr. Au lithium. Comme sur un téléphone portable.

Il plongea la main dans une poche de sa veste, d'où il extirpa ce qui ressemblait à un banal chargeur de téléphone cellulaire.

— J'ai mis la batterie à plat à force d'effectuer des tests, il faudra que tu la recharges en rentrant chez toi. Et n'oublie surtout pas de le refaire chaque jour. Il n'y a pas d'indicateur de niveau de batterie, ni rien de ce genre. J'ai fabriqué ce truc pour sa rapidité, pas pour son allure.

Je pris le chargeur et le posai sur la table à côté de moi. Puis je sortis mon portefeuille et glissai le dispositif à l'intérieur. Il s'y logeait parfaitement. J'étudierais ça de plus près une fois rentré à l'hôtel, histoire de vérifier qu'il s'agissait bien d'un détecteur de micro et non d'une sorte de micro. Non que je ne fasse pas confiance à Harry. Mais j'aime bien m'assurer de ce genre de choses.

Je remis mon portefeuille dans ma poche arrière de pantalon et hochai la tête en signe d'appréciation.

— Beau travail ! Merci.

Il sourit.

— Comme je sais que tu es un paranoïaque professionnel, je me suis dit que c'était ça ou un abonnement à vie au Valium.

J'éclatai de rire.

— Dis-moi, à présent, comment se fait-il que tu aies ces horaires de vampire ?

— Oh, tu sais comment c'est, fit-il en détournant le regard. C'est un mode de vie.

Un mode de vie ? Harry n'en avait pourtant pas vraiment un, que je sache. Je l'imaginais passer tout son temps confiné dans son appartement, en train de s'insinuer dans de lointains réseaux, de créer des portes d'accès qu'il reviendrait exploiter par la suite, d'intervenir partout dans le monde en restant planqué derrière son écran d'ordinateur.

Je remarquai qu'il avait rougi. Ce garçon était la transparence même !

— Harry, dois-je comprendre par là que tu as une petite amie ?

Voyant qu'il s'empourprait encore davantage, je ris de plus belle.

— Eh bien, tant mieux pour toi !

Il me jeta un coup d'œil pour voir si je n'allais pas me moquer de lui.

— Ce n'est pas exactement ma petite amie.

— Eh bien, peu importent les termes. Comment l'as-tu rencontrée ?

— En bossant.

— Tu vas me donner des détails, dis-je en prenant mon whisky, ou faut-il que je te fasse avaler deux ou trois verres comme celui-ci pour te délier la langue ?

Il fit une moue de dégoût exagérée.

— Un des clients de la société, l'une de ces grandes entreprises de commerce, était content du boulot que j'ai réalisé sur un problème de sécurité.

— Je suppose qu'ils ne savent pas que tu en as profité pour te ménager quelques portes d'accès.

— Ça, ils ne le savent heureusement jamais, admit Harry en souriant.

— Donc le client était content…

— … et mon patron m'a emmené fêter ça dans un bar à hôtesses.

La majorité des Occidentaux a du mal à saisir le concept du *hostess club* à la japonaise, où les femmes sont payées uniquement pour faire la conversation. En Occident, on accepte volontiers l'idée que le sexe puisse être une marchandise, mais pas que d'autres formes de relations humaines puissent faire l'objet d'une transaction. Car les hôtesses ne sont pas des prostituées, même s'il leur arrive, comme la geisha dont elles représentent la version moderne, d'entretenir une fois le travail terminé une liaison avec un client qu'elles ont choisi, après que celui-ci leur a fait la cour dans les règles. Ainsi les clients de ces établissements paient-ils pour le seul plaisir d'être en compagnie des filles, pour leur capacité à adoucir les angles lors de réunions d'affaires, et dans l'espoir que cette relation débouchera plus tard sur autre chose. Si c'était seulement du sexe que recherchaient les clients des hôtesses, ils pourraient s'en offrir pour beaucoup moins cher ailleurs.

— Lequel ? demandai-je.

— Un endroit qui s'appelle La Rose de Damas.

— Jamais entendu parler.

— Ils ne font aucune publicité.

— Ça m'a l'air très chic.

— Et ça l'est. L'endroit est même plutôt raffiné. C'est à Nogizaka, dans Gaienhigashi-dori. Mais ils ne te laisseraient sans doute pas entrer.

Je ris. J'adore quand Harry fait de l'esprit.

— Bon, alors, ton patron t'emmène à La Rose de Damas…

— Oui, et comme il a beaucoup bu, il a raconté à tout le monde que j'étais un génie de l'informatique. Une des hôtesses m'a demandé comment s'y prendre pour configurer un pare-feu parce qu'elle venait de s'acheter un nouvel ordinateur.

— Jolie ?

— Oui… enfin, je crois, fit Harry en rougissant de nouveau. Elle a un Macintosh, elle m'a tout de suite plu.

— J'ignorais qu'un tel détail pouvait déclencher un coup de foudre, observai-je en haussant les sourcils.

— J'ai donc répondu à quelques-unes de ses questions, poursuivit-il sans relever ma plaisanterie. Et à la fin de la soirée, elle m'a demandé si je voulais bien lui laisser mon numéro de téléphone, au cas où elle aurait d'autres questions.

Là encore, j'éclatai de rire.

— Heureusement qu'elle ne s'est pas contentée de te donner le sien. Elle serait morte de vieillesse en attendant ton coup de fil !

Harry se fendit d'un sourire, sachant que c'était sans doute vrai.

— Elle t'a donc appelé…

— Et finalement je suis allé chez elle et j'ai configuré tout son système.

— Harry, tu as « configuré tout son système » ? répétai-je, les yeux écarquillés, d'un air moqueur.

Il s'empressa de baisser le regard, mais je vis qu'il souriait.

— Enfin, tu comprends ce que je veux dire…

— Tu n'as pas l'intention de… pénétrer son système de sécurité, au moins ? demandai-je, incapable de résister.

— Non, je ne lui ferais pas ça. C'est une fille bien.

Seigneur, il était tellement ébloui que mon jeu de mots lui avait complètement échappé !

— Franchement, Harry, je suis content pour toi.

Il me regarda et constata que j'avais l'air sincère.

— Merci, murmura-t-il.

Approchant mon verre de mes narines, j'inspirai une grande bouffée d'air iodé que je retins un instant avant d'expirer.

— Et elle te fait veiller tard ?

— Eh bien, le club reste ouvert jusqu'à trois heures du matin, et elle travaille tous les jours. Alors, le temps qu'elle rentre…

— Je vois le tableau, dis-je, même si j'avais un peu de mal à imaginer Harry éprouvant de l'attachement pour autre chose qu'un câble Ethernet et une souris.

C'était un garçon introverti et peu sociable, qui n'avait à ma connaissance de contact avec personne en dehors de son travail de la journée – avec lequel il maintenait ses distances – et de moi-même. Des conditions qui avaient toujours fait de lui un garçon extrêmement utile.

J'essayai de me le représenter avec une hôtesse follement distinguée, mais sans succès. Quelque chose ne collait pas.

Arrête de faire le con, me dis-je. *Ce n'est pas parce que tu ne peux avoir personne dans ta vie qu'il faut en vouloir à Harry.*

— Comment s'appelle-t-elle ?

— Yukiko, répondit-il dans un sourire.

— L'« Enfant de la neige ». Joli nom.

Il approuva d'un signe de tête, l'air de planer vaguement.

— Oui, ça me plaît bien.

— Que sait-elle de toi, exactement ? demandai-je en prenant une gorgée de Lagavulin.

Mon ton paraissait innocent, mais je craignais que, transporté par ce qui était sans doute son premier amour, Harry aille raconter inutilement trop de choses à cette fille.

— Elle sait que je travaille comme consultant, bien sûr. Mais rien sur mon… passe-temps.

Son extrême penchant pour le piratage informatique, voulait-il dire. Un passe-temps qui risquait de l'expédier en prison si les autorités l'apprenaient. Ou n'importe qui d'autre, d'ailleurs.

— Garder ce genre de choses secret n'est pas facile, observai-je pour le mettre à l'épreuve.

— Je ne vois pas pourquoi ça ne le resterait pas, répliqua-t-il en me regardant.

Une serveuse sortit de derrière un rideau et apporta la commande de Harry. Il la remercia, manifestant à l'égard de cette nouvelle catégorie merveilleuse d'êtres humains, *les femmes qui travaillent dans les restaurants et les bars*, une infinie reconnaissance qui m'arracha un sourire.

Sans trop savoir pourquoi, je compris que Harry allait se mettre à vivre davantage comme un civil, qu'il me serait moins utile et risquait même de devenir un danger pour moi. Son ouverture progressive sur le monde pourrait offrir à un ennemi potentiel une fenêtre sur la part clandestine de mon existence. Naturellement, si des gens faisaient le lien entre Harry et moi, ils s'en prendraient peut-être à lui également. Et malgré tout ce que j'avais essayé de lui enseigner au fil des années, je savais bien que, une fois lâché dans la nature, Harry n'aurait pas les moyens de se protéger.

— C'est ta première petite amie ? lui demandai-je gentiment.

— Je te l'ai dit, ce n'est pas vraiment ma petite amie, répondit-il, éludant ma question.

— Si elle occupe suffisamment ton attention pour te garder au lit jusqu'au coucher du soleil, je pense raisonnable d'utiliser ce terme par commodité.

Harry me regarda, l'air de ne plus savoir quoi dire.

— Alors, c'est le cas ?

Il détourna les yeux.

— Je suppose que oui.

Mon intention n'était nullement de le mettre mal à l'aise.

— Harry, je te demande ça parce que, quand on est jeune, on croit parfois qu'on peut tout avoir. Si tu prends juste du bon temps, inutile de lui faire des confidences. Rien ne t'y oblige. Mais si ton affection devient plus profonde, il te faudra réfléchir sérieusement. Te demander jusqu'à quel point tu veux être proche d'elle, quelle importance tu accordes à ton passe-temps… Parce qu'on ne peut pas vivre un pied en pleine lumière et l'autre dans l'ombre. Crois-moi, ce n'est pas possible. Pas sur le long terme.

— Ne t'inquiète pas. Je ne suis pas idiot, tu sais.

— En amour, tout le monde est idiot. Ça fait partie intégrante de la condition amoureuse.

L'emploi que je faisais des mots et de ce qu'ils recouvraient le fit rougir de nouveau. Mais peu m'importait comment Harry percevait ses nouveaux sentiments. Je sais ce que c'est de vivre tout seul entre quatre murs et de se retrouver subitement, alors qu'on n'y croyait plus, avec une jolie fille qu'on désire et qui ressent la même chose. Ça change les priorités. Et même sacrément !

J'eus un sourire amer en songeant à Midori.

À cet instant, comme s'il lisait dans mes pensées, Harry reprit la parole :

— Je voulais te parler de quelque chose. Mais je préférais le faire de vive voix.

— Ça a l'air sérieux.

— Il y a quelques mois, j'ai reçu une lettre. De Midori.

Je terminai mon whisky avant de répondre. Si la lettre était arrivée depuis si longtemps, m'accorder quelques minutes pour décider de la façon dont j'allais réagir ne changerait pas grand-chose.

— Elle avait tes coordonnées…, commençai-je à dire, bien que n'ayant encore rien décidé.

Harry haussa les épaules.

— Elle les avait parce que nous l'avons fait venir à mon appartement pour s'occuper de l'aspect musical du fameux message crypté.

Aujourd'hui encore, Harry se sentait obligé de préciser le rôle de Midori dans cette opération pour faire valoir qu'il aurait été entièrement capable de s'occuper lui-même du décryptage. Il était très sensible à ce genre de choses.

— Exact, dis-je.

— Elle ne connaissait pas mon nom de famille. L'enveloppe était simplement adressée à Haruyoshi. Heureusement, sinon j'aurais dû déménager, et ç'aurait été l'enfer !

Comme toute personne tenant à protéger sa vie privée, Harry prend d'infinies précautions afin qu'aucun lien n'apparaisse nulle part – ni sur les factures, ni sur les abonnements au câble, ni même sur les formulaires de bail – entre son nom et l'endroit où il vit. Ce genre de cloisonnement oblige à un certain travail, à commencer par la mise en place de fonds révocables, de SARL ou autres entités légales aveugles. Mais tout peut s'effondrer d'un seul coup si votre tante Keiko décide subitement de venir vous rendre visite, note votre adresse et vous envoie, disons, des fleurs en guise de remerciement. Le fleuriste rentre vos nom et adresse dans sa base de données, qu'il vend ensuite à des sociétés de marketing, lesquelles revendent l'information à leur tour à qui est preneur, tant et si bien que votre véritable lieu de résidence est désormais accessible à toute personne ayant des aptitudes ne serait-ce que rudimentaires pour le piratage informatique ou les relations publiques. Le seul moyen de retrouver votre tranquillité est de déménager encore une fois et de recommencer l'exercice.

Si ce qu'on vous envoie se limite à une lettre, la seule personne en mesure d'établir un lien est le facteur. À chacun de juger si un tel risque paraît oui ou non acceptable. En ce qui me concerne, il ne l'est pas. Et, vraisemblablement, pour Harry non plus. Mais du moment que seul son prénom figurait sur l'enveloppe, pas de problème.

— D'où venait la lettre ? demandai-je.

— De New York. C'est là qu'elle vit, je crois.

New York. Là où Tatsu avait expédié Midori après lui avoir dit que j'étais mort, afin que personne ne puisse la soupçonner d'être encore en possession de la disquette d'ordinateur que son père avait volée à Yamaoto, disquette qui contenait suffisamment de preuves sur l'existence d'un vaste réseau de corruption au Japon pour faire tomber le gouvernement. Aller là-bas était sans doute très bien pour elle. Sa carrière en Amérique décollait. Je le savais pour la bonne raison que je m'y intéressais.

Harry extirpa de sa poche arrière de pantalon une feuille de papier pliée en quatre.

— Tiens, dit-il en me la tendant.

Je pris la feuille et attendis un instant avant de la déplier, indifférent à ce qu'il penserait de mes hésitations. En regardant la lettre, je vis qu'elle était rédigée en caractères japonais gracieux et pleins d'assurance, rappel de leçons de calligraphie prises dans l'enfance en même temps que reflet de la personnalité qui se cachait derrière la plume.

Haruyoshi-san,

À New York, où il fait encore froid, je compte les jours dans l'attente du printemps. À Tokyo, les cerisiers seront bientôt en fleur, et je suis sûre qu'ils seront magnifiques.

Sans doute as-tu appris comme moi la triste nouvelle du décès de notre ami commun, Fujiwara Junichi-san. J'ai cru comprendre que son corps avait été rapatrié aux États-Unis pour y être enterré. J'avais espéré me rendre sur sa tombe pour déposer une offrande à sa mémoire, mais, malheureusement, je n'ai pas réussi à découvrir où il repose. Si tu disposais d'informations à ce sujet, j'apprécierais sincèrement ton aide. Tu peux me joindre à l'adresse ci-dessus.

Je prie humblement pour ta santé et ton bien-être. Merci de ta sollicitude.

Amitiés,

Midori Kawamura

Lentement, je lus la lettre une deuxième fois, puis une troisième. Enfin, je la repliai et la rendis à Harry.

— Non, non, fit-il en levant les mains, paumes en avant. Garde-la.

Je n'avais aucune envie qu'il voie que je la voulais. Mais je le remerciai d'un hochement de tête et la glissai dans la poche intérieure de mon blazer.

D'un signe, je fis comprendre au barman que le moment était venu de me servir un autre Lagavulin.

— Tu lui as répondu ? demandai-je.

— Oui. Je lui ai écrit que j'étais au courant, moi aussi, mais que je n'avais pas d'autres informations.

— Et depuis, tu as reçu de ses nouvelles ?

— Juste un mot de remerciement. Dans lequel elle me demandait de la prévenir si jamais j'apprenais quelque chose, en précisant qu'elle ferait de même.

— C'est tout ?

— Oui.

Je me demandai si Midori avait cru à cette histoire. Si elle n'avait pas remercié Harry de lui avoir répondu, j'aurais deviné qu'elle n'avait pas marché, vu qu'elle était bien élevée et que ne pas répondre n'était pas dans ses manières. Mais il pouvait s'agir aussi d'un remerciement de pure forme qu'elle avait envoyé malgré ses soupçons. Peut-être même était-ce une ruse destinée à faire croire à Harry qu'elle se satisfaisait de sa réponse alors qu'il n'en était rien.

Ce sont des conneries, murmura une voix en moi. *Midori n'est pas comme ça.*

Pas comme toi, tu veux dire, pensai-je alors avec un sourire amer.

Midori n'avait rien d'une âme fourbe, et cette certitude raviva en moi une légère douleur. L'environnement dans lequel j'ai vécu pendant si longtemps m'a conditionné à toujours envisager le pire. Néanmoins, il m'arrive encore de temps en temps de résister à ce penchant.

Peu importait. Trop de bizarreries entouraient ce qu'était devenue la disquette et ma disparition ; or, Midori était trop fine pour ne pas s'en apercevoir. J'avais passé un temps fou à y réfléchir, l'année précédente, sans jamais parvenir à une autre conclusion.

Après ce qui était arrivé entre nous, le doute avait d'abord dû être infime. Mais rien ne l'aurait empêché de grandir. *En fin de compte, le contenu de la disquette n'a jamais été divulgué*, se dirait-elle. Un état de fait qui dépendait de Tatsu et non de moi, ce qu'elle n'aurait pas le moyen de savoir. Midori ne savait qu'une chose : les dernières volontés de son père n'avaient pas été respectées et sa mort n'avait finalement servi à rien. Encore une fois, elle se demanderait comment j'avais appris où dénicher cette disquette à Shibuya, repenserait aux explications que je lui avais alors données et ne les trouverait pas convaincantes. Ce qui l'amènerait à s'interroger sur le moment où j'étais apparu dans sa vie, juste après le décès de son père.

En outre, Midori connaissait mon appartenance à une sorte de monde souterrain, même si elle n'avait jamais su exactement lequel. La CIA ? L'une des factions politiques japonaises ? En tout cas, une organisation qui avait les moyens de maquiller une disparition et d'y faire croire avec une certaine efficacité.

Oui, face à tous ces éléments approximatifs, et sans ma présence pour lui rappeler que ce qui s'était passé entre nous avait bien été réel, je savais qu'elle finirait par en conclure qu'elle s'était fait manipuler. À sa place, je n'aurais pas réagi autrement. *Coucher avec moi n'était pour lui qu'une bonne occasion*, penserait-elle. *Pourquoi pas, d'ailleurs ? Il a dû se dire : Autant prendre un peu de bon temps pendant que je me sers d'elle pour retrouver la disquette. Il me suffira de disparaître ensuite, une fois que je l'aurai persuadée de coopérer.* Midori ne croirait peut-être pas à tout ça, mais elle ne manquerait pas d'y songer. Et même si elle refusait de me croire mêlé de près ou de loin à la mort de son père, elle ne pourrait pas non plus ne pas m'en soupçonner.

— J'ai fait ce qu'il fallait ? s'inquiéta Harry.

Je haussai les épaules.

— Tu n'aurais pas pu faire mieux. Ce qui n'empêche pas qu'elle n'en croit rien.

— Tu penses qu'elle finira par renoncer ?

C'était la question que je me posais sans cesse. Et à laquelle je n'avais pas trouvé de réponse.

— Je n'en sais rien.

Mais il y avait encore une chose dont je n'étais pas sûr, une chose que je ne pouvais pas dire à Harry : je n'étais pas certain de tenir tant que ça à ce qu'elle renonce.

Qu'est-ce que je venais de lui dire ? *On ne peut pas vivre un pied en pleine lumière et l'autre dans l'ombre*. Je ferais bien d'en prendre de la graine.

4

Je me séparai de Harry vers une heure du matin. Comme les métros étaient déjà fermés, il héla un taxi. Puis il me dit qu'il rentrait chez lui attendre Yukiko.

J'essayai de m'imaginer une jeune et ravissante hôtesse – qui, les bons soirs, gagnait l'équivalent en yens d'un millier de dollars en pourboires dans un des établissements les plus huppés de Tokyo et pouvait se choisir un amant parmi des hommes d'affaires et des politiciens fortunés – se dépêcher d'aller retrouver Harry en sortant du boulot. Non, décidément, je n'y arrivais pas.

Allons, cesse d'être aussi cynique, me dis-je.

Pourtant, quelque chose en moi refusait d'y croire ; or, j'ai appris à me fier à mon instinct.

Il est encore tôt. Va jeter un coup d'œil. C'est quasiment sur le chemin de l'hôtel.

Mais si Harry changeait d'avis et allait à la Rose de Damas au lieu de rentrer chez lui, il saurait que je l'espionnais. Ce qui, à défaut de vraiment le surprendre, serait loin de l'enchanter.

Cependant, puisque Yukiko devait le rejoindre d'ici quelques heures, les risques qu'il aille passer un moment au club en payant de sa poche étaient minces. Ça valait la peine de tenter le coup.

Nogizaka ne se trouvait qu'à quelques kilomètres. Ce n'était pas le bout du monde.

J'appelai les renseignements depuis une cabine téléphonique, mais La Rose de Damas ne figurait pas dans l'annuaire. Harry avait mentionné qu'ils ne faisaient pas de publicité.

Je pouvais quand même tenter ma chance.

Après avoir rejoint le quartier à pied, je remontai tranquillement Gaienhigashi-dori en cherchant le club. Il me fallut un petit moment, mais je finis par le repérer. Il n'y avait pas d'enseigne, rien qu'une petite rose rouge sur un auvent noir.

L'entrée était gardée par deux grands Noirs, tous deux suffisamment baraqués pour se sentir à l'aise dans une arène de sumo. Étant donné leur taille et leur carrure, leurs costumes impeccables avaient dû être coupés sur mesure. Sans doute des Nigérians, qui, grâce à leur allure, leur sens des affaires et leur relative aisance à maîtriser la langue, étaient des étrangers très appréciés dans de nombreux établissements de plaisir du quartier, aussi bien comme gérants que comme videurs. Le *mizu shobai*, le commerce de l'eau, est l'un des rares secteurs dans lesquels le Japon peut revendiquer à juste titre une certaine internationalisation.

Ils me saluèrent et ouvrirent la porte vitrée du club, chacun me gratifiant au passage d'un puissant « *Irasshaimase* » d'une voix de baryton. Bienvenue. L'un d'eux murmura quelques mots dans un micro fixé discrètement sur son revers.

Je descendis une volée de marches. Un Japonais d'une quarantaine d'années au teint rougeaud et à l'air prospère m'accueillit dans un petit salon. Une musique insipide, de la techno pop japonaise, passait dans la pièce d'à côté.

— *Nanmeisama desho ka ?* me demanda-t-il. Combien de personnes ?

— Je suis seul, répondis-je en anglais en indiquant le chiffre un.

— *Kashikomarimashita.* Bien sûr. Par ici, fit-il en me faisant signe de le suivre.

La salle, rectangulaire, était flanquée d'estrades de danse à chaque extrémité. Très rudimentaires, elles avaient pour seules caractéristiques d'être tapissées de miroirs sur le mur du fond et d'être traversées en plein milieu par une barre de pompier en cuivre. L'une des scènes était occupée par une grande fille blonde aux cheveux longs en talons hauts, vêtue en tout et pour tout d'un string vert. Elle dansait de façon un peu sporadique, ce qui ne l'empêchait pas de capter l'attention de la majorité des clients. Ce devait être une Russe. Dotée d'une forte ossature et d'une forte poitrine. Autant dire une rareté, au Japon.

Harry ne m'avait parlé d'aucun spectacle. Sûrement par timidité. Mon intuition que quelque chose n'allait pas ne fit que se confirmer.

Sur l'autre scène, j'aperçus une fille qui semblait issue d'un mélange japonais et méditerranéen, ou latin. Un excellent mélange. Elle avait ces cheveux d'un noir soyeux, presque scintillant, que tant de filles japonaises modernes s'acharnent à masquer avec du *chapatsu*, une teinture au thé, et qu'elle portait coupés court, ramenés sur un côté. La forme de ses yeux aussi était japonaise, et elle était plutôt petite. Mais sa peau, d'un doré qui avait la douceur du caramel fondu, évoquait une origine africaine ou mulâtre. De même, sa poitrine et ses hanches, d'une plénitude somptueuse et légèrement incongrue sur une charpente de Japonaise, suggéraient quelque origine étrangère. Elle utilisait la barre avec habileté, la tenait très haut, prenant la pause, tête renversée en arrière, corps tendu, puis décrivait une spirale en redescendant au rythme de la musique. Ses mouvements dégageaient une vitalité authentique, et voir la plupart des clients tournés vers la blonde n'avait pas l'air de la déranger.

Le rougeaud me désigna une chaise devant une table vide au centre de la salle. Après avoir jeté un coup d'œil de routine pour m'assurer que la place ménageait une vue convenable sur l'entrée, je m'installai. Et je ne fus pas mécontent de découvrir que je jouissais, en plus, d'une vue parfaite sur la scène où dansait la fille brune.

— Ouah ! m'extasiai-je en anglais tout en la regardant.

— Oui, elle est belle, répliqua le gars en anglais également. Voudriez-vous faire sa connaissance ?

J'observai la fille un bref instant avant de répondre. Je préférais ne pas me retrouver embringué avec une des hôtesses japonaises du club. J'aurais plus de chances d'établir un lien, et donc de glaner des informations, si je bavardais avec une étrangère en me faisant passer pour un étranger.

J'acquiesçai d'un signe de tête.

— Je vais la faire prévenir, dit-il en me tendant la carte des boissons et en s'inclinant avant de s'éloigner.

La carte, une unique page en parchemin épais de couleur crème, était rédigée en caractères élégants répartis sur deux colonnes. Le discret emblème de la rose rouge y apparaissait tout en bas. Je fus surpris de découvrir un choix très varié de single malts. Un vieux Springbank de vingt-cinq ans d'âge, que je voulais goûter depuis un certain temps. Ainsi qu'un Talisker du même âge. Je risquais de devoir m'attarder ici un bon moment.

Quand la serveuse arriva, je commandai un Springbank. Dix mille yens la dose. Mais la vie est courte.

Une dizaine de filles allaient et venaient dans la salle. Environ la moitié était japonaise, les autres avaient l'air européennes, sans qu'il soit possible de déterminer leur origine. Toutes étaient séduisantes et habillées avec goût. La plupart étaient occupées avec des clients, mais quelques-unes étaient encore disponibles. Aucune ne s'était approchée de ma table. Le rougeaud avait dû passer la consigne que j'avais demandé une fille en particulier. Opération efficace.

À la table voisine, un Japonais était entouré par trois hôtesses qui s'employaient à le flatter. D'allure jeune, il avait des cheveux très noirs coiffés en arrière sur un visage hâlé dépourvu de rides et des dents d'un blanc éblouissant. Mais en y regardant de plus près, je découvris que les apparences étaient trompeuses. Les cheveux étaient teints, le bronzage provenait d'une lampe, le visage parfaitement lisse devait être le résultat d'un mélange de botox et de chirurgie, et les dents étaient recouvertes de jaquettes en porcelaine. La chimie et le bistouri, de même que l'escorte de séduisantes jeunes femmes au sourire pâmé et grassement rétribuées, tout ça n'était que des moyens destinés à étayer un mur branlant de déni face aux indignités inévitables qu'entraînent la vieillesse et la mort.

Le volume de la musique techno diminua, et la fille brune tournoya lentement jusqu'au sol, les jambes en ciseaux autour de la barre, le dos arqué, la tête renversée en arrière vers la salle. La blonde termina son numéro également, quoique de façon moins spectaculaire. Le public applaudit.

La serveuse m'apporta mon Springbank, de l'ambre pur miroitant dans un verre droit en cristal. Je l'approchai de mon nez et fermai un instant les yeux en inspirant une bouffée revigorante d'air marin auquel se mêlait un léger parfum de cerise. J'en bus une gorgée. Effectivement, on retrouvait le goût du sel et de l'iode, mais avec, en plus, un soupçon de fruit. Long et sec sur la fin. Pas mal pour un vingt-cinq ans d'âge.

Avalant une nouvelle gorgée, je jetai un coup d'œil dans la salle. Je ne percevais aucune mauvaise vibration. *Cette boîte est peut-être réglo*, me dis-je. Il allait de soi que l'établissement était lié au crime organisé, mais c'était la loi du *mizu shobai*, au Japon comme partout dans le monde. Peut-être Harry avait-il simplement eu du pot.

Peut-être. Quelques minutes plus tard, la brune apparut derrière la scène. Elle descendit les quelques marches qui la séparaient de la salle et se dirigea vers ma table.

Elle s'était changée et portait une robe de cocktail noire sans bretelles. Un fin bracelet en diamants enserrait son poignet gauche. *Cadeau d'un admirateur,* pensai-je. Elle devait en avoir plus d'un.

— Puis-je me joindre à vous ? demanda-t-elle.

Son japonais était teinté d'une pointe d'accent chaleureux, espagnol ou portugais.

— Je vous en prie, répondis-je en anglais, en me levant pour lui avancer une chaise. Ça ne vous dérange pas si on parle en anglais ?

— Pas du tout, dit-elle, changeant de langue aussitôt. Je me demandais… Vous êtes américain ?

J'acquiesçai.

— Mes parents sont japonais, mais j'ai grandi aux États-Unis. Je suis plus à l'aise en anglais.

Je repoussai la chaise derrière elle. Le dos de sa robe, entièrement lacé, laissait deviner sa peau soyeuse qui luisait dans les interstices.

— Je vous ai regardée danser avec beaucoup de plaisir, dis-je en m'asseyant près d'elle.

Elle avait dû entendre cette phrase des milliers de fois, ce que son sourire me confirma. Un sourire qui disait : *Ça ne me surprend pas.*

Parfait. Ce que je voulais, c'était la mettre en confiance, l'obliger à baisser sa garde. Nous allions boire quelques verres, nous détendre un peu et faire plus ample connaissance avant que je commence à l'interroger sur ce qui m'intéressait.

— Qu'est-ce qui vous amène à Tokyo ? me demanda-t-elle.

— Les affaires. Je suis comptable. Une fois par an, je dois venir au Japon rencontrer les clients de la société.

C'était une couverture idéale. Quand on annonce qu'on est comptable, les gens ne s'aventurent jamais à poser d'autres questions. De crainte qu'on leur réponde.

— Je m'appelle John, ajoutai-je.

— Naomi, dit-elle en me tendant sa main.

Malgré des doigts petits et fins, sa poignée de main était ferme. J'essayai de deviner son âge. Une vingtaine d'années, peut-être trente. Elle avait l'air jeune, mais sa tenue et ses manières étaient sophistiquées.

— Je vous commande quelque chose à boire, Naomi ?

— Qu'est-ce que vous buvez ?

— Quelque chose d'original, à condition bien sûr d'aimer les single malts.

— J'adore ça. Surtout les vieux whiskies d'Islay. On dit que le temps fait disparaître la brûlure de l'alcool pour n'en conserver que la chaleur. J'aime bien cette idée.

Toi, tu es douée, pensai-je en l'observant. Sa bouche était superbe : des lèvres pleines, des gencives d'un rose presque nacré, des dents blanches impeccables. Elle avait les yeux verts. Et quelques taches de rousseur autour du nez, à peine visibles sur sa peau couleur caramel.

— Ce que je bois ne vient pas d'Islay, mais possède toutefois certaines caractéristiques de ces îles. Fumée et tourbe. Un Springbank.

— Vingt-cinq ans d'âge ? fit-elle en arquant les sourcils.

— Vous connaissez la carte, à ce que je vois. Vous en voulez un ?

— Après toute une soirée au Suntory à l'eau, je ne dis pas non !

Évidemment qu'elle ne dirait pas non ! Le salaire qu'elle touchait comprenait sûrement un pourcentage sur la note du client. Quelques verres à dix mille yens, et elle n'aurait pas perdu sa soirée.

Je commandai un autre Springbank. Naomi me posa diverses questions : comment en savais-je autant sur les whiskies single malt, où vivais-je aux États-Unis, combien de fois étais-je venu à Tokyo… Elle paraissait très à l'aise dans son rôle, que je lui laissai tranquillement jouer.

Dès que nos verres furent vides, je lui proposai d'en boire un autre.

— Vous allez prendre un Talisker, fit-elle dans un sourire.

— Vous lisez dans mes pensées.

— C'est surtout que je connais la carte par cœur. Et que je sais ce qui est bon. Oui, j'en prendrais volontiers un autre.

Cette fois, je commandai deux Talisker. Il était excellent : généreux, poivré, avec une durée en bouche qui n'en finissait pas. Nous continuâmes à boire et à bavarder.

Une fois la deuxième tournée bien entamée, je décidai de changer de tactique.

— D'où êtes-vous ? lui demandai-je. Vous n'êtes pas japonaise…

J'avais dit cela avec un brin d'hésitation, comme si je manquais d'expérience en la matière, et par conséquent d'assurance.

— Ma mère était japonaise. Mais je suis originaire du Brésil.

Ça alors ! Moi qui envisageais un voyage au Brésil… Un long voyage.

— D'où, exactement ?

— De Bahia.

Bahia, l'un des États côtiers du pays…

— Salvador de Bahia ?

— Oui ! s'exclama-t-elle, laissant échapper le premier sourire sincère de la soirée. Comment se fait-il que vous connaissiez ?

— J'y suis allé plusieurs fois. Ma société a des clients partout dans le monde. *Um pae brasileiro e uma mae japonêsa – è uma combinação bonita*, dis-je dans mon portugais étudié sur cassettes. Un père brésilien et une mère japonaise – c'est un beau mélange.

Ses yeux s'illuminèrent, tandis que sa bouche s'arrondissait en un O parfait.

— *Obrigado !* Merci. *Você fala português ?* Vous parlez portugais ?

On aurait dit que sa vraie personnalité avait décidé subitement de réincarner le corps de la jeune femme. Ses yeux, son expression, sa posture, tout en elle sembla s'animer, et je sentis de nouveau l'énergie vitale qui émanait de tout son être lorsqu'elle dansait.

— Juste un peu, répondis-je, repassant à l'anglais. Comme je suis doué pour les langues, j'essaie d'apprendre quelques mots dans tous les pays où je vais.

Naomi me dévisageait en secouant lentement la tête, comme si c'était la première fois qu'elle me voyait. Elle but une gorgée, puis vida son verre.

— Un autre ? proposai-je.

— *Sim !* répondit-elle aussitôt en portugais. Oui !

Je commandai deux autres Talisker, puis me tournai vers elle.

— Parlez-moi du Brésil.

— Que voulez-vous savoir ?

— Décrivez-moi votre famille.

Elle se laissa aller en arrière et croisa les jambes.

— Mon père est un sang bleu brésilien, issu d'une des plus vieilles familles du pays. Ma mère était une Japonaise de la deuxième génération.

La population du Brésil, véritable melting-pot, comprend deux millions de Japonais – une immigration qui a commencé en 1908, à l'époque où le Brésil avait besoin de main-d'œuvre et où le Japon impérial cherchait à implanter ses ressortissants dans différentes parties du monde.

— C'est elle qui vous a appris le japonais ?

Naomi hocha la tête.

— Elle m'a appris le japonais, et mon père, le portugais. Ma mère est morte quand j'étais petite, si bien que mon père a engagé une gouvernante pour que j'apprenne aussi l'anglais.

— Depuis combien de temps vivez-vous au Japon ?

— Trois ans.

— Et vous avez passé tout ce temps dans ce club ?

Elle secoua la tête.

— Seulement un an. Avant, j'enseignais l'anglais et le portugais à Tokyo, dans le cadre du programme JET.

Le JET, Japan Exchange Teaching, est un organisme financé par le gouvernement qui fait venir des étrangers au Japon pour enseigner leur langue maternelle. Si l'on en juge par le niveau d'anglais de la moyenne des Japonais, le programme a encore un bel avenir devant lui.

— C'est comme ça que vous avez appris à danser, en donnant des cours de langue ?

Elle éclata de rire.

— J'ai appris à danser en dansant ! Quand je suis arrivée ici, il y a un an, j'étais tellement timide que j'osais à peine bouger sur scène.

— Difficile à croire, remarquai-je en souriant.

— C'est pourtant vrai. J'ai été élevée dans une maison extrêmement digne. M'imaginer faire ce genre de choses en grandissant aurait alors été inconcevable.

La serveuse déposa deux verres en cristal remplis de Talisker et deux verres d'eau. D'un geste expert, Naomi transvasa une goutte d'eau dans son whisky, fit tournoyer le tout et porta le verre à ses narines. Si elle s'était encore sentie dans son rôle d'hôtesse, elle aurait attendu pour boire que son client en fasse autant. Les choses progressaient.

— Mmm, ronronna-t-elle.

Nous trinquâmes avant d'avaler une gorgée.

— Oh ! dit-elle tout bas en fermant les yeux. Ce que c'est bon…

Je souris.

— Et alors, comment avez-vous atterri à La Rose de Damas, club célèbre dans le monde entier ?

Elle haussa les épaules.

— Pendant les deux premières années que j'ai passées au Japon, je gagnais un salaire annuel d'environ trois millions de yens. Je donnais des leçons le soir pour me faire un peu d'argent de poche. Un jour, un de mes étudiants m'a raconté qu'il connaissait des gens qui allaient ouvrir un club où je pourrais gagner beaucoup plus. Je me suis renseignée. Et je suis là !

Trois millions de yens par an, ce qui faisait vingt-cinq mille dollars.

— C'est une nette amélioration, dis-je en regardant la salle.

— C'est un bon établissement. Nous gagnons le plus gros de nos revenus grâce au *lap dance*. On ne fait que danser, sans se laisser tripoter… Je peux vous faire une démonstration, si vous voulez. Mais ne vous sentez surtout pas obligé !

Le *lap dance* représentait son gagne-pain. Qu'elle en parle comme si ça n'avait pas d'importance était un autre bon signe.

Je la regardai avec attention. Cette fille était vraiment adorable. Mais j'étais venu ici pour autre chose.

— Peut-être tout à l'heure, dis-je. J'aime bien discuter avec vous.

Naomi sourit, l'air flattée. Étant donné son allure, mon refus devait lui paraître rafraîchissant. Tant mieux. Je lui rendis son sourire.

— Parlez-moi encore un peu de votre famille.

Elle but une nouvelle gorgée de Talisker.

— J'ai deux frères aînés. Ils sont mariés tous les deux et travaillent pour l'affaire familiale.

— Dans quel secteur ?

— L'agriculture. La tradition familiale veut que les hommes s'occupent des affaires.

La référence à l'agriculture restait volontairement évasive. D'après ce que je savais du Brésil, il pouvait s'agir de café, de tabac, de sucre ou des trois à la fois. Ou bien d'immobilier. Sa famille devait être très riche, mais elle se montra discrète sur ce point.

— Et que font les femmes ?

Naomi éclata de rire.

— Elles vont étudier quelque chose de futile à l'université, de quoi avoir une solide éducation et faire la conversation dans les salons, et ensuite elles épousent des garçons de bonne famille.

— Vous avez choisi une autre voie, j'imagine.

— J'ai suivi la partie études – en histoire de l'art. Après ça, mon père et mes frères espéraient que je me marierais, mais je ne me sentais pas encore prête.

— Pourquoi le Japon, alors ?

Elle leva les yeux et fit la moue.

— C'est bête, mais dès que j'entends parler japonais, j'ai l'impression d'entendre ma mère. Et puis, je commençais à perdre le peu que j'avais acquis étant enfant, ce qui revenait à la perdre un peu elle.

L'espace d'une minute, j'eus la vision du visage de ma propre mère. Elle était morte pendant que j'étais au Vietnam.

— Ce n'est pas bête du tout.

Nous restâmes silencieux tous les deux. *C'est le moment*, me dis-je.

— Et travailler ici vous plaît ?

— Ça va, répondit-elle avec un haussement d'épaules. Les horaires sont dingues, mais c'est correctement payé.

— La direction vous traite bien ?

De nouveau, elle haussa les épaules.

— Ça va. Personne ne nous oblige à faire ce qu'on ne veut pas.

— Que voulez-vous dire ?

— Vous savez bien. Quand on fait du *lap dance* en privé, certains clients en réclament davantage. S'ils sont contents, ils reviennent et dépensent de grosses sommes d'argent. Alors, dans des clubs comme celui-ci, il arrive que la direction pousse les filles à satisfaire le client. Et à d'autres choses.

Mon expression fut celle d'une sincère inquiétude.

— D'autres choses ?

— Oh, rien ! fit-elle en agitant la main dans le vide.

Change de tactique.

— Et les autres filles ? demandai-je en regardant autour de moi. D'où viennent-elles ?

— Oh, des quatre coins du monde !

Naomi me montra une grande beauté auburn en robe rouge pailletée qui faisait du charme à Botox Boy.

— Là, c'est Elsa. Elle est suédoise. Et à côté d'elle, il y a Julie, du Canada. La fille qui dansait en même temps que moi s'appelle Vanessa et arrive de Russie.

— Et les Japonaises ?

— Là, il y a Mariko et Taeka, enchaîna-t-elle en montrant deux jeunes femmes menues assises à une table en angle.

Elles venaient de dire ou de faire quelque chose qui avait déclenché les éclats de rire de leurs clients, deux Américains passablement éméchés.

Naomi tourna la tête d'un côté, puis de l'autre, avant de me regarder de nouveau.

— Je ne vois Emi et Yukiko nulle part. Elles doivent être en train de se préparer pour danser.

— L'ensemble fait un joli mélange. Vous vous entendez toutes bien ?

— C'est comme partout, répondit-elle en haussant les épaules. Certaines collègues deviennent des amies. Et il y en a d'autres qu'on apprécie moins.

Je souris, comme si je me préparais à recueillir quelques savoureux potins.

— Lesquelles vous plaisent et lesquelles ne vous plaisent pas ?

— Oh, je m'entends bien avec pratiquement tout le monde.

C'était là une réponse prudente à une question légèrement différente. Son sang-froid me laissa admiratif.

Le volume de la house music diminua, cédant la place une nouvelle fois à de la techno pop nippone. Au même instant, deux Japonaises, seins nus et talons hauts, firent leur apparition sur les podiums.

— Ah, voilà Emi ! annonça Naomi en tendant la main vers une jolie fille au charme piquant sur la scène du fond. Et voici Yukiko, ajouta-t-elle en pivotant vers le podium situé plus près de nous.

Yukiko... Enfin, nous faisons connaissance.

Je l'observai, une grande fille aux longs cheveux d'un noir profond qui brillaient sous les feux des projecteurs telle une rivière au clair de lune. Ils cascadaient en vagues sur les courbes délicates de ses épaules, sa taille tout en creux et ses fesses joliment rebondies. Fine et élancée, elle avait une peau blanche délicate, les pommettes saillantes et des petits seins accrochés haut. En relevant sa chevelure et en la parant d'une robe de couturier, elle aurait fait la courtisane la plus élégante du monde.

Cette fille avec Harry ? Impossible !

— Elle est belle, dis-je, sentant que son allure stupéfiante exigeait un commentaire.

— Beaucoup de gens le disent, rétorqua Naomi.

Il y avait une sorte de sous-entendu dans cette remarque délibérément évasive.

— Vous n'êtes pas d'accord ? demandai-je.

— Elle n'est pas mon genre, répondit-elle en haussant les épaules.

— J'ai l'impression que vous ne l'appréciez pas.

— Disons qu'elle fait volontiers des choses que personnellement je ne fais pas.

Avec Harry ?

— Je mentirais si je vous disais que je n'aimerais pas savoir quoi.

Naomi secoua la tête, et je compris que, en dépit de trois whiskies d'affilée, j'étais arrivé une fois de plus dans une impasse.

« Enfant de la neige »... Il y avait en effet quelque chose de glacial, et même de calculateur, dans la beauté de la fille. Quelque chose n'allait pas, mais comment expliquer ça à Harry ? J'imaginais déjà la conversation : *Au fait, je suis allé à La Rose de Damas espionner tes faits et gestes. Et crois-moi, mon vieux, cette fille n'est pas pour toi. Elle m'a fait une mauvaise impression. Ne t'en approche pas.*

Je savais ce qu'il devait penser à l'instant même : elle était la meilleure chose qui lui soit jamais arrivée, et quiconque viendrait mettre en doute cette délicieuse conviction se verrait rejeté ou ignoré. Une conversation amicale ne servirait à rien. Au contraire.

Je n'en apprendrais pas davantage de Naomi. Je tâcherais d'en découvrir un peu plus une fois rentré à Osaka. Harry était un ami, je lui devais bien ça. Comprendre à quoi jouait cette fille n'était cependant pas le plus gros problème. Le plus dur, ce serait d'en faire prendre conscience à Harry.

— Vous voulez la regarder ? me demanda Naomi.

— Pardon, dis-je en secouant la tête. Je pensais à autre chose.

Nous discutâmes encore un peu du Brésil. Elle me parla de la diversité ethnique et culturelle du pays, mélange d'Européens, d'Indiens, de Japonais et d'Africains de l'Ouest, de l'atmosphère exubérante, de la musique et du sport, des écarts extrêmes entre les riches et les pauvres, mais surtout de la beauté des côtes spectaculaires qui s'étirent sur des milliers de kilomètres, de l'immensité des pampas du Sud, du bassin de verdure de l'Amazone que ne traverse aucune piste. Toutes choses que je connaissais déjà en partie, mais que je pris plaisir à entendre raconter par Naomi, tout autant que j'en eus à la regarder tandis qu'elle me parlait.

Je repensai à ce qu'elle avait dit à propos de Yukiko : *Disons qu'elle fait volontiers des choses que personnellement je ne fais pas.*

Cela signifiait simplement que Yukiko était depuis plus longtemps qu'elle dans la partie. L'innocence est quelque chose de fragile.

J'aurais pu lui demander son numéro, lui dire que mon séjour risquait de se prolonger ou autres fadaises de ce genre. Malgré son jeune âge, j'aimais bien la façon dont je me sentais avec elle. Elle faisait naître en moi un mélange d'émotions troublant : une affinité basée sur nos expériences communes de métis confrontés au deuil dès l'enfance, une tendance paternaliste à la protéger des erreurs qu'elle ne manquerait pas de commettre, une attirance sexuelle un peu morose qui était comme une élégie à Midori.

Il se faisait tard.

— Me pardonnerez-vous si je renonce au *lap dance* ? demandai-je.

Elle me sourit.

— Sans problème.

Je me levai pour m'en aller. Naomi fit de même.

— Attendez, dit-elle soudain en sortant un crayon. Donnez-moi votre main.

Je lui tendis ma main gauche. Elle la prit dans la sienne et commença à griffonner au creux de ma paume. Elle écrivit lentement. Ses doigts étaient chauds.

— C'est mon adresse e-mail personnelle, m'expliqua-t-elle quand elle eut fini. Je ne la donne jamais aux clients ; alors, soyez gentil, ne la faites pas circuler. La prochaine fois que vous irez à Salvador, prévenez-moi. Je vous indiquerai les meilleures adresses… Et si jamais vous revenez à Tokyo, ça ne me dérangerait pas d'avoir de vos nouvelles, ajouta-t-elle en souriant.

Je lui rendis son sourire en plongeant dans ses yeux verts. Un sourire qui me parut d'une tristesse infinie. Peut-être ne s'en rendit-elle pas compte.

— On ne sait jamais, dis-je.

Je réglai la note à l'entrée – en liquide, comme toujours. Je pris une carte du club, puis montai l'escalier sans me retourner.

L'air quasi matinal de Nogizaka était frais et légèrement humide. La lumière des réverbères projetait des flaques jaune pâle. Le trottoir luisait sous la rosée urbaine. Tokyo somnolait, d'un sommeil sans rêves et indifférent.

Fini, tout ça, me dis-je en repartant vers l'hôtel.

5

Je me mis tout de suite au lit mais ne réussis pas à m'endormir. Je n'arrêtais pas de penser à Harry et à l'imaginer avec Yukiko. Qu'est-ce que cette fille, ou celui ou ceux pour qui elle travaillait, pouvait bien vouloir à un garçon comme lui ?

Peut-être s'était-il fait un ennemi au cours d'une de ses acrobaties informatiques. Auquel cas, remonter à la source du problème ne serait pas du gâteau. Mais à quoi servait de le mettre en contact avec cette fille ?

À l'entendre, il avait rencontré Yukiko le soir où son patron l'avait emmené faire la fête à La Rose de Damas. S'il s'agissait d'un piège, le patron était complice. Je gambergeai sur cette hypothèse.

J'aurais pu aller le trouver. Il me suffisait de découvrir son nom et son adresse, et de le coincer un matin avant qu'il parte au bureau.

L'idée était tentante mais, même si j'obtenais l'information voulue, l'incident ne resterait pas sans conséquences pour Harry, et risquait même de lui poser de sérieux problèmes. Impossible.

Bon, il fallait s'y prendre autrement. Peut-être que quelqu'un s'intéressait à Harry dans le seul but de remonter jusqu'à moi.

Mais personne ne connaît l'existence de Harry. Pas même Tatsu.

Il y avait Midori, bien sûr. Elle savait où il habitait. Et elle lui avait envoyé cette lettre.

Non, ça ne colle pas.

Je me relevai et fis les cent pas dans la chambre. Midori avait des relations dans le monde du spectacle. S'en serait-elle servi pour mettre quelqu'un en contact avec Harry dans l'idée de me retrouver ?

Je repensai à notre dernière nuit à l'hôtel Imperial, debout, lovés l'un contre l'autre, moi derrière elle et la serrant dans mes bras, nos doigts entrelacés, le parfum de ses cheveux, la saveur de sa peau… Je m'empressai de chasser l'image de mon esprit.

Pour l'instant, force était d'admettre que je n'avais aucun moyen de découvrir qui se cachait derrière l'histoire d'amour improbable que vivait Harry. Oubliant Midori, je me concentrai sur le quoi au lieu du qui.

Ce qui fait de moi une cible dure, c'est qu'il n'y a aucun point fixe dans ma vie – pas de lieu de travail, pas d'adresse, pas de partenaire connu – susceptible d'être déniché et utilisé à bon escient. Mais si quelqu'un établissait un lien entre Harry et moi, ce point fixe, il l'aurait. Et ne manquerait sans doute pas de l'exploiter.

Autrement dit, ces gens surveilleraient Harry de près. Et pas seulement par l'intermédiaire de Yukiko. Ils s'arrangeraient pour le prendre en filature le plus souvent possible.

Pourtant, personne ne l'avait suivi quand je l'avais retrouvé au Teize. Il me l'avait dit, et j'avais la certitude de n'avoir eu personne à mes basques le reste de la soirée.

Je décidai de me livrer à une expérience. C'était un peu risqué, mais pas autant que de faire le point sur la situation avec Harry, étant donné son actuel état d'esprit. Pour la mener à bien, j'allais devoir passer une nuit supplémentaire à Tokyo. De ce côté-là, pas de problème. Pendant la période où j'avais observé les habitudes de l'haltérophile, j'étais descendu dans des hôtels tout ce qu'il y a d'anonyme – ne restant jamais plus d'une semaine d'affilée pour ne pas attirer l'attention par un plus long séjour. Quant à ma réservation au New Otani, elle était valable encore trois nuits.

Je jetai un coup d'œil au réveil sur la table de chevet. Il était plus de quatre heures du matin. Décidément, je vivais au même rythme frénétique que mon camarade éperdu d'amour.

Je l'appellerais dans la soirée, lorsque nous serions complètement réveillés tous les deux. Plus important, quand Yukiko serait à La Rose de Damas, et que Harry, en principe, serait seul chez lui. Ensuite, en fonction du résultat de ma petite expérience, je déciderais ce que je jugerais bon de lui dire ou pas.

Je retournai au lit. Juste avant de sombrer dans le sommeil, ma dernière pensée fut pour Midori, et pour ce qu'elle disait dans la lettre sur son désir d'aller déposer une offrande à ma mémoire.

Le lendemain, je me réveillai frais et dispos.

Je comptais appeler Harry un peu plus tard pour lui donner rendez-vous dans la soirée. Mais, avant cela, je voulais mettre au point la PDS que je lui demanderais d'utiliser.

Concevoir un itinéraire me prit une bonne partie de l'après-midi. Pour que la procédure ne se solde pas par un échec, chaque élément devait être parfaitement en place. Vu que Harry n'aurait pas le temps de répéter, le circuit devait passer par des endroits qu'il connaissait déjà. En outre, comme le minutage serait crucial en plusieurs points, il me fallut parcourir l'intégralité du trajet de Harry en plus du mien, afin de vérifier que nos routes se croiseraient comme prévu. En chemin, je pris des notes détaillées sur des feuilles de papier machine achetées dans une papeterie.

Dès que j'eus terminé, je m'arrêtai dans un café où je dessinai un plan assorti de diverses indications sur une feuille de papier. Puis je me rendis à Shin-Okubo, au nord de Shinjuku, l'un des bastions de la mafia coréenne où, entre les officines de médecins sans diplômes et les boutiques sans enseigne nichées au fond de cours d'immeubles délabrés, je fis l'acquisition d'un téléphone portable piraté que je payai en liquide, sans avoir à présenter de pièce d'identité.

Je fis ensuite un saut à Iikura, le quartier où habitait Harry, au sud de Roppongi, où je trouvai un drugstore Lawson's non loin de son appartement. Là, je m'attardai un moment au rayon des magazines, le temps d'insérer mon plan entre les pages d'une revue.

À sept heures du soir, j'appelai Harry.

— Debout, paresseux !

— Hé, qu'est-ce qui se passe ? s'étonna-t-il. Je ne m'attendais pas à avoir de tes nouvelles de sitôt.

Il n'avait pas trop l'air dans les vapes. Peut-être s'était-il levé pour accompagner Yukiko au boulot.

— Je m'ennuyais de toi, dis-je. Tu es seul ?

— Oui.

— J'ai un service à te demander.

— Je t'écoute.

— Tu es libre, là, tout de suite ?

— Oui.

— Très bien. Alors, sors de chez toi et appelle-moi d'une cabine. Il y en a une à gauche du Lawson's, dans Azabu Iikura Katamachi, quand on fait face au magasin. Vas-y. Je vais te donner mon numéro.

— Cette ligne est sûre, tu le sais bien.

— On ne sait jamais. Il s'agit d'une affaire sensible.

J'utilisai notre code habituel pour lui communiquer le numéro de mon portable.

Dix minutes plus tard, l'appareil sonna.

— Alors, qu'est-ce que c'est que cette histoire d'affaire sensible ? me demanda aussitôt Harry.

— Je crois qu'on te file.

Il y eut un bref silence.

— Tu es sérieux ?

— Arrête de regarder derrière toi. S'ils te surveillent en ce moment, je préférerais que tu n'éveilles pas leurs soupçons. De toute manière, ils ne seraient pas de ce côté-là.

Nouveau silence. Puis :

— Je ne comprends pas. Je suis pourtant extrêmement prudent.

— Oui, je sais.

— Mais alors, qu'est-ce qui te fait croire ça ?

— Pas au téléphone.

— Tu veux qu'on se retrouve quelque part ?

— Oui. Mais, d'abord, je voudrais que tu passes prendre quelque chose. J'ai laissé une feuille sous la couverture de l'avant-dernier exemplaire du programme TV *Taro* de cette semaine, au Lawson's qui se trouve face à toi. Entre et prends-la. Tâche d'avoir l'air naturel, au cas où quelqu'un traînerait dans le coin. Achète-toi un litre de lait, un plat préparé, comme si tu choisissais de quoi faire une dînette rapide et facile à emporter. Remonte le tout chez toi, attends une demi-heure, puis ressors et appelle-moi d'une autre cabine. Prépare-toi à une balade de deux heures.

— Ça ira.

Une demi-heure s'écoula. De nouveau, le portable sonna.

— Tu as trouvé ?

— Oui. Je vois ce que tu as en tête.

— Bien. Contente-toi de suivre l'itinéraire. Démarre à huit heures et demie tapantes. Quand tu auras terminé, attends-moi à l'endroit inscrit sur la feuille. Tu sais comment interpréter l'adresse indiquée.

Mon allusion à une « interprétation » était censée lui rappeler que notre lieu de rendez-vous n'était pas à prendre au pied de la lettre, mais qu'il devrait se référer aux Pages jaunes et à notre code habituel pour découvrir ma véritable intention. Si jamais des gens suivaient Harry et le coinçaient à l'instant, on pouvait supposer qu'ils s'empareraient de la feuille, verraient le lieu de rencontre et iraient me tendre un piège au mauvais endroit.

— Compris, dit-il.

— Sois cool. Ne t'inquiète de rien. Je t'expliquerai en détail tout à l'heure. Et ne t'affole pas si j'arrive un peu en retard.

— Je ne m'inquiète pas. À plus tard.

Je raccrochai.

Que Harry n'ait pas été suivi en arrivant au Teize n'était nullement une garantie qu'il ne l'ait pas été un peu plus tôt. Je lui avais appris à déclencher ses PDS discrètement, à se comporter comme n'importe quel civil pour que toute personne susceptible de le filer finisse par le prendre pour un citoyen ordinaire. Mais ces ruses élémentaires étaient réservées au tout début. Plus on avance dans le parcours, plus il devient offensif, et on cherche moins à endormir d'éventuels poursuivants qu'à les forcer à sortir de l'ombre. À ce stade, il faut par exemple descendre d'une voiture de métro et attendre que le quai se soit vidé entièrement, puis remonter dans une rame qui part en sens inverse. Tourner à un coin de rue et s'arrêter pour voir si quelqu'un se précipite derrière vous. Emprunter un maximum d'ascenseurs, ce qui oblige les poursuivants à se frotter à vous épaule contre épaule ou à laisser tomber. Etc. L'idée étant qu'il vaut mieux donner l'impression de se comporter comme un espion que de conduire les méchants tout droit vers ce que vous tenez absolument à protéger.

Pour se rendre au Teize, Harry avait dû appliquer le protocole à la lettre. Et au moment où sa contre-surveillance avait pris un tour plus agressif, ses poursuivants n'avaient plus eu le choix qu'entre deux solutions : se faire repérer, ou bien lâcher leur proie pour ne pas l'alarmer et recommencer un autre jour. S'ils avaient opté pour la seconde solution, Harry aurait débarqué au rendez-vous avec personne sur ses talons, sans se douter le moins du monde qu'il avait été suivi quelques minutes plus tôt.

En outre, puisqu'ils l'avaient vu adopter une stratégie de contre-surveillance flagrante, ses poursuivants en concluraient qu'il avait quelque chose à cacher, voire qu'ils tenaient là la preuve même qu'ils recherchaient. Résultat, ils renforceraient leur surveillance.

L'exercice de ce soir-là avait pour but de déterminer si c'était effectivement le cas. L'itinéraire que j'avais mis au point ferait tourner en rond quiconque filerait Harry dans l'Ebisu Garden Court, un centre commercial en plein air à multiples niveaux qui m'offrirait plusieurs occasions de le surveiller discrètement, ainsi que tout ce qui viendrait s'accrocher dans son sillage. Le parcours était suffisamment agressif pour permettre de repérer une filature, mais sans l'être trop pour ne pas effrayer celui qui opérerait. Sauf à la fin, au moment où Harry s'éloignerait sous son nez et où j'arriverais juste derrière.

À huit heures, je me dirigeai vers le restaurant Rue Favart, qui se trouve à l'angle d'Ebisu 4-chome, en face de l'immeuble Sapporo. Je voulais arriver tôt pour être sûr d'avoir l'une des trois tables installées derrière la baie vitrée au deuxième étage, ce qui me permettrait d'avoir une vue plongeante et directe sur le trottoir où Harry passerait peu après. Si toutes les tables étaient occupées, j'aurais le temps de patienter. Et comme je mourais de faim, la Rue, qui proposait un choix varié de pâtes et de sandwichs, serait un endroit idéal pour me rassasier. J'y étais venu plusieurs fois avec plaisir à l'époque où je vivais à Tokyo et me réjouissais d'y retourner.

Je suivis une serveuse dans l'escalier de bois jusqu'au deuxième étage, admirant au passage le décor loufoque – murs vert citron recouverts d'énormes fresques à motif floral, chaises dépareillées, tables en bois, métal et plastique moulé. Les tables devant la vitre étaient en effet occupées, mais je dis à la serveuse que ce n'était pas grave, que j'étais prêt à patienter pour avoir le privilège de profiter d'une vue aussi splendide. Assis sur un petit canapé, je sirotai un café glacé en contemplant les fresques hallucinogènes du plafond, où évoluaient des scarabées, des papillons de nuit et des libellules. Au bout d'une demi-heure, deux employées de bureau libérèrent l'une des tables que je convoitais, et je m'installai à leur place.

Je commandai un risotto aux champignons *shiitake* et une soupe minestrone aux haricots, puis demandai à être servi assez vite pour pouvoir attraper la séance de cinéma de neuf heures et demie. Dès que Harry serait passé, je devrais lever le camp, et il fallait donc tout prévoir.

Je réfléchis à ce que je ferais si mon expérience se révélait concluante – c'est-à-dire s'il se confirmait que Harry était suivi. Naturellement, la réponse dépendrait en grande partie de qui ils étaient, et de la raison pour laquelle on s'intéressait à lui. Mon principal souci était de ne laisser rien ni personne contrarier mes préparatifs de départ, que j'allais devoir accélérer, maintenant que j'avais fait à Tatsu la « faveur » demandée. Protéger mes projets était impératif, quitte à abandonner Harry aux siens.

Le risotto était un vrai régal, et j'aurais bien voulu disposer d'un peu plus de temps pour le savourer tout à loisir. Au lieu de quoi, je mangeai en vitesse, sans cesser de scruter la rue. Une fois mon repas terminé, je regardai ma montre. Il me restait juste assez de temps pour prendre un des fameux chocolats chauds de la Rue, un breuvage épais concocté avec du pur cacao et une bonne dose de crème fouettée dont l'établissement ne sert pas plus de vingt tasses par jour. J'en commandai un que je dégustai en attendant, l'œil aux aguets.

Un peu après neuf heures, je vis Harry sortir de la gare d'Ebisu pour aller vers Kusunoki-dori en marchant dans le sens des aiguilles d'une montre. À cette heure-là, Ebisu est essentiellement fréquenté par des gens en quête de distractions qu'attirent les restaurants et les bars à la mode de Garden Court. Le rythme des passants est donc particulièrement détendu. Toute personne qui réglerait son pas sur celui de Harry se retrouverait désynchronisée par rapport à la foule et se ferait par conséquent aussitôt remarquer.

Je repérai un premier candidat potentiel au moment où Harry tourna à droite dans Kusunoki-dori, devant le poste de police d'Ebisu 4-chome. Un jeune Japonais en costume bleu marine, mince, les cheveux lissés au gel, avec des lunettes à monture en acier. Il suivait Harry à une dizaine de mètres en marchant sur l'autre trottoir – une bonne technique, vu que la plupart des gens ne sont conscients, au mieux, que de ce qui se passe immédiatement derrière eux. Je n'en étais pas encore certain, bien sûr, mais, à en juger par sa position, ses manières et son pas, j'avais comme une intuition.

Harry continuait à s'éloigner de l'endroit où je me trouvais. Deux groupes de jeunes Japonais apparurent cette fois un peu plus loin derrière lui, mais je les écartai aussitôt comme improbables. Leur allure dégageait quelque chose de trop décontracté, sans compter qu'ils étaient trop jeunes.

Arriva alors un homme grand, de type occidental, que la mauvaise coupe de son costume sombre de même que l'assurance de sa démarche désignait d'emblée comme un Américain. Son pas était pressé : peut-être un homme d'affaires descendu à l'hôtel Westin tout proche et filant à un rendez-vous. Peut-être pas. Pour l'instant, je le classai dans les possibilités.

Harry disparut de mon champ de vision, dissimulé par les branches d'un des camphriers auxquels la rue doit son nom. Le jeune Japonais en fit autant. Je reportai mon attention sur l'Américain. Tout à coup, je le vis s'arrêter, pris d'un soudain intérêt pour les portraits des truands recherchés qui étaient affichés sur le mur du poste de police.

Je te tiens !

Quelques secondes plus tard, Harry réapparut et revint sur ses pas, empruntant cette fois le trottoir sud. Il s'arrêta pour étudier le plan illuminé situé à l'angle de l'immeuble Sapporo, diamétralement opposé au poste de police où se tenait l'Américain, qui n'avait plus l'air pressé du tout, trop absorbé par sa passion naissante pour les voyous.

Le demi-tour que venait d'effectuer Harry avait été modérément provocateur, mais pas assez selon moi pour convaincre ses poursuivants de renoncer. Ils ne devaient pas avoir l'impression de s'être fait repérer. Pas encore.

Mais on verra bien.

Harry s'engagea à droite dans l'avenue des Platanes. L'Américain resta à son poste. Quelques secondes plus tard, le Japonais entra dans mon champ de vision. Dès qu'il tourna à son tour dans l'avenue, l'Américain lui emboîta le pas.

J'attendis encore une minute pour voir si quelqu'un d'autre mettait mon radar en branle, mais en vain.

Je me levai et descendis au rez-de-chaussée. En payant l'addition, je remerciai le propriétaire de ce délicieux repas. Puis je traversai le centre commercial de Garden Court et montai au premier étage jusqu'à la promenade extérieure. Une fois devant le bureau central du complexe, je m'appuyai contre le mur en pierre qui arrivait à mi-taille, telle une sentinelle dans le donjon d'un château, afin d'observer le va-et-vient des passants sur l'esplanade en contrebas.

Je savais que Harry avait emprunté l'un des passages souterrains qui conduisaient à l'esplanade et qu'il faisait un peu de lèche-vitrines en cours de route pour me laisser le temps de me mettre en position. Au bout de quelques minutes, il émergea en dessous de moi et partit en diagonale dans la direction opposée. Si je l'avais voulu, j'aurais très bien pu m'installer à l'autre bout de la promenade, d'où j'aurais pu le voir s'approcher ainsi que ses poursuivants. Mais puisque j'étais maintenant à quatre-vingt-dix pour cent sûr de savoir qui le filait, il était inutile de prendre le risque de les laisser m'apercevoir.

Ils étaient là, déployés derrière lui comme deux points à la base d'un long triangle scalène. Le Japonais étudiait attentivement les devantures des magasins et des restaurants donnant sur l'esplanade, ainsi que les passants qui regardaient du haut de la promenade. Brusquement, je le vis tourner la tête pour scruter derrière lui et, bien que j'aie l'air tout à fait anonyme au milieu des autres badauds, je reculai de quelques pas pour être certain de ne pas me faire repérer.

Le Japonais se rendait visiblement compte, quoique assez superficiellement, de la contre-surveillance dont il était l'objet. Manifestement, il avait compris que Harry le faisait tourner en rond, une tactique classique qui donne de multiples occasions à une équipe statique de détecter une filature. Mais comme j'avais prévu cette réaction, le parcours allait être relativement rectiligne à partir de là, jusqu'au moment où Harry sortirait de scène et où je ferais mon entrée surprise.

Je comptai dix secondes, puis m'avançai de nouveau. Harry venait d'atteindre le sommet de la rampe qui le conduirait hors de l'esplanade et vers la passerelle de la gare d'Ebisu. Le Japonais et l'Américain restèrent en position derrière lui. Je les observai jusqu'à ce qu'ils soient sortis de mon champ de vision, puis attendis encore un peu pour m'assurer qu'il n'y avait pas quelqu'un d'autre. Sans grande surprise, je ne repérai personne digne d'intérêt. S'ils avaient été plus nombreux, ses poursuivants auraient changé de position, de manière à déjouer toute contre-surveillance éventuelle, sitôt après avoir deviné qu'on les faisait tourner en rond. Qu'ils n'en aient rien fait était la preuve que l'équipe se limitait à deux personnes.

Je consultai ma montre. Plus que quinze minutes.

J'empruntai le passage souterrain jusqu'au Westin, d'où je pris un taxi jusqu'à Hiro, non loin de là. Harry et ses deux admirateurs se rendraient au même endroit, mais à pied ; faire le trajet en taxi me donnait la garantie d'être le premier arrivé pour les accueillir.

Je me fis déposer tout près de Meiji-dori, où je m'engouffrai dans un Starbucks.

— Et pour vous, qu'est-ce que ce sera ? me demanda en japonais la fille derrière le comptoir.

— Un café. Un grand. Est-ce que vous pourriez me le servir très chaud ?

— Je regrette, mais le café coule à quatre-vingt-dix-huit degrés centigrades exactement et est servi à quatre-vingt-cinq degrés. Je ne peux rien y changer.

Eh bien, voilà du personnel sérieusement formé ! m'extasiai-je.

— Je vois. C'est parce que j'ai la grippe, et que de la vapeur très chaude me ferait du bien. Et le thé, comment est-il ?

— Oh, le thé est bouillant ! Et comme il ne sort pas de la machine, il est préparé et servi à quatre-vingt-dix-huit degrés.

— Merveilleux. Je vais prendre un grand Earl Grey.

La fille prépara le thé et le posa sur le comptoir près de la caisse. Je payai et l'emportai.

— Attendez ! fit-elle en me tendant un gobelet supplémentaire. Ça le maintiendra au chaud !

Autant de prévenance me fit sourire.

— Merci.

Le détour m'avait pris à peine quatre minutes. Je parcourus quelques centaines de mètres jusqu'à ce que j'arrive à un petit terrain de jeux où je m'installai dans un coin sur un banc. Après avoir posé le thé, je téléphonai de mon portable pour vérifier que le taxi que j'avais réservé était prêt. Il était bien là, et j'avertis le central que le passager arriverait quelques minutes plus tard.

Cinq minutes après, je vis Harry arriver dans ma direction. Il tourna à gauche dans une petite rue sans nom qui débouchait dans un quartier résidentiel d'un calme assez sinistre. Le genre d'endroit où l'on ne trouve pas facilement un taxi. Heureusement, Harry savait qu'il y en aurait un qui l'attendrait. Ses deux camarades, en revanche, n'auraient pas cette chance.

Ils étaient là, de chaque côté de la rue. L'Américain marchait maintenant en tête, de mon côté. Il traversa pour suivre Harry dans la petite rue. Dix secondes plus tard, le Japonais fit de même. Je ramassai mon gobelet de thé et lui emboîtai le pas.

Cinquante mètres à gauche, cinquante mètres à droite, et de nouveau cinquante mètres à gauche. Ces rues particulièrement étroites étaient bordées de murs blancs en ciment. Une sorte de labyrinthe. Je marchai à pas lents. J'avais beau être trop loin pour les voir, je savais où ils allaient.

Trois minutes de plus, et un taxi s'engagea dans la rue, roulant dans ma direction. En jetant un coup d'œil à travers le pare-brise arrière, j'aperçus Harry. Je fus soulagé de voir que cette partie du plan s'était déroulée sans encombre. Au moindre incident, Harry aurait fait demi-tour et continué à marcher, et j'aurais dû improviser. Ce que je voulais, c'était que la disparition soudaine et pour le moins théâtrale de leur proie pousse ses poursuivants à se réunir pour aviser. Tout serait plus facile pour moi si j'arrivais à les surprendre ensemble.

Harry et moi n'échangeâmes aucun signe de connivence au moment où le taxi me doubla. Reprenant ma marche, je m'engageai dans la rue d'où le taxi venait d'arriver.

Cette rue, longue d'une trentaine de mètres, tournait au bout à droite en formant un angle de quatre-vingt-dix degrés. Aucun signe des Dupont et Dupond. Ce n'était pas grave. L'endroit où Harry les avait entraînés se terminait en cul-de-sac.

Arrivé au bout de la rue, je partis à droite. Ils étaient là, à douze mètres environ. Le Japonais, le profil gauche tourné vers moi, était en train de parler à l'Américain. Ce dernier me faisait face, une cigarette non allumée au coin de la bouche. Il tenait un briquet qu'il s'escrimait à faire fonctionner.

Je me forçai à garder une allure débonnaire, comme n'importe quel passant. Mon cœur se mit à battre plus fort. Je le sentais cogner dans ma poitrine et mes oreilles.

Dix mètres. Du bout du pouce, je fis sauter le couvercle en plastique qui recouvrait le gobelet en carton. Il frôla ma main en tombant.

Sept mètres. L'adrénaline ralentissait la perception que j'avais de la scène. Le Japonais regarda dans ma direction. Me dévisagea. Écarquilla les yeux.

Cinq mètres. Le Japonais avança la main vers l'Américain dans un geste affolé, geste que je perçus au ralenti malgré la baisse de ma vision. Il attrapa le bras de son acolyte et le tira par la manche.

Trois mètres. L'Américain leva les yeux et me vit. La cigarette pendouillait entre ses lèvres. À son regard, je compris qu'il ne me reconnaissait pas.

Deux mètres. J'avançai encore et lançai le gobelet devant moi. Le thé bouillant à quatre-vingt-dix-huit degrés jaillit, éclaboussant l'Américain en pleine figure et sur le cou. Il plaqua les mains sur son visage en hurlant.

Aussitôt, je pivotai vers le Japonais. Les yeux quasiment exorbités, il secouait la tête, reproduisant le geste universel de la négation. Il commença à lever les mains comme s'il voulait me repousser.

Je l'agrippai par les épaules et le plaquai contre le mur. Dans mon élan, je lui flanquai un violent coup de genou dans les couilles. Il grogna et se plia en deux.

Je me retournai immédiatement vers l'Américain. Penché en avant, il titubait, les mains collées au visage. Je le saisis par le col de sa veste et la ceinture de son pantalon, puis l'envoyai valdinguer contre le mur, la tête la première, comme un taureau le fait avec un matador. Tout son corps tressaillit sous le choc, et il s'effondra au sol.

Étendu sur le flanc, le Japonais se tenait l'entrejambe à deux mains, le souffle coupé. Je le relevai en le hissant par les revers de sa veste et l'adossai contre le mur. Je jetai un rapide coup d'œil à gauche puis à droite. À part nous trois, il n'y avait personne.

— Dis-moi qui tu es, ordonnai-je en japonais.

Il eut un haut-le-cœur. Il allait lui falloir une petite minute pour récupérer.

Le tenant par la gorge de la main gauche, je le palpai pour m'assurer qu'il n'était pas armé, puis examinai ses oreilles et sa veste, au cas où il aurait caché un micro. Rien. Je fouillai ensuite la poche intérieure de sa veste d'où je sortis un portefeuille. Je l'ouvris. La carte d'identité était rangée juste devant, dans une pochette plastifiée.

Tomohisa Kanezaki. Secrétaire adjoint, Affaires consulaires, ambassade des États-Unis. L'aigle chauve, symbole du ministère américain des Affaires étrangères, se détachait sur le fond bleu et jaune.

Ces types appartenaient donc à la CIA. Je fourrai le portefeuille dans la poche arrière de mon pantalon, dans l'intention de l'examiner plus tard tranquillement.

— Reprends tes esprits en vitesse, Kanezaki-san, dis-je, cette fois en anglais. Sinon, je vais te faire mal pour de bon.

— *Chotto matte, chotto matte*, haleta-t-il, la main levée dans un geste défensif. Attendez, attendez une minute. *Setsumei suru to yakusoku shimasu kara*... Je vais vous expliquer, c'est promis, mais...

Il parlait japonais avec un fort accent américain.

— En anglais, lui dis-je. Je n'ai pas le temps de te donner un cours de langue pour l'instant.

— D'accord, très bien, fit-il, reprenant peu à peu son souffle. Je m'appelle Tomohisa Kanezaki. Je travaille à l'ambassade américaine de Tokyo.

— Ça, je le sais. Je viens de le voir dans ton portefeuille. Pourquoi filais-tu ce type ?

Il respira à fond et fit la grimace, les yeux larmoyant de douleur.

— On essayait de vous trouver. Vous êtes John Rain.

— Me trouver, et pourquoi ?

— Je n'en sais rien. Les paramètres qu'on m'a transmis...

J'accentuai la pression sur sa gorge et m'approchai tout près de son visage.

— Je me fiche de tes paramètres. Et le fait de ne rien savoir ne te sauvera pas la mise. Pas ce soir. C'est clair ?

Il essaya de me repousser.

— Bon sang, vous allez me laisser parler une minute ? Si vous continuez à m'étrangler comme ça, je ne pourrai rien vous dire du tout !

Le cran dont il venait de faire preuve me surprit. Il paraissait plus furieux qu'effrayé. Apparemment, ce gosse n'avait aucune idée de ce qui lui pendait au nez. S'il ne me disait pas ce que je voulais savoir, j'allais devoir le rappeler à l'ordre.

Je jetai un bref coup d'œil vers son copain qui se tortillait par terre avant d'en revenir à lui.

— Parle, dépêche-toi.

— J'étais censé vous localiser, c'est tout. On m'a explicitement donné l'ordre de ne pas chercher à entrer en contact avec vous.

— Et une fois que tu m'aurais localisé, que devait-il se passer ?

— À partir de là, mes supérieurs prendraient les choses en main.

— Tu sais pourtant qui je suis.

— Ben oui, je vous l'ai dit.

— Tu sais donc ce que je vais te faire si je juge tes réponses insatisfaisantes.

Il blêmit. Visiblement, il commençait à comprendre.

— Qui est-ce ? demandai-je en désignant du menton l'Américain affalé sur le trottoir.

— Sécurité diplomatique. Les paramètres… On m'a dit que je ne devais en aucun cas prendre le risque de vous rencontrer seul.

Un garde du corps. Ça paraissait plausible. Le type ne m'avait pas reconnu, ça, je l'avais bien vu. Il devait faire partie de l'équipe de protection et de surveillance rapprochée.

À moins que ce ne soit lui la gâchette. Pour le sale boulot, l'Agence fait appel à des fournisseurs extérieurs, des gens comme moi. Que ce soit le cas de ce type n'aurait rien eu de surprenant.

— Tu n'es pas censé me rencontrer seul parce que…

— … parce que vous êtes dangereux. Nous avons un dossier sur vous.

Celui que Holtzer avait rassemblé. Naturellement.

— L'homme que tu suivais, parle-moi un peu de lui.

Il opina du chef.

— Il s'appelle Haruyoshi Fukasawa. Il est votre seul partenaire connu. Nous le suivions pour remonter jusqu'à vous.

— Mais encore ?

Il me lança un regard glacial, comme s'il était prêt à jouer les gros durs.

— C'est tout ce que je sais.

Son compère émit un grognement et entreprit de se mettre à genoux. Je vis là l'occasion de faire d'une pierre deux coups.

— Tu ne me dis pas tout ce que tu sais, Kanezaki. Attends, je vais te montrer quelque chose.

Je m'avançai vers son partenaire, qui était maintenant à quatre pattes face à nous et grommelait des paroles inintelligibles. Je me penchai vers lui, l'attrapai d'une main par le menton, de l'autre derrière l'oreille, puis effectuai un mouvement de rotation d'un coup sec. Sa nuque céda en craquant bruyamment, et il s'affala de nouveau sur le trottoir.

Je le lâchai aussitôt et revins près de Kanezaki. Ses yeux exorbités n'arrêtaient pas d'aller et venir du cadavre à moi.

— Oh, mon Dieu ! Oh, non ! bredouilla-t-il.

— C'est la première fois que tu vois ça ? demandai-je d'un ton volontairement détaché. On finit par s'habituer. Il est vrai que, en ce qui te concerne, la prochaine fois que tu assisteras à ce spectacle, c'est toi qui en feras les frais.

Son visage déjà livide pâlit plus encore, et je crus un instant qu'il allait s'évanouir. Il fallait que je l'aide à se concentrer.

— Kanezaki, tu étais en train de me parler de Haruyoshi Fukasawa. Tu me disais que tu savais qu'il était mon associé. Continue, je te prie.

Il respira un grand coup et ferma les yeux.

— Nous savions… nous savions qu'il était en relation avec vous parce que nous avons intercepté une lettre.

— Une lettre ?

Il rouvrit les yeux.

— Envoyée à Midori Kawamura, à New York. Et qui parlait de vous.

Nom de Dieu ! me dis-je en entendant son nom. Je n'arrivais pas à me débarrasser de ces gens-là. C'était comme un cancer. On croit s'en être sorti, mais ça revient toujours.

Et ça s'étend progressivement à ceux qui vous entourent.

— Continue, fis-je, l'air maussade.

— Mais bon sang, je vous assure, c'est tout ce que je sais !

S'il paniquait pour de bon, je n'en tirerais rien d'intéressant. Le truc consistait à continuer de l'effrayer, mais pas au point de le pousser à inventer des choses histoire de me faire plaisir.

— Bon, d'accord. C'est tout ce que tu connais sur le comment. Mais tu ne m'as encore rien dit du pourquoi. Pourquoi voulais-tu me trouver ?

— Écoutez, vous savez bien que je ne peux pas parler de…

D'un geste brusque, je le saisis à la gorge. Les yeux écarquillés, il glissa son bras derrière le mien pour tenter de me faire lâcher prise. On aurait dit une clé apprise dans un de ces stages d'autodéfense qu'organise l'Agence le week-end. Qu'il s'en soit souvenu en situation de crise était tout à son honneur. Dommage que ça n'ait pas marché.

— Kanezaki, déclarai-je, desserrant suffisamment mon étreinte pour le laisser respirer, dans une minute, soit tu seras encore en vie, soit quelqu'un te trouvera ici, à côté de ton ami. Ça va dépendre entièrement de ce que tu vas me dire au cours de cette minute. Vas-y, je t'écoute.

Sous ma main, je le sentis avaler sa salive.

— O.K., O.K., fit-il, se mettant tout à coup à parler plus vite. Il y a dix ans que le gouvernement américain fait pression sur le Japon pour qu'il réforme son système bancaire et mette de l'ordre dans ses finances. Et en dix ans, les choses n'ont fait qu'empirer. L'économie commence déjà à s'effondrer. Si ça continue, le Japon sera le premier domino à tomber. Bientôt suivi par l'Asie du Sud-Est, l'Europe et l'Amérique. Le pays doit donc se réformer. Mais les intérêts personnels sont si profondément ancrés que toute réforme est impossible.

— Il te reste approximativement quarante secondes, dis-je en le fixant. Tu ne t'en sors pas très bien.

— O.K., O.K. ! Le bureau de Tokyo a été chargé de mettre en place un programme pour accélérer les réformes et éliminer les obstacles qui les entravent. Cette opération s'appelle Crépusculaire. Nous savons ce que vous faites en free-lance. Je crois que... je pense que mes supérieurs veulent vous demander votre aide.

— Pour quoi faire ?

— Pour éliminer les obstacles.

— Mais tu n'en es pas sûr ?

— Vous savez, ça fait trois ans que je travaille pour l'Agence, et il y a des tas de choses qu'on ne me dit pas. Mais tous ceux qui sont au courant de votre parcours et de l'opération Crépusculaire sont capables d'additionner deux et deux.

Je le regardais fixement, envisageant plusieurs solutions. Le tuer ? Ses supérieurs ne sauraient jamais ce qui s'était passé mais me soupçonneraient immédiatement d'y être pour quelque chose. Et même s'ils n'étaient pas en mesure de remonter jusqu'à moi, ils savaient où trouver Harry et Midori.

Non, tuer ce gosse ne ferait pas sortir la CIA de ma vie. Ni de la leur.

— Je vais réfléchir à ta proposition, dis-je. Avises-en tes supérieurs.

— Mais je n'ai rien proposé du tout... Je n'ai fait qu'émettre une hypothèse. Si je rapporte notre conversation à mes supérieurs, ils me renverront illico à Langley derrière un bureau !

— Raconte-leur ce que tu veux. Si je suis intéressé, je te contacterai. Toi, personnellement. Dans le cas contraire, tu sauras que mon silence veut dire non. Par ailleurs, j'attends de toi que tu cesses de me chercher, surtout en utilisant d'autres gens pour ça. Si j'apprends que tu ne respectes pas ces consignes, je t'en tiendrai pour responsable. Toi, personnellement. Compris ?

Le jeune homme s'apprêtait à dire quelque chose quand il fut pris d'un haut-le-cœur. Devinant la suite, je m'écartai en vitesse. Il se pencha en avant pour vomir.

J'interprétai ça comme un oui.

Je repartis à pied jusqu'à Ebisu et pris un train de la ligne Yamanote jusqu'à Shibuya. J'empruntai la sortie Miyamasuzaka qui donnait dans Shibuya 1-chome, puis marchai jusqu'au Hatou, situé tout à côté. Ce café dépourvu de fenêtres, où le sol et les tables sont en bois sombre avec un long comptoir en *hinoki*, les centaines de tasses et soucoupes en porcelaine fine, et les breuvages subtilement préparés, avait été l'un de ceux que je fréquentais régulièrement du temps où j'habitais à Tokyo, aussi régulièrement du moins que me l'autorise mon style de vie. L'endroit m'avait manqué.

Je franchis la porte donnant sur la rue. L'employé qui officiait derrière le comptoir me salua d'un « *Irasshaimase* » à voix basse sans lever les yeux. Il continua à verser de l'eau fumante d'un pot en argent dans un filtre posé sur une tasse en porcelaine bleue. Penché sur le côté, de façon que ses yeux soient au niveau du pot, il décrivait des petits cercles en l'air avec le bras pour être sûr que l'eau s'écoule uniformément sur les grains à l'intérieur du filtre. On aurait dit qu'il peignait ou qu'il dirigeait un orchestre miniature. Un tel amour de l'art faisait plaisir à voir, et je ne pus m'empêcher de l'admirer un instant.

L'opération terminée, il s'inclina en me souhaitant une nouvelle fois la bienvenue. Je lui répondis, puis me dirigeai vers l'arrière de la salle. À gauche et au bout de la pièce en L, j'aperçus Harry à l'une des trois tables du fond.

— Hé ! s'exclama-t-il en se levant et en me tendant la main.

— Content de voir que tu as trouvé sans difficulté, fis-je en lui donnant une poignée de main.

— Tes indications étaient précises, dit-il en hochant la tête.

Je vis alors qu'il n'y avait rien sur la table, à l'exception d'un verre d'eau glacée.

— Pas de café ?

— Comme je ne savais pas quand tu allais arriver, j'ai commandé deux petites tasses de vieux grains. Le mélange Nire, ça s'appelle. Il faut une demi-heure pour le préparer. J'ai pensé que ça te plairait – la serveuse dit qu'il est particulièrement corsé.

— En effet, déclarai-je, souriant de nouveau. Mais je ne suis pas sûr que tu le trouveras à ton goût.

Harry haussa les épaules.

— J'aime bien essayer des nouveaux trucs.

Yukiko, songeai-je.

Nous prîmes place de part et d'autre de la table.

— Alors ? Comment ça s'est terminé ? s'enquit Harry.

Je sortis le portefeuille de Kanezaki et le poussai vers lui.

— Tu étais suivi.

Il l'ouvrit et examina la carte d'identité.

— Oh, merde ! fit-il tout bas. La CIA ?

Je hochai la tête.

— Mais comment ? Et pourquoi ?

Je lui résumai ma conversation avec Kanezaki.

— On dirait qu'ils s'intéressent à moi uniquement parce qu'ils s'intéressent à toi, conclut Harry lorsque j'eus fini.

— On dirait, oui, confirmai-je en hochant de nouveau la tête.

— Je me demande ce qu'ils savent sur moi, à part le fait que je suis plus ou moins en relation avec toi.

— Impossible à dire. Il se peut qu'ils aient pris des renseignements auprès d'autres agences, auquel cas ils sont au courant que tu as travaillé autrefois pour la NSA. Mais ils ne sont pas toujours aussi consciencieux. Regarde, les pirates de l'air du 11 Septembre leur ont bien échappé…

— Quand même, ils ont fait du bon boulot pour remonter jusqu'à moi à partir de cette lettre. J'ai été bête de l'envoyer.

— Il y a autre chose. La lettre à elle seule ne me paraît pas suffire. Mais je n'ai pas eu le temps de l'interroger là-dessus.

Nous restâmes silencieux. Puis il dit :

— Si, ça a peut-être suffi. J'ai signé de mon seul prénom, mais mes parents ont fait le choix de l'écrire avec trois *kanji* au lieu des deux habituels.

Sur sa main, Harry traça les caractères « printemps », « don » et « ambition », une combinaison inhabituelle pour ce prénom par ailleurs répandu.

— Ils ont dû surveiller Midori également, dis-je.

— Oui. Elle était le seul point de contact qu'ils connaissaient. Ils ont dû la mettre sous surveillance et filtrer son courrier en espérant qu'elle recevrait de tes nouvelles. Et au lieu de ça, ils sont tombés sur moi.

— Ça me paraît coller.

— Surtout que j'ai posté la lettre à côté de la poste principale du Chuo-ku, près de l'endroit où je travaille.

Ils ont pu se servir de ça pour remonter jusqu'à moi en procédant par cercles concentriques. J'ai vraiment été idiot. J'aurais mieux fait de la poster dans un quartier plus éloigné.

— On n'est jamais trop prudent, commentai-je en le regardant dans les yeux.

Harry soupira.

— Je vais devoir déménager une fois de plus… Il est hors de question qu'ils sachent où j'habite.

— N'oublie pas qu'ils connaissent aussi ton lieu de travail.

— Ça m'est égal. En ce moment, le gros de mon boulot se fait à domicile. Les jours où je devrai aller au bureau, j'effectuerai une PDS supplémentaire.

— Ce n'est pas déjà ce que tu fais ?

— Désolé. Pas autant que je le devrais. Mais ne t'en fais pas, je suis toujours très prudent quand je viens te voir.

Le problème était inévitable. Dans l'univers des réseaux informatiques, Harry était la discrétion même. Mais dans la vie réelle, il n'était pas très différent d'un civil ordinaire. Une faille dans mon armure.

Je haussai les épaules.

— Si tu ne l'étais pas, ces types m'auraient déjà trouvé. Au Teize ou bien ailleurs. Tes ruses les ont semés.

Un brin rasséréné, Harry me demanda alors :

— Tu crois que je suis en danger ?

Je réfléchis. Je ne l'avais pas encore informé que le collègue de Kanezaki n'avait pas survécu à notre rencontre, ce que je m'empressai de rectifier.

— Merde, j'ai donc raison de m'inquiéter ! s'exclama Harry. Et… s'ils décident de se venger ?

— Ça m'étonnerait qu'ils s'en prennent à toi. S'il s'agissait d'une affaire entre yakuzas, ce serait une autre histoire, et ils pourraient viser mes amis dans l'idée de me faire du mal. Mais là, s'ils en veulent à quelqu'un, c'est à moi et à personne d'autre. Tu ne les menaces en rien. De plus, ils n'ont pas tant de gros bras à leur disposition. Le Congrès n'apprécierait pas. C'est même pour cette raison qu'ils ont besoin de types comme moi.

— Et la police ? Un taxi m'a pris en charge à l'endroit même où ils vont ramasser un cadavre.

— Kanezaki aura passé quelques coups de fil et fait enlever le corps avant que qui ce soit ait eu le temps de l'apercevoir. D'ailleurs, même si les flics s'en mêlaient, qu'est-ce qu'ils auraient à se mettre sous la dent ? S'ils trouvent un moyen de contacter le chauffeur de taxi, il n'aura rien à leur donner en dehors d'un faux nom et du signalement d'un type qui ressemble à des milliers d'autres, et à peine entrevu dans la pénombre.

— Tu as sans doute raison.

— Mais tu dois rester prudent, insistai-je. Cette fille avec qui tu sors, Yukiko, tu as confiance en elle ?

Harry me regarda fixement. Et laissa passer plusieurs secondes avant d'acquiescer d'un signe de tête.

— Parce que si tu passes la nuit avec cette fille, elle connaît ton adresse. Ce qui est un point faible dans ta protection.

— Certes, mais elle n'a rien à voir avec ces gens…

— On ne sait jamais, Harry. On ne peut jamais être sûr de rien.

Il y eut un long silence, puis il dit :

— Je ne peux pas vivre comme ça. Comme toi tu vis.

Une pensée me traversa l'esprit : *Tu aurais mieux fait de t'en rendre compte avant de te retrouver embarqué dans mon univers.*

Mais ce n'était pas juste. Ni particulièrement utile.

La serveuse apporta deux tasses de mélange Nire qu'elle déposa avec une infinie délicatesse, comme si elle manipulait des objets précieux. Puis elle s'inclina et se retira.

Nous dégustâmes notre café. Harry fit un commentaire positif à propos de son breuvage – quoique, manifestement, au prix d'un gros effort. D'habitude, il adorait se moquer de mes conseils en matière de goût. Je ne pus m'empêcher de noter ce changement, mais m'abstins de lui en faire la remarque.

Nous parlâmes de choses et d'autres. Une fois le café terminé, nous nous souhaitâmes bonne nuit, et je le quittai pour reprendre mon chemin tortueux jusqu'à l'hôtel.

Je n'étais pas absolument sûr que l'Agence ne représente pas un risque pour Harry. Que la CIA soit un danger pour moi était une autre histoire. Peut-être voulaient-ils obtenir mon aide, comme Kanezaki le prétendait. À moins qu'ils ne cherchent à venger Holtzer. En tout cas, avoir dégommé le garde du corps de Kanezaki n'allait certainement pas m'aider à grimper dans leur estime.

Et puis, il y avait Yukiko. Elle continuait à me faire une sale impression, sans que j'aie le moyen de savoir si elle était liée à la CIA ou à autre chose.

De retour à l'hôtel, je me mis au lit et contemplai le plafond, incapable de m'endormir.

Ce n'était pas Midori, en fin de compte.

La CIA au lieu de Midori. Tu parles d'un lot de consolation !

Ça suffit. N'y pense plus.

Tout à coup, je fus moins certain que la veille que cette nuit à Tokyo serait pour moi la dernière. Je continuai à fixer le plafond un long moment avant de m'abandonner au sommeil.

6

Le lendemain matin, je pris le train à grande vitesse pour rentrer à Osaka. En arrivant en début d'après-midi dans la gare bondée de Shin-Osaka, je m'aperçus non sans étonnement que j'étais content d'être de retour. Sans doute en avais-je assez de vivre à l'hôtel. À moins que ce ne soit le fait de savoir que j'allais devoir repartir, et cette fois définitivement.

À mon départ de Tokyo, personne ne m'avait filé, j'en étais sûr, mais le trajet de deux heures et demie ne m'avait pas laissé de nouvelles occasions de le vérifier. Et il avait été un peu trop long à mon goût, surtout après cette dernière altercation avec Kanezaki et compagnie. Pour dissiper mon malaise, je suivis un itinéraire suffisamment sinueux avant d'attraper un train de la ligne Tanimachi jusqu'à Miyakojima, où je pris l'escalier de la porte A4 pour rejoindre la rue.

Sans trop savoir pourquoi, je tournai à gauche devant le poste de police au carrefour de Miyakojima Hon-dori, louvoyant entre les centaines de motos garées en dépit du bon sens devant la sortie. J'aurais aussi bien pu partir vers la droite et longer le lycée local en allant vers la rivière Okawa. L'une des raisons qui m'avaient fait choisir la tour de Belfa était qu'on pouvait y accéder de plusieurs côtés.

Je pris à gauche dans Miyakojima Kita-dori, puis à droite dans une rue en sens unique que je remontai à contre-courant de la circulation, et de nouveau à gauche. Marcher dans le sens contraire au flot des voitures me permettrait de déjouer une éventuelle filature à bord d'un véhicule. Quant à ces virages successifs, ils me servaient à surveiller discrètement mes arrières avant de m'engager dans des rues de plus en plus étroites et tranquilles. Quiconque déciderait de me suivre à pied devrait me coller au train ou me perdre. En outre, comme il y avait des dizaines de tours dans le coin, je pouvais me rendre dans n'importe laquelle, second facteur excluant toute forme de filature autre qu'une surveillance rapprochée.

Par certains aspects, le quartier était un exemple type de mauvais urbanisme. Des immeubles en verre et acier miroitant faisaient face à des garages à double charpente en tôle ondulée. De simples demeures familiales surplombaient des usines de recyclage et des fonderies. La façade en granit d'une toute nouvelle école à plusieurs étages tournait crânement le dos à la dépouille de l'atelier de mécanique voisin, tel un enfant ingrat qui aurait eu honte d'un parent rongé par la maladie.

Pourtant, ce chaos ne semblait pas déranger les résidents. Au contraire. Un peu partout, des signes infimes témoignaient de la fierté des habitants pour leur maison. Une profusion de bambous, de lavande et de tournesols en pots venait rompre la monotonie du macadam et de la tôle ondulée. Ici, un monticule de roches volcaniques savamment disposées ; là, une collection de coraux séchés. Une maison avait même dissimulé un affreux mur en béton armé derrière un jardin amoureusement entretenu, où se mêlaient massifs de trompettes d'ange, sauge et lavande.

J'habitais un trois pièces en angle, au trente-sixième étage d'une des deux tours jumelles de Belfa. Dans cet appartement trop grand pour moi, la plupart des pièces restaient inutilisées, mais j'ai toujours aimé vivre au dernier étage, notamment pour la vue sur la ville. Et puis, à l'époque où je l'avais loué, je pensais avoir tout intérêt à prendre un appartement ne correspondant pas exactement au profil de ce qu'aurait choisi un homme célibataire s'étant volatilisé depuis peu et ayant des besoins minimes. Une précaution qui n'avait finalement servi à rien.

Si j'aime vivre dans des endroits comme celui-ci, c'est parce que les parents se méfient d'instinct des inconnus, mais aussi parce que, une fois qu'ils vous ont intégré dans leur communauté, ils représentent un rempart aussi involontaire qu'efficace en cas d'embuscade. Je sais néanmoins que ce n'est pas la seule raison. Je n'ai aucune famille, je n'en aurai jamais, et si ce type d'environnement m'attire, ce n'est pas uniquement pour des questions de sécurité opérationnelle, mais pour une autre forme de sécurité, vécue par procuration. Fut un temps où je ne semblais pas avoir besoin de ce genre de choses, et où j'aurais trouvé amusante, pour ne pas dire vaguement répugnante, l'idée de vivre comme une espèce de vampire psychique, un éternel revenant planté derrière une glace sans tain qui contemple d'un regard morne et vain l'existence ordinaire dont l'a privé le destin.

Ça change vos priorités. Ça les change même sacrément !

Entrant dans une cabine, je composai un numéro pour accéder à la messagerie vocale reliée au téléphone un peu particulier installé à mon domicile, un appareil à déclenchement sonore doté d'un haut-parleur ultrasensible qui fonctionne comme un transmetteur. Si quelqu'un pénètre chez moi sans connaître le code qui débranche le téléphone, l'appareil compose le numéro de la messagerie vocale en silence, ce qui me permet de savoir à l'avance, et à bonne distance, si j'ai reçu de la visite. Un système de ce genre m'a déjà sauvé d'un piège que m'avait tendu Holtzer à Tokyo ; or, quand un truc a marché une fois, j'ai tendance à y rester fidèle. J'avais consulté la messagerie chaque jour depuis Tokyo sans relever d'incident ; et comme elle était toujours vide, je sus que personne ne s'était introduit chez moi en mon absence.

En sortant de la cabine, je parcourus la brève distance qui me séparait de Belfa. Une partie de softball était en cours dans le champ sur ma droite. Des enfants jouaient au kickball près d'un jardin de sculptures en granit devant l'immeuble. Un vieil homme à vélo fit un écart pour m'éviter, son petit-fils hilare perché sur le guidon.

Je passai par l'entrée principale, prenant soin, comme toujours, de me placer de telle façon que la caméra de surveillance installée face à l'immeuble n'enregistre que mon dos. Ces précautions font partie de la routine, mais, comme Tatsu me l'avait fait remarquer, dans la mesure où il y a maintenant des caméras partout, il était inutile d'espérer pouvoir les repérer toutes.

Je pris l'ascenseur jusqu'au trente-sixième étage et m'engageai dans le couloir qui menait à l'appartement. Vérifiant le petit morceau de scotch transparent que j'avais posé au bas de la porte, je découvris qu'il était intact et encore collé au chambranle. Comme je l'ai maintes fois expliqué à Harry, toute protection digne de ce nom s'effectue à plusieurs niveaux.

J'ouvris la porte à l'aide de ma clé et entrai. Tout était tel que je l'avais laissé. Ce qui faisait d'ailleurs peu de choses : dans l'une des chambres, derrière le futon et la table de nuit, il y avait un unique fauteuil en cuir vert olive – neuf sans en avoir trop l'air et placé contre le mur orienté vers l'ouest – dans lequel je m'asseyais parfois pour admirer le soleil couchant ; un tapis turc avachi qui recouvrait une partie du parquet en bois ciré, dans des nuances de vert et de brun un peu ternes ; un bureau massif à double cylindre qui avait fait le voyage jusqu'ici depuis l'Angleterre, le plateau incrusté d'un cuir noir passablement usé ; et enfin, l'un de ces fauteuils de bureau aussi fabuleusement compliqués qu'étonnamment confortables conçus par Herman Miller Aeron, acheté récemment sur un coup de tête. Sur le bureau trônaient un Macintosh G4 et un splendide moniteur à écran plat de vingt-trois pouces, dont je n'avais rien dit à Harry, vu qu'il me croit nul en informatique et que je ne vois pas l'intérêt de lui faire savoir que j'ai moi aussi ma méthode pour forcer un pare-feu si besoin est.

En face du canapé se trouvait un home vidéo Bang & Olufsen, près d'une platine BeoSound 9000 à chargement de six CD. À côté, sur une étagère, s'alignaient une belle collection de CD, essentiellement du jazz, ainsi que ma modeste bibliothèque.

Cette dernière comprend pas mal de livres sur le *bugei*, ou arts militaires, certains assez anciens et obscurs, qui renferment des informations sur des techniques de combat jugées trop dangereuses pour le judo moderne – clés de colonne vertébrale, étranglements et autres –, techniques qui sont par conséquent perdues pour cet art. On y trouve aussi quelques ouvrages de philosophie lus et relus d'innombrables fois – Mishima, Musashi, Nietzsche. Ainsi que plusieurs minces volumes qu'il m'arrive de commander à un éditeur confidentiel aux États-Unis, parce qu'ils sont interdits au Japon et dans les pays qui n'ont pas la passion forcenée de l'Amérique pour la liberté d'expression, et que je m'arrange pour obtenir grâce à des moyens relevés dans certains de ces mêmes ouvrages. Y figurent des travaux sur les toutes dernières méthodes et technologies de surveillance, les techniques d'enquête policière et médico-légales, l'acquisition d'une nouvelle identité, la mise en place de comptes et de boîtes postales à l'étranger, les ficelles du déguisement et de l'évasion, le crochetage des serrures, le cambriolage et l'effraction, et autres sujets similaires. Les années s'accumulant, il va sans dire que j'ai fini par développer mes propres compétences dans chacun de ces domaines, ce qui ne veut pas dire pour autant que je compte écrire un manuel pour faire part de mes expériences. En revanche, je lis ces livres pour savoir ce que connaissent mes adversaires, comprendre comment raisonnent ceux auxquels je risque d'être confronté, prévoir de quelle façon ils pourraient s'en prendre à moi, et réagir par des mesures appropriées.

Dans cet appartement, la seule chose remarquable était un mannequin d'entraînement en bois, de la taille d'un homme assez grand, que j'avais installé au centre de la seule pièce en tatami. Si l'appartement avait été occupé par une famille, c'est sûrement là qu'aurait été placé le *kotatsu* – une table basse entourée d'un épais tissu matelassé qui descend jusqu'au sol avec un brasero électrique en dessous –, autour duquel toute cette famille, les pieds déchaussés réchauffés par le brasero et les jambes confortablement glissées sous le lourd tissu, se serait réunie en hiver pour parler des voisins, examiner les factures ou faire des projets d'avenir pour les enfants.

Mais le mannequin en bois m'était nettement plus utile. Pendant le quasi-quart de siècle que j'avais passé au Japon, j'avais pratiqué le judo, et je connaissais l'importance que cet art accordait aux chutes et au combat au sol. Toutefois, depuis que Holtzer et l'Agence avaient découvert que je fréquentais le centre de judo de Kodokan, à Tokyo, aller à celui d'Osaka aurait présenté trop de risques – un peu comme si une nouvelle recrue du programme fédéral de protection des témoins se réabonnait à ses mêmes obscurs magazines préférés avant d'entrer en clandestinité. Pour l'instant, je trouvais plus sûr de m'entraîner tout seul. Le mannequin m'aidait à garder de bons réflexes et le tranchant des mains dur et calleux, sans compter qu'il me permettait de pratiquer certains coups et obstructions que j'avais plus ou moins négligés en m'exerçant au judo. Si quelqu'un venait me rendre visite, ce mannequin offrirait un sujet de conversation des plus intéressants.

Pendant les jours qui suivirent, je me concentrai sur mes préparatifs de départ. Déguerpir en hâte eût été une grossière erreur : c'est dans les transitions que l'on se révèle le plus vulnérable, et que je sois difficile à suivre actuellement ne voulait pas dire que je continuerais à l'être si je plongeais d'un seul coup dans une existence moins protégée. D'autant que Tatsu devait s'attendre que je parte immédiatement ; auquel cas il serait prêt à me filer. En revanche, si je me tenais tranquille, sa vigilance déclinerait, ce qui me laisserait une chance de le semer définitivement au moment voulu, lorsque je serais fin prêt. Vu qu'il n'avait pas de raison de me rechercher pour l'instant, le risque moindre consistait à consacrer tout le temps nécessaire à organiser les choses comme il fallait.

J'avais opté pour le Brésil, raison pour laquelle j'avais étudié le portugais qui m'avait si bien servi avec Naomi. Hongkong, Singapour ou toute autre destination en Asie ou aux États-Unis paraissaient un choix plus évident, d'où l'avantage du Brésil. Et même si quelqu'un avait l'idée d'aller me chercher là-bas, il lui faudrait un sacré bout de temps : d'innombrables Japonais émigrés sont implantés dans tous les secteurs de la vie brésilienne, si bien qu'un transplanté de plus n'éveillerait l'attention d'absolument personne.

Étant donné sa culture et son climat, et l'importance de la population de passage qui se compose essentiellement de touristes, Rio de Janeiro serait idéal. Et comme la ville se trouve loin des centres qui intéressent les services secrets, le terrorisme international et Interpol, j'aurais relativement peu à me soucier d'être reconnu par hasard, ou à me méfier des réseaux de vidéosurveillance et autres ennemis que redoute tout fugitif. Je pourrais même reprendre le judo, ou du moins l'un de ses cousins apparentés : une famille brésilienne, les Gracie, a adapté l'un des ancêtres du judo, le jiu-jitsu – introduit par des émigrants japonais –, pour en faire la technique de combat au sol la plus sophistiquée ayant jamais existé. Pratiqué de façon fanatique au Brésil, il est devenu populaire partout dans le monde, y compris au Japon.

En plus d'un lieu parfait, j'avais une identité de rechange en béton, une identité longuement mûrie en prévision du jour où je devrais m'effacer de la carte plus radicalement que jamais. Une dizaine d'années auparavant, alors que je surveillais un certain bureaucrate que je m'apprêtais à éliminer, j'avais été frappé de constater à quel point cet homme me ressemblait – âge, taille, gabarit, même son visage n'était pas très différent du mien. En outre, le sujet possédait un nom extraordinaire : Taro Yamada, qui est l'équivalent japonais de John Smith. Renseignements pris, j'avais découvert que Yamada-san n'avait aucune famille proche. S'il lui arrivait quelque chose, personne ne le regretterait au point de se lancer à sa recherche.

Bien entendu, nombre de livres vous expliqueront qu'il est possible de se forger une nouvelle identité en prenant le nom d'une personne décédée, mais c'est vrai uniquement si aucun certificat de décès n'a été rempli. Dès qu'il y a intervention des autorités – par exemple, si la personne meurt à l'hospice ou à l'hôpital, est enterrée ou incinérée, ce qui, à bien réfléchir, vaut pour quasiment tout le monde, ou si quelqu'un dépose une plainte à la suite d'une disparition –, il faut remplir un certificat. De même, si un parent veut mettre la main sur une part des biens du défunt – il s'agit alors de transférer un titre sur un bien réel personnel et probablement répertorié –, un certificat doit être établi. Et si jamais vous décidez de passer outre et parvenez quand même à obtenir de nouveaux papiers d'identité à partir des caractéristiques du défunt, ceux-ci comporteront forcément un défaut. Si bien que le jour où vous ferez une demande de permis de conduire ou de crédit, ou quand vous essaierez de décrocher un job, de récupérer un trop-perçu par les impôts ou de passer une frontière – bref, dans les multiples situations pour lesquelles vous aviez justement besoin d'une nouvelle identité –, la mention « Quelque chose cloche avec cette photo » se mettra à clignoter sur un écran, et vous vous retrouverez sérieusement baisé.

Alors, pourquoi ne pas prendre l'identité de quelqu'un de vivant ? Parce que si une telle solution vaut pour une escroquerie à court terme – c'est ce qu'on appelle familièrement un vol d'identité, même s'il s'agit plus exactement d'un emprunt –, elle se révèle inenvisageable à long terme. Car qui sera responsable de ces nouvelles cartes de crédit ? Et à qui seront envoyées les factures ? Mais alors, pourquoi ne pas utiliser une personne disparue pour une raison X, à supposer que vous connaissiez une telle personne ? Cependant, que savez-vous d'elle en réalité ? Avait-elle des dettes ? Faisait-elle du trafic de drogue ? Parce que, si jamais quelqu'un était à ses trousses, dorénavant c'est vous qu'on cherchera. Et puis, que ferez-vous si la personne disparue refait soudain surface ?

Évidemment, si vous connaissez quelqu'un qui est mort parce que vous l'avez tué, les choses sont un peu différentes. Certes, vous devrez vous débarrasser du corps, et d'une façon qui garantisse qu'on ne le retrouvera jamais, tâche à haut risque et souvent macabre qui ne convient pas à tout le monde. Mais si vous parvenez à ce stade, et si vous savez que personne ne va signaler la mort ou la disparition de la personne en question, vous disposez d'un élément à potentiel viable. Si, en plus, vous savez qu'elle n'avait pas de problèmes d'argent parce que vous avez continué à payer les factures à son nom, vous pouvez considérer avoir gagné.

Et par conséquent, oui, j'avais rempli mon contrat sur le pauvre M. Yamada, mais sans en avertir le client. Je l'avais en revanche prévenu que le sujet semblait avoir disparu « sous terre », incapable que j'étais de résister à un bon mot. Peut-être avait-il appris qu'un contrat menaçait sa vie ? Le client avait aussitôt engagé un détective privé, lequel avait confirmé la présence de tous les signes révélateurs d'une fuite soudaine : clôture de compte en banque et autres affaires personnelles soigneusement réglées ; courrier réexpédié sur une boîte postale à l'étranger ; vêtements et autres objets personnels manquants dans l'appartement. Le client m'avait fait savoir que, dans le cadre de son objectif, une disparition était aussi bien qu'un décès, et que ce n'était pas la peine que je m'embête à pourchasser Yamada pour exécuter le contrat. J'avais quand même été payé de mes efforts – personne n'a envie qu'un type comme moi ait le sentiment d'avoir été injustement traité –, et l'affaire en était restée là. Il y a déjà longtemps que ce client a lui-même connu une fin malheureuse, et suffisamment de temps a passé pour que je puisse ressusciter Yamada-san, ouvrir une petite officine de consultant sous ce nom des plus discrets, prendre une adresse postale appropriée, faire des dettes puis les honorer – bref, toutes ces choses qui, ajoutées les unes aux autres, font que quelqu'un existe en tant que membre de la société, aussi banal et légitime soit-il.

Désormais, il ne me restait plus qu'à me couler dans l'identité de Yamada pour entamer ma nouvelle vie.

Mais avant cela, Taro Yamada devait faire ce que tout homme dans sa situation aurait fait après avoir décidé de laisser tomber une affaire de consultant à la dérive pour partir au Brésil enseigner leur langue oubliée aux Japonais de la troisième génération. Il lui fallait un visa, un compte en banque légal – contrairement à ceux ouverts illégalement sous divers pseudonymes que je garde à l'étranger –, de l'aide pour trouver un logement et un bureau. Officiellement, il serait basé à São Paulo, qui concentre près de la moitié des Japonais du Brésil, et où le localiser serait plus compliqué qu'à Rio. Accomplir toutes ces démarches en s'adressant au consulat japonais à Brasilia eût évidemment été plus simple, mais M. Yamada préférait recourir à des moyens moins formels, moins faciles à repérer.

Alors que je m'occupais de l'installation de Yamada au Brésil, la presse rapporta toute une série d'affaires de corruption scandaleuses, dont je me demandais si elles n'avaient pas un rapport avec la guerre de l'ombre que Tatsu menait contre Yamaoto. Universal Studios Japan avait servi de la nourriture qui avait dépassé de neuf mois la date de péremption et dont les étiquettes avaient été falsifiées, et avait mis en service une fontaine d'eau potable qui pompait de l'eau industrielle non traitée. Mister Donut avait pris l'habitude de gonfler ses produits avec des boulettes de viande contenant des additifs interdits. La Snow Brand Food avait économisé quelques yens en recyclant du lait tourné et en oubliant de nettoyer les tuyauteries de l'usine. Un scandale impossible à étouffer, vu que quinze mille personnes s'étaient retrouvées victimes d'empoisonnement. Mitsubishi Motors et Bridgestone s'étaient fait sérieusement alpaguer pour ne pas avoir signalé des défauts décelés sur des modèles de voitures et de pneus sortis de leurs ateliers, afin d'éviter des rappels pour raison de sécurité. Mais la pire et la plus choquante des nouvelles, même selon les critères japonais, était celle selon laquelle la TEPCO, la compagnie d'électricité de Tokyo, s'était fait prendre en train de remettre de faux rapports qui dataient de vingt ans sur la sécurité nucléaire. Ces rapports omettaient de signaler de graves problèmes concernant pas moins de huit réacteurs, notamment des fissures constatées sur les coffrages de protection en béton.

Mais le plus surprenant n'était pas ces scandales. C'était le manque de réaction des gens. Un constat qui devait être frustrant pour Tatsu, au point que je me demandais ce qui continuait à le motiver. Dans d'autres pays, de telles révélations auraient déclenché une révolution. Pourtant, malgré les scandales et malgré l'état de l'économie, les Japonais s'obstinaient à réélire systématiquement les mêmes types véreux du PLD. Bon sang, la moitié du problème contre lequel se battait Tatsu incluait ses supérieurs hiérarchiques, ceux-là mêmes devant lesquels il devait en quelque sorte s'incliner ! Comment fait-on pour continuer face à tant d'ignorance délibérée et d'hypocrisie acharnée ? Pourquoi se donnait-il autant de mal ?

En lisant les nouvelles, je m'efforçai d'imaginer comment Tatsu les interpréterait, comment il s'efforcerait sans doute de les considérer. Tout n'était pas si négatif. En fait, plusieurs changements survenus dans les provinces avaient dû l'encourager. Masayasu Kitagawa battait les bureaucrates à Mie après s'être simplement déclaré hostile à un projet de centrale nucléaire. À Chiba, Akiko Domoto, une ancienne journaliste de la télévision âgée de soixante-huit ans, l'emportait sur les candidats soutenus par le milieu des affaires, les syndicats et les divers partis politique. À Nagano, le gouverneur Yasuo Tanaka gelait tout projet de barrage en dépit des pressions opérées par les puissantes entreprises nationales de construction. À Tottori, le gouverneur Yoshihiro Katayama ouvrait les registres de la préfecture à qui voulait les consulter, créant un précédent qui avait dû flanquer la frousse à ses homologues de Tokyo.

Je passai également pas mal de temps devant l'ordinateur à piocher des renseignements sur Yukiko et La Rose de Damas. Comparé à Harry, je ne suis qu'un piètre pirate informatique, mais je ne voyais pas comment lui demander son aide sans devoir avouer du même coup l'avoir surveillé.

Entrer dans les données fiscales du club me permit de trouver le nom de famille de Yukiko : Nohara. De là, je pus découvrir pas mal d'autres choses. Âgée de vingt-sept ans, elle était née à Fukuoka et avait fait des études à l'université de Waseda. Elle habitait un immeuble dans Koto-dori, à Minami-Aoyama. Pas de casier. Pas de dettes. Rien d'extraordinaire.

Le club paraissait plus intéressant, et plus opaque. Il appartenait à plusieurs entreprises étrangères. Si des personnes individuelles en étaient propriétaires, leurs noms devaient seulement apparaître sur des certificats d'enregistrement rangés au fond d'un coffre-fort ; ils ne figuraient en tout cas sur aucun ordinateur où j'aurais pu les trouver. Ceux qui possédaient ce club ne tenaient pas à ce que le monde soit au courant de leur association. Cela n'avait rien de répréhensible en soi, mais toutes les affaires dans lesquelles circule de l'argent sont acoquinées avec la mafia.

Harry, en hacker chevronné qu'il était, aurait certainement déniché davantage de choses sur ces deux sujets. J'hésitais à le lui demander. J'allais devoir lui mettre la puce à l'oreille en lui conseillant d'aller lui-même vérifier. C'était frustrant, mais je ne voyais pas quoi faire d'autre. De toute façon, même s'il le prenait mal, je ne serais plus là très longtemps. *Et qui sait ?* me dis-je. *Peut-être que tu te trompes. Peut-être qu'il ne trouvera rien.*

Je me renseignai également sur Naomi. Naomi Nascimento, nationalité brésilienne, arrivée au Japon le 24 août 2000 sur invitation du programme JET. Je me servis de l'adresse e-mail qu'elle m'avait donnée pour découvrir où elle habitait – Lion's Gate Building, un ensemble résidentiel dans Azabu Juban 3-chome. Pas d'autres informations.

Mes préparatifs de départ touchant bientôt à leur fin, je décidai d'aller faire un tour dans divers lieux proches d'Osaka que je ne reverrais sans doute jamais. Certains étaient restés semblables au souvenir que j'en avais gardé depuis l'enfance. Je commençai par Asuka, berceau du Japon à l'époque du Yamato, où les sépultures vides depuis longtemps sont gravées d'images surnaturelles d'animaux et de semi-hommes dont les auteurs aussi bien que la signification se sont perdus dans le frémissement des rizières alentour. Je me rendis ensuite au Koya-san, la montagne sacrée où repose Kobo Daishi, le grand saint bouddhiste japonais – on assure que son esprit n'est pas mort mais erre en méditant près de la vaste nécropole, soutenu dans sa veille par les mantras que psalmodient les moines entre les tombes des défunts, mantras aussi anciens et éternels que le bourdonnement des insectes dans un jardin sauvage en plein été. Puis je passai à Nara, qui, il y a treize siècles, avait un temps été la capitale de la nouvelle nation ; là, au lever du jour, lorsque le flot des touristes n'a pas encore envahi les rues, il arrive de croiser un octogénaire solitaire aux épaules voûtées par l'âge qui trottine en chaussons sur les pavés, passant aussi intemporel et résolu que l'ancienne cité.

Éprouver le besoin d'aller faire de tels adieux pouvait sembler étrange. Après tout, je n'avais jamais vécu dans aucun de ces lieux. Enfant déjà, j'avais compris qu'être à moitié japonais signifie être à moitié autre chose, et qu'être autre chose c'est être… *chigatte*. Un mot qui signifie à la fois « être différent » et « avoir tort ». La langue, comme la culture, ne fait pas de distinction.

Je fis également un détour par Kyoto. Je n'y étais pas retourné depuis vingt ans, et je découvris avec surprise que la gracieuse et vibrante métropole de mon souvenir n'existait pratiquement plus, disparaissait tel un jardin à l'abandon que s'empressent de recouvrir les mauvaises herbes. Qu'était devenu le toit resplendissant du temple Higashi Honganji, qui dominait avec superbe les toits de tuile des alentours, évoquant le menton fièrement levé d'une princesse au milieu de sa cour ? Cette vision magnifique, qui accueillait jadis les voyageurs à l'entrée de la ville, était maintenant obstruée par la nouvelle gare, une monstruosité s'étalant sur huit cents mètres le long des rails, semblable à un énorme étron dégringolé du ciel qui serait resté là, trop gigantesque pour être évacué.

Je marchai des heures durant, stupéfié par l'ampleur des dégâts. Des voitures circulaient au milieu du temple Daitokuji. Le mont Hiei, berceau du bouddhisme japonais, avait été transformé en un immense parking agrémenté d'un parc d'attractions au sommet. Les rues autrefois bordées de vieilles maisons en bois décorées de treillages en bambou avaient été démantelées et rasées pour céder la place au plastique, à l'aluminium et aux néons clinquants. Partout se multipliaient les lignes téléphoniques, des ribambelles de fils électriques, et le linge pendouillait aux fenêtres des appartements, semblables à des larmes coulant de grands yeux hagards.

Avant de regagner Osaka, je fis un saut au Grand Hôtel, qui est plus ou moins le centre géographique de la ville. Je montai en ascenseur jusqu'au dernier étage d'où, à l'exception de la pagode Toji et d'un bout du toit du temple Honganji, la vue n'offrait rien de plus que l'habituel délabrement urbain.

Je repensai au poème de Bashô, le barde errant, qui m'avait tellement ému lorsque ma mère l'avait récité devant moi, la première fois où j'étais venu ici. Elle avait pris ma main dans la sienne alors que nous étions tout en haut de l'échafaudage du temple Kiyomizu, en train de contempler la ville qui s'étendait paisiblement à nos pieds, et j'avais été étonné de l'entendre dire, dans son japonais teinté d'accent :

Kyô nite mo kyô natsukashiya…

À Kyoto, rêvant de Kyoto…

Mais le sens de ce poème, jadis hymne à une nostalgie ineffable et insurmontable, avait changé. Comme la ville, il était désormais empreint d'une triste ironie.

Esquissant un sourire sans joie, je me dis que si l'une ou l'autre de ces choses m'avaient appartenu, j'en aurais pris plus grand soin. *Voilà ce que c'est de faire confiance au gouvernement. Les gens devraient pourtant se méfier.*

Je sentis vibrer mon pager. En l'ouvrant, je vis s'afficher le code dont Tatsu et moi étions convenus pour nous identifier, ainsi qu'un numéro de téléphone. Je m'attendais plus ou moins qu'il me contacte, mais pas aussi tôt. *Merde… Si près du but.*

Je redescendis dans le hall et m'éloignai dans la rue. Après avoir trouvé une cabine dans un endroit aussi banal que possible, j'introduisis ma carte de téléphone et composai le numéro de Tatsu. J'aurais pu rester sourd à son appel, mais il m'aurait alors été difficile de deviner sa réaction. Mieux valait savoir ce qu'il voulait et continuer à faire semblant de coopérer.

Au bout d'une sonnerie, je reconnus sa voix.

— *Moshi moshi,* fit-il sans se présenter.

— Allô, répliquai-je.

— Tu es toujours au même endroit ?

— Pourquoi voudrais-je en bouger ? rétorquai-je avec une pointe de sarcasme.

— Après ce que nous nous sommes dit lors de notre dernière rencontre, j'ai pensé que tu allais peut-être décider de… repartir en voyage.

— C'est possible, oui. Je n'ai encore rien décidé. Je pensais que tu le savais.

— Je m'efforce de respecter ta vie privée.

Quel salaud ! Il avait beau s'ingénier à me gâcher l'existence, il parvenait toujours à m'arracher un sourire.

— Sache que j'apprécie, lui dis-je.

— J'aimerais te revoir, si ça ne t'ennuie pas.

J'hésitai. Tatsu connaissait mon adresse. S'il voulait me voir, il n'avait pas besoin de me fixer rendez-vous.

— Pour des raisons professionnelles ou juste pour le plaisir ? demandai-je.

— Ça dépend de toi.

— Alors, pour le plaisir.

— Très bien.

— Quand ?

— Je serai là ce soir. On pourrait se retrouver au même endroit que la dernière fois.

De nouveau, j'hésitai.

— Je ne sais pas si on nous laissera entrer. Mais je connais un hôtel juste à côté où le bar est excellent. Un endroit comme je les aime. Tu vois duquel je veux parler ?

Je pensais au bar de l'Osaka Ritz Carlton.

— Je devrais pouvoir trouver.

— Je t'attendrai là-bas, à la même heure que la dernière fois.

— D'accord. À ce soir.

Tatsu attendit une seconde avant d'ajouter :

— Merci.

Je raccrochai.

7

Je repris le train à destination d'Osaka et me rendis directement au Ritz. Je préférais être sur place plusieurs heures en avance, au cas où il y aurait quelque chose à repérer. En attendant, je commandai une assiette de fromages et de fruits accompagnée d'un darjeeling.

Tatsu arriva ponctuellement, comme toujours. Il fit en outre preuve de courtoisie, se déplaçant à pas lents histoire de me montrer qu'il n'avait pas l'intention de me tomber dessus par surprise. Il s'assit face à moi dans un fauteuil rembourré. D'un bref regard circulaire, il observa les lambris de bois clair, les appliques murales et les lustres du bar.

— J'ai une fois de plus besoin de toi, dit-il au bout d'un moment.

Prévisible. Et allant droit au but, comme toujours. Mais je le fis patienter un peu.

— Tu veux un whisky ? demandai-je. Ils ont un bon Cragganmore de douze ans d'âge.

— J'aimerais bien, fit Tatsu d'un air navré. Mais mon médecin m'a conseillé de m'abstenir de ce genre de plaisir.

— Je ne savais pas que tu écoutais ton médecin.

Il avança les lèvres comme s'il se préparait à un aveu pénible.

— Ma femme est devenue elle aussi très stricte sur ces questions.

Je le regardai en souriant, un peu étonné d'imaginer cet homme dur et rusé s'inclinant benoîtement devant sa femme.

— Qu'est-ce qu'il y a ? s'inquiéta-t-il.

Je décidai de lui dire la vérité.

— Te voir me fait toujours plaisir, vieux salaud !

Il sourit à son tour, créant un réseau de fines rides autour de ses yeux.

— *Kochira koso.* C'est réciproque.

Tatsu fit signe à la serveuse et commanda une camomille. Puisqu'il ne buvait pas d'alcool, je renonçai à prendre un Cragganmore. Dommage.

— Comme je viens de te le dire, fit-il en se tournant vers moi, j'ai besoin de tes services.

Je tambourinai du bout des doigts sur mon verre.

— Tu ne m'avais pas parlé d'une rencontre pour le plaisir ?

— J'ai menti, avoua-t-il en hochant la tête.

Je le savais déjà, et il savait que je le savais. Néanmoins je remarquai :

— Je croyais que tu m'avais dit que je pouvais te faire confiance.

— Sur les choses essentielles, certainement. De toute façon, se voir pour le plaisir n'empêche pas de demander une faveur.

— C'est ça que tu me demandes ? Une faveur ?

— Tu ne me dois plus rien, répondit-il en haussant les épaules.

— J'avais l'habitude de me faire payer très cher pour ces faveurs.

— Je suis content de t'entendre parler au passé.

— J'aurais encore pu le dire très récemment sans exagérer.

— Je peux poursuivre ?

— Du moment qu'il est clair dès le départ qu'il n'y a aucune obligation…

Tatsu approuva d'un signe de tête.

— Oui, je te l'ai dit.

Il sortit de la poche de son manteau une boîte de pastilles à la menthe, l'ouvrit et me la tendit. Je refusai d'un signe. Il prit un bonbon qu'il fourra dans sa bouche sans lever la tête ni se détourner de ce qu'il faisait. Cesser d'observer ce qui se passait autour de lui ne lui ressemblait pas ; or, cela se vérifiait dans les petits détails comme pour les choses plus importantes.

— L'haltérophile n'était qu'un homme de paille, reprit-il. Il avait tout d'un homme de Néandertal, c'est vrai, mais il appartenait à la nouvelle génération japonaise du crime organisé. Sa spécialité, dans laquelle il s'était révélé particulièrement doué, consistait à monter des affaires légales et viables, derrière lesquelles des bandes de gangsters moins évolués pouvaient ensuite s'abriter.

J'acquiesçai d'un signe de tête car je connaissais bien le phénomène. Ayant compris que les tatouages, les costumes voyants et les manières agressives n'offraient qu'un accès restreint à la société, la nouvelle génération renonçait aux personnages de délinquants pour se lancer dans des secteurs tout ce qu'il y a de légal, comme l'immobilier ou le divertissement. La génération précédente, toujours mouillée dans la drogue, la prostitution et le contrôle de l'industrie du bâtiment, comptait désormais sur ces arrivistes pour l'aider à blanchir l'argent, échapper au fisc et autres menus services. Ce qui n'empêchait pas les petits nouveaux de se tourner vers leurs prédécesseurs chaque fois qu'il était possible de diminuer la pression de la concurrence propre au milieu des affaires en recourant à certaines ficelles traditionnelles du métier – corruption, extorsion, meurtre – qui demeuraient la spécialité de l'ancienne génération. Une division symbiotique du travail qui aurait fait rosir de bonheur tout bon économiste.

— L'haltérophile avait mis en place un système efficace, enchaîna Tatsu. Tous les *gumi* traditionnels faisaient appel à ses services. La légitimité que leur garantissait ce système les rendait moins exposés aux poursuites judiciaires, et plus influents en politique ou dans les salles de conseil. Et donc plus influents dans la société en général. L'une de nos connaissances communes, Toshi Yamaoto, était devenue particulièrement dépendante des opérations de l'haltérophile.

Gumi signifie « bande » ou « gang ». Dans le contexte des yakuzas, le mot fait référence aux familles du crime organisé, équivalent japonais des Gambino ou des Corleone des écrans de cinéma.

— Je ne vois pas en quoi son absence changera quoi que ce soit, dis-je. Quelqu'un va prendre sa place, non ?

— Au bout du compte, oui. Partout où il y a de la demande, l'offre suit. Reste que, en attendant, l'offre est interrompue. L'haltérophile avait su se rendre indispensable dans la gestion en douceur de son organisation. Et comme tous les hommes de pouvoir, il n'a formé aucun successeur, de peur de précipiter sa succession. Maintenant qu'il n'est plus là, il va y avoir une lutte au sein de son organisation. Une lutte où se mêleront mensonge et trahison. Les réseaux et les liens tenus secrets apparaîtront au grand jour. Et l'influence du crime sur les entreprises légales s'en trouvera diminuée d'autant.

— Provisoirement, dis-je.

— Oui, provisoirement.

Je repensai à ce que Kanezaki m'avait dit à propos de Crépusculaire.

— Il y a quelques jours, j'ai rencontré un type de la CIA. Il a fait allusion à une chose susceptible de t'intéresser.

— Ah bon ?

— Un certain Tomohisa Kanezaki. Un Américain d'origine japonaise. Il m'a parlé d'un programme de la CIA qui vise à « accélérer les réformes et à éliminer les obstacles qui les entravent ». Une opération baptisée Crépusculaire. Ça relève de ton domaine, non ?

Tatsu hocha lentement la tête avant de dire :

— Parle-moi de ce programme.

Je me mis à lui raconter le peu que j'avais appris. Et tout à coup, les choses m'apparurent plus clairement.

— Tu connais ce type, dis-je.

Tatsu haussa les épaules.

— C'est l'un de ceux qui sont venus voir la Force métropolitaine de police en nous demandant de les aider à te localiser.

Merveilleux.

— Qui était l'autre ?

— Celui qui a succédé à Holtzer à la direction du bureau de Tokyo. James Biddle.

— Jamais entendu parler.

— Il est plutôt jeune pour le poste. La quarantaine. Il doit appartenir à la nouvelle génération de la CIA.

Je lui racontai comment j'avais fait la connaissance de Kanezaki et de son garde du corps, en prenant soin d'omettre certains détails afin de ne pas impliquer Harry.

— Comment ont-ils réussi à te trouver ? s'enquit Tatsu. Malgré les ressources dont je dispose sur place, l'accès au Juki Net et les caméras, il m'a fallu une année entière.

— À cause d'un point faible dans ma sécurité. Que j'ai corrigé depuis.

— Et sur Crépusculaire, tu sais autre chose ?

— Rien de plus que ce que je t'ai dit. Je n'ai pas eu de détails.

Il tambourina du bout des doigts sur la table.

— Ça ne fait rien. Je doute que Kanezaki-san ait pu te dire autre chose que ce que je sais déjà.

Je le regardai fixement, impressionné, comme toujours, par l'étendue de ses informations.

— C'est-à-dire ?

— Le gouvernement américain fait parvenir de l'argent à divers réformateurs japonais. Il s'agit du même genre de programme que celui qu'avait lancé la CIA après la guerre, à l'époque où elle soutenait le PLD qu'elle considérait comme un rempart contre le communisme. Seuls les récipiendaires ont changé.

— Et que fais-tu de la partie « éliminer les obstacles » ?

— À mon avis, comme l'a suggéré Kanezaki-san, ils voudraient que tu leur files un coup de main, répondit-il d'un air entendu.

Venant de sa part, cette confirmation me fit rire.

— Ces types sont parfois d'un culot qui frise le grandiose !

Tatsu approuva encore de la tête.

— À moins qu'ils ne fassent erreur et s'imaginent que tu es pour quelque chose dans la disparition de William Holtzer. Quoi qu'il en soit, tu ferais bien de garder tes distances avec eux. Nous savons qu'ils ne sont pas dignes de confiance.

L'emploi vraisemblablement délibéré qu'il faisait du « nous » et du « ils » me fit sourire. Comme si lui et moi étions associés…

— D'accord. Et maintenant, explique-moi ce que je peux faire pour toi.

Tatsu marqua un temps avant de reprendre la parole.

— Ça concerne un autre atout fondamental de Yamaoto. Et, là encore, un homme dont les airs de primate cachent des talents beaucoup plus subtils.

— Qui est-ce ?

— Quelqu'un que tu devrais comprendre assez bien, répondit Tatsu en me dévisageant. Un tueur.

— Vraiment ? fis-je, affectant une certaine nonchalance.

La serveuse apporta la tisane et la déposa devant Tatsu. Il leva sa tasse pour me porter un toast silencieux avant d'en boire une gorgée.

— C'est un bonhomme étrange, dit-il en m'observant. À voir son parcours, on pourrait en conclure que ce n'est qu'une brute. Il y a une histoire de maltraitance infantile. Des bagarres à l'école et des tendances sadiques repérées à un âge précoce. Il a lâché les études pour se consacrer au sumo, mais n'a pas réussi à acquérir le gabarit nécessaire. Il s'est ensuite mis à la boxe thaïlandaise, où il a fait une brève carrière peu spectaculaire. Voilà à peu près cinq ans, il s'est intéressé à ce sport où tous les coups sont permis, un truc qui s'appelle « pride », je crois. Tu connais ?

— Bien sûr. Les championnats de pride, un sport qui combine plusieurs arts martiaux, ont lieu au Japon et sont retransmis à la télévision tous les deux mois environ. L'idée de ce qu'on appelle les *mixed martial arts*, ou MMA, consiste à se mesurer à un adversaire en utilisant un mélange de disciplines de combat traditionnelles : boxe, jiu-jitsu, judo, karaté, kempo, kung-fu, muay thaï... sambo, lutte. Depuis que ce sport existe, le public qui assiste aux compétitions de pride augmente régulièrement, en même temps que l'intérêt pour les événements qui s'y rattachent, comme le King of the Cage en Angleterre ou l'Ultimate Fighting aux États-Unis. Le sport a rencontré quelques difficultés auprès des régulateurs, qui semblent plus à l'aise quand un boxeur se retrouve dans le coma par K.-O. que lorsqu'un adepte des MMA tape par terre pour indiquer qu'il se soumet à une prise.

— Et toi, qu'en penses-tu ?

Je haussai les épaules.

— Les compétiteurs sont forts. Habiles techniquement, et en bonne condition physique. Et ils ne manquent pas de courage non plus. D'après ce que j'ai vu, ça se rapproche autant qu'il est possible d'un véritable combat qu'on pourrait continuer à appeler un sport. Mais l'histoire du « tous les coups sont permis » n'est que du marketing. Tant qu'ils ne se décideront pas à autoriser les morsures, l'énucléation et les coups dans les couilles, et à laisser traîner des armes de complaisance autour du ring pour que les concurrents s'en servent, ce sport ne sera pas exempt de défauts.

— Ce que tu dis là est intéressant. L'individu en question semble partager les mêmes préoccupations. Il a abandonné ce sport pour l'univers des combats clandestins à mains nues, où il n'y a vraiment aucune limite. Et où le combat se déroule le plus souvent jusqu'à son terme.

J'avais entendu parler de ces combats. Et même rencontré quelqu'un qui y participait, un Américain du nom de Tom qui était venu s'entraîner au judo quelque temps au Kodokan. Un type aux allures de brute, mais d'une souplesse sidérante, qui m'avait fait part de son point de vue original et précieux sur le combat sans armes. Je l'avais battu au judo, sans avoir vraiment su comment les choses auraient tourné dans un contexte moins formel.

— Apparemment, cet individu s'est taillé un réel succès dans ces concours clandestins, enchaîna Tatsu. Et pas seulement contre des hommes. Contre des animaux également. Des chiens.

— Des chiens ? répétai-je, interloqué.

Tatsu acquiesça d'un air sinistre.

— Ces rencontres sont organisées par les yakuzas. Il était à prévoir que les talents de notre homme, sans parler de son penchant pour la cruauté, finiraient par attirer l'attention des organisateurs, et qu'ils s'apercevraient qu'il avait d'autres ambitions que de tuer sur un ring pour de l'argent.

— Et qu'il pouvait tuer ailleurs, dis-je en hochant la tête.

— En effet. D'ailleurs, depuis un an, c'est précisément ce qu'il fait.

— Tu as dit qu'il possédait des talents beaucoup plus subtils.

— Oui. Je crois qu'il a développé des capacités dont je pensais que tu étais le seul à disposer.

Je ne dis rien.

— Au cours des six derniers mois, poursuivit Tatsu, nous avons eu deux morts dues en apparence à des suicides. Les victimes étaient des directeurs financiers de haut rang dans des institutions sur le point de fusionner. L'un et l'autre semblent avoir fait un saut mortel depuis le toit d'un immeuble.

— D'après ce que j'ai lu sur la situation des bilans des banques, je m'étonne qu'ils n'aient été que deux à sauter ! Il aurait dû y en avoir une cinquantaine.

— Il y a vingt ans, ou même dix, c'est ce qui se serait produit. Mais dans le Japon d'aujourd'hui, la rédemption par le suicide correspond plus à un idéal qu'à une pratique, observa Tatsu en prenant une gorgée de tisane. Désormais, on préfère s'excuser à l'américaine.

— « Je regrette que des erreurs aient été commises », débitai-je en souriant.

— Quelquefois, ce n'est même pas « je regrette », mais « il est regrettable ».

— Au moins, ils ne font pas semblant de croire qu'empocher des pots-de-vin est une maladie et qu'il leur suffirait de se soigner pour guérir.

— Non, pas encore, concéda Tatsu en grimaçant.

Il prit une autre gorgée de camomille.

— Ces deux types qui ont l'air d'avoir sauté n'ont pas laissé de mot. Et j'ai découvert que l'un et l'autre s'inquiétaient du fait que la véritable part d'emprunts sans intérêts contractés par l'autre partie était beaucoup plus élevée que le chiffre annoncé officiellement.

— Et alors ? Tout le monde sait que les emprunts sont nettement plus importants que ce que veulent bien admettre les banques ou le gouvernement.

— C'est vrai. Mais ces types menaçaient de révéler les données du problème afin de bloquer une fusion qui ne paraissait pas réellement fondée, et que pourtant certains éléments du gouvernement appuyaient.

— Une initiative qui n'était apparemment pas très inspirée de leur part.

— Permets-moi de te poser une question, dit alors Tatsu en me regardant dans les yeux. C'est une simple hypothèse mais, pratiquement parlant, serait-il possible de jeter quelqu'un du haut d'un immeuble et de faire passer ça pour un suicide ?

Ça l'était, j'en avais la certitude, mais je décidai d'accepter la proposition de Tatsu et de garder les choses au niveau de l'« hypothèse ».

— Tout dépend du sérieux de l'examen pathologique pratiqué ensuite.

— Imaginons qu'il soit très sérieux.

— Dans ce cas, ce ne serait pas facile. Mais ça resterait possible. Le plus dur, c'est de faire monter la victime sur le toit sans que personne s'en aperçoive. À moins de ruser pour que le type te rejoigne là-haut, ou de savoir à l'avance qu'il s'y trouvera, il faudra le transporter par tes propres moyens. S'il est conscient, il fera un sacré boucan. Et s'il résiste, il y aura des traces de lutte. De la peau sous ses ongles, ou une poignée de cheveux entre ses doigts raidis. Ou n'importe quel élément incompatible avec un acte volontaire. Et comme il se débattra sans se préoccuper ni de sa propre sécurité ni de la douleur, tu porteras des traces de lutte toi aussi. Tu n'as pas idée de ce que peut faire un homme qui sait qu'il se bat pour sa vie.

— Il faudrait l'attacher d'abord ?

— Attacher quelqu'un laisse toujours des marques. Même s'il ne résiste pas.

— Or, il résisterait.

— Ce n'est pas ce que tu ferais, toi ?

— On pourrait le tuer avant ?

— Peut-être. Mais c'est risqué. Très vite après la mort, le corps subit des transformations. Le sang se fige. La température diminue. Et puis, une chute n'entraîne pas les mêmes conséquences sur un cadavre que sur un corps en vie. Le médecin légiste serait à même de repérer ces anomalies. Sans compter qu'il te resterait à t'inquiéter des preuves attestant la véritable cause du décès.

— Et s'il était inconscient ?

— C'est ainsi que je procéderais. Mais, s'il est inconscient, tu dois le transporter comme un cadavre. Et déplacer un poids mort de soixante-dix ou quatre-vingts kilos n'a rien d'évident. En plus, si tu lui fais prendre une drogue pour le mettre K.-O., il est probable qu'il subsistera des traces dans le sang après sa mort.

— Si c'est de l'alcool ?

— S'il est suffisamment ivre pour tourner de l'œil, tu as tes chances. Vu que pas mal de gens boivent un coup avant d'appuyer sur la détente, cela ne semblerait pas suspect. Mais comment fais-tu pour convaincre un type de se saouler au point de rouler sous la table ?

Après un bref silence, Tatsu déclara :

— Les deux gars qui ont sauté avaient un taux d'alcool dans le sang suffisamment élevé pour avoir perdu connaissance.

— Ça peut être effectivement ce que tu penses. Ou pas. C'est toute la beauté de la chose.

— Une injection ?

— Possible. Mais pour que la dose d'alcool soit suffisante, tu serais obligé de laisser une marque de piqûre visible à l'endroit où tu l'injecterais. Et puis, on retrouverait de l'alcool dans le sang, mais pas la moindre trace, disons, d'Asahi Super Dry dans l'estomac. Non, ça ne va pas.

— Un piège, alors. Une femme, ou quelqu'un qui remplirait son verre, le pousserait à boire plus qu'il ne peut le supporter.

— Ça pourrait marcher.

— Comment t'y prendrais-tu ?

— En théorie ?

Tatsu me regarda longuement.

— Naturellement.

— En théorie, j'essaierais d'atteindre ma cible le soir, tard, quand il n'y a pas trop de monde dans les parages. Par exemple chez lui, à condition d'être suffisamment sûr qu'il y serait seul, et que j'aurais un moyen fiable d'arriver jusque-là sans être repéré. Je me déguiserais en concierge, parce que personne ne fait jamais attention à eux, et je l'endormirais à l'aide d'un fusil hypodermique. Ensuite, je le mettrais dans un chariot à linge industriel ou dans une grande poubelle sur roulettes, n'importe quoi pourvu que ça ne se remarque pas dans le décor. Dans le fond, je mettrais quelque chose de rembourré pour qu'il ne se retrouve pas couvert de contusions incompatibles avec une chute. Il faudrait le rendormir toutes les quinze secondes environ pour être sûr qu'il reste tranquille, ce qui ne devrait pas être trop difficile s'il n'y a personne. Après ça, il suffirait de le monter sur le toit, de le faire rouler au bord et de le pousser dans le vide. Voilà comment je m'y prendrais. En théorie.

— Que penserais-tu si tu découvrais un petit bout de plastique coincé sous le bracelet-montre d'une des personnes ayant sauté ?

— Quel genre de plastique ?

— Du plastique au mètre. Épais. Comme celui qu'on vend en rouleaux pour protéger les meubles ou les objets encombrants.

Connaissant plusieurs des usages réservés à ce type de plastique, je réfléchis quelques secondes.

— Ton tueur a pu saouler sa victime. Laissons de côté pour l'instant la façon dont il s'y serait pris. Il la roule alors dans le plastique pour éviter tout contact pendant le transport. Il l'amène au bord du toit, attrape le plastique par un bout et tire d'un seul coup. La victime roule et plonge dans le vide. Impeccable.

— Sauf si, d'une manière ou d'une autre, le bracelet-montre de la victime s'est accroché au plastique.

— Ce n'est pas impossible. Mais si tu n'as que ça à te mettre sous la dent, c'est maigre.

— Il y a aussi eu un témoin oculaire. Un chasseur qui travaillait tard dans l'hôtel où est mort l'un des directeurs financiers. À trois heures du matin, heure à laquelle le coroner a fixé le moment du décès, il a vu un concierge pousser un grand chariot et monter dans un des ascenseurs. Exactement comme dans la scène que tu viens de décrire.

— Il a fourni une description de ton homme ?

— Avec force détails. La joue gauche broyée, souvenir de sa période muay thaï… Et des marques bizarres de l'autre côté du visage, juste en dessous de l'œil. Des cicatrices de morsures de chien. « Un visage effrayant », a-t-il dit. Ce qui est tout à fait vrai.

— Aucun concierge répondant à ce signalement ne travaille dans ce bâtiment ?

— Exact.

— Qu'est-il arrivé au chasseur ?

— Envolé.

— Mort ?

— C'est probable.

— C'est tout ce que tu as ?

— Nous avons deux autres morts similaires, en dehors de Tokyo, répondit Tatsu. Dans les deux cas, la victime appartient à la famille d'un personnage clé du Parlement.

Sa mâchoire se crispa, puis se relâcha.

— L'un d'eux est un enfant, ajouta-t-il.

— Un enfant ?

De nouveau, contraction puis relâchement.

— Oui. Qui n'avait jamais présenté de troubles émotionnels particuliers, ni eu le moindre ennui à l'école. Aucun signe avant-coureur de suicide.

Un jour, j'avais entendu raconter que Tatsu avait perdu un fils alors qu'il n'était encore qu'un bébé. Je faillis lui en parler, mais me ravisai.

— Si ces morts ont pour but d'adresser un message aux principaux intéressés, elles le font de manière plus que discrète, dis-je. Pour peu que chaque intéressé croie à la thèse du suicide, l'événement restera sans effet sur son comportement.

Tatsu approuva d'un signe de tête.

— J'ai eu l'occasion d'interroger ces principaux intéressés. Tous les deux ont nié avoir été contactés par qui que ce soit qui aurait revendiqué ces morts comme ne relevant pas d'un suicide. Tous les deux ont menti.

Dans ce domaine, Tatsu avait du flair, et j'avais une confiance totale en son jugement.

— Ça m'étonne que tu ne m'aies pas soupçonné d'être impliqué là-dedans.

Il attendit un instant avant de répondre.

— J'aurais pu. Mais même si je n'ai pas la prétention de savoir comment tu fais ce que tu fais, je te connais bien. Jamais tu ne tuerais un enfant. Pas comme ça.

— C'est en tout cas ce que je t'ai dit.

— Je ne parle pas de ce que tu m'as dit. Je parle de ce que je sais.

La confiance qu'il me témoignait me fit un effet bizarre.

— De toute façon, reprit-il, tes allées et venues enregistrées par le réseau de surveillance d'Osaka te fournissaient un alibi.

Je dressai les sourcils.

— Tes caméras sont capables de me repérer moi, mais pas un type qui enroule des gens dans du plastique et les balance par-dessus les toits ?

— Je te l'ai dit, les réseaux sont loin d'être parfaits. Je n'ai aucun droit de regard sur leur fonctionnement. Et puis, je ne suis pas le seul à y avoir accès, ajouta Tatsu en me regardant.

J'avais fini mon thé. Je demandai à la serveuse de nous apporter un pot d'eau chaude. Nous attendîmes en silence qu'elle revienne.

Je saisis la tasse en fine porcelaine et levai les yeux.

— Dis-moi une chose, Tatsu.

— Oui.

— Ces questions, tu en connaissais déjà les réponses.

— Bien sûr.

— Alors, pourquoi me les avoir posées ?

Il haussa les épaules.

— Je pense que le type auquel nous avons affaire est un sociopathe. Capable de tuer dans n'importe quelles circonstances. J'essaie de comprendre comment fonctionne une pareille créature.

— À travers moi ?

Il hocha la tête une fois en signe d'acquiescement.

— Tu viens pourtant de me dire que je n'étais pas le bon modèle, lançai-je sur un ton un peu plus vif que je ne l'aurais voulu.

— Parmi les gens que je connais, tu es celui qui se rapproche le plus d'une telle créature. Ce qui fait de toi l'homme idéal pour le traquer.

— Qu'entends-tu par « traquer » ?

— Il se déplace avec beaucoup de prudence et n'est pas facile à filer. J'ai bien quelques pistes, mais il faudrait que quelqu'un les suive.

Je bus un peu de thé tout en réfléchissant.

— Je ne sais pas, Tatsu.

— Quoi ?

— Le premier type, celui qui montait des affaires, d'accord, c'était un élément stratégique. Je comprends. Mais ce gars qui se bat contre des chiens n'est rien d'autre qu'un tas de muscles. Pourquoi ne pas t'en prendre plutôt à Yamaoto et à d'autres chevilles ouvrières ?

— S'en prendre aux « chevilles ouvrières », comme tu dis, n'est pas si simple. Trop de gardes du corps, trop de sécurité, trop de visibilité. Yamaoto, en particulier, a renforcé ses défenses, de crainte sans doute que tu viennes le chercher, au point qu'il est désormais aussi inaccessible que le Premier ministre. Et, même s'il était possible de s'attaquer à des types comme lui, il y en a pas mal du même genre, au sein des diverses factions, qui ne demandent pas mieux que de prendre sa place. De vraies dents de requin. À peine tu en as éliminé un que dix rangées de dents s'avancent pour combler le vide. Après tout, être une cheville ouvrière n'est pas très compliqué. Qu'est-ce qu'il faut ? Un peu de sens politique. Une aptitude à rationaliser. Et de la cupidité. Ce profil n'a rien d'exceptionnel.

Il avala une gorgée de camomille.

— Qui plus est, cet homme n'a rien d'un fantassin ordinaire. Il est impitoyable, compétent et redouté. C'est un individu peu banal, dont la perte serait loin d'être insignifiante aux yeux de ses maîtres.

— D'accord. Que me proposes-tu – étant donné que rien ne m'oblige à accepter ?

— Je n'ai pas d'argent à t'offrir. Même si j'en avais, je doute de pouvoir m'aligner sur les sommes que Yamaoto et l'Agence te payaient antérieurement.

Peut-être avait-il espéré me faire dire un chiffre. Je l'ignorais.

— Désolé d'être aussi brutal, mon vieil ami, mais tu me demandes de prendre un sacré risque. Le seul fait de m'attarder à Tokyo n'est pas sans danger pour moi, tu le sais.

Tatsu me regarda longuement. Lorsqu'il reprit la parole, ce fut d'un ton mesuré, mais plein d'assurance.

— Croire que le danger que te font courir Yamaoto et la CIA se limite à Tokyo ne te ressemble pas.

Je ne comprenais pas très bien où il voulait en venir.

— C'est tout de même là qu'il est le plus concret, dis-je.

— Je te le répète, depuis la dernière fois que tu l'as vu, Yamaoto se sent obligé de mener une vie beaucoup plus protégée. Il a réduit ses apparitions politiques, ne va plus s'entraîner au Kodokan et ne se déplace plus qu'entouré de gardes du corps. D'après ce que je sais, ces nouvelles restrictions sont loin de le réjouir. Elles lui font même horreur. Mais ce qu'il déteste par-dessus tout, c'est ce qui en est la cause.

— Inutile de me rappeler que Yamaoto a une raison de m'en vouloir. Je sais ce qu'il aimerait me faire. Et il ne s'agit pas uniquement d'une question professionnelle. Il doit se sentir humilié et fou de rage en repensant à la manière dont j'ai contribué à lui voler cette disquette. Il n'est pas près de l'oublier.

— Ah oui ? Et rien de tout cela ne t'empêche de dormir la nuit ?

— Si je laissais ce genre de conneries m'empêcher de dormir, les cernes que j'aurais sous les yeux seraient aussi grands que l'île Sado. Et puis, il peut bien invoquer tous les motifs qu'il voudra contre moi, je ne lui laisserai aucune chance.

— J'en suis certain, répondit Tatsu. En tout cas, pas de ton plein gré. Mais, comme je te l'ai dit, je ne suis pas le seul à avoir accès au Juki Net.

Je le regardai attentivement, en me demandant si ses derniers propos ne dissimulaient pas une menace. Tatsu est toujours d'une extrême subtilité.

— Qu'entends-tu par là ?

— Eh bien, que si j'ai pu te trouver, Yamaoto y parviendra également. Et il n'est pas le seul à le vouloir, puisque la CIA semble très impatiente de refaire connaissance avec toi.

Il prit une gorgée de camomille avant de poursuivre.

— À ta place, j'envisagerais deux solutions possibles. La première est de rester au Japon, mais ailleurs qu'à Tokyo, en tâchant de reprendre tes anciennes habitudes. C'est probablement la plus simple, mais ce n'est pas la plus sûre.

Il but de nouveau.

— La seconde est de quitter le pays pour recommencer ailleurs de zéro. C'est la solution la plus difficile, mais celle qui devrait aussi te garantir le maximum de sécurité. Dans un cas comme dans l'autre, le problème est que certaines personnes qui te veulent du mal, et qui ont des relations dans le monde entier et une mémoire d'éléphant, considéreront que tu as laissé les choses en plan, et que tu n'auras aucun allié pour les combattre.

— Je n'en ai pas besoin, dis-je, quoique pas vraiment convaincu moi-même par ma remarque.

— Si tu décides de quitter le Japon, nous nous séparerons bons amis. Mais si je ne peux pas compter sur ton aide aujourd'hui, il me sera difficile de te rendre service demain, quand tu en auras peut-être besoin.

Plus direct, Tatsu n'aurait pas pu l'être. Je réfléchis en vitesse, me demandant quoi faire. Tout lâcher et disparaître au Brésil alors que je n'étais pas complètement prêt ? Peut-être. Mais l'idée de laisser quelque chose en plan, quelque chose que quelqu'un pourrait saisir et utiliser pour me retrouver ne me plaisait pas trop. Car, même s'il avait tout intérêt à insister sur les dangers que représentaient Yamaoto et la CIA, la vision de la situation qu'avait Tatsu n'était pas tellement éloignée de la mienne.

L'autre possibilité consistait à accomplir ce dernier job pour ne plus avoir Tatsu sur le dos le temps d'achever mes préparatifs. Ce qu'il m'offrait en échange n'était pas négligeable non plus. Il avait accès à des gens et à des lieux que même Harry n'était pas capable d'atteindre. Quoi quc je décide de faire ensuite, l'avoir comme contact me serait très utile.

Je réfléchis encore une minute. Puis je me tournai vers lui.

— Quelque chose me dit que tu as apporté une enveloppe.

Il hocha la tête.

— Alors, donne-la-moi.

8

J'emportai l'enveloppe chez moi pour l'examiner. Assis devant mon bureau, j'étalai les documents, soulignai certains passages, gribouillai dans les marges. Il y avait des parties que je lisais en continu, d'autres que je sautais. Ce que je cherchais avant tout, c'était à dégager une tendance, à faire ressortir l'essentiel.

L'individu s'appelait Ryu Murakami. Le dossier qui retraçait son parcours, sur lequel Tatsu m'avait déjà renseigné, était impressionnant, mais très incomplet sur les détails que je devais connaître avant d'approcher un sujet. Où habitait-il ? Où travaillait-il ? Quelles étaient ses habitudes, ses hantises, ses manies ? Ses fréquentations ? Toutes ces questions demeuraient sans réponse, ou alors trop vagues pour me servir dans l'immédiat.

Ce n'était pas un fantôme, mais pas un civil non plus. Tout civil a une adresse, un lieu de travail, une fiche aux impôts, une voiture immatriculée, un dossier médical. L'absence de ces détails concernant Murakami était en soi une sorte d'information. Qui me donnait le cadre, mais pas encore le tableau.

Tant pis. Commence par le cadre.

Le manque d'informations voulait dire que l'homme était prudent. Sérieux. Réaliste. Qu'il ne prenait pas de risques, agissait avec précaution et devait commettre peu d'erreurs.

Je feuilletai les papiers. Même les associés qu'on lui connaissait dans le milieu du crime organisé étaient issus de multiples familles de yakuzas. Il ne travaillait pour aucun *gumi* en particulier. C'était un free-lance, un joueur, lié à maints univers sans appartenir à aucun.

Comme moi.

Il aimait les bars à hôtesses, semblait-il. On l'avait vu dans plusieurs lieux huppés, où il dépensait l'équivalent de vingt mille dollars en yens en une soirée.

Pas comme moi.

Les gros flambeurs, on s'en souvient toujours. Dans ma partie, être prudent veut dire ne pas laisser de souvenir. Était-ce le signe d'un caractère impulsif ? D'un manque de discipline ? Possible. Toutefois, on ne distinguait aucune logique dans son comportement, juste des traces de son existence. Pas de piste à suivre.

Pourtant, il y avait quelque chose à trouver là, dans ces dépenses extravagantes à répétition. Je notai cette observation pour y revenir plus tard, puis fermai les yeux en essayant de me faire une idée du tableau d'ensemble.

Les combats. Le thème revenait souvent. Mais les renseignements de Tatsu sur les lieux où se déroulaient les rencontres clandestines, à quel moment et sous quels auspices, manquaient de précision.

La police avait débarqué à plusieurs reprises, dans des endroits chaque fois différents. Le fait que les flics interrompent les combats signifiait d'une part qu'ils n'étaient pas payés pour fermer les yeux. Et d'autre part que les organisateurs étaient prêts à garder le secret le plus complet quitte à assumer le coût de ces descentes de flics effectuées au hasard. Preuve d'un excellent jugement, mais aussi d'une certaine cupidité.

Dommage pour moi. S'il y avait eu des dessous-de-table, il y aurait eu des fuites, que Tatsu aurait été à même de découvrir.

Concentre-toi sur les combats, me dis-je en m'efforçant d'imaginer la scène. *Les combats. Pour ce type qui est un tueur, ce n'est pas un travail mais un plaisir.*

Quelles étaient les sommes en jeu ? Combien paie-t-on des hommes pour monter sur un ring, lorsqu'ils savent qu'un seul des deux en ressortira ?

Combien de spectateurs ? Combien déboursaient-ils pour voir deux hommes se battre à mort ? Combien pariaient-ils ? Combien touchaient les organisateurs ?

Ils ne pouvaient pas accepter des foules énormes. Ça se serait très vite su, et les flics seraient intervenus.

Des passionnés. Des admirateurs. Peut-être cinquante hommes. On leur demande cent, deux cent mille yens pour entrer. Les paris sont libres. De grosses sommes d'argent circulent de main en main.

Je me laissai glisser au fond de mon fauteuil Aeron, les mains croisées derrière la nuque, les yeux clos. Le vainqueur empoche l'équivalent en yens de vingt mille dollars. Le perdant, s'il s'en sort vivant, reçoit quelques billets de mille pour sa peine. Et s'il meurt, cet argent revient à l'équipe chargée de disposer du corps. Un minimum de frais. La maison encaisse près de quatre-vingt mille dollars. Pas mal, en une soirée.

Murakami aimait se battre. Bon sang, le pride ne lui suffisait pas. Il lui fallait davantage. Et il ne faisait pas ça pour l'argent. Entre les promotions et les démonstrations, le pride devait rapporter beaucoup plus, aux gagnants comme aux perdants.

Non. Le moteur de ce type n'était pas le fric. C'était l'excitation. La proximité de la mort. L'espèce d'euphorie qui ne peut s'éprouver qu'en tuant un homme ayant lui-même mis tout en œuvre pour vous tuer.

Cette sensation, je la connais bien. Elle me fascine et me répugne à la fois. Pour certains hommes, ils sont très rares, qui ne peuvent vivre leur vie et suivre leurs penchants naturels qu'en devenant les plus durs des plus irréductibles mercenaires, ça devient comme une drogue.

Ces hommes-là vivent pour tuer. Tuer est la seule chose qui les fasse vibrer.

J'en ai connu un. Mon frère de sang, Crazy Jake.

Je me souvenais comment Jake déraillait quand il rentrait d'une mission. Il était cramoisi, et ce n'était pas seulement son humeur mais tout son métabolisme qui s'échauffait et s'emballait. On voyait des ondes de chaleur s'échapper de son corps. Dans ces moments-là, et uniquement dans ces moments-là, il devenait bavard. Il racontait sa mission, les yeux injectés de sang, la bouche tordue par un sourire de fou.

Puis il exhibait ses trophées. Des scalps et des oreilles. Des trophées qui claironnaient : *Ils sont morts ! Je suis vivant !*

À Saigon, il payait des tournées de bière à la ronde. S'offrait des putes. Organisait des fiestas. Il lui fallait s'entourer d'un maximum de monde pour fêter ça. *Je suis vivant ! Ils sont morts et moi, putain, je suis en vie !*

Je m'avançai au bord de mon siège et posai les mains à plat sur le bureau. Je rouvris les yeux.

Les notes de bar.

Tu viens de tuer et tu as survécu. Tu veux fêter ça. Ils te paient en liquide. La fête, tu as de quoi la faire.

Ça semblait cohérent. Quelques petites lueurs clignotaient dans la connaissance encore floue que j'avais de ce type ; je commençais à saisir les fils de ce dont j'avais besoin pour l'approcher.

Il adorait les combats. Il était devenu accro à cette sensation d'euphorie. Mais c'était un mec sérieux. Un professionnel.

Il fallait remonter en amont… Pour combattre, il devait s'entraîner. Mais sûrement pas dans un banal dojo de quartier payable au mois où l'on côtoie des guerriers du week-end. Ni même dans un endroit plus convenable, comme le Kodokan, où les judokas de la police viennent entretenir leur forme. Il devait avoir besoin, et avait dû trouver, quelque chose de plus adapté.

Trouver cet endroit reviendrait à le trouver lui.

Je sortis faire un tour au bord de l'Okawa. D'énormes péniches chargées de déchets sommeillaient, immobiles et grotesques, sur l'eau verte. Des chauves-souris plongeaient devant moi comme des bombes pour happer des insectes. Deux gosses laissaient pendre leurs cannes à pêche du haut d'un mur de soutènement en béton, espérant ramener Dieu sait quoi de ces eaux glauques.

Arrivé devant une cabine, j'appelai le numéro que Tatsu m'avait donné.

Il décrocha à la première sonnerie.

— On peut parler ? demandai-je.

— Oui.

— Notre homme s'entraîne pour ses combats. Mais pas dans un dojo habituel.

— Non, en effet.

— As-tu des informations sur l'endroit ?

— Rien de plus que ce qui est dans l'enveloppe.

— Très bien. Alors, voilà ce que nous cherchons. Une salle plutôt petite. De cinq cents mètres carrés environ. Dans un quartier ni trop chic ni trop populaire non plus. Un endroit discret. Qui ne fait pas de publicité. Avec une clientèle de durs. Crime organisé, style motards, hommes de main... Des types qui ont des casiers, des histoires de violence. Tu as déjà entendu parler d'un endroit comme ça ?

— Non. Mais je sais où chercher.

— Combien de temps te faut-il ?

— Une journée. Peut-être moins.

— Mets ce que tu auras trouvé sur la messagerie électronique. Préviens-moi quand ce sera fait.

— Je m'en occupe.

Je raccrochai.

L'appel arriva le lendemain matin. Je filai consulter la messagerie dans un café Internet à Umeda. Le message de Tatsu contenait trois informations. La première donnait une adresse : Asakusa 2-chome, numéro 14. La deuxième disait qu'un homme correspondant au signalement si aisément reconnaissable de Murakami y avait été vu. Et la troisième, que l'haltérophile avait été l'un des bailleurs de fonds du dojo ou équivalent installé là. Le premier renseignement m'indiquait où aller. Le deuxième, que ça en valait la peine. Quant au troisième, il me soufflait une idée sur la façon de m'y prendre pour entrer.

Je composai un message à l'intention de Harry, lui demandant de bien vouloir vérifier si mon ex-partenaire haltérophile avait passé ou reçu sur son portable des appels qu'aurait captés l'antenne la plus proche de cette adresse. D'après les informations de Tatsu, la réponse serait oui. Auquel cas, j'aurais confirmation que l'haltérophile avait passé du temps à ce dojo et qu'il y était connu, ce qui me permettrait d'utiliser son nom en guise de sésame. Je demandai également à Harry s'il avait eu des nouvelles des agents du gouvernement américain ces temps-ci. Je chargeai le message, puis bipai Harry pour l'avertir de mon envoi.

Une heure plus tard, il me bipa à son tour. Je me branchai aussitôt sur la messagerie pour lire sa réponse : « Pas de visite de l'IRS[1] », avec un petit bonhomme tout souriant juste à côté. Suivait une liste des appels de l'haltérophile captés par l'antenne d'Asakusa 2-chome. Le feu vert que j'attendais.

J'envoyai un message à Tatsu disant que j'allais voir l'endroit et le tiendrais au courant de ce que j'y aurais trouvé. Je lui demandai par ailleurs de protéger Katsuhiko Arai, identité sous laquelle je m'étais présenté au club de l'haltérophile. Arai-san débarquerait de sa province, ce qui expliquerait son manque de contacts sur place. Un petit séjour en prison dans une région éloignée, par exemple pour agression, représenterait un atout certain. Un bref passage comme employé dans une entreprise locale – dans un secteur subalterne, mais que ne contrôlait pas directement la pègre – serait l'idéal. Quiconque déciderait de vérifier qui j'étais, ce qui ne manquerait pas de se produire si les choses tournaient comme je l'espérais, découvrirait l'histoire banale d'un homme désireux d'oublier une vie ratée, venu dans la grande ville fuir des souvenirs douloureux et prendre, pourquoi pas, un nouveau départ.

1. Internal Revenue Service, ou service des impôts *(NdT)*.

Je sautai dans le dernier *shinkansen*, train à grande vitesse, et arrivai à la gare de Tokyo vers minuit. Cette fois, je descendis à l'Imperial Hotel à Hibiya, autre endroit central qui ne possède pas les installations et le charme du Seiyu à Ginza, ni ceux du Four Seasons de Chinsanzo ou de Marunouchi, mais qui a l'avantage d'être vaste et anonyme, et de comporter de multiples entrées et sorties. L'Imperial était aussi le dernier endroit où j'avais vu Midori, mais ce fut par souci de sécurité et non pour des raisons sentimentales que je le choisis.

Le lendemain matin, je consultai la messagerie. Tatsu m'avait fourni l'identité que je voulais et me signalait l'emplacement d'une consigne automatique dans la gare de Tokyo, où je pourrais retirer ma nouvelle carte d'identité. Je relus le message plusieurs fois, le temps de le mémoriser, puis l'effaçai.

Ensuite, j'effectuai une PDS qui passait par la gare de Tokyo, où je trouvai effectivement les papiers qui risquaient de m'être utiles, et se terminait à la station Toranomon sur la ligne de Ginza, la plus ancienne ligne de métro de la ville. De là, je pris un train pour Asakusa. Ce quartier situé au nord-est fait partie de ce qui reste des *shitamachi*, les coins populaires du vieux Tokyo.

Comme Asakusa 2-chome se trouvait au nord-ouest de la gare, je m'y rendis en passant par le Sensoji, le grand temple d'Asakusa. J'entrai par la Kaminarimon, la porte du Tonnerre censée protéger Kannon, déesse miséricordieuse à laquelle le temple est consacré. Mes parents m'avaient amené ici lorsque j'avais cinq ans, et la vision de la lanterne en papier rouge de trois mètres de haut qui domine l'entrée reste l'un de mes premiers souvenirs. Ma mère avait tenu à tout prix à faire la queue pour acheter des *kaminari okoshi*, une spécialité d'Asakusa, à la boutique Tokiwado, où ces biscuits ont la réputation d'être les meilleurs. Mon père avait râlé, refusant de perdre son temps à ces attrape-nigauds pour touristes, mais elle ne l'avait pas écouté. Les biscuits m'avaient paru merveilleux – croquants et sucrés –, et tandis que nous les mangions ma mère n'avait pas cessé de me répéter en riant : *Oichi, ne ? Oichi, ne ?* C'est bon, non ? C'est bon, non ? jusqu'à ce que mon père finisse par craquer et en prenne un lui aussi.

Je m'arrêtai un instant devant le Sensoji pour observer les alentours du temple. Autour de moi retentissait le vacarme des touristes tout excités, des vendeurs qui cherchaient à attirer le chaland en criant : « *Hai, irasshiae ! Hai, dozo !* », des écoliers aux rires perçants assaillis par les légions de pigeons qui ont élu domicile au temple et s'y sentent chez eux. Quelqu'un secouait un *omikuji*, une boîte à prédictions, remplie de pièces de cent yens déposées là dans l'espoir de se faire annoncer une heureuse nouvelle. Une odeur d'encens s'échappait d'un gigantesque *okoro* en cuivre, à la fois douce et âcre dans l'air léger. Agglutinés autour de l'encensoir, des fidèles rabattaient la fumée sur les parties de leur corps qu'ils espéraient soigner grâce à ses propriétés prétendument magiques. Un vieil homme, une casquette de pêcheur vissée sur la tête, en canalisait le plus possible vers son entrejambe, riant avec enthousiasme. Un guide essayait tant bien que mal d'organiser une photo de groupe, mais les hordes de passants ne cessaient de s'interposer dans son champ. La gigantesque porte Hozomon dominait toute la scène dans un silence digne et ténébreux, blasée depuis de longues décennies par ce défilé permanent de touristes bruyants et de photographes frénétiques, et laissant les déjections d'oiseaux s'accumuler sur son avant-toit telle la cire qui dégouline des bougies votives.

Je m'éloignai vers l'ouest. Le brouhaha s'estompa pour laisser place à un silence étrange et déprimant qui planait sur le quartier comme une brume. En dehors de l'activité touristique autour du Sensoji, on aurait dit qu'Asakusa avait été victime du déclin qui frappait le Japon depuis dix ans.

Je continuai d'avancer, tournant la tête à gauche et à droite, notant tout ce qui m'entourait. Sur ma droite, le parc d'attractions Hanayashiki semblait bouder d'un air maussade, tandis que sa grande roue tournait à vide dans le ciel couleur de cendre. Un peu plus loin, l'esplanade faisait le bonheur de quelques pigeons qui s'étaient éloignés du temple voisin, le battement de leurs ailes résonnant de temps à autre dans le silence environnant. Ici et là, des SDF se rassemblaient par petits groupes en fumant des mégots de cigarette. Un facteur retira plusieurs enveloppes d'une boîte aux lettres puis repartit en hâte, comme s'il craignait d'attraper la maladie mystérieuse qui avait décimé la population du coin. Avachi sur une chaise au fond de son établissement déserté, le propriétaire d'un café attendait des clients depuis belle lurette envolés. Même les arcades de Pachinko étaient vides, et la musique faussement gaie qui s'en déversait à l'entrée faisait un effet bizarre et ironique.

Arrivé à un coin de rues, je bifurquai dans celle que je cherchais. Un jeune Japonais solidement bâti, le crâne rasé et les yeux dissimulés derrière des lunettes de soleil, était appuyé contre le mur. *Une sentinelle*, supposai-je. Il y avait fort à parier que son jumeau gardait l'autre bout de la rue.

Je passai devant lui. Quelques mètres plus loin, je tournai la tête et le regardai d'un air nonchalant. Il m'observait en parlant dans une radio. La rue était paisible, et je ne ressemblais pas vraiment aux retraités du quartier. Tout ça sentait la routine, il devait dire : « Quelqu'un arrive, je ne l'ai jamais vu par ici. »

Je continuai de marcher jusqu'à l'adresse qui m'intéressait – un immeuble à un étage tout ce qu'il y a d'ordinaire, avec une façade en ciment. La porte, ancienne, était taillée dans du métal épais. Trois rangées de boulons énormes la traversaient à l'horizontale, correspondant probablement aux points de fixation des barres renforcées installées de l'autre côté. Des boulons qui semblaient dire : *Les visiteurs ne sont pas les bienvenus*.

Je jetai un coup d'œil alentour. De l'autre côté de la rue, il y avait un hangar délabré en tôle bleue, les fenêtres effondrées vers l'intérieur, évoquant les yeux crevés d'un cadavre. À droite, dans une petite laverie automatique, trois machines à laver et trois sèche-linge étaient alignés face à face, comme si on les avait entreposés là pour les emporter à la casse. Des affiches passablement pelées décoraient les murs jaunis. De la lessive en poudre renversée et des mégots de cigarette jonchaient le sol. Un distributeur automatique pendouillait en travers du mur, vantant à des clients fantômes la lessive à cinquante yens le paquet.

À droite de la porte de l'immeuble, un petit bouton noir était encastré dans la brique couleur de boue. Je l'enfonçai et attendis.

Un judas s'entrouvrit à hauteur de visage. Une paire d'yeux me dévisagea derrière un grillage métallique. Légèrement injecté de sang, le regard me fixait en silence.

— Je viens pour m'entraîner, déclarai-je d'un ton brusque en japonais.

Un instant s'écoula.

— Pas d'entraînement ici, me répondit-on.

— Je suis judoka, quatrième dan. Cet endroit m'a été recommandé par un ami, insistai-je avant de donner le nom du défunt haltérophile.

Derrière le judas, les yeux se rétrécirent. Le clapet se referma. J'attendis. Une minute, puis cinq. La fente se rouvrit.

— Il y a combien de temps qu'Ishihara-san t'a conseillé de venir ici ? s'enquit le propriétaire d'une autre paire d'yeux.

— Environ un mois.

— Tu as pris ton temps pour venir…

— Je n'étais pas en ville, rétorquai-je en haussant les épaules.

— Comment va Ishihara-san ? demandèrent les yeux qui ne me lâchaient pas.

— La dernière fois que je l'ai vu, il allait bien.

— Ça remonte à quand ?

— Environ un mois.

— Et comment t'appelles-tu ?

— Katsuhiko Arai.

Les yeux ne cillèrent pas.

— Ishihara-san n'a jamais mentionné ton nom.

— Parce qu'il aurait dû ?

Toujours pas de cillement.

— Notre club a une règle : quand un membre parle du club à un non-membre, il parle aussi de ce non-membre au club.

Moi non plus, je ne bronchai pas.

— Je ne sais pas quelles sont vos règles, mais Ishihara-san m'a dit que cet endroit me conviendrait. Je peux m'entraîner ici, oui ou non ?

Les yeux glissèrent sur le sac de gym que je tenais à la main.

— Tu veux t'entraîner tout de suite ?

— Ben, c'est pour ça que je suis venu.

De nouveau, la fente se referma. Quelques secondes plus tard, la porte s'ouvrit.

Derrière se trouvait un petit vestibule. Murs en parpaings. Peinture grise écaillée. Le propriétaire des yeux me jaugea d'un rapide coup d'œil. Il n'avait pas l'air impressionné. Ces types-là ne le sont jamais.

— Tu peux t'entraîner, me dit-il.

Il était pieds nus, vêtu d'un short et d'un maillot de corps. Il devait mesurer un mètre quatre-vingts pour quatre-vingts kilos. Dans le genre solide et robuste. Cheveux poivre et sel coupés en brosse. La soixantaine. Ce que je devinais avoir été son heure de gloire se trouvait derrière lui, mais il avait encore l'air d'un dur à qui on ne la fait pas.

— *Sore wa yokatta*, répondis-je. Très bien.

Derrière et à droite du bonhomme imposant se tenait un spécimen plus petit et nerveux, le teint sombre pour un Japonais, le crâne rasé. Je reconnus ses yeux injectés de sang – les premiers à m'avoir scruté derrière le grillage. Quoique plus mince que l'autre, il émanait de lui quelque chose d'intense et d'imprévisible.

Les petits sont parfois dangereux. N'ayant jamais pu compter sur leur taille pour impressionner le monde, ils doivent apprendre à se battre. Je le savais d'autant mieux qu'avant de m'engager dans l'armée j'avais été l'un d'eux.

Le vestibule donnait sur une salle rectangulaire d'environ six mètres sur neuf où flottait une odeur de vieille sueur. Le sol était recouvert d'un tatami de judo. Cinq ou six spécimens musclés étaient en train de faire des *randori*. En short et en tee-shirt, comme le gars qui m'avait ouvert la porte, et non en *judogi*. Dans un coin du tatami, quelqu'un s'entraînait à faire des clés de coude et de genou sur un mannequin allongé par terre. La tête, le cou et le torse du mannequin avaient tout de la momie à force d'avoir été rafistolés avec du chatterton.

Dans un autre coin, deux sacs de sable en toile se balançaient au bout de grosses chaînes attachées aux poutres dénudées. De très gros sacs, de soixante-dix kilos ou plus. Et aussi grands qu'un homme. Deux types au cou de taureau, les cheveux permanentés et la mèche avant gonflée à la manière des yakuzas, s'y entraînaient, sans gants ni bandage autour des mains, distribuant des coups pas très rapides mais puissants. Le bruit de leurs phalanges qui s'écrasaient sur le cuir résonnait dans l'espace clos.

Le fait qu'ils n'aient pas de bande autour des poignets et des doigts était intéressant. Les boxeurs en mettent pour se protéger les mains. Et finissent par s'y habituer au point de ne plus pouvoir s'en passer pour cogner. Mike Tyson lui-même s'est un jour fracassé une main en frappant un autre boxeur à poings nus au cours d'une rixe de fin de soirée. Dans un combat réel, se casser la main veut dire perdre. Dans un combat à mort, ça veut dire perdre la vie.

Et ils n'avaient pas de *judogi* non plus. Encore un détail intéressant, surtout dans un pays pétri de traditions comme le Japon. Les puristes vous expliqueront que s'entraîner en *judogi* est plus réaliste dans la mesure où il est assez rare de se battre tout nu. Bien qu'un vêtement comme on en porte aujourd'hui – par exemple, un tee-shirt – soit souvent plus proche de la peau nue que le *gi* matelassé et ceinturé. Mais s'entraîner exclusivement dans la tenue réglementaire a beau être traditionnel, ce n'est pas forcément le comble du réalisme.

Tous ces signes indiquaient que ces gens n'étaient pas des plaisantins.

— Tu peux te changer dans le vestiaire, me dit Poivre-et-Sel. Quant tu auras fini de t'échauffer, on fera quelques *randori*. On verra pourquoi Ishihara-san pensait que cet endroit te conviendrait.

Je hochai la tête et filai au vestiaire. Une pièce froide et humide au sol recouvert d'une moquette grise et crasseuse. Six vieilles armoires métalliques étaient disposées de part et d'autre d'une porte à l'aspect solide qui donnait sur l'extérieur et était fermée par un cadenas à combinaison. J'enfilai un pantalon de judo en coton et un tee-shirt, mais laissai ma veste au fond du sac. Mieux valait se fondre dans le décor.

De retour dans la salle, j'effectuai quelques étirements pour m'échauffer. Personne ne semblait faire particulièrement attention à moi – excepté le type à la peau sombre, qui ne me quittait pas des yeux.

Au bout d'un quart d'heure, il s'avança vers moi.

— *Randori ?* me lança-t-il, sur un ton qui tenait plus du défi que de l'invitation.

J'acceptai d'un signe de tête, détournant le regard pour me soustraire à la dureté du sien. Dans mon esprit, le combat avait déjà commencé ; or, je préfère être sous-estimé par mes adversaires.

Je le suivis au centre du tatami, l'air mi-docile, mi-intimidé.

Nous tournâmes en rond, chacun guettant une ouverture. D'un coup d'œil circulaire, je constatai que les autres avaient cessé de s'entraîner pour nous regarder.

J'attrapai son bras droit avec ma main gauche et passai en dessous pour un duck-under, une attaque simple et efficace apprise à l'époque où j'avais fait de la lutte au lycée en Amérique. Mais le noiraud était vif : il dégagea son bras, se ramassa et se déroba à ma prise. Sans attendre, je portai mon attaque sur son côté gauche, mais, là encore, il para le coup avec habileté. Ce n'était pas grave. Je feintais, mettais ses défenses à l'épreuve, sans lui montrer encore de quoi j'étais capable.

Je me reculai et commençai à me redresser. Je vis alors ses hanches pivoter et aperçus une ombre à droite de ma tête. Un crochet du gauche. *Waouh !* Brandissant ma main droite pour le bloquer, je plongeai la tête en avant. Son poing frôla l'arrière de mon crâne, puis se rétracta sur-le-champ.

Aussitôt, je reculai d'un pas.

— *Kore ga randori nanoka ? Bokushingu janaika ?* m'étonnai-je. On fait quoi, là, des *randori* ou de la boxe ?

J'avais l'air plus inquiet que je ne l'étais réellement. J'ai pratiqué un peu la boxe. Pas toujours avec des gants.

— Ici, c'est comme ça qu'on fait les *randori*, rétorqua-t-il, méprisant.

— Sans respecter aucune règle ? m'indignai-je, feignant l'étonnement. Je ne suis pas certain que ça me plaise.

— Si ça ne te plaît pas, ne viens pas t'entraîner ici, *judoyaro*, dit-il, déclenchant derrière nous un éclat de rire.

Je jetai un regard autour de moi, l'air vaguement affolé, mais c'était juste pour surveiller mes arrières. La montée de l'adrénaline provoque un rétrécissement du champ visuel que compensent avantageusement l'expérience et le désir de survivre. Les visages disséminés autour du tatami exprimaient l'amusement, pas le danger.

— Je ne suis pas vraiment habitué à ça, dis-je.

— Alors, barre-toi du tatami ! cracha le noiraud.

De nouveau, je balayai la salle d'un regard circulaire. Ça n'avait pas l'air d'un piège. Si ç'avait été le cas, ils ne seraient pas venus danser un par un avec moi.

— Très bien, dis-je, prenant la mine renfrognée du pauvre type qui veut jouer les gros durs, comme s'il m'avait blessé dans mon orgueil. On va faire comme tu veux.

Nous reprîmes nos places respectives. J'enregistrai soigneusement chacune de ses feintes. Il préférait attaquer du pied droit. Son rythme était régulier – un défaut que sa rapidité avait probablement toujours compensé.

Il avait un penchant pour les low-kicks. Pied droit planté en avant, fauchage circulaire de la jambe gauche, retour en position défensive. J'encaissai deux coups de ce genre à la cuisse droite. Des coups cuisants. Peu importait.

De nouveau, le pied droit s'avança. Quand il se trouva à quelques centimètres en suspens au-dessus du tatami, juste avant qu'il se pose, je m'élançai en avant. Ma main droite agrippa son cou par-derrière tandis que ma main gauche saisissait à toute vitesse l'arrière de sa cheville droite. Je me servis de son cou pour supporter mon poids, tirant sa tête vers le bas pour lui faire perdre l'équilibre. J'enfonçai mon coude dans sa poitrine. Une fois sa cheville bloquée, son corps ne pouvait plus que basculer en arrière sur le tatami.

Au moment où il tomba, au lieu de lui lâcher la cheville, je la tordis en avant et pivotai de telle façon que je me retrouvai dans le même sens que lui. À califourchon sur sa jambe, je tenais sa cheville devant moi. D'un geste souple, je la coinçai sous mon biceps droit, emprisonnai ses orteils dans les doigts de ma main gauche, serrai et tirai. Sa cheville se brisa net, craquant avec un bruit de maillet qui frappe du bois dur. Libéré de toute attache, son pied s'affaissa brusquement vers la droite. Tendons et ligaments déchirés.

Le type poussa un cri aigu et essaya de me repousser avec son autre jambe. Mais ses coups manquaient d'énergie. Son système nerveux était submergé par la douleur.

En me relevant, je me retournai pour lui faire face. Il avait ce teint verdâtre qu'on a juste avant de vomir et transpirait à grosses gouttes. Cramponnant à deux mains le genou de sa jambe blessée, il fixait son pied qui pendouillait au bout, le regard exorbité. Il prit une inspiration, suivie d'une autre plus profonde, avant de laisser échapper un long gémissement.

Les blessures à la cheville font un mal de chien, je le sais. Pour avoir vu des pieds déchiquetés par des mines.

Dès qu'il eut repris sa respiration, le noiraud recommença à hurler. Si nous n'avions été que tous les deux, je lui aurais volontiers brisé le cou pour le faire taire. En jetant un regard dans la salle, je me demandai si je n'allais pas avoir quelques ennuis avec ses petits camarades.

L'un d'eux, un grand type dégingandé aux cheveux ras teints en blond et aux faux airs d'Adonis, cria : « *Oi !* » en faisant mine de se précipiter vers moi. Hé !

Poivre-et-Sel l'en empêcha.

— *Ii kara, ii kara*, le calma-t-il en le retenant. Ça suffit comme ça.

Adonis recula, mais continua de me fixer d'un regard hostile.

Poivre-et-Sel se retourna et vint vers moi. L'expression vaguement amusée qu'il arborait n'était pas très loin du sourire.

— La prochaine fois que tu feras une clé d'articulation, tâche de te contrôler un peu mieux, déclara-t-il d'un ton pragmatique.

Le noiraud se tordait de douleur. Adonis et deux de ses copains s'approchèrent pour lui porter secours.

Je haussai les épaules.

— C'est ce que j'aurais fait. Mais il m'a dit « aucune règle ».

— C'est vrai. Il sera sûrement le dernier à te le dire.

— Cet endroit me plaît bien, déclarai-je en le regardant dans les yeux. Vous avez l'air de gars sérieux.

— Nous le sommes.

— Je peux venir m'entraîner ici, alors ?

— Entre quatre heures et huit heures du soir. Et le matin, de huit heures à midi. Il y a une cotisation à régler, mais on en parlera une prochaine fois.

— C'est toi qui diriges la salle ?

— Si on veut, répondit-il en souriant.

— Je m'appelle Arai, dis-je en m'inclinant légèrement.

Quelqu'un apporta une civière. Le noiraud serrait les dents en gémissant. Une voix le rappela à l'ordre :

— *Urusei na ! Gaman shiro !* La ferme ! Encaisse la douleur !

— Washio, se présenta Poivre-et-Sel en me saluant à son tour. À propos, sais-tu qu'Ishihara-san est mort tout récemment ?

— Non, je ne savais pas, répondis-je sans sourciller.

— Un accident à son club, précisa-t-il en hochant la tête.

— Navré d'apprendre ça. Son club continue à tourner ?

— Ses associés s'en occupent.

— Tant mieux. Mais... à partir de maintenant, j'ai l'impression que je vais surtout venir m'entraîner ici.

Il sourit.

— *Yoroshiku.* Avec plaisir.

— *Yoroshiku.*

Je m'attardai encore deux bonnes heures. Adonis me jetait un regard noir de temps en temps, mais gardait ses distances. Quant à Murakami, il demeura invisible.

Les questions de Washio sur la mort d'Ishihara n'avaient rien de surprenant, ni de particulièrement agaçant. Le décès avait été mis sur le compte d'un accident. Même si ses acolytes s'interrogeaient sur ce qu'il en était exactement, ils n'avaient pas plus de raisons de me soupçonner moi que toute personne s'entraînant là-bas.

Naturellement, si l'on me posait d'autres questions à ce sujet, surtout si elles étaient ambiguës, il se pourrait que je voie la situation autrement.

Je revins le lendemain, puis le surlendemain, mais toujours pas de Murakami. Ça ne me dérangeait pas vraiment. Être de retour à Tokyo me faisait plaisir, et j'estimais envisageable d'y rester encore plusieurs jours si je continuais à être vigilant. De plus, s'entraîner pendant qu'on est en mission est fantastique. Pas aussi sain que la vie d'un prof d'aérobic, mais nettement mieux que de planquer à l'arrière d'une camionnette toute une nuit, à boire du café froid et à pisser dans un seau en plastique.

Le quatrième jour, je passai au club dans la soirée. Aller trois fois de suite au même endroit à la même heure était le maximum que mon système nerveux paranoïaque pouvait supporter. Je fus surpris de revoir les mêmes visages. Certains de ces types s'entraînaient deux fois par jour. J'aurais bien voulu savoir dans quelle branche ils travaillaient pour gagner leur vie. Le crime, c'était le plus probable. On est son propre patron. Et les horaires sont flexibles.

J'échangeai quelques mots avec Washio et deux ou trois gars avec qui j'avais fini par lier connaissance avant d'aller me changer dans le vestiaire. Comme un des sacs de sable était libre, je commençai à travailler des enchaînements genou et coude. Des drills d'attaque d'une minute, suivis de trente secondes de repos. Je m'aidai de la petite pendule fixée au mur pour me chronométrer.

Question force et vitesse, j'étais encore bon. Idem pour l'endurance. Mes temps de récupération ne sont plus ce qu'ils étaient, mais le régime équilibré que je m'imposais – acides aminés liquides pour les muscles, glucosamine pour les articulations et cognamine pour les réflexes – semblait marcher.

Pendant une de mes périodes de repos, je sentis que les autres s'étaient interrompus, comme si quelque chose avait capté leur attention. Dans la salle, l'atmosphère avait changé.

En levant les yeux, j'aperçus un homme en costume croisé bleu marine de mauvaise coupe. Les revers étaient larges, les épaules exagérément rembourrées. Un style de costume qui impose une allure arrogante même quand on reste immobile. Il était flanqué de deux spécimens baraqués, habillés plus simplement et coiffés à la yakuza. Vu leur carrure et leur attitude, ce devait être ses gardes du corps.

Apparemment, ils venaient juste d'arriver. L'homme au costume croisé parlait à Washio, qui l'écoutait attentivement, l'air un peu mal à l'aise.

Alors que je les observai, je remarquai que tous les autres en faisaient autant. Le nouveau venu ne mesurait guère plus d'un mètre soixante-quinze, mais il avait un cou énorme et devait peser dans les quatre-vingt-cinq, quatre-vingt-dix kilos. Ses oreilles, deux masses informes couvertes de cicatrices, ne devaient pas passer inaperçues, même au Japon, où ce genre de scarifications n'est pas rare parmi les judokas et les kendokas.

Washio faisait des gestes en lui montrant différents gars en train de s'entraîner. Le type en costume approuvait de la tête. On se serait cru à un briefing.

Mes trente secondes de pause venaient de s'écouler. De nouveau, je reportai mon attention sur le sac. Coude gauche. Uppercut droit. Genou gauche. Et ainsi de suite.

L'enchaînement d'une minute terminé, je me tournai vers la salle. Washio et le type avançaient vers moi. Les gardes du corps restèrent devant la porte.

— *Oi*, Arai ! m'appela Washio lorsqu'ils ne furent plus qu'à deux mètres de moi. *Chotto mate*. Attends une minute.

Je ramassai ma serviette posée par terre pour m'éponger le visage. Ils se rapprochèrent encore, et

Washio tendit la main vers l'homme qui se tenait près de lui.

— Je veux te présenter à quelqu'un. Voici l'un des responsables de ce dojo.

Qui il était, je le savais déjà. Comme Tatsu me l'avait décrit, sa joue gauche était salement aplatie, et l'autre toute grêlée, ravagée par une entaille aussi grosse qu'une balle de golf, avec les bords déchiquetés. Un chien avait dû le chopper là et s'y accrocher jusqu'à ce qu'il l'envoie valdinguer.

Quelque chose me disait cependant que ce chien ne s'en était pas sorti aussi bien que lui.

Je sentis mes poils se hérisser sur ma nuque, tandis qu'une nouvelle dose d'adrénaline se déversait dans mes veines. Quand il faut choisir entre l'affrontement ou la fuite, ma perception de ce que je dois faire est toujours finement aiguisée ; or, la présence de ce type me faisait hésiter.

— Arai, dis-je en m'inclinant brièvement.

— Murakami, rétorqua-t-il en m'adressant un signe de tête, d'une voix qui n'était pas très différente d'un grognement. Washio me dit que tu es bon.

Il avait l'air d'en douter.

Je haussai les épaules.

— Demain soir, il y a un combat, reprit-il. On en organise de temps en temps. La plupart des gens paient mille yens pour y assister, mais les membres du dojo entrent gratuitement. Ça t'intéresse ?

Mille yens – je ne m'étais pas trompé de beaucoup sur ce que rapportaient ces rencontres. Et si le type était prêt à me proposer une invitation, c'est que quelqu'un avait vérifié mon identité. Heureusement que j'avais demandé à Tatsu de sécuriser celle d'Arai.

— Oui, répondis-je, haussant de nouveau les épaules.

Il m'observait d'un regard vide, comme s'il fixait quelque chose au loin à travers moi.

— Les combats démarrent à dix heures pile, mais les gens arrivent un peu avant pour parier. Celui-ci se passe à Higashi Shinagawa 5-chome. Juste en face du canal qui relie l'île Tennozu.

— Près du port ?

Ce quartier fait partie de Tokyo, mais je n'y étais encore jamais allé. Situé au sud-est de la ville, il rassemble des usines de mise en conserve de viande, le système d'évacuation des eaux usées, des installations portuaires et des entrepôts de marchandises, le tout alimenté par le grand port de Tokyo. L'avantage étant sans doute que, la nuit, l'endroit serait désert.

— C'est ça. Au numéro 8-25. Un entrepôt avec le caractère « Transport » peint dans un grand cercle sur la porte. En face du Lady Crystal Yacht Club. À droite en venant du monorail. Tu devrais trouver facilement.

— Surtout, n'en parle à personne, recommanda Washio. De toute façon, seuls les invités ont le droit d'entrer, mais nous ne voulons pas d'ennuis avec la police.

Murakami hocha une fois la tête, comme si la remarque de Washio lui semblait superflue. J'en déduisis qu'il ne se souciait pas particulièrement de savoir qui assistait à ces rencontres, du moment que le combat avait lieu. Washio, en revanche, était sans doute responsable de la logistique et devrait rendre des comptes en cas de problème.

— Tu vas combattre ? demandai-je à Murakami.

Pour la première fois, il sourit, découvrant des dents de devant énormes et trop régulières. Je m'aperçus tout de suite qu'il portait un dentier bon marché.

— Ça m'arrive de temps en temps. Mais pas demain, répondit-il.

J'attendis de voir s'il allait en dire davantage. Il en resta là.

Un bref instant, je me demandais s'il ne s'agissait pas d'un piège. Pourtant, s'ils en avaient eu après moi, ce club représentait un lieu assez idéal. Rien ne les obligeait à me convaincre d'aller ailleurs.

— Je viendrai, affirmai-je.

Le sourire vague, le regard morne, Murakami me dévisagea encore un peu avant de s'éloigner. Washio lui emboîta le pas.

Je laissai échapper un gros soupir et me tournai vers la pendule. Au moment où la grande aiguille passa sur le 12, je me remis à cogner sur le sac, évacuant l'excès d'adrénaline que la présence de Murakami avait provoqué.

Pas de doute, ce type était effrayant. Et pas seulement à cause de son visage esquinté. Même sans ses cicatrices, je l'aurais reconnu. Il émanait de lui la même impression de mort que j'avais perçue, et respectée, chez Crazy Jake. Ces balafres apparentes étaient peu de choses par rapport à ce qu'il était réellement.

Je n'aurais pas voulu affronter ce type autrement qu'armé d'un fusil longue portée. Ce qui rend difficile de confondre la mort avec une cause naturelle.

Laisse tomber, me dis-je. *Prendre des risques est une chose. Là, c'est carrément du suicide.* Si Tatsu tenait tant que ça à le voir mort, il n'avait qu'à engager une équipe de six hommes bardés d'armes à feu. J'avais beau vouloir faire un geste pour m'assurer ses bonnes grâces, le jeu n'en valait pas la chandelle.

Mon vieil ami allait-il me menacer ? Ça m'étonnerait. Et si jamais il le faisait, je renforcerais mes plans pour Rio. Tout n'était pas prêt, mais filer à l'anglaise n'était pas une si mauvaise option si je me retrouvais coincé entre une mission quasi-suicide d'un côté et la pression du Keisatsucho de Tatsu de l'autre.

Néanmoins, j'irais assister au combat du lendemain afin de collecter le maximum de renseignements possible. Et je les apporterais à Tatsu en guise de consolation avant de tirer ma révérence.

Sur la pendule, la grande aiguille dépassa le 12. J'envoyai une dernière rafale de coups de coude avant de me reculer. La poussée d'adrénaline était en grande partie retombée, mais j'étais encore crispé. D'ordinaire, s'entraîner aide à se détendre. Pas cette fois.

Je me trouvai un partenaire et m'exerçai à faire des attaques de jambe pendant encore une heure. Après quoi je m'étirai et filai sous la douche. J'étais soulagé de savoir que tout serait bientôt fini.

DEUXIÈME PARTIE

La musique nous renvoie à un passé personnel dont nous n'avions encore jamais eu conscience, nous pousse à nous lamenter sur des malheurs dont nous n'avons jamais souffert et des fautes que nous n'avons pas commises.

Jorge Luis BORGES

9

Cette nuit-là, je fis une longue balade au hasard. Je me sentais agité, j'avais besoin de marcher, de me laisser dériver au gré des courants de la ville.

Je partis de Meguro en direction du nord, empruntant des rues secondaires, des ruelles et des sentiers isolés dans des parcs non éclairés.

Quelque chose dans cette satanée ville continuait à m'attirer, à me séduire. Je devais partir. Je le voulais. Dieu sait si j'avais essayé. Mais j'étais toujours là.

Question de destinée.

Sauf que je n'y crois pas. Les histoires de destinée, c'est de la foutaise.

Alors, quoi ?

J'arrivai bientôt dans le quartier de Hiro, devant Hikawa Jinja, l'un des innombrables sanctuaires shintoïstes disséminés à travers la ville. D'une superficie d'environ trente mètres carrés, c'est l'un des plus petits, mais non l'un des moindres, de ces espaces verts empreints de solennité. À peine franchi la vieille porte en pierre, je sentis une obscurité bienfaisante m'envelopper.

Les yeux fermés, la tête penchée en avant, je respirai profondément par le nez. Puis je levai les bras devant moi, les mains et les doigts tendus, comme un aveugle cherchant à déterminer où il est.

C'était là, juste au-delà des limites que l'on perçoit d'ordinaire. Cette sensation que la ville était vivante, qu'elle s'enroulait, s'étirait et vrombissait autour de moi. Avec l'impression que moi-même j'étais en vie et en faisais partie.

Je rouvris les yeux et redressai la tête. Le sanctuaire étant construit sur une butte, j'apercevais les lumières de Hiro entre les arbres, et celles de Meguro dans le lointain.

Tokyo est si vaste, peut-être d'une indifférence si cruelle, que le soulagement procuré ici et là par ses oasis paraît plus doux que tout autre endroit. On y trouve le calme de sanctuaires comme Hikawa, qui favorise une sorte de réflexion mélancolique et qui m'a toujours fait le même effet que la réverbération d'un carillon dans un temple. Et puis il y a le réconfort des petits *nomiya*, les buvettes installées alentour, où seulement deux, parfois quatre sièges font face à un bar moitié moins long qu'une porte ; ils sont tenus par une *mama-san* sans âge, qui sait se montrer réconfortante ou sévère selon le besoin du client, offrant plus d'apaisement et de compréhension que n'importe quel divan de psychanalyste. Mais on y trouve aussi l'ambiance de camaraderie étrangement anonyme des *yatai* et des *tachinomi* ; ces échoppes en plein air où l'on sert de la bière dans de grandes chopes avec des brochettes grillées poussent comme les champignons dans les coins sombres et le long des voies de chemin de fer, et les éclats de rire des clients y fusent dans l'air de la nuit tels des petits points lumineux dans les ténèbres.

M'aventurant plus avant dans l'obscurité, j'allai m'asseoir un instant contre le *honden*, la structure symétrique à toit de tuile qui renferme la divinité de ce petit sanctuaire. Je fermai les yeux, exhalai longuement et à fond, puis écoutai le silence.

Lorsque j'étais petit, je m'étais fait surprendre en train de voler une barre de chocolat dans un magasin du quartier. Les propriétaires, un couple âgé qui me connaissait bien, avaient immédiatement averti mes parents. Terrifié par la réaction qu'aurait mon père, j'avais tout nié en bloc quand il m'avait interrogé. Mais il ne s'était pas mis en colère. Il s'était contenté de hocher lentement la tête et de me dire que le plus important pour un homme était d'assumer ses actes, et que le refus de le faire le transformait en lâche. Est-ce que je comprenais ? m'avait-il demandé.

À l'époque, je n'avais pas vraiment saisi le sens de ses paroles. Mais elles avaient fait naître en moi une honte si dévorante que j'avais fini par tout avouer. Mon père m'avait alors accompagné au magasin, où j'avais présenté des excuses entre deux sanglots. Devant les propriétaires, son visage avait gardé un air sévère, à la limite de la colère. Mais en repartant, alors que je continuais à me lamenter sur ma disgrâce, il m'avait attiré brièvement contre lui d'un air gêné, puis, tandis que nous marchions, il avait posé doucement la main sur mon cou.

Je n'ai jamais oublié ce qu'il m'a dit ce jour-là. Je me souviens de chacun de mes actes, et je les assume tous.

Mon premier mort personnel a été un Viêt-cong, tombé près de la rivière Xe Kong, à la frontière du

Laos. Au Vietnam, on parlait de « mort personnel » quand on tuait un individu en tirant à bout portant et qu'on était certain d'être celui qui l'avait abattu. J'avais alors dix-sept ans.

Je faisais partie d'une équipe de reconnaissance composée de trois hommes. Ces équipes étaient réduites, la réussite et la survie dépendant directement de la capacité à opérer derrière les lignes ennemies sans être repéré. Aussi, seuls les hommes capables de se déplacer avec une discrétion absolue étaient-ils sélectionnés pour partir en reconnaissance. Ces missions requéraient des fantômes plus que des tueurs.

Ça s'était passé à l'aube. Je me rappelle avoir aperçu la brume montant du sol humide tandis que la lumière embrasait progressivement le ciel. J'ai toujours trouvé ce pays magnifique. Nombre de soldats le haïssaient parce qu'être obligés d'être là leur faisait horreur, mais ce n'était pas mon cas.

Nous étions sur le terrain depuis deux nuits sans avoir le moindre contact et avancions vers notre but lorsque ce type nous apparut, tout seul, au milieu d'une clairière. Nous nous figeâmes pour l'observer, cachés à la lisière du bois. À cause de l'AK qu'il portait, nous savions qu'il s'agissait d'un Viêt-cong. Il marchait de long en large, regardait à gauche, puis à droite. Comme s'il cherchait à s'orienter. Je me souviens avoir pensé qu'il avait peut-être été séparé de son unité. Il paraissait un peu effrayé.

Nous avions pour ordre d'éviter tout contact avec l'ennemi, mais notre mission consistait à recueillir des renseignements ; or, nous avions vu que le type transportait un gros livre. Une sorte de registre. Ça pouvait être une belle prise. Nous nous regardâmes. Le chef de l'équipe me désigna d'un signe de tête.

Un genou en terre, j'épaulai mon CAR-15 et visai le Viêt-cong, attendant qu'il cesse de faire les cent pas.

Plusieurs secondes s'écoulèrent. Je savais que j'avais le temps et voulais être sûr de mon coup.

Le soldat se mit à genoux pour déposer son arme et le livre. Il se releva, ouvrit sa braguette et commença à pisser. De la vapeur s'éleva à l'endroit où l'urine chaude touchait la terre. Je le gardai en joue, pensant sans arrêt qu'il n'avait aucune idée de ce qui l'attendait et que c'était dégueulasse de mourir comme ça.

Je lui laissai le temps de terminer et de refermer sa braguette. Et d'un seul coup, *boum, boum !*, je l'abattis. Je le vis tomber. J'éprouvai ce sentiment d'allégresse incroyable d'avoir réussi. J'avais gagné ! J'étais fort !

Nous nous approchâmes de l'endroit où il s'était écroulé. En arrivant, je fus surpris de voir qu'il vivait encore. Je l'avais atteint au sternum, et une blessure béante palpitait au milieu de sa poitrine. Il gisait sur le dos, les jambes écartées. Sous lui, la terre était déjà noire de sang.

J'avais été frappé par sa jeunesse. Il avait l'air d'avoir le même âge que moi. Je me souviens que cette pensée m'avait traversé l'esprit – *Mon Dieu, le même âge que moi !* – tandis que nous formions un cercle autour de lui, sans trop savoir quoi faire.

Ses yeux qui clignaient à toute vitesse nous fixaient chacun notre tour. Lorsque son regard s'arrêta sur moi, je crus qu'il avait deviné que c'était moi le tireur. Par la suite, je me rendis compte que l'explication était sans doute plus prosaïque. Il avait probablement cherché à donner un sens à mes traits asiatiques.

Quelqu'un sortit une gourde et la lui tendit. Mais il ne fit pas un geste pour l'attraper. Sa respiration se faisait plus rapide, plus superficielle. Des larmes jaillirent au coin de ses yeux tandis qu'il marmonnait des mots d'une voix tendue suraiguë qu'aucun de nous ne pouvait comprendre. J'appris plus tard que, souvent, sur le champ de bataille les blessés et les mourants appellent leur mère. Peut-être était-ce ce qu'il avait fait.

Nous le regardions. La plaie sur sa poitrine cessa de palpiter. Et ses yeux de cligner. Sa tête retomba sur le sol humide en formant un angle bizarre, comme s'il tendait l'oreille pour écouter.

Nous restâmes autour de lui en silence. La sensation d'euphorie du départ s'était évanouie, laissant place à une tendresse étrangement complice, en même temps qu'à une tristesse mêlée d'épouvante, si soudaine et si lourde qu'elle m'avait arraché un gémissement.

Le même âge que moi, songeai-je de nouveau. Il n'avait pas l'air d'un mauvais bougre. Dans un autre monde, nous n'aurions pas essayé de nous entre-tuer, je le savais. Peut-être même aurions-nous été amis. Et il ne se serait pas retrouvé là, raide mort, sur un sol imbibé de son propre sang en pleine jungle.

Un des hommes de mon équipe se mit à pleurer. Puis un autre à gémir : « Oh, mon Dieu ! Oh, mon Dieu ! » sans plus pouvoir s'arrêter. Tous les deux avaient vomi.

Pas moi.

Nous emportâmes le registre. Il se trouvait contenir des informations assez intéressantes sur les versements effectués par les Viêt-cong aux chefs des villages de la région et sur d'autres tentatives visant à les acheter. Même si, au bout du compte, rien de tout ça n'avait évidemment eu d'importance.

Dans l'hélicoptère Huey venu nous récupérer par la suite, quelqu'un fit remarquer en blaguant que j'avais enfin perdu mon pucelage. Personne ne parlait de ce qu'il ressentait vraiment, ni de ce qui s'était passé quand, silencieux autour du garçon, nous l'avions regardé mourir.

Au moment où l'armée avait évalué mon aptitude à rejoindre le SOG, un programme qu'elle avait créé conjointement avec la CIA, le psychiatre avait manifesté un réel intérêt pour ma première expérience face à la mort. Vu les circonstances, il semblait trouver remarquable que je n'aie pas vomi. Et estimait que ce qu'il appelait mes « émotions négatives associées » s'étaient dissipées. Pas de cauchemars par la suite, ce qui était également considéré comme un plus.

Ultérieurement, j'ai appris que je faisais partie de ce deux pour cent magique de militaires qui sont capables de tuer à répétition, sans la moindre hésitation, sans mise en condition préalable, sans aucun regret.

Tout individu moyen est étonné d'apprendre qu'un soldat doit se débrouiller avec l'hésitation qui le taraude juste avant l'acte, et ensuite avec le regret. Évidemment, on ne demande jamais à un individu moyen de tuer un inconnu à bout portant.

Les hommes qui survivent à des massacres qu'ils ont vus de près savent que les êtres humains font preuve d'une réticence innée, profondément ancrée, à tuer leur propre espèce. Je crois qu'il existe des explications évolutionnistes sur la raison de cette réticence, mais peu importe. Ce qui compte, c'est que seuls deux pour cent des militaires ne sont pas concernés. Pour les quatre-vingt-dix-huit pour cent restants, l'objectif fondamental de tout entraînement de base consiste à mettre en place des techniques de conditionnement classiques et opérationnelles afin de venir à bout de cette réticence. Je sais que l'entraînement moderne atteint cet objectif avec une efficacité redoutable. Je sais aussi qu'il vient plus facilement à bout de la réticence que du regret.

Je restai assis là longuement, à ressasser mes souvenirs. Au bout d'un moment, je sentis le froid me gagner. Je repartis vers l'hôtel, surveillant mes arrières tout le long du chemin, comme toujours. Après avoir pris un bain brûlant, je m'enveloppai dans le *yukata* en coton que l'hôtel mettait aimablement à la disposition des clients. Puis j'approchai une chaise de la fenêtre et restai assis dans le noir, à observer le flot des voitures dans Hibiya-dori, vingt étages plus bas. Je songeais à Midori. M'interrogeais sur ce qu'elle pouvait être en train de faire à cette seconde même à l'autre bout du monde.

Lorsque la circulation devint moins dense, je me mis au lit. Le sommeil fut lent à venir. Je rêvai de Rio. Ça me semblait loin.

10

Le lendemain soir, j'effectuai une PDS de routine en me rendant au combat. Dès que j'eus l'assurance de ne pas être filé, je pris un taxi qui me déposa devant la gare du monorail de Tennozu. De là, je continuai à pied.

Au bord de l'eau, l'air était plus frais. Le long d'un trottoir en travaux, plusieurs panneaux proclamant *ANZEN DAIICHI !* – SÉCURITÉ D'ABORD ! – se balançaient tout raides sous la brise, dans des grincements de girouettes déglinguées. Je traversai le pont Higashi Shinagawa, avec son imposante armature couleur de rouille. Tout autour se trouvait un gigantesque réseau d'autoroutes et de ponts de chemin de fer dont le béton était noirci par des années de vapeurs de diesel accumulées – l'ensemble formant une toile si dense contre le ciel sombre que la terre en dessous faisait penser à un univers souterrain. Un distributeur automatique solitaire tout cabossé gisait dans un coin, sa lumière fluorescente crépitant dans un SOS moribond.

Après avoir repéré le Lady Crystal Yacht Club, doux euphémisme publicitaire pour un restaurant dont la seule particularité était de donner sur l'eau, je bifurquai à gauche. À droite, partait une autre passerelle sous laquelle étaient alignés des hangars ; en face, un petit parking, quasiment désert. Plus loin, un autre profond canal.

J'aperçus la porte de l'entrepôt quc m'avait décrit Murakami. De chaque côté, deux jardinières en ciment étaient envahies par les mauvaises herbes. À gauche, un panneau métallique mettait en garde contre les risques d'incendie. La rouille qui dégoulinait en dessous le long du mur évoquait du sang séché s'échappant d'un vieux pansement.

Je jetai un coup d'œil alentour. Sur l'autre rive, s'élevaient des tours de bureaux, des immeubles locatifs et des hôtels brillamment éclairés, au sommet desquels le nom des propriétaires scintillait fièrement en néons rouges et bleus : JAL, JTB, Dai-ichi Seafort. On aurait dit que le terrain autour de moi était contaminé et incapable de supporter le poids de pareilles structures.

Sur ma gauche, j'aperçus un renfoncement au milieu de la longue rangée d'entrepôts. En m'y engageant, je repérai une porte sur la droite, invisible depuis la rue. Un petit judas était percé au niveau des yeux. Je frappai et attendis.

Quelqu'un tira un verrou, puis la porte s'ouvrit. C'était Washio.

— Tu es en avance, me dit-il.

Je haussai les épaules. Il est rare que je prenne rendez-vous. Pourquoi donner l'occasion à quelqu'un de vous dégommer à une heure et à un endroit précis ? Les rares fois où je n'ai pas d'autre solution, je préfère arriver en avance pour explorer les alentours. Si jamais quelqu'un m'organise une petite fête, je suis sur place avant que n'arrivent les musiciens.

Je jetai un œil à l'intérieur. Je me trouvais devant une salle obscure entrecoupée de piliers en ciment. Des lampes à incandescence pendaient du plafond à huit mètres de hauteur, l'ampoule entortillée dans du fil de fer. De chaque côté, des boîtes en carton étaient empilées sur cinq mètres de haut. Deux chariots élévateurs étaient alignés contre un mur, semblables à des jouets dans l'immensité de l'espace. Deux *chinpira* en tee-shirt noir installaient des chaises aux quatre coins de la salle. À part eux, il n'y avait encore personne.

— Ça pose un problème ? demandai-je à Washio.

— C'est pas grave, fit-il, l'air débonnaire. Les gens ne vont pas tarder à arriver.

Je pénétrai dans la salle.

— Tu contrôles à la porte ?

Il acquiesça d'un signe de tête.

— Si je ne connais pas ton visage, tu n'entres pas.

— Qui combat, ce soir ?

— Je ne sais pas. Je m'occupe de régler les combats, pas de les organiser.

— Il t'arrive d'y participer ? m'enquis-je en lui souriant.

Il éclata de rire.

— Non. Je suis un peu vieux pour ces conneries. Plus jeune, j'aurais pu. Mais ces combats n'ont lieu que depuis un an, un an et demi. Ça faisait déjà un bail que mon heure de gloire avait sonné !

Je repensais à la veille au soir, où je l'avais vu parler à Murakami comme s'il lui faisait un topo.

— Les gars du club, c'est pour ces combats que tu les entraînes ?

— Oui, certains.

— Et Murakami ?

— Quoi, Murakami ?

— Qu'est-ce qu'il fait ?

— Oh, des tas de choses ! répondit Washio en haussant les épaules. Il entraîne certains des gars. Et parfois, il combat. Quand c'est lui qui se bat, on réalise un bon chiffre d'affaires.

— Pourquoi ?

— Murakami termine toujours ses combats. Les gens aiment ça.

— Comment ça, il les « termine » ?

— Allons, tu vois bien ce que je veux dire ! Quand c'est lui qui se bat, tu peux être sûr qu'un des combattants ressortira les pieds devant. Et Murakami n'a jamais perdu.

Je n'avais aucun mal à le croire.

— Qu'est-ce qui le rend aussi fort ? demandai-je.

— Espérons que tu n'auras jamais à le découvrir, répondit Washio en me regardant dans les yeux.

— C'est vrai qu'il se bat aussi contre des chiens ?

Washio attendit un instant avant de répliquer :

— Où as-tu entendu raconter ça ?

— Oh, ici et là ! fis-je en haussant les épaules.

De nouveau, il marqua une pause, puis lâcha :

— Je ne sais pas si c'est vrai. Tout ce que je sais, c'est qu'il va à des combats de chiens clandestins. Lui-même en élève. Des tosas japonais et des pitbulls américains. Des chiens aussi redoutables que leur maître. Il leur fait bouffer de la poudre à canon et les bourre de stéroïdes. Ce sont des bêtes teigneuses et agressives comme tout. Un jour, Murakami a enfoncé un piment dans le cul d'un de ses molosses. Après ça, il s'est vraiment battu à mort !

Quelqu'un frappa à la porte. Washio se leva. Je m'inclinai brièvement, manière de lui faire comprendre que nous continuerions cette petite conversation plus tard.

Il me retint par le bras.

— Attends. Il faut d'abord que tu me donnes ton téléphone portable.

— Je n'en ai pas, dis-je, les yeux rivés sur sa main.

Il me reluqua d'un œil torve. Je soutins son regard. Je lui avais dit la vérité ; mais, même si j'avais menti, il aurait fallu un peu plus qu'un air menaçant pour me le faire avouer.

Son expression se radoucit, et il me lâcha le bras.

— Je ne vais pas te fouiller, mais personne n'a le droit d'entrer ici avec un portable ou un pager, m'expliqua-t-il. Trop de gars ne résistent pas à l'envie d'appeler un copain pour raconter ce qu'ils voient. C'est dangereux.

— Ça me paraît raisonnable, commentai-je, approuvant d'un signe de tête.

— Si jamais un des videurs te pique avec, ils te feront passer un sale quart d'heure ! Sache-le.

Je hochai de nouveau la tête pour montrer que j'avais bien compris, puis m'éloignai dans un coin de la salle afin d'observer les spectateurs qui commençaient à arriver. Je reconnus plusieurs membres du club. Adonis était en jogging. Cela signifiait-il qu'il allait combattre ?

Murakami débarqua à son tour, flanqué de deux gardes du corps, deux autres types que ceux que j'avais vus la veille au dojo. Il échangea quelques mots avec Washio, qui jeta un regard circulaire dans la salle, puis me désigna du doigt.

Soudain, j'eus la désagréable impression que Murakami m'accordait plus d'attention que je n'y tenais.

D'un geste, il appela ses deux hommes. Tous les trois se dirigèrent vers moi.

L'adrénaline s'engouffra dans mes veines. Je la sentis monter. Je regardai autour de moi d'un air dégagé, à la recherche d'une arme improvisée. Rien à portée de main.

Ils vinrent se poster face à moi, Murakami fit un pas en avant des deux autres.

— Je n'étais pas sûr que tu viendrais, me déclara-t-il. Content de te voir.

— Ça me fait plaisir d'être là, fis-je en me frottant les mains, comme s'il me tardait que la soirée commence.

En réalité, c'était une attitude défensive opportune.

— On fait trois combats ou trente minutes, c'est selon. Comme ça, tout le monde en a pour son argent. Je vais t'expliquer les règles.

Je ne voyais pas bien pourquoi il me parlait de tout ça.

— Qui combat ? demandai-je.

Il me sourit. De toutes ses fausses dents blanches. Un sourire de prédateur.

— Toi.

Oh, merde !

Je le regardai dans les yeux et dis :

— Non, je ne pense pas.

Son sourire s'effaça, ses yeux se rétrécirent.

— Je ne perdrai pas mon temps à discutailler avec toi. Washio dit que tu es bon. Et que tu as brisé la cheville d'un type en moins de trente secondes. À présent, le copain de ce type demande réparation et tu vas te battre contre lui.

Adonis. J'aurais dû m'en douter.

— Sinon… ?

— Sinon tu peux te battre contre trois adversaires de mon choix. Et puisque tu es si fort, je veillerai à ce qu'ils aient des matraques de flic. La foule adorera. Personnellement, je m'en fiche.

J'étais piégé. J'optai pour l'issue la plus simple.

— D'accord, je vais me battre.

Ses yeux se plissèrent avec un air de joie contenue.

— Un peu, que tu vas te battre !

— Il y a autre chose que je dois savoir ?

Il haussa les épaules.

— Ni chemise, ni chaussures, ni armes. En dehors de ça, tout est permis. Il n'y a pas de ring. Si tu te rapproches trop des spectateurs, ils te repousseront vers le centre. Et s'ils trouvent que tu te dérobes trop aux attaques de ton adversaire, tu prendras quelques coups. La bonne nouvelle, c'est que le gagnant empoche deux millions de yens.

— Et le perdant ?

Murakami sourit de nouveau.

— Nous prenons en charge les frais d'enterrement.

— Je vais empocher l'argent.

Il éclata de rire.

— On verra ça ! Maintenant, fais attention. Tu passes en premier. Ça te laisse un quart d'heure. Mes gars vont rester avec toi pour t'aider à te préparer.

Puis il fit volte-face et s'éloigna.

Je regardai les deux hommes de main tour à tour. Ils se tenaient à une distance respectueuse, ce qui réduisait mes chances de passer derrière eux en les prenant par surprise. Et même si j'y parvenais, d'autres types gardaient la porte. Plusieurs d'entre eux nous observaient. Affronter Adonis me laisserait plus de chances.

Je me demandais combien il y aurait de combats. Multiplier les primes devait diminuer sensiblement, voire annuler, la recette encaissée par la maison.

Je chassai cette idée, puis retirai mon blazer bleu marine, ma chemise et mes chaussures. En me retournant, je vis qu'Adonis en faisait autant.

Une sorte de hargne bouillonnait en moi. Je la sentais au creux de mes tripes, de mon dos, de mes mains.

Soudain, je repensai à Musashi, le grand maître du sabre, qui avait écrit : *« Ne pense ni à la victoire ni à la défaite, mais seulement à transpercer et à tuer ton ennemi. »*

Je fis quelques étirements, puis m'entraînai à boxer dans le vide. Je laissai mon champ de vision se rétrécir. Peu importait où j'étais.

Murakami s'approcha et ordonna :

— Allons-y !

Je m'avançai au centre de la salle. Adonis m'attendait.

Ses pupilles étaient dilatées, ses mains tremblaient. Il avait l'air drogué, sans doute au *kakuseizai*. À court terme, les amphétamines lui donneraient un regain d'énergie, l'aideraient à fixer son attention.

Je décidai de lui donner quelque chose sur quoi se concentrer.

Avançant sur lui, je m'arrêtai à quelques centimètres à peine de son visage.

— Comment va la cheville de ton pote ? Il avait l'air de salement déguster.

Adonis me dévisagea. Sa respiration était rapide, ses pupilles pareilles à deux têtes d'épingle. Du *kakuseizai*, c'était bien ça.

— Essaie d'en faire autant avec moi, marmonna-t-il entre ses dents serrées.

— Oh non, toi, ce n'est pas la cheville que je vais te bousiller ! C'est le genou, fis-je en reculant et en pointant le doigt. Celui-ci, là !

L'imbécile laissa son regard suivre mon doigt. Je me contractai, prêt à lui balancer un uppercut dans le ventre, mais Washio qui veillait au grain m'avait vu venir et s'interposa d'un bond.

— On ne commence pas avant que j'en donne le signal, grommela-t-il en me regardant.

Je haussai les épaules. Qui n'essaie rien n'a rien.

— Ils vont te sortir d'ici dans un sac, connard ! me lança Adonis. Compte sur moi !

Washio nous poussa chacun d'un côté. La foule se resserra, semblable à un nœud coulant.

— Prêt ? demanda Washio au blondinet qui sautillait sur la pointe des pieds comme un boxeur hyperactif.

Adonis opina du chef en me jetant un regard furieux.

Washio se tourna vers moi.

— Prêt ?

J'acquiesçai d'un signe de tête sans quitter des yeux mon adversaire.

— *Hajime !* cria Washio, tandis que des clameurs s'élevaient autour de nous.

Aussitôt, Adonis commença par feindre un coup de pied et s'écarta sur le côté. Puis recommença. Nous nous mîmes à tourner en petits cercles mouvants.

Je voyais bien à quoi il jouait. Le public lui était acquis, et il devait avoir un paquet d'amis parmi les spectateurs. Tourner ainsi en rond nous ferait nous rapprocher peu à peu du public, ce qui permettrait à ses petits copains de m'asticoter au passage.

Mais leur présence stimulait aussi l'ego de mon adversaire.

— *Doko ni ikunda ?* dis-je pour le provoquer en revenant au centre. *Koko da !* Où vas-tu comme ça ? Je suis là !

Il s'avança d'un pas, mais pas suffisamment pour couvrir la distance qui nous séparait. Mes provocations précédentes l'empêchaient d'oublier son genou. Il avait peur que je m'élance sur lui comme je l'avais fait avec son ami, et croyait que maintenir un écart entre nous m'en dissuaderait.

J'abaissai mes bras de quelques centimètres, la tête et le torse légèrement inclinés en avant. Le blondinet se stabilisa sur ses deux jambes, et je sentis qu'il s'apprêtait à me lancer un coup de pied. Sa technique était bonne, d'ailleurs. Je l'avais vu à l'entraînement. À sa place, j'aurais cherché à m'épuiser de loin, à me garder à distance grâce à ses longues jambes.

La jambe gauche plantée en avant, il envoya un coup de pied circulaire, qui m'atteignit à la hanche gauche. Une douleur fulgurante me traversa tandis que des cris enthousiastes parcouraient la foule. Adonis recommença à sautiller sur la pointe des pieds.

Il était rapide. Ne me laissait aucune chance de lui saisir la jambe.

J'allais devoir lui faire croire que ses coups étaient efficaces, de façon qu'il les donne avec un peu plus d'autorité. Un ou deux millièmes de seconde de plus feraient la différence.

De nouveau, il propulsa sa jambe. Son pied me frappa à la cuisse avec la puissance d'une batte de base-ball et retomba par terre immédiatement. Là encore, le public s'exclama. Un rugissement résonna dans mes oreilles.

Cette fois, le coup m'avait fait nettement plus mal. Encore quelques kicks comme celui-ci, et je perdrais complètement l'usage de ma jambe. Je savais que c'était justement ça qu'il espérait.

Reculant d'un demi-pas, je me ramassai sur moi-même, exposant davantage mon côté droit, comme si je voulais protéger la face antérieure de ma jambe. L'adrénaline me faisait percevoir la scène au ralenti.

Ses narines palpitaient, ses yeux me transperçaient. Il avança en traînant les pieds, sans les décoller du sol.

Du coin de l'œil, je vis qu'il commençait à basculer son poids sur sa jambe gauche. Puis il se déhancha légèrement, prêt à lancer l'autre jambe.

Je réfrénai mon envie de réagir, me forçai à attendre la demi-seconde supplémentaire que je savais m'être indispensable.

Dès que son pied se souleva du sol, je me ruai en avant, réduisant de moitié la distance entre nous. Il réalisa son erreur, tenta de la corriger, mais j'étais déjà beaucoup trop près. Je bloquai le coup avec ma hanche gauche et enroulai mon bras gauche autour de son genou en extension.

Le public retint son souffle. « Aaah ! »

Improvisant à toute vitesse, Adonis encercla mon triceps gauche avec sa main droite en même temps qu'il lançait son autre main vers ma figure, doigts tendus, visant mes yeux. Je serrai son genou plus fort et me baissai en avançant d'un pas ma jambe gauche, de manière à faire levier et à le déséquilibrer. Il sautilla en arrière sur sa jambe libre pour essayer de récupérer son équilibre, et je lui assénai un uppercut du droit en plein dans les testicules.

Le blondinet grogna et tenta de se dégager. Je fis alors un grand pas en avant de la jambe droite, plongeant sous son bras gauche tout en lâchant simultanément son genou. Je me glissai derrière lui, refermai mes mains autour de sa taille et m'arc-boutai brusquement en arrière. Adonis partit en vol plané, un peu comme le dernier wagon d'un train sur un circuit de montagnes russes, les bras et les jambes écartelés dans des angles bizarres. Son cou et ses épaules encaissèrent le choc tandis que ses jambes, emportées par l'élan, étaient propulsées par-dessus sa tête avant de retomber par terre.

Il aurait suffi que je relâche mon étreinte autour de sa taille pour qu'il fasse un saut périlleux complet. Au lieu de quoi, je continuai à le tenir fermement, si bien que ses pieds retombèrent sur le sol, et il s'effondra sur le dos. Je lui saisis le visage de ma main gauche, et en profitai pour lui soulever la tête et me faufiler derrière lui. Je pris appui sur mon genou droit et écrasai sa gorge exposée sous mon avant-bras droit en pesant de tout mon poids. Je sentis son organisme céder – les cartilages thyroïde et cricoïde, ainsi que, sans doute, le rachis cervical. Ses mains agrippèrent sa gorge tandis que son corps commençait à se convulser.

Je me relevai et m'écartai légèrement. La foule était maintenant silencieuse.

Je vis son cou se mettre à enfler, conséquence de l'hématome induit par les fractures. Ses jambes donnaient des coups de pied désespérés dans tous les sens, et il n'arrêtait pas de rouler d'un côté à l'autre. Son visage, tout bleu, se crispa au-dessus de ses doigts qui s'agitaient en vain. Personne ne fit un geste pour lui porter secours. C'eût d'ailleurs été inutile. Au bout de quelques secondes, son corps commença à être secoué d'étranges spasmes, comme s'il avait reçu une décharge électrique. Un instant plus tard, les soubresauts cessèrent.

Tout à coup, quelqu'un cria : « *Yatta !* » J'avais gagné, et la salle laissa exploser son enthousiasme. La foule se referma sur moi. Des gens me donnaient des bourrades dans le dos, d'autres m'attrapaient les mains et les serraient. J'avais désagréablement conscience qu'un des amis d'Adonis pouvait en profiter pour me planter un coup de couteau, mais je ne pouvais strictement rien faire.

J'entendis la voix de Washio :

— *Hora, sagatte, sagatte. Ikisasete yare !* Allons, assez, ça suffit. Laissez-le respirer !

S'approchant de moi en compagnie de plusieurs videurs, il commença à repousser la foule.

Quelqu'un me tendit une serviette, et je m'épongeai le visage. La foule s'écarta peu à peu. En balayant la salle du regard, je vis des liasses de billets de dix mille yens passer de main de main.

Murakami s'avança au milieu de l'arène. Tout sourires.

— *Yokuyatta zo*, dit-il. Beau boulot.

Je lâchai la serviette.

— Où est mon fric ?

Il mit la main dans sa poche de poitrine d'où il sortit une grosse enveloppe. Il l'ouvrit pour me montrer qu'elle était remplie de billets de dix mille yens, puis la referma et la replaça dans sa poche.

— C'est pour toi. Je te le donnerai tout à l'heure, dit-il en regardant autour de lui. Certains de ces types pourraient essayer de te voler.

— Donne-le-moi maintenant.

— Tout à l'heure.

Au diable le fric ! me dis-je. J'avais déjà du bol d'être en vie.

Je me dirigeai vers l'endroit où j'avais quitté ma veste, ma chemise et mes chaussures. La foule s'écarta respectueusement pour me laisser passer. Quelques mains baladeuses me tapèrent sur les épaules.

Murakami me suivit.

— L'argent est à toi. Mais avant de te le donner, je voudrais te demander encore une chose.

— Va te faire foutre ! répliquai-je en enfilant ma chemise et en commençant à la boutonner.

— D'accord, d'accord ! fit-il en ricanant.

Puis il sortit l'enveloppe et me la lança.

Je l'attrapai à deux mains et jetai un coup d'œil à l'intérieur. Apparemment, il y avait le compte. Je fourrai l'enveloppe dans une de mes poches de pantalon et continuai tranquillement à boutonner ma chemise.

— L'autre chose que je voulais te dire, c'est que tu peux te faire dix ou vingt fois ce qu'il y a dans cette enveloppe.

Je le regardai fixement.

— Ça t'intéresse ?

— Vas-y, je t'écoute.

Murakami secoua la tête.

— Non, pas ici. Allons quelque part où nous pourrons fêter ça, proposa-t-il avec un grand sourire. C'est moi qui régale.

J'enfilai mes chaussures et mis un genou par terre pour les lacer.

— Où pensais-tu aller ?

— Dans une petite boîte qui m'appartient. Ça va te plaire.

Je réfléchis. « Fêter ça » avec Murakami me fournirait l'occasion de recueillir des renseignements supplémentaires pour Tatsu. Je n'y voyais pas vraiment d'inconvénient.

— D'accord, dis-je.

Murakami sourit de nouveau.

Je vis deux types fourrer Adonis dans un sac et remonter la fermeture Éclair. *Bon sang, ils viennent là tout équipés !* Ils le chargèrent sur l'un des chariots qu'ils roulèrent jusqu'à la porte. Dessus, il y avait une pile de plaques en métal. L'un des types portait un rouleau de chaîne, et je compris qu'ils allaient lester le cadavre avant de le balancer non loin de là dans un canal.

Le combat suivant s'éternisait. Les lutteurs, d'un style plutôt conservateur, semblaient s'être mis d'accord pour ne pas employer de techniques risquant d'être fatales ou de les défigurer. Au bout d'une dizaine de minutes, Murakami se pencha vers moi et déclara :

— Ça ne vaut pas le coup de regarder ça. Allons-y.

Il fit un geste en direction de ses gardes du corps, et nous sortîmes tous les quatre. En nous voyant partir, Washio s'inclina.

Une Mercedes 600 noire aux vitres teintées était garée le long du trottoir. Un des gardes du corps nous ouvrit la portière arrière. Un chien était couché en travers de la banquette. Un pitbull blanc, les oreilles coupées, le corps massif tout en muscles. On lui avait passé une grosse muselière en cuir, sous laquelle on distinguait des entailles et des cicatrices qui me firent comprendre qu'il s'agissait d'un des chiens de combat de Murakami. Le molosse me regarda, sa gueule pointée vers moi tel un canon, et je crus déceler dans ses yeux injectés de sang quelque chose qui ressemblait à de la folie. Il paraît que les chiens finissent par ressembler à leurs maîtres.

Murakami me fit signe de monter.

— Ne t'inquiète pas, dit-il. Tant qu'il est muselé, ça va.

— Tu n'as qu'à passer en premier, rétorquai-je.

Il se glissa sur la banquette en riant. Le chien bougea pour lui faire de la place. Je montai à mon tour, et le garde du corps referma la portière. Lui et l'autre type prirent place à l'avant. Nous suivîmes Kaigan-dori en direction du nord jusqu'à Sakura-dori pour rejoindre Gaienhigashi-dori à Roppongi. Le chien ne cessa pas de me regarder de travers tout le long du trajet.

Arrivé au carrefour de Roppongi-dori, je commençai à avoir un doute. En approchant d'Aoyama-dori, mon doute se confirma.

L'endroit où nous allions était La Rose de Damas.

11

Toute tentation qui me serait restée de vouloir croire que Harry avait rencontré une hôtesse par hasard s'envola d'un coup. Brusquement, l'intérieur climatisé de la Mercedes me parut étouffant.

Mais j'avais un problème plus immédiat. Lors de ma première venue à La Rose de Damas, j'avais parlé anglais, joué au citoyen américain qui baragouine un japonais de manuel. Qui plus est, je m'étais présenté sous un autre nom. Il fallait que je décide en vitesse comment faire face.

Au moment où la Mercedes s'arrêta devant le club, je dis :

— Ah, excellente adresse !

— Tu es déjà venu ? s'étonna Murakami.

— Oui, une fois. Les filles sont superbes.

Ses lèvres s'écartèrent pour sourire, découvrant ses bridges trop blancs.

— Il y a intérêt ! C'est moi qui les choisis.

Le chauffeur vint ouvrir la portière côté passager, et nous sortîmes. Le chien resta dans la voiture, me fixant de ses yeux avides et diaboliques jusqu'à ce que le garde du corps referme la portière et que la vitre teintée nous sépare.

Les Nigérians faisaient les cent pas devant l'entrée. Ils s'inclinèrent avec obséquiosité devant Murakami et l'accueillirent d'un « *Irasshaimase* » lancé à l'unisson. Celui qui se trouvait sur la droite parla dans le micro épinglé à son revers.

Nous descendîmes les marches. Le type rougeaud que j'avais vu la fois précédente leva les yeux. Quand il aperçut Murakami, il avala sa salive.

— Ah, Murakami-san, bonsoir ! s'écria-t-il en japonais en s'inclinant très bas. C'est toujours un plaisir de vous avoir parmi nous. Y a-t-il quelqu'un en particulier que vous aimeriez voir ce soir ?

Un fin bandeau de sueur perlait sur son front. Accordant toute son attention à son patron, il ne m'avait même pas remarqué.

Murakami balaya la salle du regard et plusieurs des filles lui sourirent.

— Yukiko, déclara-t-il.

Harry !

Le rougeaud acquiesça d'un signe de tête avant de se tourner vers moi.

— *Okyakusama* ? Et vous ?

Qu'il s'adresse à moi en japonais était la preuve qu'il ne se souvenait pas de moi, ni du fait que nous avions parlé en anglais.

— Naomi est là, ce soir ? demandai-je, également en japonais.

Si elle était là, je préférais la voir tout de suite, quand j'aurais encore une vague chance d'orienter la conversation. Comme ça, si les choses tournaient mal, je ne donnerais pas l'impression d'avoir voulu l'éviter.

Le rougeaud plissa légèrement les yeux, l'air de se rappeler que quelqu'un avait demandé Naomi quelques semaines plus tôt. Mais je n'en étais pas certain.

— Je vais vous l'amener, dit-il en s'inclinant.

J'avais déjà imaginé une couverture au cas où Naomi ferait des remarques sur mon changement de nom et autres bizarreries : étant marié, je ne voulais pas prendre le risque que mes petites escapades nocturnes reviennent aux oreilles de ma femme. Que j'aie payé en liquide et non par carte de crédit conforterait mon histoire. Cette explication n'était pas la meilleure du monde, mais il fallait bien que j'en avance une si elle s'étonnait de ces incohérences.

Le rougeaud attrapa deux cartes et nous accompagna dans la salle principale, s'arrêtant un instant pour murmurer quelques mots à une fille, en qui je reconnus Elsa. Celle-ci posa la main sur le bras d'une autre hôtesse, Emi, tandis que le rougeaud nous installait à une table d'angle.

Murakami et moi prîmes place sur des sièges adjacents, tous deux face à l'entrée. Je vis Emi se diriger vers une table où Yukiko était en train de distraire un client. Elle s'assit à côté d'elle et lui chuchota quelque chose à l'oreille. Deux secondes plus tard, Yukiko se leva en s'excusant poliment. Emi répéta la même scène à la table où officiait Naomi. Tout ça en douceur.

Lorsque Yukiko vint vers nous, sa bouche s'étira en un sourire félin dès qu'elle aperçut Murakami. Au bout de quelques minutes, Naomi nous rejoignit. Vêtue d'une élégante petite robe noire en soie, cintrée à la taille mais plus large au niveau du buste. Le bracelet en diamants scintillait à son poignet gauche, comme lors de mon premier passage.

En me voyant, elle ébaucha un sourire, mais il disparut à la seconde même où ses yeux se posèrent sur Murakami. Visiblement, elle le connaissait et, compte tenu de l'histoire que je lui avais racontée, elle ne s'attendait pas à nous voir ensemble. Elle devait chercher à comprendre ce qu'il y avait là d'incongru. Mais la brusquerie avec laquelle son expression avait changé me fit suspecter autre chose. Naomi avait peur.

Yukiko s'assit près de Murakami et en face de moi. Elle me regarda longuement, puis lui jeta un bref coup d'œil avant de revenir vers moi. Ses lèvres esquissèrent un petit sourire. Le balafré la dévisageait, comme s'il attendait davantage, mais elle l'ignora. Sentant la tension monter, je songeai : *Ne joue pas avec ce type. Il risque de ne pas apprécier.* Puis Yukiko reporta son regard sur lui en lui décochant un sourire, l'air de dire : *C'était juste pour rire, chéri. Ne fais pas l'enfant.*

La tension retomba. Je compris alors que si quelqu'un avait le moyen de contrôler la créature assise à côté de moi, c'était cette femme.

Naomi prit le dernier siège.

— *Hisashiburi desu ne*, lui dis-je aussitôt. Ça faisait longtemps.

— *Un, so desu ne*, répliqua-t-elle, reprenant soudain une expression neutre. Oui, en effet.

Elle devait trouver curieux que je m'exprime en japonais après avoir tant insisté auparavant pour parler anglais. Mais elle pouvait aussi penser que je le faisais par égard pour nos autres compagnons.

— Vous vous connaissez ? demanda Murakami en japonais. Tant mieux. Arai-san, je te présente Yukiko.

— *Hajimemashite*. Enchantée... Il me semble vous avoir aperçu il y a quelque temps, ajouta-t-elle, toujours en japonais.

J'inclinai légèrement la tête et la saluai à mon tour.

— Moi aussi, je me souviens de vous. Vous dansez merveilleusement.

— C'est drôle, vous avez l'air différent, remarqua-t-elle en penchant la tête.

Mes personnalités américaine et japonaise étant séparées, je me comporte différemment selon la langue que j'utilise et le rôle que je décide d'endosser. C'était sans doute ça, en plus de la présence de Murakami qui le rendait nerveux, qui avait empêché le rougeaud de me reconnaître. Yukiko était sensible à cette différence sans toutefois trop savoir à quoi l'attribuer.

Je me passai la main dans les cheveux pour les aplatir.

— Je sors d'une séance d'entraînement, déclarai-je.

— Ça, tu peux le dire ! lâcha Murakami en gloussant.

Une serveuse s'approcha. Elle déposa quatre *oshibori*, des serviettes chaudes avec lesquelles on s'essuie les mains ou le visage pour se rafraîchir, ainsi qu'un assortiment de petits en-cas. Une fois les plats disposés sur la table, elle regarda Murakami et, semblant connaître ses préférences, lui demanda :

— Bombay Sapphire ?

Il confirma d'un bref signe de tête avant d'ajouter que Yukiko prendrait la même chose.

La serveuse se tourna vers moi.

— *Okyakusama ?* me demanda-t-elle.

— Un Springbank ? proposai-je à Naomi.

Elle accepta, et je commandai deux verres.

La fille d'origine latine et débordante de vie qui m'était apparue à ma première visite s'était rétractée comme une tortue à l'intérieur de sa carapace. Que se disait-elle ? *Un nouveau nom, une nouvelle personnalité japonaise, un nouvel ami yakuza…* Il y avait de quoi alimenter la conversation, et pourtant elle restait muette comme une carpe.

Pour quelle raison ? Si nous nous étions croisés dans la rue, la première chose qu'elle m'aurait demandé aurait été : « Qu'est-ce que vous faites ici, vous êtes de retour à Tokyo ? » Et si je lui avais donné un autre nom, elle n'aurait pas manqué de faire un commentaire. Et si elle m'avait entendu parler sans accent comme un Japonais d'origine, elle aurait tout naturellement rétorqué : « Vous ne m'aviez pas dit être plus à l'aise en anglais ? »

Sa retenue était donc directement liée à la situation. Je repensai à la peur entrevue dans son regard quand il s'était posé sur Murakami. Si Naomi se taisait, c'était à cause de lui. Elle avait la trouille de dire ou de faire quoi que ce soit susceptible d'attirer son attention.

La fois précédente, j'avais eu le sentiment qu'elle en savait plus qu'elle ne voulait le montrer. Sa réaction face à Murakami confirmait mes soupçons. Et puis, si elle avait voulu me trahir, elle l'aurait déjà fait. Qu'elle s'en soit abstenue jusqu'à présent faisait d'elle ma complice, installait un secret entre elle et moi. Un élément à exploiter.

Yukiko prit un *oshibori* et commença à essuyer les mains de Murakami, l'air aussi impassible qu'un dresseur d'animaux faisant sa toilette à un lion. Naomi me tendit le mien.

— Arai-san est un de mes amis, déclara Murakami en me regardant, avant de décocher aux filles son sourire blanc de blanc. Soyez gentilles avec lui.

Yukiko sourit à son tour en me regardant au fond des yeux, l'air de dire : *Si nous étions seuls tous les deux, je m'occuperais très, très bien de toi, crois-moi !* Du coin de l'œil, je vis Murakami s'assombrir lorsqu'il remarqua son expression.

Je ne voudrais pas être l'objet de la jalousie de ce cinglé, me dis-je, pensant soudain à Harry.

La serveuse revint déposer les verres sur la table. Murakami vida le sien cul sec. Yukiko l'imita.

— *Ii yo*, grommela-t-il. Bien.

La jeune femme reposa son verre avec une préciosité étudiée. Murakami ne la quittait pas des yeux. Elle lui rendit son regard, affichant une nonchalance un peu théâtrale. Le regard se prolongea un bon moment. Puis il sourit et lui prit la main.

— *Okawari !* lança-t-il à la serveuse. Deux autres verres !

Sans attendre, il fit lever Yukiko et s'éloigna avec elle vers une pièce contiguë à l'un des podiums de danse.

— Que se passe-t-il ? demandai-je à Naomi en japonais.

Elle me regardait fixement. L'air méfiant.

— Un *lap dance*, répondit-elle.

— Ils ont l'air de bien se connaître.

— Oui.

Je balayai la salle du regard. Les tables voisines étaient occupées par des Japonais en tenue standard de *sarariman*. Malgré le brouhaha ambiant, ils étaient trop près pour qu'on puisse parler tranquillement.

Je me penchai vers Naomi.

— Je ne pensais pas revenir ici, dis-je à voix basse.

Elle me fit un clin d'œil.

— J'en suis ravie.

Je ne savais pas comment interpréter la différence qu'il y avait entre sa réaction et ses paroles.

— Vous devez vous poser pas mal de questions, dis-je.

Elle secoua la tête.

— Je voudrais juste que vous profitiez de cette soirée.

— Je crois savoir pourquoi vous agissez ainsi..., commençai-je à dire.

Naomi m'interrompit en levant brusquement la main.

— Que diriez-vous d'un *lap dance* ?

Son ton était aguicheur, mais ses yeux hésitaient entre la gravité et la colère.

Je la regardai, m'efforçant de deviner ce qu'elle avait en tête, puis répondis :

— D'accord.

Nous nous dirigeâmes vers le salon où Murakami et Yukiko s'étaient éclipsés quelques minutes plus tôt. Là aussi, un Nigérian attendait à la porte. Il nous salua avant de tirer un divan semi-circulaire à haut dossier. Un siège équivalent était installé en face. Dès que nous fûmes entrés, il remit le divan en place. Nous étions maintenant enfermés dans une sorte de compartiment circulaire entièrement tapissé.

Naomi m'indiqua le divan rembourré. Je m'assis en étudiant son visage.

Elle se recula, les yeux plongés dans les miens. Ses mains disparurent derrière son dos, et je reconnus un bruit de fermeture Éclair. Alors, la main droite posée sur la bretelle gauche de sa robe, elle commença à la faire glisser sur la peau soyeuse de son épaule.

Soudain, quelque chose vibra dans ma poche.

Putain, le détecteur de Harry !

Vibration continue, intermittente, continue... Ce qui signifiait à la fois micro et caméra.

Je pris garde à ne pas jeter des coups d'œil dans tous les sens, ni à faire le moindre geste qui puisse sembler suspect. J'ouvris la bouche pour dire quelque chose à Naomi, une phrase que tout type excité à l'idée d'un *lap dance* aurait pu prononcer. Mais la grimace qu'elle m'adressa – mi-renfrognée, mi-exaspérée – m'en dissuada. D'un geste discret, l'index passé sous sa bretelle se leva en direction du plafond. Puis, inclinant légèrement la tête, elle approcha son doigt de son oreille.

Message reçu. On nous écoutait et on nous observait.

Et pas seulement ici. Quand nous étions autour de la table également. Voilà pourquoi ses réponses avaient été si bizarres : elle n'avait aucune possibilité de m'avertir.

C'était aussi pour cette raison qu'elle arborait cet air furibard. Si j'étais un comptable américain comme je le prétendais, ou du moins un type sans histoires, l'attitude la plus sage était pour elle de se taire. En revanche, si j'avais un lien quelconque avec Murakami, qui l'effrayait, se taire était aussi risqué que me prévenir comme elle venait de le faire. Bien malgré moi, je l'avais obligée à effectuer un choix.

Pourtant, le détecteur n'avait pas vibré au moment où nous étions autour de la table... Subitement, j'en compris la raison : Murakami. Si les tables étaient surveillées, le matériel devait passer sur pause quand le patron était dans les parages. Si telle était la consigne, personne ne devait avoir envie qu'un type pareil s'aperçoive qu'on lui avait désobéi. Et comme le détecteur était à plat le soir de ma première visite, il n'avait pas pu m'alerter alors.

Je mis la main dans ma poche pour couper l'appareil, hochant la tête pour montrer que j'avais compris.

Naomi continua de faire descendre sa bretelle, dégagea son bras, puis répéta la même opération lentement de l'autre côté. Elle croisa ensuite les bras. Ses narines palpitaient légèrement au rythme de sa respiration. Elle s'immobilisa un instant. Et soudain, sans se départir de son air furieux, elle laissa retomber ses bras en se tenant raide comme un I. La robe noire dégringola, dénudant sa poitrine et son ventre, avant de s'arrêter en un doux froissement autour de ses reins.

— Vous pouvez toucher avec les mains, m'informa-t-elle. Uniquement au-dessus de la ceinture.

Je me levai sans la quitter des yeux. Puis je me penchai en avant et approchai mes lèvres de son oreille.

— Merci de m'avoir prévenu, dis-je tout bas.

— Inutile de me remercier, murmura-t-elle. Vous ne m'avez pas vraiment laissé le choix.

— Je n'ai rien à voir avec ces gens-là.

— Ah non ? Vous vous êtes pourtant battu, ce soir.

— Pourquoi dites-vous ça ?

— Vous avez des égratignures partout sur la figure. Et puis la plaisanterie qu'a faite Murakami sur votre « séance d'entraînement » ne m'a pas échappé.

Adonis avait dû m'esquinter un peu. Je ne m'en étais même pas rendu compte.

— Vous êtes au courant de ces combats ? demandai-je.

— Comme tout le monde. Après, les participants viennent fanfaronner ici. Parfois, ils se comportent comme si on était sourdes.

— Je n'y suis pas allé de mon plein gré. Je m'entraîne dans un dojo, et des gens m'ont invité à une rencontre. J'ignorais de quoi il s'agissait. Il se trouve que je n'étais pas là comme convive, mais comme plat principal.

— Dommage pour vous, chuchota Naomi.

— Si vous pensez que je suis avec eux, pourquoi me parlez-vous ? Pourquoi m'avoir prévenu qu'il y avait un dispositif d'écoute ?

— Parce que je suis aussi stupide que vous.

Naomi recula d'un pas et me regarda, les mains sur les hanches, le menton relevé. Puis elle leva les sourcils et me sourit.

— Vous avez peur de me toucher ?

J'observai son visage. Ce que je voulais, c'était des renseignements, pas un foutu *lap dance* !

— Vous n'osez même pas regarder ? ajouta-t-elle avec un sourire moqueur.

Je soutins son regard, puis laissai mes yeux descendre sur son corps.

— Ce que vous voyez vous plaît ?

— Pas mal, répondis-je au bout d'un moment, alors que c'était beaucoup mieux que ça.

Naomi se retourna et se pressa contre moi, le buste penché légèrement en avant pour coller l'arrière de son corps contre le devant du mien.

Brusquement, je compris qu'à ce jeu-là, je serais forcément perdant.

Les mains posées sur les genoux, elle commença à trémousser ses hanches. Le frottement de son postérieur contre mon pantalon accapara bientôt tout mon esprit.

— Ça vous plaît ? s'enquit-elle en jetant un coup d'œil par-dessus son épaule.

— Pas mal, répétai-je, d'une voix plus rauque qui la fit rire.

— On dirait que vous trouvez ça mieux que « pas mal », non ?

— Je voudrais vous parler, dis-je, avant de m'apercevoir tout à coup que mes mains la tenaient par les hanches et de les retirer précipitamment.

— Eh bien, allez-y, parlez ! fit-elle en se frottant plus fort contre moi. Dites ce que vous voulez.

Naomi faisait tout pour détourner mon attention. Elle n'avait pas envie de discuter, et je ne voyais pas comment l'y forcer.

Elle se cambra davantage afin de faire remonter encore un peu ses fesses. Une ombre dessinait comme un lac obscur au creux de ses reins.

— Tout ce que vous voudrez, ajouta-t-elle.

L'ombre allait et venait au rythme de ses mouvements.

— Arrêtez, bon sang ! murmurai-je, mes mains de nouveau sur ses hanches.

— Mais vous aimez ça ! roucoula-t-elle. Et moi aussi !

Tire-toi de là. Non seulement mes mains restèrent là, mais elles commencèrent à aller et venir. Je les regardais en ayant l'impression d'être très loin. Le bruissement du tissu qui glissait contre sa peau résonnait dans l'espace clos.

Elle joue avec toi, me dis-je.

Puis : *Qu'est-ce que ça peut faire ? De toute façon, tu es censé te comporter comme un client ordinaire.*

Je pliai un genou pour faufiler mes mains à l'arrière de ses cuisses, puis me redressai en soulevant sa robe. Elle portait un string noir. Sa robe se chiffonna, formant une couronne autour de ses reins. J'agrippai le tissu d'une main comme une bride et empoignait ses fesses de l'autre.

— Uniquement au-dessus de la ceinture ! me rappela Naomi en souriant par-dessus son épaule, la voix aussi glaciale que ma tête et mon ventre étaient en feu. Sinon, je serai obligée d'appeler le portier.

Tout à coup, une bouffée de colère me saisit. *Du calme. Dégage d'ici en vitesse. Comme tu aurais dû le faire avant de te fourrer dans ce merdier.*

Je me reculai en ôtant ma main de son postérieur, mais la colère eut raison de moi. Sans lâcher sa robe, je pivotai légèrement et envoyai à Naomi une claque magistrale sur la fesse droite. Une claque sonore qui lui arracha un petit cri, et la fit s'éloigner de moi d'un bond comme si elle venait de recevoir une décharge électrique.

Naomi pivota pour me faire face, tenant d'une main sa fesse meurtrie. Les yeux écarquillés, les narines palpitant de rage autant que de stupéfaction. Du coin de l'œil, je vis son poids passer sur sa jambe gauche et crus qu'elle allait m'envoyer un coup de pied en plein dans les parties.

Au lieu de quoi, elle recula. Ses bras retombèrent le long de son corps, puis elle redressa fièrement les épaules et le menton, sublime de fureur contenue.

— *Mo owari, okyakusama ?* demanda-t-elle, me regardant droit dans les yeux avec le plus grand mépris possible. En avons-nous terminé, honorable client ?

— Ce que je viens de faire est interdit par le règlement ? demandai-je en souriant.

Naomi remonta sa robe et remit ses bretelles en place. La colère empourprait son visage, et je ne pus qu'admirer ses dons à se maîtriser. Elle réussit à remonter sa fermeture Éclair sans aucune aide, puis déclara :

— Trois chansons, ça fera donc trois mille yens. Et il faut laisser un pourboire de dix pour cent au portier. Ken ?

Ken devait être le Nigérian, car, une seconde plus tard, le divan semi-circulaire pivota et il apparut. Je sortis mon portefeuille et les payai chacun leur tour.

— Merci, dis-je à Naomi, affichant l'air rayonnant du client satisfait. C'était très... original.

Le sourire qu'elle me décocha me fit me réjouir qu'elle ne soit pas armée.

— *Kochira koso*, rétorqua-t-elle. Tout le plaisir est pour moi.

Elle me raccompagna à ma place dans l'autre salle. En chemin, je rebranchai le détecteur. Murakami et Yukiko nous attendaient.

— *Yokatta ka ?* me demanda le balafré en exhibant ses fausses dents. C'était bien ?

— *Maa na*. Pas mal.

Puis il attrapa Yukiko par la main et commença à s'éloigner.

— Nous parlerons affaires une autre fois, dit-il.

— Quand ça ?

— Bientôt. Je passerai au dojo.

Il n'aimait pas plus que moi fixer des rendez-vous.

— Le matin ? Le soir ? insistai-je.

— Un matin. Très bientôt, précisa-t-il avant de se tourner vers Naomi. *Shikkari mendo mite yare yo !* Occupe-toi de lui comme il faut !

Naomi inclina la tête pour lui faire comprendre qu'elle y veillerait.

Murakami et Yukiko s'en allèrent. Une minute plus tard, le détecteur se mit à vibrer – en continu, signe qu'il y avait seulement un micro. Je ne m'étais pas trompé sur les règles de la maison.

Naomi et moi échangeâmes des banalités pendant quelques minutes à l'intention des micros. Elle parlait d'un ton détaché et poli. Je savais que notre petite entrevue n'avait pas tourné exactement comme elle l'escomptait, mais elle avait au moins réussi à arrêter mes questions. Sans doute se disait-elle que nous avions fait match nul et que c'était un résultat acceptable.

Ce qu'elle ignorait, c'est que nous n'en étions encore qu'au tout premier round.

Je lui dis que j'étais crevé et que je devais m'en aller.

— Revenez quand vous voulez, rétorqua-t-elle avec un petit sourire sarcastique.

— Pour un autre *lap dance* ? fis-je en lui retournant son sourire. Avec grand plaisir.

Je montai l'escalier et sortis dans Gaienhigashi-dori. Dans la rue, une voiture me klaxonna. J'aperçus Yukiko au volant d'une BMW M3 blanche étincelante, avec Murakami à la place du passager. Elle m'adressa un signe de la main, puis disparut dans Aoyama-dori.

Il était seulement une heure du matin. Le club fermait à trois heures, et Naomi rentrerait sans doute chez elle peu de temps après.

Grâce à mes recherches sur ordinateur, je savais où elle habitait. Lion's Gate Building, Azabu Juban 3-chome.

Les trains et les métros avaient déjà cessé de circuler. Et ça m'aurait étonné qu'elle ait une voiture : en ville, cela revient à une fortune, et puis les trains vont partout. Elle retournerait donc à son domicile en taxi.

J'en pris un moi-même jusqu'à la station de métro Azabu Juban, puis continuai à pied dans 3-chome jusqu'à son immeuble. Un *manshon*, ou résidence de luxe standard, en béton de couleur ocre, l'air neuf et élégant. L'entrée, toute simple, comportait une double porte vitrée à commande électronique. Avec une caméra de sécurité fixée au plafond, juste derrière la vitre.

L'immeuble était situé à l'angle d'une rue en sens unique. Je fis le tour par l'arrière, où je découvris une autre entrée, plus petite et plus discrète que la première, et que seuls les résidents devaient emprunter. Celle-là était dépourvue de caméra.

Ce double accès compliquait les choses. Si j'attendais Naomi du mauvais côté, je la louperais à coup sûr.

Je réfléchis. Toutes ces rues étaient en sens unique, c'était même l'une des caractéristiques du quartier. Si Naomi arrivait de La Rose de Damas, le taxi passerait d'abord devant l'entrée de service. C'était probablement là qu'elle descendrait. Et si jamais le taxi faisait le tour par-devant, j'aurais le temps de courir et de la rattraper avant qu'elle franchisse la porte.

Parfait. Je regardai autour de moi en cherchant où j'allais me poster. D'ordinaire, lorsque je tends un piège à quelqu'un, je m'arrange pour me cacher le mieux possible afin de créer la surprise. Mais c'est ce que je fais avant une rencontre fatale. Dans ce cas précis, j'espérais juste une petite conversation. Si je l'effrayais trop, si elle se sentait en position de faiblesse, Naomi prendrait ses jambes à son cou et les choses en resteraient là.

Il y avait une petite rue perpendiculaire qui se terminait en cul-de-sac, tout près de l'entrée arrière de l'immeuble. Je m'y engageai. Sur ma gauche, je remarquai un auvent le long d'un immeuble, sous lequel étaient entreposées plusieurs grandes poubelles en plastique. J'allais attendre là tranquillement dans l'ombre ; même si quelqu'un passait devant, il ne me verrait sans doute pas.

Je consultai ma montre. Bientôt deux heures. Pour tuer le temps, je décidai de faire un tour dans le quartier. Je ne croisai guère plus d'une demi-douzaine de personnes. À trois heures du matin, le coin serait pratiquement désert.

Je repensais à ce que j'avais vu au club, ce soir-là. Grâce à Tatsu, je savais que Yamaoto n'hésitait pas à recourir au chantage et à l'extorsion pour diriger son réseau de politiciens véreux. Et que la disquette que le père de Midori lui avait volée contenait, entre autres, une vidéo montrant des politiciens dans des situations embarrassantes. Tatsu m'avait dit également que Yamaoto et Murakami étaient en rapport. Il semblait donc probable que La Rose de Damas soit l'un des endroits où Yamaoto faisait filmer des hommes politiques en train de se livrer à des activités compromettantes.

Autrement dit, quelqu'un du réseau de Yamaoto avait désormais ma tête sur une cassette. Ce qui, dans des circonstances différentes, n'aurait pas été très grave. Mais le tout nouvel intérêt que me manifestait Murakami ne facilitait pas les choses. Qu'il fasse visionner la vidéo à un tiers histoire de procéder à une vérification plus approfondie était une éventualité à ne pas écarter. Il risquait même de la montrer à Yamaoto, qui connaissait mon visage. En plus, je m'étais servi du nom de l'haltérophile pour m'infiltrer dans le dojo de Murakami. S'ils réalisaient à qui ils avaient affaire, ils comprendraient sans mal que l'« accident » de ce yakuza n'en avait pas été un.

Je m'efforçai de rassembler les autres pièces du puzzle. Yukiko, c'est-à-dire quelqu'un de plus haut placé à La Rose de Damas, voire Yamaoto, voulait mettre le grappin sur Harry. Or, la seule raison pour laquelle ils s'intéressaient à lui était qu'il pouvait les mener jusqu'à moi.

Et quid de l'Agence ? Ils avaient filé Harry. Là encore, dans le but d'arriver à moi, au dire de Kanezaki. La question était : Yamaoto et la CIA travaillaient-ils plus ou moins main dans la main ou s'agissait-il d'une simple convergence d'intérêts ? Dans le premier cas, quelle était la nature de leur association ? Dans le second, en quoi consistaient ces intérêts ?

Si je jouais finement, Naomi m'aiderait peut-être à trouver les réponses. Par ailleurs, il fallait résoudre les choses au plus vite. Car même si Harry ne servait à ces gens qu'à m'approcher, il n'en continuait pas moins à être en danger. Et si jamais Murakami découvrait que Katsuhiko Arai et John Rain ne faisaient qu'un, Harry et moi nous retrouverions avec un sérieux problème sur les bras.

Un peu avant trois heures, il commença à pleuvoir. Je repartis en hâte vers l'immeuble et me mis en position de guet. L'auvent me protégeait de la pluie, mais il commençait à faire froid. Régulièrement, je m'étirais pour ne pas trop m'engourdir.

À trois heures vingt, un taxi arriva au bout de la rue. Au moment où il me dépassa, je restai tapi dans l'ombre. Sur la banquette arrière, j'aperçus Naomi.

Le taxi tourna à gauche et s'arrêta juste après l'entrée de service de l'immeuble. La portière automatique du passager s'entrouvrit, le plafonnier s'alluma. Je vis Naomi tendre des billets au chauffeur qui lui rendit la monnaie. La portière s'ouvrit en grand, et elle descendit. Elle portait un court manteau noir en laine fine ou en cashmere qu'elle ramena frileusement sur sa poitrine. La portière se referma, puis le taxi redémarra.

Naomi ouvrit son parapluie et avança vers l'entrée. Je sortis de sous l'auvent.

— Naomi, appelai-je doucement.

Elle se retourna aussitôt, et je l'entendis respirer un grand coup.

— Qu'est-ce que ça veut dire ? s'exclama-t-elle dans son anglais teinté d'accent portugais.

— Je veux seulement vous parler, déclarai-je, levant les mains, paumes en avant.

Elle jeta un coup d'œil par-dessus son épaule, peut-être pour évaluer la distance qui la séparait de la porte d'entrée, puis se retourna vers moi, apparemment rassurée.

— Eh bien, moi, je ne veux pas vous parler ! rétorqua-t-elle en insistant sur le « moi », sa nervosité lui donnant de plus en plus d'accent.

— Rien ne vous y oblige. Je vous le demande, c'est tout.

De nouveau, elle regarda alentour. Cette fille possédait une bonne intuition du danger. La plupart des gens qui perçoivent une menace lui accordent toute leur attention. Ce qui fait d'eux une proie facile si la « menace » n'est qu'un leurre et que la véritable attaque survient par le flanc.

— Comment savez-vous où j'habite ? s'étonna-t-elle.

— J'ai cherché sur Internet.

— Ah oui ? Parce que vous croyez qu'avec le métier que je fais j'y ai mis mon adresse ?

Je haussai les épaules.

— Vous m'avez donné votre e-mail. Vous seriez surprise de ce qu'on peut découvrir à partir d'une aussi petite information.

Elle plissa les yeux.

— Vous me filez ?

— Non, répondis-je en secouant la tête.

Il commençait à pleuvoir à verse. Je me dis que, le désagrément physique mis à part, le temps n'était finalement pas un mauvais atout. Naomi était bien au sec sous son parapluie ; j'étais trempé comme une soupe, et pas loin de grelotter. Ce contraste l'aiderait à se sentir en position de supériorité.

— Aurais-je des ennuis ? demanda-t-elle.

Sa question me prit de court.

— Des ennuis de quel genre ?

— Je n'ai rien fait de mal. Je ne suis mêlée à rien. Je suis danseuse et c'est tout, c'est clair ?

J'ignorais où elle voulait en venir, mais j'essayai de ne pas la brusquer.

— Vous n'êtes mêlée à rien ? répétai-je.

— Non, à rien du tout ! Et je ne tiens pas à l'être. Je m'occupe de ce qui me regarde.

— Vous n'avez aucun ennui, du moins pas avec moi. Je vous assure, je voudrais juste avoir une discussion avec vous.

— Donnez-moi une seule bonne raison d'accepter ?

— Vous avez confiance en moi.

L'expression qu'elle arbora était à mi-chemin entre l'amusement et l'incrédulité.

— Confiance en vous ?

J'acquiesçai.

— Vous m'avez prévenu qu'il y avait des micros au club.

Elle ferma les yeux quelques secondes.

— Je savais que j'allais le regretter !

— Mais vous saviez aussi que vous le regretteriez encore plus si vous ne me disiez rien.

Naomi secoua lentement la tête, l'air déterminée. Elle pensait visiblement : *Je fais une fleur à ce type, et maintenant je ne peux plus m'en débarrasser. Il cherche les ennuis, et ça, moi, je n'en veux pas.*

Je repoussai une mèche de cheveux qui dégoulinait sur mon front.

— On ne pourrait pas aller ailleurs ?

Naomi regarda à gauche puis à droite. La rue était déserte.

— Si vous voulez. Prenons un taxi. Je connais un endroit qui reste ouvert tard. Nous parlerons là-bas.

Nous trouvâmes un taxi. Je montai le premier et elle se glissa près de moi. Elle demanda au chauffeur de nous emmener 3-3-5 Shibuya-ku, au sud de Roppongi-dori. J'esquissai un petit sourire.

— Au Tantra ? demandai-je.

Elle se tourna vers moi, l'air un peu perplexe.

— Vous connaissez ?

— Ça existe depuis des lustres. Très bonne adresse.

— Je ne pensais pas que vous connaîtriez. Vous êtes un peu… plus vieux que moi.

J'éclatai de rire. Si elle avait voulu me mettre en rogne, c'était raté. Je me fiche éperdument de mon âge. La plupart des gens que j'ai connus étant jeune sont morts. Si je respire encore, c'est par pur orgueil.

— Le Tantra est un peu comme le sexe, lui dis-je avec un sourire qui se voulait indulgent. Chaque génération est convaincue d'être la première à le découvrir.

Naomi détourna les yeux, et nous roulâmes en silence. Pour les raisons habituelles, j'aurais préféré que le taxi nous dépose quelque part d'où l'on aurait pu continuer à pied. Toutefois, étant donné le contexte de la soirée, les risques que notre sécurité soit menacée paraissaient relativement faibles.

Quelques minutes plus tard, le taxi s'arrêta devant un immeuble de bureaux des plus banals. Je réglai la course au chauffeur avant de descendre. La pluie avait cessé, mais la rue, déserte, dégageait une sorte de tristesse. Si je n'avais pas su où nous étions, j'aurais trouvé étrange de nous faire déposer là en pleine nuit.

Derrière nous, la faible lueur d'un T brillait discrètement au-dessus d'un escalier qui menait vers un sous-sol, seul signe extérieur de l'existence du Tantra. Après avoir descendu les marches et franchi deux portes métalliques imposantes, nous arrivâmes dans un vestibule en forme de boyau éclairé aux chandelles qui débouchait plus loin sur la salle.

Un serveur apparut et nous demanda à voix feutrée si nous n'étions que deux. Naomi lui répondit, et il nous accompagna dans la salle.

Les murs en ciment étaient bruns, le plafond peint en noir. En dehors de quelques spots, le gros de l'éclairage provenait des bougies disséminées sur les tables et aux quatre coins du sol en ciment laqué. Ici et là, des niches abritaient des statues représentant des scènes du *Kāma-sūtra*. Autour de nous, cinq ou six petits groupes de personnes étaient assis par terre sur des coussins ou dans des fauteuils très bas. La salle bourdonnait de murmures de conversation et de rires paisibles. Des haut-parleurs invisibles diffusaient une sorte de musique techno arabisante.

Je savais qu'il y avait deux autres pièces à l'arrière, dissimulées en partie par de lourds rideaux couleur pourpre. Quand je demandai au serveur si l'une d'elles était libre, il m'indiqua celle de droite. Je me tournai vers Naomi, qui hocha la tête et me suivit.

Derrière les tentures, la pièce ressemblait assez à une petite grotte ou à un salon d'opium. Sous le plafond bas, la lueur des bougies projetait des ombres vacillantes sur les murs. Nous nous installâmes sur des coussins dans un coin, assis à angle droit l'un par rapport à l'autre. Le serveur nous tendit la carte avant de s'éclipser sans un mot.

— Vous avez faim ? demandai-je à Naomi.

— Oui.

— Moi aussi, dis-je en frictionnant mes épaules trempées. Et froid.

Le serveur revint. Nous commandâmes du thé, des chips Ayu, la spécialité de la maison, et des rouleaux de printemps. Voyant que Naomi choisissait un Highland Park de douze ans d'âge, je l'imitai.

— Comment connaissez-vous cet endroit ? s'enquit-elle lorsque le serveur fut parti.

— Je vous l'ai dit, ça existe depuis une éternité. Dix ans, peut-être plus.

— Donc, vous vivez à Tokyo.

Je marquai un temps avant de répondre.

— J'y ai vécu. Jusqu'à très récemment.

— Qu'est-ce qui vous ramène par ici ?

— Un ami. Il a quelques ennuis avec des gens de votre club et ne s'en doute même pas.

— Quel genre d'ennuis ?

— C'est ce que je cherche à savoir.

— Pourquoi m'avoir raconté que vous étiez comptable ?

Je haussai les épaules.

— J'essayais de me renseigner. Je ne voyais pas l'utilité de vous en dire plus.

Nous restâmes silencieux quelques minutes. Le serveur apporta les plats et les boissons. Je me servis d'abord de thé. Le liquide brûlant me réchauffa agréablement. Le Highland Park encore plus.

— J'en avais bien besoin ! m'exclamai-je en m'adossant au mur, tandis qu'une douce chaleur se répandait dans mon ventre.

Naomi prit un rouleau de printemps.

— Êtes-vous vraiment allé au Brésil ?

— Oui.

Bien que ce soit un mensonge, c'était aussi une sorte d'équivalent moral de la vérité. Je n'allais quand même pas lui avouer que j'apprenais un maximum de choses sur son pays en prévision d'un premier voyage là-bas qui serait définitif.

Elle mordit dans le rouleau de printemps et le mâchonna, la tête légèrement penchée, d'un air songeur.

— Ce soir, quand j'ai vu avec qui vous étiez, j'ai pensé que vous aviez dû apprendre quelques mots de portugais histoire de me faire parler. Et que j'avais des ennuis.

— Mais non.

— Vous n'avez donc pas cherché à me rencontrer personnellement ?

— Comme je vous ai aperçue quand je suis arrivé, c'est vous que j'ai demandée. Simple coïncidence.

— Si vous n'êtes pas un comptable américain, qui êtes-vous ?

— Quelqu'un qui… rend des services à des gens de temps en temps. Des services qui me mettent en contact avec toutes sortes d'acteurs au sein de la société.

Des flics et des yakuzas. Des politiciens. Parfois des marginaux.

— C'est ce qui est écrit sur votre carte de visite ?

Je souris.

— J'aurais bien voulu. Mais les petits caractères étaient illisibles.

— Vous êtes quoi, détective privé ?

— D'une certaine façon.

— Pour qui travaillez-vous en ce moment ? demanda-t-elle en me regardant.

— Je vous l'ai dit, pour l'instant, j'essaie juste d'aider un ami.

— Pardonnez-moi, mais je suis prête à parier que c'est du pipeau.

— Je le comprends, dis-je en hochant la tête.

— Vous aviez l'air plutôt à l'aise avec Murakami, ce soir.

— Ça vous dérange ?

— Il me fait peur.

— Il y a de quoi.

Naomi prit son verre de whisky et s'appuya contre le mur.

— J'ai entendu raconter de sales histoires sur son compte.

— Elles sont sans doute vraies.

— Tout le monde a peur de lui. Sauf Yukiko.

— Pour quelle raison, à votre avis ?

— Je n'en sais rien. C'est comme si elle détenait une sorte de pouvoir sur lui. Personne ne peut en dire autant.

— Vous ne l'aimez pas beaucoup.

Naomi me regarda, puis se détourna.

— Elle peut être aussi effrayante que lui.

— Vous m'avez dit qu'elle faisait des choses que vous ne pouviez pas faire.

— En effet.

— Ça a un rapport avec ce système d'écoute ?

Naomi renversa la tête en arrière et termina son verre. Puis elle expliqua :

— Je n'en suis pas certaine, mais je crois qu'il y a des micros. Nous recevons pas mal de clients importants – des politiciens, des bureaucrates, des hommes d'affaires. Les propriétaires du club encouragent les filles à les faire parler, à leur soutirer des informations. Toutes les filles pensent que les conversations sont enregistrées. La rumeur prétend même que, dans les salons de *lap dance*, certains clients sont filmés.

Peu à peu, je gagnais sa confiance. Je sentais que j'allais en apprendre plus. Un joueur hésite pendant des heures avant de savoir s'il met ses jetons sur, disons, le rouge ou le noir, et au moment où le croupier lance la roulette, il double ou triple la mise, comme pour se renforcer dans sa conviction qu'il a bien joué où il fallait. S'il avait mal misé, pourquoi mettrait-il tant d'argent en plus sur la table ?

— Un autre ? fis-je en montrant son verre vide.

Naomi hésita une seconde, puis accepta d'un signe de tête.

Je terminai mon verre et en commandai deux autres. Les lumières des bougies dansaient sur les murs. La pièce avait quelque chose d'intime, de chaleureux, comme dans un refuge souterrain.

Le serveur apporta les boissons. Dès qu'il se fut éloigné en silence, je me tournai vers Naomi et dis :

— Vous n'avez rien à voir avec tout ça ?

Elle contempla le fond de son verre. Plusieurs secondes s'écoulèrent.

— Vous voulez une réponse franche ou une réponse tout à fait franche ? demanda-t-elle finalement.

— Les deux.

— D'accord, rétorqua-t-elle avec un hochement de tête. La réponse franche est « non ».

Elle avala une gorgée de Highland Park. Ferma les yeux.

— La réponse tout à fait franche est… est…

— « Pas encore », soufflai-je tout doucement.

Naomi ouvrit les yeux et me dévisagea.

— Comment le savez-vous ?

Je l'observai un instant, pleinement conscient de son désarroi, et voyant là une bonne occasion d'avancer.

— On est en train de vous suborner, affirmai-je. C'est tout un processus, un ensemble de techniques. Si vous vous en apercevez ne serait-ce qu'à moitié, alors vous êtes plus futée que la moyenne. Et vous avez encore la possibilité de réagir si vous le souhaitez.

— Que voulez-vous dire ?

Je bus une gorgée, les yeux rivés sur le liquide ambré qui scintillait à la lueur des bougies, plongé dans mes souvenirs.

— Ça commence très lentement. D'abord, on définit les limites du sujet, on estime jusqu'où il peut aller, et on le maintient là un certain temps. Il finit par s'habituer. Au bout d'un moment, on déplace ses limites. Jamais plus d'un centimètre à la fois. Tout en lui faisant croire que c'est son choix.

Je regardai Naomi dans les yeux.

— Vous m'avez dit qu'en arrivant au club vous étiez si timide que vous osiez à peine bouger sur scène.

— Oui, c'est vrai.

— Au point que vous n'auriez jamais imaginé pouvoir faire un *lap dance*.

— Non.

— Mais, aujourd'hui, vous en êtes capable.

— Oui.

Sa voix était très basse, proche du murmure.

— Le jour où vous avez fait votre premier *lap dance*, vous vous êtes sans doute dit que jamais vous ne laisseriez un client vous toucher.

— Je me suis dit ça, confirma-t-elle, la voix à peine audible.

— C'est normal. Je pourrais continuer ainsi, vous annoncer où vous en serez dans trois mois, dans six mois, dans un an… Ou même dans vingt ans, si vous poursuivez dans ce sens. Naomi, croyez-vous sincèrement que tout ça tient du hasard ? C'est une science. Certaines personnes sont expertes pour faire faire à d'autres des choses qu'elles auraient cru impensables.

En dehors de sa respiration, légèrement saccadée, Naomi observait un silence complet, si bien que je me demandai si elle n'était pas en train de retenir ses larmes.

Il fallait que j'aille encore un peu plus loin avant de faire machine arrière.

— Vous voulez savoir ce qui vous attend ? repris-je.

Elle me dévisagea sans répondre.

— Vous savez qu'on utilise les filles de La Rose de Damas pour faire chanter des politiciens, ou quelque chose dans ce goût-là. Les autres filles en parlent discrètement, mais ce n'est pas tout. On vous a déjà approchée, n'est-ce pas ? C'était une approche biaisée, mais c'en était bien une. En vous disant quelque chose comme : « Il y a tel client qui t'apprécierait sûrement. On voudrait que tu sortes avec lui, que tu lui fasses passer un très bon moment. Ensuite, s'il s'estime satisfait, on te paiera tant. » Peut-être ont-ils une suite dans un hôtel où ils veulent que vous l'emmeniez. Là, ils l'enregistreraient, le filmeraient. Mais vous avez refusé, je suppose. Et pourtant, il n'y a eu aucune pression. Pourquoi y en aurait-il ? Ils savent qu'ils finiront par vous avoir à l'usure.

— Non, vous vous trompez ! s'écria-t-elle subitement, le doigt pointé tout près de mon visage.

— Si c'était vrai, vous ne réagiriez pas ainsi, répliquai-je sans la quitter des yeux.

Naomi m'observait, le regard blessé et furieux, les lèvres pressées l'une contre l'autre comme si elle cherchait ses mots.

Ça suffisait. Le moment était venu de voir si mes propos avaient produit l'effet escompté.

— Hé ! fis-je avec douceur, sans parvenir à attirer son attention. Hé ! répétai-je en posant ma main sur la sienne. Je suis désolé.

Brièvement, je serrai ses doigts entre les miens, puis retirai ma main.

Elle leva la tête et me regarda.

— Vous pensez que je suis une prostituée. Ou que je vais le devenir.

— Non, ce n'est pas ce que je pense, dis-je en secouant la tête.

— Comment savez-vous tout ça ?

Il était temps de faire une réponse sincère, mais assez vague pour ne rien risquer.

— Il y a très longtemps, dans un tout autre contexte, j'ai vécu ce que vous êtes en train de vivre.

— Comment ça ?

L'espace d'un instant, l'image de Crazy Jake me traversa l'esprit. Je fis « non » de la tête pour lui faire comprendre que c'était une chose dont je n'avais pas envie de parler.

Après un silence, Naomi reprit la parole :

— Vous avez raison. Je n'aurais pas réagi aussi vivement si ce que vous venez de dire n'était pas vrai. Je n'arrête pas de penser à tout ça, sans avoir jamais l'honnêteté de voir les choses en face.

Sa main se tendit pour prendre la mienne.

— Merci, ajouta-t-elle.

Je ressentais un mélange confus d'émotions : une certaine satisfaction à voir que ma manipulation avait marché ; de la compassion pour ce contre quoi Naomi se débattait ; et une sorte de culpabilité de profiter ainsi de sa naïveté.

Sans compter que, par-dessus le marché, cette fille m'attirait. J'étais à la fois conscient et gêné du contact de sa peau contre la mienne.

— Ne me remerciez pas, dis-je sans la regarder.

Je m'abstins de serrer sa main dans la mienne. Au bout d'un moment, je retirai celle-ci.

— Vous essayez seulement d'aider un ami, c'est vrai ? lança Naomi.

— Oui.

— Je vous aiderais volontiers. Mais je ne sais rien de plus que ce que je vous ai déjà dit.

Je hochai la tête, pensant à l'Agence et à Yamaoto, et au lien qui existait peut-être entre les deux.

— Permettez-moi de vous demander une chose. Les Occidentaux sont-ils nombreux à venir au club ?

Elle haussa les épaules.

— Assez, oui. Ils doivent représenter dix ou vingt pour cent de la clientèle. Pourquoi ?

— Avez-vous déjà vu Murakami passer du temps avec eux ?

— Non, répondit-elle en secouant la tête.

— Et Yukiko ?

— Pas vraiment. Son anglais n'est pas très bon.

Peu concluant. Naomi ne savait rien. Je commençais à douter qu'elle puisse réellement m'aider.

Je consultai ma montre. Il était presque cinq heures. Le soleil ne tarderait pas à se lever.

— On ferait mieux d'y aller, dis-je.

Naomi approuva. Je réglai l'addition, et nous sortîmes dans la rue.

Dehors, l'air était humide, mais il ne pleuvait plus. Les lampadaires de Roppongi-dori projetaient des cônes de lumière dans lesquels tournoyait lentement la brume. Il était très tard, juste avant qu'il soit très tôt, et la rue se trouvait plongée provisoirement dans un parfait silence.

— Vous me raccompagnez ? me demanda Naomi.

— Si vous voulez.

Au bout de dix minutes, alors que nous n'étions encore qu'à mi-parcours, il recommença à pleuvoir.

— *Droga !* jura Naomi en portugais. J'ai oublié mon parapluie au Tantra !

— *Shoganai,* dis-je, remontant le col de mon blazer. On n'y peut rien.

Nous accélérâmes le pas. La pluie tombait de plus en plus dru. En me passant la main dans les cheveux, je sentis l'eau ruisseler sur ma nuque.

À cinq cents mètres de l'immeuble, un coup de tonnerre retentit dans un bruit assourdissant. Subitement, il se mit à dégringoler des cordes.

— *Que merda !* s'exclama Naomi en riant. Nous sommes maudits !

Nous courûmes le plus vite possible et, arrivés devant chez elle, nous nous abritâmes sous l'avant-toit de l'entrée de service.

— *Meu deus !* s'écria Naomi en s'esclaffant. Je n'ai jamais été aussi trempée de ma vie !

Elle déboutonna son manteau qui dégoulinait, puis me regarda et sourit.

— Remarquez, une fois qu'on est mouillé, c'est plutôt agréable !

Des volutes de vapeur s'échappaient de sa robe trempée.

— Vous fumez, lui fis-je remarquer.

Elle baissa les yeux, les leva de nouveau, puis repoussa quelques mèches de cheveux collées sur son visage.

— Courir m'a réchauffée.

J'essuyai l'eau qui coulait sur mon front en pensant : *Il est temps de t'en aller.*

Mais je restai là, sans bouger.

— Merci pour cette soirée, c'était très intéressant, me dit Naomi au bout d'un instant. Vous n'êtes pas si mauvais que ça pour un détective.

— Il paraît, répliquai-je dans un demi-sourire.

Un autre moment passa, étrangement paisible. Puis Naomi s'approcha, m'attira dans ses bras et mit la tête sur mon épaule.

Son geste me prit par surprise. Machinalement, mes bras se refermèrent sur elle.

Rien qu'un peu de réconfort, me dis-je. *Tu as été dur avec elle. Laisse-la partir sur une bonne impression.*

J'avais conscience d'être en train de chercher à me justifier. Cette idée me troubla. D'habitude, je me passe très bien de justification.

Ses formes douces et la chaleur qui en émanait étaient délicieusement perceptibles à travers ses vêtements mouillés.

Immédiatement, je sentis mon corps réagir. Naomi l'avait senti elle aussi, je le savais. *Ah, merde !*

Elle redressa la tête. Sa bouche frôla mon oreille, et je l'entendis murmurer :

— Viens avec moi.

La dernière personne avec qui j'avais eu une liaison, alors que j'aurais dû la traiter comme un simple atout dans mon jeu, était Midori. Une erreur dont je payais encore le prix aujourd'hui.

N'agis pas une fois de plus de façon stupide. Ne t'approche pas trop. Ne franchis pas la ligne.

Mais il s'agissait là de pensées décousues. Que ni moi ni personne ne semblait écouter.

C'est une fille de bar. Tu ne sais même pas dans quel camp elle est.

Cette fois, c'était moins que convaincant. Personne ne m'avait mis Naomi dans les pattes – c'était moi qui lui avais couru après. Rien ne l'avait obligée à me parler des micros. Mon instinct me soufflait qu'elle ne jouait pas la comédie.

Sa main se posa sur ma poitrine.

— Il y a longtemps que… tu n'es pas allé avec quelqu'un ?

Je me rappelai tout à coup que c'était en partie pour cette raison que j'étais toujours en vie.

— Qu'est-ce qui te fait dire ça ?

— Je le sens. À la façon que tu as de me regarder.

Sa main se fit plus pressante.

— Je sens ton cœur, dit-elle.

Entre sa main plaquée sur mon cœur et ses hanches collées contre mon bassin, c'était un peu comme si elle me soumettait au détecteur de mensonges.

Je jetai un coup d'œil dans la rue par-delà l'auvent. Une pluie intense et grisâtre continuait de tomber en biais. Une de mes mains se posa contre sa joue. Je fermai les yeux. Sa peau mouillée de pluie me faisait penser à des larmes.

Elle releva la tête, et je sentis sa joue se frotter contre la mienne. Sa tête remuait à peine, semblant suivre le rythme d'une musique que je croyais percevoir. Je gardai les yeux clos, en songeant : *Ne fais pas ça, ne sois pas bête.*

J'entendais mon propre souffle siffler à travers mes narines et entre mes dents.

Soudain, je me reculai en faisant glisser ma joue humide contre la sienne. D'une main, Naomi m'attrapa par le cou pour me retenir.

Ma tête se pencha légèrement. Les coins de nos bouches s'effleurèrent. Son haleine caressa ma joue.

Une seconde plus tard, nous nous embrassions. Sa bouche était chaude et merveilleusement douce. Lorsque nos langues s'entremêlèrent, je pensai : *Tu n'es qu'un satané imbécile !* en même temps que : *Mon Dieu, comme c'est bon !*

Mes mains qui venaient de se faufiler sous son manteau enlacèrent sa taille. Elle attrapa mon visage entre ses mains et m'embrassa plus fort.

Je palpai ses hanches, puis laissai remonter mes mains le long de ses côtes et sur sa poitrine. Ses tétons pointaient sous le tissu de sa robe trempée. Tout son corps diffusait une délicieuse chaleur. Je m'entendis gémir. Comme en signe de capitulation.

Naomi fit un pas en arrière et farfouilla dans son sac. Après avoir sorti sa clé, elle me fixa de ses yeux sombres en respirant lourdement.

— Viens avec moi, me dit-elle.

Elle se retourna pour introduire la clé dans la serrure. La porte s'ouvrit, et nous entrâmes dans l'immeuble.

Dans l'ascenseur qui nous emmena au cinquième étage, nous nous embrassâmes de plus belle. Arrivés dans le couloir, chacun était déjà en train d'arracher les vêtements de l'autre.

Une fois passé la porte de l'appartement, nous nous retrouvâmes dans une petite entrée. Derrière, il y avait un salon. Le tout faiblement éclairé par la lumière grisâtre de la rue.

Naomi claqua la porte et me plaqua contre le montant. Elle recommença à me couvrir de baisers ardents tout en déboutonnant ma chemise. D'ordinaire, je ne me sens à l'aise nulle part tant que je n'ai pas fait le tour du propriétaire ; mais dans cette entrée exiguë, avec Naomi coincée entre moi et des agresseurs éventuels, il eût été difficile de tenter une embuscade. Je ne détectai aucune mauvaise onde... du moins, aucune dans ce registre. Et par chance, le détecteur de Harry se tenait tranquille.

Je fis rouler son manteau sur ses épaules, puis le laissai tomber par terre. Naomi m'embrassa dans le cou et sur le torse, tandis que ses doigts défaisaient ma ceinture et mon pantalon. Mes bras se faufilèrent dans son dos pour abaisser sa fermeture Éclair. Les bretelles glissèrent sur ses épaules et la robe tomba sans bruit sur la moquette. Je sentis qu'elle se débarrassait de ses chaussures.

Lorsqu'elle voulut m'enlever mon blazer, le tissu trempé resta collé contre mes bras. Je m'en débarrassai moi-même et retirai ma chemise. Sa main chaude s'arrêta un instant sur mon ventre, comme pour me figer dans cette position. Je sentis son bracelet en diamants, petit cercle froid autour de son poignet. Puis sa main redescendit et entreprit de baisser mon pantalon. Je l'arrêtai aussitôt d'un geste, préférant enlever d'abord mes chaussures et mes chaussettes. Se retrouver avec le pantalon qui tire-bouchonne sur les chevilles est une position par trop vulnérable.

J'ôtai ensuite mon pantalon, puis mon caleçon, et les balançai plus loin. De nouveau, Naomi me repoussa contre la porte, nouant ses bras autour de mes reins pour nous coller l'un à l'autre. Ses seins et son ventre se pressèrent contre moi, doux, chauds, follement excitants. À partir de cette seconde, je cessai de songer à ce que tout cela allait me coûter. Et à ce qu'il risquait d'en coûter à ma partenaire.

Tout doucement, je pris son visage entre mes mains et lui renversai la tête en arrière. Je regardai ses yeux. Dans la lumière tamisée de l'entrée, ils semblaient briller d'une lueur sereine.

M'agrippant par les hanches, Naomi s'agenouilla devant moi. Je suivais chacun de ses gestes, le souffle haletant. La porte était glacée contre mon dos nu. Soudain, elle me prit dans sa bouche et, pendant quelques instants, je ne sentis plus rien d'autre.

Lorsqu'une de ses mains remonta sur mon ventre, je la serrai dans la mienne avant de la relâcher. Ma tête retomba contre la porte avec un bruit sourd. Sa chevelure caressait ma cuisse, et la moindre mèche qui m'effleurait me faisait l'effet d'un tison brûlant.

Ma main descendit en suivant le contour de son oreille, la courbe de sa joue, la ligne de son maxillaire. J'exhalai, le plus fort possible, contractant mon abdomen jusqu'à ce qu'il ne reste plus un gramme d'air dans mes poumons, et inspirai à fond par le nez.

Mes doigts saisirent son menton pour la forcer à se relever.

Naomi redressa la tête.

— Je veux terminer, me dit-elle.

À ces mots, je me penchai et l'attrapai par les épaules pour la faire relever. Puis je passai un bras derrière son cou, l'autre sous ses fesses, et m'avançai en la soulevant d'un seul coup. Surprise, elle éclata de rire et referma ses bras sur ma nuque.

— Moi aussi, il y a une chose que je veux terminer, répliquai-je.

Le salon donnait sur une petite cuisine et sur une unique chambre, à peine plus grande. Ce fut vers cette dernière que je l'emmenai. Avec la vague conscience que mon sexe pointait devant moi de façon ridicule telle la canne blanche d'un aveugle.

Derrière la porte de la chambre, un futon était déroulé à même le sol. Je marchai dessus et déposai Naomi sur le dos avec délicatesse. Quand ses bras lâchèrent mon cou, ses paumes effleurèrent mes oreilles et mes joues au passage. Attrapant son string à deux mains, je le descendis sur son bassin. Ses hanches se soulevèrent tandis que le fin tissu roulait sur les courbes rebondies de son postérieur. Je le fis glisser sur ses chevilles, puis le lançai par terre.

Les mains posées sur le futon de chaque côté d'elle, je lui embrassai la gorge, les seins et le ventre, faufilai ensuite ma tête entre ses cuisses. Elle saisit une poignée de cheveux à l'arrière de mon crâne, tirant suffisamment fort pour me faire mal, mais je la fis patienter encore un peu avant de lui donner ce qu'elle voulait.

Lorsque cet instant arriva, elle poussa un long soupir et me tira les cheveux encore plus fort. Je me mis alors à genoux et saisis ses fesses à deux mains en les décollant du futon. Je l'entendis murmurer

« Isso, isso, continua », tandis que son autre main se plaquait sur ma nuque. Brièvement, je levai les yeux. Les muscles de son estomac étaient tout contractés, ses seins tremblaient légèrement sous les caresses de ma bouche et de mes mains.

Je pris tout mon temps. Elle avait un goût salé, frais et délicieux. Ses doigts couraient dans mes cheveux, les empoignant et les tirant au rythme de mes caresses. Je veillai ne pas me hâter, même lorsque la pression de ses mains m'encouragea à aller plus vite.

Je l'entendis répéter « *Isso* » encore et encore. Quand elle releva ses jambes et les referma sur mes oreilles, sa voix sembla soudain me parvenir de très loin, comme si j'étais sous l'eau. Les muscles de ses cuisses se tendirent davantage, ses doigts se crispèrent sur mon crâne. Puis son corps se relâcha peu à peu, et ce fut comme si le son était d'un seul coup revenu.

Je fis étendre Naomi sur le futon pour la contempler tout mon saoul. La lumière grisâtre avait pris un nouvel éclat qui soulignait le vert de ses yeux et, sans réfléchir, je lui dis :

— Tu es belle.

Naomi tendit les bras et attrapa mon visage entre ses mains.

— *Agora, venha acqui,* dit-elle. Maintenant, viens ici.

Je la pénétrai. Elle voulut me guider, mais je trouvai seul mon chemin.

La tête penchée en avant, je fermai les yeux, comme on m'avait appris autrefois à le faire à l'heure de la prière. Je sentais ses lèvres effleurer mon visage en énonçant des mots silencieux.

Une minute s'écoula, peut-être deux. Notre mouvement de va-et-vient ralentit peu à peu, semblable au rythme des vagues sur la grève. S'il ralentissait encore un tant soit peu, je ne résisterais pas, je le savais.

La tête de Naomi se rapprocha encore, ses baisers se firent plus fougueux. Une sorte de ronronnement, ou plutôt de feulement, s'échappa de ses lèvres.

— *Agora, mete tudo !* susurra-t-elle, tandis que sa bouche s'activait contre la mienne. Vas-y, maintenant !

Elle se pressa de toutes ses forces contre moi, sans aucune retenue. Tenant son visage entre mes mains, je l'embrassai plus ardemment. Elle releva les genoux, et je sentis ses cuisses et ses chevilles se refermer sur moi. Nous bougions de plus en plus vite. Ses jambes enserrèrent mes reins. Je l'entendis murmurer d'autres mots en portugais. Mon dos se creusa, mes orteils s'enfoncèrent dans le futon, et je m'abandonnai en laissant échapper un long *kussouu*, un cri de plaisir autant que de douleur.

Vidé de toute énergie, mon corps me parut soudain peser des tonnes. Je m'allongeai sur le flanc à côté de Naomi, une main sur son ventre.

— *Isso, foi otimo,* déclara-t-elle en se tournant vers moi. C'était délicieux.

— *Otimo*, répétai-je en lui souriant.

J'avais les jambes en coton.

Ses mains emprisonnèrent les miennes tout en me serrant doucement les doigts. Nous restâmes un moment ainsi sans parler. Puis Naomi dit :

— Je peux te poser une question ?

— Je t'écoute.

— Pourquoi étais-tu si hésitant, tout à l'heure ? Je voyais bien que tu en avais envie. Et tu savais toi aussi que j'en mourais d'envie…

Je fermai les yeux quelques secondes, luttant contre le sommeil.

— Je devais avoir peur.

— Peur de quoi ?

— Je ne sais pas exactement.

— C'est moi qui aurais dû avoir peur ! Quand tu as dit que tu avais une chose à terminer, j'ai cru que tu allais encore me flanquer une fessée !

Je souris, sans ouvrir les yeux.

— C'est ce que j'aurais fait si tu l'avais mérité…

— Je te l'aurais vite fait regretter !

— Mais au lieu de ça, tu m'as rendu heureux.

J'entendis qu'elle riait.

— Alors, tant mieux ! Mais tu ne m'as toujours pas dit de quoi tu avais peur.

Je réfléchis un instant. La somnolence s'abattait sur moi comme une chape de plomb.

— Sans doute de m'impliquer dans une histoire. Comme tu l'as remarqué toi-même, il y a longtemps que je n'ai pas été avec quelqu'un.

Naomi rit de nouveau.

— Comment veux-tu que nous ayons une histoire ? Je ne sais même pas qui tu es !

Au prix d'un réel effort, je rouvris les yeux et la regardai.

— Tu en sais beaucoup plus sur moi que la plupart des gens.

— Peut-être que c'est justement ça qui t'effraie.

Si je restais plus longtemps, j'allais à coup sûr m'endormir. Je m'assis et me passai la main sur le visage.

— Ne t'en fais pas, dit alors Naomi. Je sais que tu dois partir.

Et, naturellement, elle avait raison.

— Ah bon ?

— Oui.

Elle marqua un temps avant d'ajouter :

— J'aimerais te revoir. Mais pas au club.

— Ça va de soi, dis-je, l'esprit déjà tourné vers des questions de sécurité.

Ma réponse parut la contrarier. Réalisant ma maladresse, je lui souris et m'appliquai à rectifier.

— De toute manière, après une nuit pareille, j'aurais de la peine à respecter la règle « uniquement au-dessus de la ceinture ».

Elle rit, mais son rire manquait de conviction.

Après un bref passage par la salle de bains, je retournai dans l'entrée où je renfilai mes vêtements encore humides. Ils étaient glacés.

Naomi me rejoignit tandis que je laçais mes chaussures. Elle avait tiré ses cheveux en arrière et portait un peignoir en flanelle de couleur sombre. Elle me regarda un long moment.

— Je vais essayer de t'aider, dit-elle finalement.

Je lui livrai le fond de ma pensée.

— Je ne sais pas si tu le pourras vraiment.

— Moi non plus. Mais je vais quand même essayer. Je n'ai pas envie… pas envie de me retrouver quelque part où je ne pourrais plus faire machine arrière.

— C'est une excellente raison, approuvai-je en hochant la tête.

Naomi plongea la main dans la poche de son peignoir, d'où elle sortit un morceau de papier. Quand elle tendit le bras pour me le donner, je remarquai une fois de plus le bracelet en diamants. Doucement, je lui attrapai le poignet.

— Un cadeau ? demandai-je, cédant à la curiosité.

Elle secoua lentement la tête.

— Il appartenait à ma mère.

En prenant le papier, je vis qu'elle avait inscrit un numéro de téléphone. Je le fourrai au fond de ma poche.

À mon tour, je lui donnai le numéro de mon pager. Pour qu'elle ait un moyen de me joindre au cas où il y aurait du nouveau au club.

Je ne lui dis pas : « Je t'appellerai », ni ne la serrai dans mes bras à cause de mes vêtements encore mouillés. Rien qu'un rapide baiser. Puis je tournai les talons et m'en allai.

Je suivis le couloir à pas lents jusqu'à la cage d'escalier. Je savais qu'elle pensait qu'elle ne me reverrait pas. Et force m'était d'admettre qu'elle avait probablement raison. Cette constatation avait sur moi un effet aussi désagréable et déprimant que mes vêtements trempés.

Au rez-de-chaussée, je jetai un coup d'œil vers l'entrée de l'immeuble. L'espace d'une seconde, je repensai à la façon dont Naomi m'avait pris dans ses bras. Tout ça me semblait déjà s'être passé longtemps auparavant. J'éprouvai un mélange de gratitude et de désir, auquel se mêlaient la culpabilité et le regret.

Et brusquement, comme si un éclair d'une clarté glaciale transperçait mon cerveau embrumé de fatigue, je sus ce que j'étais resté incapable de formuler un peu plus tôt, y compris à moi-même, lorsque Naomi m'avait demandé de quoi j'avais peur.

C'était de cet instant-là, de l'après, de cette seconde où je me retrouverais face à la certitude que tout cela finirait mal, et que si ce n'était pas le cas le jour même, ça le serait le lendemain. Ou le surlendemain.

Je passai par l'entrée de service, celle sans caméra. Dehors, il continuait à pleuvoir. Les premières lueurs du jour étaient d'un gris blafard. J'avançai avec mes chaussures détrempées jusqu'à ce que je trouve un taxi, puis je rentrai à l'hôtel.

12

Le lendemain, je contactai Tatsu par l'intermédiaire de mon pager et de la messagerie. Nous convînmes de nous retrouver à midi au *sento,* ou bain public, de Ginza-yu. Le *sento* demeure une institution japonaise, même si celle-ci a connu un certain déclin peu après la guerre, suite à l'apparition de nouveaux appartements équipés de baignoires, cessant d'être une nécessité en matière d'hygiène pour ne plus être qu'un plaisir occasionnel. Cependant, comme tout plaisir que l'on apprécie moins pour le résultat que pour le processus en soi, le *sento* ne disparaîtra jamais tout à fait. Ce rituel apaisant qui consiste à se frotter et à se savonner dans la perspective d'une détente profonde que seule peut procurer l'immersion dans l'eau, décrite par certains sujets délicats comme simplement brûlante, comporte une part de dévotion, de célébration et de méditation, trois éléments indissociables de toute vie qui vaut la peine d'être vécue.

Le *sento* de Ginza-yu se trouve à la fois géographiquement et psychologiquement à l'écart de ce quartier réputé avant tout pour ses boutiques de luxe. Caché dans l'ombre du toboggan de la voie express de Takaracho, l'établissement ne signale sa présence que par une enseigne peinte à la main à moitié effacée. J'attendis dans l'embrasure d'une porte de l'autre côté de la rue, d'où je vis Tatsu arriver au volant d'une voiture banalisée. Il se gara le long du trottoir et descendit. Dès qu'il eut tourné le coin de la rue pour emprunter la porte de service, je le suivis.

Quand je parvins derrière lui, il avait déjà retiré ses chaussures et s'apprêtait à les ranger dans un des petits casiers métalliques de l'entrée.

— Dis-moi ce que tu sais, me lança-t-il de son ton brusque.

Je me crispai légèrement, l'air vexé. Il me regarda longuement, puis soupira et demanda :

— Comment vas-tu ?

Je me penchai pour ôter mes chaussures.

— Bien, je te remercie de te faire du souci pour moi. Et toi ?

— Très bien.

— Et ta femme ? Tes filles ?

En m'entendant mentionner sa famille, Tatsu ne put s'empêcher de sourire.

— Tout le monde va bien. Merci, répondit-il en hochant la tête.

Je lui décochai un grand sourire.

— Je t'en dirai plus à l'intérieur.

Nous rangeâmes nos chaussures. J'avais acheté les accessoires nécessaires – shampooing, savon, gant de toilette et serviettes – au magasin du coin, et je remis à Tatsu ce dont il aurait besoin. Nous payâmes le propriétaire, mandaté par le gouvernement qui lui versait une subvention de quatre cents yens par client, puis nous montâmes le large escalier en bois qui menait au vestiaire. Après nous être déshabillés dans cette salle dépourvue de tout ornement, nous passâmes la porte vitrée coulissante qui ouvrait sur le bain. Le bassin était vide – l'heure de pointe était le soir – et, comme le vestiaire, d'une simplicité spartiate : un espace carré, blanc et haut de plafond, des murs carrelés de céramique blanche dégoulinant de condensation, un éclairage puissant et, fixé au mur, un récupérateur de vapeur d'eau qui semblait avoir déclaré forfait à l'issue d'un long combat. Seule concession esthétique, une grande mosaïque aux couleurs vives représentant Ginza 4-chome s'étalait sur le mur au-dessus du bassin. Assis sur un petit tabouret, nous commençâmes nos ablutions.

Le truc consiste à faire couler de l'eau chaude des robinets devant lesquels on s'assoie, à remplir plusieurs fois le seau en plastique fourni par le *sento* d'une eau de plus en plus brûlante, et à se la renverser sur la tête et tout le corps. Si on se contente de s'asperger d'eau tiède, entrer dans le bain ensuite paraît insupportable.

Tatsu, qui avait achevé sa toilette avec sa brusquerie coutumière, pénétra avant moi dans le bassin. Il me fallait davantage de temps, mais, dès que je fus prêt, je me glissai dans l'eau à côté de lui. Immédiatement, je sentis mes muscles se rétracter sous la chaleur, tout en sachant qu'ils renonceraient à lutter inutilement d'ici peu pour s'abandonner au plaisir enivrant de la détente.

— *Yappari, kore ga saiko da na ?* dis-je quand je commençai à me décontracter. C'est formidable, non ?

Tatsu approuva.

— L'endroit est plutôt inhabituel pour une réunion. Mais c'est parfait.

Je m'enfonçai plus profondément dans l'eau.

— Vu les litres de tisane que tu ingurgites, j'ai pensé que tu apprécierais un endroit profitable à ta santé.

— Oh, c'est très aimable à toi ! J'ai cru que c'était ta manière à toi de me montrer que tu n'avais rien à me cacher.

Je ris de bon cœur. Puis je lui expliquai ce que j'avais vu au dojo et pendant les combats clandestins, ainsi que leur lien avec Murakami. Je lui donnai ensuite mon avis sur les points forts et les points faibles du balafré : ce type avait tout d'un danger mortel, mais il ne passait pas inaperçu.

— Selon toi, ceux qui organisent ces combats perdent de l'argent ? me demanda Tatsu lorsque j'eus terminé.

Je contemplai la fresque d'un œil mi-clos.

— Si j'en crois ce que dit Murakami, oui. Avec trois combats par soir et deux millions de yens à remettre aux vainqueurs, plus les dépenses annexes, ils sont sûrement dans le rouge. Et même les soirs où il n'y a que deux combats, voire un seul, ils doivent tout juste rentrer dans leurs frais.

— Qu'est-ce que tu en conclus ?

Je fermai les yeux.

— Qu'ils ne font pas ça pour l'argent.

— Oui, mais reste à savoir pour quoi d'autre. Quel bénéfice en tirent-ils ?

Soudain, je revis le sourire prédateur tout en bridges.

— Certains d'entre eux, à commencer par Murakami, sont assez déjantés. Je pense qu'ils y prennent du plaisir.

— Certainement. Mais je doute que ce soit une motivation suffisante pour monter et soutenir ce type d'entreprise.

— Qu'en penses-tu, alors ?

— Quand tu travaillais pour les Forces spéciales, me demanda subitement Tatsu d'un ton songeur, comment étaient considérés ceux qui occupaient une fonction vitale pour l'unité ?

J'ouvris les yeux et me tournai vers lui.

— Comme des fantassins. Un appui. Une sorte de rein de secours.

— Bon. Maintenant, imagine-toi à la place de Yamaoto. Grâce à toi, il pouvait éliminer tout individu qui ne se montrait pas intéressé par ses récompenses, qui restait insensible à son chantage ou représentait une menace pour la machine qu'il avait mise en place. La fonction que tu occupais était vitale. Après t'avoir perdu, Yamaoto a dû apprendre à ne plus dépendre ainsi d'une seule personne. Il s'est retrouvé contraint d'introduire des fantassins dans le système.

— Même si Murakami avait tout remplacé.

— Ce qu'il ne fait pas, d'après ce que tu racontes.

— Autrement dit, le dojo que dirige Murakami, les combats…

— Tout ça ressemble à une sorte de stage de formation.

— Un stage de formation…, répétai-je, incrédule.

Je vis Tatsu m'observer et patienter tranquillement, ayant déjà, comme d'habitude, une longueur d'avance.

Et d'un seul coup, tout s'éclaira.

— Pour former des assassins ?

Il leva les sourcils, l'air de penser : *C'est à toi de me le dire.*

— Oui, le dojo sert d'initiation, enchaînai-je. Et, étant donné l'entraînement qui est dispensé là, les individus déjà sélectionnés sont tous prédisposés à la violence. Se retrouver exposé à ce régime chaque jour, souvent deux fois par jour, finit par désensibiliser n'importe quel individu. Assister à des matchs avec de vrais morts correspond à l'étape suivante.

— Quant aux combats en eux-mêmes…

— Ils servent à compléter le processus. C'est sûr, tout ça n'est qu'une forme d'entraînement de base. Et même mieux, en fait, puisque seul un nombre relativement faible de soldats qui résistent à un tel entraînement vont ensuite se battre et aller tuer. En somme, la structure ainsi créée se compose uniquement de survivants, qui sont aussi les plus compétents dans la discipline qu'on leur a enseignée.

Ça se tenait. Avoir recours à des assassins n'avait rien d'original. Au cours des siècles passés, les shoguns et les daimyos avaient fait appel à des ninjas pour participer aux luttes fratricides qu'ils se livraient entre eux. D'après le souvenir que je gardais de Yamaoto suite à notre dernière prise de bec un an plus tôt, la comparaison l'aurait probablement flatté.

— Tu vois comment cette structure s'inscrit dans les projets à plus long terme de Yamaoto ? me demanda Tatsu.

Je fis signe que non. Réfléchir dans cette chaleur pénétrante m'était pénible.

Tatsu me regarda alors comme on regarde un enfant un peu lent mais néanmoins attachant.

— Quelles sont, en gros, les perspectives d'avenir du Japon ? reprit-il.

— Qu'est-ce que tu veux dire ?

— En tant que nation. Où en serons-nous d'ici à dix ou vingt ans ?

Je réfléchis.

— La situation n'aura rien de fameux, j'imagine. Il y a des tas de problèmes – la déflation, le chômage, l'environnement, le marasme bancaire –; et personne ne semble en mesure de régler quoi que ce soit.

— Exact. Et tu fais bien d'établir une distinction entre les problèmes que connaît le Japon, qui sont ceux que rencontrent tous les pays du monde, et notre impuissance à les résoudre, ce en quoi nous sommes un cas unique parmi les nations industrialisées.

Tatsu me regarda, et je devinai ses pensées. Encore très récemment, j'avais été moi-même l'une des causes de cette impuissance.

— Arriver à un consensus exige du temps, dis-je.

— Quand ce n'est pas l'éternité… Mais être culturellement prédisposé ou non à l'établissement d'un consensus n'est pas le vrai problème. Même toi, tu n'es pas le vrai problème, ajouta-t-il avec un sourire malicieux. Le vrai problème, c'est la nature de notre corruption.

— Il faut reconnaître que, ces temps-ci, les scandales ne manquent pas, approuvai-je. Le secteur automobile, le nucléaire, l'industrie alimentaire… C'est vrai, quoi, si on ne peut plus faire confiance à Mister Donut, à qui peut-on se fier ?

Tatsu fit la grimace.

— Ce qui s'est produit à l'usine nucléaire de la TEPCO est pire qu'une honte. Les directeurs auraient dû être exécutés.

— Serais-tu en train de me demander une nouvelle « faveur » ?

— Je devrais faire plus attention à ma terminologie quand je parle avec toi, rétorqua-t-il en souriant.

— Mais les responsables de la TEPCO ont démissionné, non ?

— Oui, ils ont démissionné. Alors que les régulateurs, eux, sont toujours en place – ceux-là mêmes qui ponctionnent les fonds alloués à la construction et à l'entretien des centrales nucléaires, et qui viennent de rendre publics des risques dont ils avaient connaissance depuis des années !

Tatsu se redressa et se hissa au bord du bassin pour s'éloigner un peu de la chaleur.

— Tu sais, Rain-san, toute société est comparable à un organisme ; or, aucun organisme n'est jamais à l'abri de la maladie. Ce qui compte, c'est que celui-ci soit capable de mettre en place une défense efficace au moment de l'attaque. Au Japon, le virus de la corruption s'est étendu jusqu'au système immunitaire même, comme une forme sociétale de sida. Si bien que le corps a perdu ses capacités à se défendre. C'est ce que je veux dire quand j'affirme que tous les pays ont des problèmes, mais que le Japon est le seul à en avoir qu'il n'est plus en mesure de résoudre. Les directeurs de la TEPCO démissionnent, mais ceux qui étaient chargés de réguler leurs activités pendant toutes ces années restent à leur poste… Il n'y a qu'au Japon qu'on voit ça !

Tatsu avait l'air sincèrement affligé, et l'espace d'un instant je regrettai qu'il prenne toutes ces conneries au sérieux. S'il continuait, il allait faire un ulcère de la taille d'un astéroïde.

— Je sais que ça ne va pas, dis-je, tâchant de lui redonner un brin d'espoir, mais, question corruption, le Japon n'a rien d'unique. Même si c'est pire ici, l'Amérique a Enron, Tyco, WorldCom, sans parler des analystes des banques d'investissements qui pompent les actions de leurs clients pour inscrire leurs enfants dans les écoles préparatoires les plus prestigieuses…

— Oui, mais regarde le scandale que ces révélations ont déclenché dans le système de régulation américain.

On a organisé des audiences publiques. Voté de nouvelles lois. Envoyé des directeurs d'entreprise en prison. Alors qu'au Japon tout scandale passe pour scandaleux. Notre culture semble fortement encline au consentement, *ne* ?

Je souris et, en guise de réponse, lui proposai l'une des expressions les plus courantes de la langue japonaise.

— *Shoganai,* dis-je, ce qui signifie littéralement : C'est sans solution.

— Bien sûr que si ! riposta Tatsu en hochant la tête. Ailleurs, on dit : *C'est la vie !* ou : *That's life !* Une façon de mettre l'accent sur les circonstances. Il n'y a qu'ici qu'on insiste sur notre incapacité à changer ces circonstances.

Il s'épongea le front.

— Bon, à présent, tâche de considérer la situation du point de vue de Yamaoto. Le système immunitaire étant déficient, il sait que l'organisme qui l'abrite court à la catastrophe. On a déjà frôlé tant de fois le désastre – financier, écologique, nucléaire – que ce n'est plus qu'une question de temps avant que ne se produise un vrai cataclysme. Un accident nucléaire qui irradiera toute une ville… Ou bien une faillite bancaire qui se traduira par une disparition de l'épargne à l'échelle nationale. Quel qu'il soit, le choc sera d'une amplitude suffisante pour secouer l'apathie des électeurs japonais. Yamaoto sait très bien que tout ras-le-bol envers le régime en place a historiquement tendance à favoriser la montée de l'extrémisme. C'est ce qui s'est produit dans l'Allemagne de Weimar et la Russie tsariste, pour ne citer que deux exemples.

— Les gens voteraient enfin pour que ça change.

— Oui. Mais la question est : Que ça change pour quoi ?

— Tu crois que Yamaoto cherche à placer ses pions pour profiter de cette vague de scandales ?

— Naturellement. Regarde ce stage de formation pour assassins dont s'occupe Murakami. Son seul objectif est de renforcer la capacité qu'a Yamaoto de réduire les autres au silence ou de les intimider. C'est l'une des conditions préalables que l'on retrouve dans l'histoire de tous les mouvements fascistes. Ce n'est pas la première fois que je te le dis : fondamentalement, Yamaoto est un homme de droite.

Je repensai aux nouvelles encourageantes que j'avais lues sur plusieurs provinces, où certains politiciens s'opposaient à des bureaucrates et à d'autres lobbies corrompus, ouvrant les registres municipaux et rejetant les projets de travaux publics juste bons à noyer le pays sous une coulée de béton.

— Et tu travailles avec des politiciens non corrompus pour être sûr que Yamaoto ne soit pas le seul choix des électeurs écœurés ?

— Je fais de mon mieux.

Traduction : Je t'ai dit tout ce que tu dois savoir.

Je savais néanmoins que la disquette, sorte de *Who's Who* du réseau de corruption de Yamaoto, avait sûrement fourni par déduction négative une précieuse cartographie de ceux qui n'en faisaient pas partie. Tatsu devait travailler avec les bons, les mettre en garde, tout faire pour les protéger. Les répartir comme des pions sur un échiquier de go.

Je lui parlai alors de La Rose de Damas et du rapport que semblait entretenir Murakami avec le club.

— Ces filles servent à piéger et à corrompre les ennemis de Yamaoto, affirma Tatsu lorsque j'eus fini.

— Pas toutes, rectifiai-je, songeant à Naomi.

— Non, pas toutes. Certaines ignorent peut-être ce qui se passe, même si elles doivent néanmoins un peu s'en douter. Yamaoto tient à diriger ce type d'établissements comme s'il s'agissait d'entreprises légales. Cette méthode leur évite de se faire repérer et fermer. Ishihara, l'haltérophile, était très actif dans ce domaine. C'est une bonne chose qu'il ne soit plus là.

Tatsu s'essuya une nouvelle fois le front avant de poursuivre :

— Visiblement, Murakami occupe une fonction importante dans l'entreprise de Yamaoto. Peut-être est-il encore plus essentiel à son pouvoir que je ne l'avais cru au départ. Pas étonnant que Yamaoto cherche à diversifier… Il va devoir réduire sa dépendance à cet homme.

— Tatsu…

À son regard, je compris qu'il avait deviné ce que j'allais dire.

— … ne compte pas sur moi pour l'éliminer.

Il y eut un long silence. Son visage demeura impassible.

— Je vois, dit-il tout bas.

— C'est trop dangereux. Ça l'était déjà au départ, sauf qu'ils ont maintenant mon portrait sur une vidéo de La Rose de Damas. Si jamais elle atterrit entre de mauvaises mains, ils sauront qui je suis.

— Ce sont les politiciens, les bureaucrates et consorts qui les intéressent. La probabilité que cette vidéo remonte jusqu'à Yamaoto, ou jusqu'à l'une des rares personnes susceptibles de te reconnaître au sein de son organisation, me paraît assez mince.

— Eh bien, ce n'est pas mon avis. De toute façon, ce type est une cible dure, très dure. Supprimer quelqu'un comme lui et faire passer ça pour naturel est pratiquement impossible.

Tatsu me dévisagea.

— Alors, fais ce qu'il faut sans que ça ait l'air naturel. Les enjeux en valent largement la peine.

— Je pourrais. Mais je ne suis pas bon tireur, et il est hors de question d'utiliser une bombe qui risquerait de tuer des innocents. Ces deux options mises à part, liquider ce type et en sortir indemne relève trop du hasard.

Je me rendis compte que j'avais laissé Tatsu amener la discussion sur le terrain pratique. J'aurais mieux fait de lui opposer un « non » ferme et de la boucler.

Autre long silence. Puis il dit :

— À ton avis, que pense-t-il de toi ?

J'inspirai une grande goulée d'air humide, expirai.

— Je n'en sais rien. D'un côté, il a vu de quoi j'étais capable. De l'autre, on ne peut pas dire que je dégage les mêmes ondes menaçantes que lui. Et comme il n'est pas en mesure de contrôler ce genre de phénomène, il ne lui viendrait pas à l'idée que quelqu'un d'autre le puisse.

— Donc, il te sous-estime.

— Peut-être. Mais pas tant que ça. Les types de cette sorte ne sous-estiment jamais personne.

— Tu as prouvé que tu étais capable de l'approcher. Je pourrais te fournir une arme.

— Je te le répète, Tatsu, il ne se déplace jamais sans au moins deux gardes du corps.

À la seconde où je m'entendis prononcer ces mots, je les regrettai. Cette fois, nous étions carrément en train de négocier. C'était absurde.

— Aligne-les eux aussi, dit-il. Élimine les trois.

— Tatsu, tu n'imagines pas l'instinct qu'a ce type. Il ne laissera personne l'aligner. Quand nous sommes descendus de la Mercedes devant son club, je l'ai vu scruter les toits à la recherche de tireurs embusqués. Et, crois-moi, il savait où regarder. Il sentirait quelqu'un le mettre en joue à plus d'un kilomètre. Comme je le sentirais moi aussi. Non, oublie.

Il se renfrogna.

— Que puis-je faire pour te convaincre ?

— Rien. Écoute, ta proposition comportait un risque au départ, mais j'ai bien voulu le prendre en échange de ce que tu peux faire pour moi. Seulement, j'ai découvert que ce risque était plus important que prévu, alors que la récompense reste la même. L'équation a donc changé. Ce n'est pas plus sorcier que ça.

Aucun de nous ne prononça un mot pendant de longues minutes. Finalement, Tatsu poussa un soupir et demanda :

— Que vas-tu faire, prendre ta retraite ?

— Peut-être.

— Impossible.

Je laissai passer un moment. Quand je repris la parole, ce fut d'une voix posée, à peine plus forte qu'un murmure.

— Tu n'es pas en train de me dire que tu vas t'en mêler, j'espère ?

Il ne broncha pas.

— Ce ne sera pas nécessaire, répliqua-t-il. La retraite n'est pas faite pour toi. Tu ferais aussi bien de l'admettre. Que comptes-tu faire, dénicher une île je ne sais où et passer des heures sur une plage à lire les livres que tu n'as jamais eu le temps de lire ? T'inscrire à un club de go ? T'anesthésier à coups de whisky quand tes souvenirs refuseront de te laisser dormir ?

Si la chaleur n'avait pas eu cet effet assoupissant, ce dernier point m'aurait sûrement fait réagir.

— À moins que tu n'entames une thérapie, enchaîna-t-il. Oui, c'est très à la mode, aujourd'hui. Peut-être que ça t'aiderait à supporter l'idée de toutes ces vies que tu as supprimées. Sans parler de la tienne que tu t'escrimes à gâcher.

— Tu cherches à me provoquer, Tatsu, dis-je gentiment.

— Il faut bien que quelqu'un le fasse.

— Pas toi.

Il fronça les sourcils.

— Tu dis que tu vas peut-être prendre ta retraite. Et je le comprends. Mais ce que je fais est important. Et juste. Il s'agit de notre pays.

— De « notre » pays, sûrement pas, rétorquai-je. Je ne fais que passer ici.

— Qui t'a dit ça ?

— Tous ceux qui ont compté pour moi.

— Ils seraient ravis de savoir que tu les as écoutés.

— Ça suffit, Tatsu. J'avais une dette envers toi. Je l'ai payée. Je ne te dois plus rien.

Je me levai et allai me rincer sous l'eau froide à l'un des robinets. Tatsu m'imita. Une fois rhabillés, nous descendîmes l'escalier.

Devant l'entrée, il se tourna vers moi.

— Est-ce que je te reverrai, Rain-san ?

Je l'observai attentivement.

— Est-ce que tu représentes une menace pour moi ? questionnai-je.

— Pas si tu prends vraiment ta retraite, non.

— Alors, peut-être nous reverrons-nous. Mais pas avant un moment.

— Dans ce cas, pas la peine de nous dire *sayonara.*

— Pas la peine, non.

Il me fit son sourire désabusé.

— J'ai une dernière requête à te faire.

— Avec toi, accepter avant de savoir de quoi il retourne n'est pas sans risques, remarquai-je en lui rendant son sourire.

Il opina du chef, comprenant le sous-entendu de ma remarque.

— Demande-toi ce que tu attends exactement de la retraite. Et si la retraite y répondra.

— Je dois pouvoir faire ça.

— Merci.

Puis il me tendit la main, et je la serrai dans la mienne.

— *De wa*, dis-je en guise d'au revoir. Bon, eh bien…

De nouveau, il hocha la tête.

— *Ki o tsukete*, me lança-t-il avant de s'éloigner, utilisant une formule qui peut vouloir dire innocemment « Prends soin de toi » ou, plus littéralement, « Fais attention à toi ».

Une ambiguïté qui paraissait tout ce qu'il y a de délibéré.

13

Ce soir-là, j'attendis qu'il soit sept heures et que Yukiko soit partie au club pour appeler Harry. Mon intention était de lui dire ce qu'il avait besoin d'entendre. Je lui devais bien ça. Ce qu'il déciderait d'en faire était son affaire, pas la mienne.

Rendez-vous fut pris dans un café à Nippori. Je lui recommandai de prendre tout son temps pour venir. Il sut faire la traduction : « Avec l'Agence qui fouine dans le coin, n'oublie pas d'effectuer une PDS rudement sérieuse. »

Fidèle à mes habitudes, j'arrivai en avance et en profitai pour boire un café serré en feuilletant un magazine oublié sur une table. Une heure plus tard, Harry débarqua.

— Salut, petit ! dis-je.

Je remarquai qu'il portait une veste en cuir plutôt élégante et un pantalon en laine au lieu de son éternel jean. Et il s'était fait couper les cheveux. Nom de Dieu, il avait presque l'air présentable ! Me doutant aussitôt qu'il ne m'écouterait pas, je faillis décider de ne rien lui dire du tout.

Mais c'eût été injuste. J'allais lui donner les renseignements en ma possession, à lui de voir ensuite s'il désirait en faire quelque chose. Ou pas.

Harry s'installa et, avant même que j'aie eu le temps d'ouvrir la bouche, déclara :

— Ne t'inquiète pas. Il est impossible qu'on m'ait suivi.

— Ça va sans dire, non ?

Il commença à écarquiller les yeux avant de réaliser que je le taquinais. Il sourit.

— Tu as l'air en forme, dis-je, l'air vaguement perplexe.

Harry m'observa, s'efforçant d'évaluer s'il allait avoir droit ou non à une nouvelle plaisanterie.

— Tu trouves ? fit-il timidement.

Je confirmai d'un signe de tête.

— On dirait que tu sors d'un de ces salons hors de prix d'Omotesando.

— C'est bien ça, concéda-t-il en devenant tout rouge.

— Allons, ne rougis pas comme ça ! Le résultat valait la dépense.

Il s'empourpra plus encore.

— Arrête de me charrier…

— Je ne te charrie pas vraiment, répliquai-je en riant.

Il sourit, puis me demanda :

— Alors, quoi de neuf ?

— Pourquoi veux-tu qu'il y ait du neuf ? J'avais envie de te voir, c'est tout.

Harry me jeta un regard déluré qui n'était pas dans ses habitudes. Je crus deviner où il avait chopé ça.

— Ça me fait plaisir à moi aussi.

Comme j'appréhendais le tour que prendrait la conversation quand je lui parlerais de Yukiko, je n'étais pas excessivement pressé d'aborder le sujet.

Une serveuse arriva. Harry commanda un café avec une part de gâteau aux carottes.

— Des nouvelles de nos nouveaux amis du gouvernement ? lui demandai-je.

— Pas un signe. Tu as dû leur flanquer la trouille.

— Ça m'étonnerait.

Je bus une gorgée de café en l'observant.

— Tu es toujours à la même adresse ?

— Oui. Mais je suis sur le point de partir. Tu sais comment c'est... Les préparatifs prennent du temps, si on veut faire les choses bien.

Au cours du silence qui suivit, je me dis : *Bon, nous y voilà.*

— Tu comptes passer des moments avec Yukiko à cette nouvelle adresse ?

Harry me jeta un regard inquiet.

— C'est possible, oui.

— Alors, à ta place, je ne m'embêterais pas à déménager.

Il tressaillit, reprenant son éternel air ahuri sous sa nouvelle coupe impeccable.

— Pourquoi dis-tu cela ? demanda-t-il, hésitant.

— Parce qu'elle fréquente des gens peu recommandables.

Il se renfrogna.

— Oui, je sais.

Ce fut à mon tour d'être surpris.

— Tu sais ?

Harry hocha la tête, sans se départir de son air bougon.

— Elle me l'a dit.

— Elle t'a dit quoi, exactement ?

— Que le club était dirigé par un yakuza. Et alors ? Ils le sont tous !

— Est-ce qu'elle t'a dit qu'elle était liée à l'un des propriétaires ?

— Comment ça, « liée » ?

— Liée, comme dans « intimement liée ».

Harry tapait du pied nerveusement sous la table que je sentais vibrer.

— Je ne sais pas ce qu'elle est censée faire au club. Et c'est sans doute mieux ainsi.

Du pur déni. Cette conversation ne serait que du temps perdu.

Très bien. J'allais changer de tactique et tenter une nouvelle fois ma chance.

— Tu as raison, dis-je. Je suis désolé de t'avoir parlé de ça.

Harry, déstabilisé, me dévisagea longuement.

— Comment se fait-il que tu sois au courant ? s'étonna-t-il. Tu espionnes dans mon dos ?

J'éludai sa question, même si, au fond, elle n'était pas très éloignée de la vérité. La réponse que je lui fis ne relevait pas exactement du mensonge. Ou alors par omission.

— Il se trouve que je… j'ai fait la connaissance du yakuza qui dirige La Rose de Damas. Un vrai tueur du nom de Murakami. Il m'a emmené là-bas. Visiblement, Yukiko et lui se connaissent bien. Je les ai vus repartir ensemble.

— C'est ça que tu voulais me dire ? C'est son patron, je crois. Ils partent ensemble, et alors ?

Ouvre les yeux, imbécile ! avais-je envie de crier. *Cette fille est un requin. Elle appartient à un autre monde, à une autre espèce. Tout ça a quelque chose de franchement malsain.*

Au lieu de quoi, je déclarai :

— Harry, mon intuition me trompe rarement dans ce domaine.

— Peut-être, mais je ne vois aucune raison de me fier à la tienne plutôt qu'à la mienne.

La serveuse apporta le café et le gâteau, puis s'éloigna. Harry ne s'en aperçut même pas.

Je voulais lui en raconter davantage, lui faire part de l'opinion de Naomi qui viendrait corroborer mes dires. Mais je voyais bien que ça ne servirait à rien. De plus, Harry n'avait pas à savoir d'où je tirais mes informations.

Je fis une dernière tentative.

— Le club est truffé de micros et de caméras. Le détecteur que tu m'as donné n'a pas arrêté de s'affoler tout le temps que je suis resté là-bas. Je crois que l'endroit sert à piéger des politiciens embringués dans des situations embarrassantes.

— Même si c'est vrai, rien ne prouve que Yukiko ait quelque chose à voir là-dedans.

— Tu ne t'es jamais demandé si c'était vraiment un hasard que tu aies rencontré cette femme au moment même où nous avons découvert que la CIA te filait ?

Cette fois, il me regarda comme si j'avais disjoncté.

— Tu veux dire que Yukiko aurait un lien avec la CIA ? Arrête !

— Réfléchis trente secondes, Harry. On sait que l'Agence te filait pour remonter jusqu'à moi et qu'ils t'ont trouvé grâce à la lettre de Midori. Qu'ont-ils tiré de cette lettre ? Un prénom écrit de façon originale et un cachet postal, c'est tout.

— Et alors ?

— Alors, l'Agence ne dispose pas des compétences internes nécessaires pour traiter ce genre d'informations. Elle doit faire appel à des sources locales.

— Et alors ? répéta-t-il d'un ton irrité.

— Alors, ils connaissent Yamaoto à cause de ses liens avec Holtzer. Ils lui demandent son aide. Lui charge ses sbires de rechercher ta trace en procédant par cercles concentriques à partir du cachet de la poste du Chuo-ku. Peut-être qu'ils ont accès à des dossiers du fisc et découvrent où travaille un certain Haruyoshi, écrit de façon inhabituelle. Cette fois, ils ont ton nom entier, mais n'arrivent toujours pas à dénicher ton adresse parce que tu t'arranges pour la protéger. Ils décident de te suivre à la sortie du boulot, mais comme tu fais preuve d'une trop grande vigilance ça ne marche pas. Yamaoto persuade ton patron de t'emmener faire la fête dans un endroit où tu rencontreras une fille sublime, afin qu'elle découvre où tu vis et qu'ils puissent te filer plus souvent, dans l'espoir que, tôt ou tard, tu baisseras ta garde et les conduiras jusqu'à moi.

— Mais, si c'est le cas, pourquoi est-elle encore avec moi ?

Je le regardai fixement. C'était une bonne question.

— C'est vrai, reprit Harry, si son boulot consistait à dénicher mon adresse, elle se serait volatilisée après que je l'ai emmenée chez moi. Mais elle n'en a rien fait. Et elle est toujours avec moi.

— Peut-être que son rôle consistait à te surveiller pour découvrir tes habitudes et à rassembler des informations qui aideraient ses chefs à remonter plus vite jusqu'à moi. Ou bien à écouter tes appels pour alerter qui de droit si jamais l'un de nous entrait en contact avec l'autre. Je ne sais pas exactement.

— Désolé. C'est trop tiré par les cheveux.

— Harry, répliquai-je en soupirant, tu es vraiment très mal placé pour te montrer objectif. Tu devrais au moins l'admettre.

— Parce que, toi, tu ne l'es pas, mal placé ?

— Quelle raison aurais-je de déformer les choses ?

Il haussa les épaules.

— De crainte que je ne t'aide plus, peut-être. C'est toi-même qui me l'as dit : « On ne peut pas vivre un pied en pleine lumière et l'autre dans l'ombre. » Tu as peut-être la frousse que je me mette à vivre en pleine lumière et que je te laisse tomber.

Je sentis monter une bouffée de colère indignée que je m'empressai de refouler.

— Je vais te dire une chose, petit. D'ici peu, je compte moi-même vivre en pleine lumière. Après quoi, je n'aurai plus besoin de ton aide. Par conséquent, même si j'étais l'ordure égoïste et manipulatrice que tu décris, je n'aurais pas la queue d'un motif valable de vouloir te maintenir dans l'ombre.

Harry devint cramoisi.

— Excuse-moi, bredouilla-t-il au bout d'un moment.

— Oublions ça, fis-je en agitant la main d'un geste vague.

Il me regarda avec insistance.

— Non, je t'assure, je suis désolé.

— D'accord, dis-je en hochant la tête.

Il y eut un silence. Puis je repris la parole :

— Écoute, je crois savoir ce que tu ressens pour cette femme, d'accord ? Je l'ai vue. Et elle a tout ce qu'il faut pour faire tourner les têtes.

— Pas seulement, murmura Harry.

Pauvre abruti ! Sa seule chance de s'en tirer était que cette garce glaciale se rende compte qu'il était inoffensif et éprouve tout à coup des scrupules à agir comme prévu.

Mieux valait toutefois ne pas trop compter là-dessus.

— Te donner des raisons de douter est loin de me faire plaisir, tu sais. Mais je t'assure, Harry, quelque chose ne tourne pas rond. Il faut que tu sois prudent. Et rien n'incite moins à la prudence que le genre de sentiments qui te gouvernent actuellement.

Au bout d'un instant, il affirma :

— Je vais réfléchir à ce que tu m'as dit. D'accord ?

Il n'avait cependant pas l'air prêt à le faire. Il ne semblait avoir qu'une envie : se boucher les oreilles. Plonger sa tête impeccablement coiffée dans le sable. Appuyer sur la touche « Effacer » après chaque mot que je prononçais.

— Écoute, je dois la voir ce soir, ajouta-t-il. Je ferai plus attention. Je repenserai à ce que tu m'as dit.

Je me rendis compte que j'avais perdu mon temps.

— Je te croyais plus malin que ça, conclus-je en secouant la tête. Franchement.

Je jetai quelques billets sur la table et m'en allai sans même un regard.

En marchant vers la gare, je repensai à ce que j'avais déclaré à Tatsu le jour même à propos de cette histoire de risque et de récompense.

Harry possédait d'innombrables qualités. Et il les aurait toujours. Mais il ne se montrait plus aussi vigilant. Sa présence dans ma vie entraînait plus de risques qu'auparavant.

Je poussai un soupir. Deux adieux en une seule journée. C'était déprimant. D'autant que je suis loin d'avoir un vaste répertoire d'amis…

Mais ça ne rimait à rien de se lamenter. Faire du sentiment est idiot. Tout bien réfléchi, Harry était devenu pour moi une charge. Je devais tirer un trait sur lui.

TROISIÈME PARTIE

Dieu. Le salaud, il n'existe pas.

Samuel BECKETT

14

En regagnant l'Imperial, j'entrai du côté qui donnait sur le parc Hibiya. Dans mon esprit, tout lieu où je séjourne représente un goulet d'étranglement potentiel en vue d'un guet-apens. Or, mon radar s'agita un tantinet au moment où je traversai l'immense couloir pour aller prendre l'ascenseur. Machinalement, mon regard balaya la salle, observant d'abord les sièges qui offraient une meilleure vue sur l'entrée, là où une équipe en embuscade était susceptible de poster un guetteur chargé d'apparaître sous une identité positive. Rien à signaler. Mon radar se maintint en position d'alerte moyenne.

En m'approchant des ascenseurs, je remarquai une superbe Japonaise d'une trentaine d'années, aux cheveux mi-longs et ondulés, d'un noir lumineux qui contrastait avec la pâleur de sa peau satinée. Elle portait un jean délavé, des mocassins noirs et un pull noir en V. Plantée au milieu de la rangée d'ascenseurs, elle me regardait droit dans les yeux.

Midori.

Non, me dis-je. *Regarde mieux.*

Depuis la dernière fois que je l'avais aperçue – à New York, près d'un an plus tôt, caché dans la pénombre du Village Vanguard où elle donnait un concert –, j'avais croisé un certain nombre de femmes qui, au premier regard, lui ressemblaient. Chaque fois que cela m'arrive, une partie de mon cerveau enregistre le moindre détail, sans doute avec l'envie de croire qu'il s'agit bien d'elle, l'illusion se prolongeant encore une ou deux secondes avant qu'un examen plus attentif vienne informer de son erreur cette partie pleine d'espoir de mon esprit.

Cette femme me dévisageait. Ses bras, qu'elle avait croisés sur sa poitrine, retombèrent le long de son corps.

Midori. Aucun doute.

Mon cœur se mit à battre à tout rompre, tandis qu'un déluge de questions tombait sur moi : *Comment se fait-il qu'elle soit ici ? Comment est-il possible que ce soit elle ? Que fait-elle à Tokyo ? Comment a-t-elle fait pour me trouver ? Comment qui que ce soit peut-il savoir où je suis ?*

Rapidement, j'écartai ces questions pour commencer à explorer le périmètre secondaire alentour. Repérer une surprise ne met pas à l'abri d'en découvrir une autre. En réalité, la première peut servir à faire diversion, être un piège annonçant un coup tordu qui se révélera fatal.

Personne ne me paraissait déplacé. Rien ne déclencha mon radar, passé désormais en alerte maximale. Parfait.

Une fois de plus, je me tournai vers la femme, m'attendant plus ou moins qu'un second examen me force à conclure que j'avais été victime d'une hallucination. Il se dégageait de sa manière de se tenir très droite une sorte de détermination. Son regard me fixait, mais j'étais incapable de déchiffrer ce qu'il exprimait.

Après avoir jeté un énième coup d'œil dans le hall, j'avançai à pas lents vers Midori. Je m'arrêtai devant elle. Les battements de mon cœur étaient si forts qu'elle devait les percevoir.

Reprends-toi, pensai-je. Mais je ne savais pas quoi dire.

— Comment m'as-tu trouvé ? fut la question que je m'entendis lui poser.

Son expression était sereine, presque vide. Il y avait dans ses yeux sombres cette chaleur inaccessible qui la singularisait.

— En cherchant dans l'annuaire des personnes prétendument mortes, répondit-elle.

Si elle voulait m'agacer, c'était plutôt réussi. Je balayai le hall du regard.

— Tu as peur de quelque chose ? enchaîna-t-elle d'un ton léger.

— En permanence, répondis-je, la fixant de nouveau.

— De moi ? Je ne vois pas pourquoi.

Nouveau long silence.

— Que fais-tu ici ? demandai-je finalement.

— Je te cherche.

— Pour quelle raison ?

— Arrête de jouer les imbéciles. Je sais que tu es loin d'en être un.

Mon pouls commença à ralentir. Si elle croyait me faire cracher le morceau en me donnant des réponses aussi vagues, elle se trompait. Ce n'est pas mon style, toute Midori qu'elle soit.

— Vas-tu me dire comment tu as fait pour me trouver ?

— Je ne sais pas.

Encore un silence. Je la dévisageai.

— Tu veux prendre un verre ?

— Tu as tué mon père ?

Mon pouls s'accéléra de nouveau.

Je la regardai longuement avant de répondre, le plus calmement du monde :

— Oui.

Puis je l'observai. Sans détourner les yeux.

Midori se tut pendant un moment. Quand elle reprit la parole, ce fut d'une voix basse et légèrement rauque.

— Je ne pensais pas que tu accepterais de le reconnaître. Du moins, pas aussi facilement.

— Je suis navré, articulai-je, conscient du ridicule de ces mots.

Les lèvres pressées l'une contre l'autre, elle secoua la tête, l'air de dire : *Tu n'es pas sérieux.*

Encore une fois, je scrutai le hall. Personne n'avait l'air de vouloir m'agresser, mais comme il y avait d'incessantes allées et venues, impossible d'en être certain. Mieux valait quitter cet endroit. Si Midori avait des complices, autant les faire sortir du bois.

— Si nous allions au bar ? proposai-je. Je te dirai ce que tu veux savoir.

Elle acquiesça sans me regarder.

Le bar auquel je pensais n'était pas Le Rendez-Vous qui se trouve au rez-de-chaussée, trop fréquenté pour offrir un intérêt du point de vue de la sécurité, mais celui situé au niveau de la mezzanine, l'Old Imperial. Ce dernier était tout ce qui subsistait de l'Imperial Hotel tel que Frank Lloyd Wright l'avait conçu avant qu'il soit démoli en 1968 – non pas, comme on l'a prétendu, pour répondre aux nouvelles normes de construction antisismiques mais plutôt pour satisfaire à de malencontreuses notions de « progrès ». Pour rejoindre le niveau de la mezzanine, il faut traverser le hall, monter un escalier, puis emprunter plusieurs couloirs quasiment déserts d'où partent diverses issues. Si Midori, qu'elle le sache ou pas, avait été filée, ses poursuivants auraient de la peine à ne pas se montrer pour nous suivre.

Nous empruntâmes l'escalier qui menait à la mezzanine. En dehors d'une douzaine de clients attablés dans les restaurants de l'étage, il n'y avait personne. Je surveillai nos arrières tandis que nous attendions à l'entrée du bar qu'on nous attribue une place. Toujours personne à l'horizon. Visiblement, Midori était seule.

Une fois assis l'un à côté de l'autre dans l'une des alcôves en forme de demi-lune, nous devînmes invisibles depuis l'entrée. Quiconque voudrait avoir confirmation de notre présence devrait pénétrer dans le bar et se montrer. Je nous commandai deux Bunnahabhain de dix-huit ans d'âge, l'un des nombreux et excellents whiskies que proposait la carte.

Les circonstances étaient telles que j'éprouvais un sentiment bizarre, mais j'étais content de me retrouver à l'Old Imperial. Sans fenêtres et bas de plafond, avec des lumières tamisées, intime mais spacieux, ce bar dégage un petit parfum d'histoire, une sorte de gravité, sans doute parce qu'il représente tout ce qui reste de la volonté bafouée du concepteur de l'établissement. À l'instar du reste de l'hôtel, l'Old Imperial donne l'impression de ne plus être dans sa toute première splendeur. Il n'en conserve pas moins une beauté pleine de dignité et de mystère, comme une grande dame qui aurait tout vu de la vie, connu d'innombrables amants et tu de multiples secrets, mais qui ne passerait pas son temps à regretter sa glorieuse et joyeuse jeunesse, sans pour autant l'oublier.

Nous attendîmes en silence d'être servis. Puis Midori se tourna vers moi.

— Pourquoi ?

— Tu le sais, répondis-je en prenant mon verre. On m'a embauché.

— Qui ?

— Ceux à qui ton père a dérobé cette disquette. Ceux-là mêmes qui la croyaient en ta possession et ont tenté de te tuer.

— Yamaoto ?

— Oui.

Midori me regarda attentivement.

— Tu es un assassin. La rumeur court que le gouvernement a quelqu'un à sa solde, et en fait c'est de toi qu'il s'agit, n'est-ce pas ?

Je laissai échapper un long soupir.

— Quelque chose comme ça…

Il y eut un silence, puis Midori me demanda :

— Combien de personnes as-tu tuées ?

Mes yeux se posèrent sur mon verre.

— Je n'en sais rien.

— Je ne parle pas du Vietnam. Depuis.

— Je n'en sais rien, répétai-je.

— Tu ne trouves pas que ça en fait un peu trop ?

La douceur de sa voix rendait la question encore plus cruelle.

— Non… Je respecte des règles. Jamais de femmes. Ni d'enfants. Jamais de cibles innocentes.

Ces mots résonnaient à mes oreilles avec la platitude d'un mantra récité par un crétin, comme un talisman subitement dépourvu de tout attrait magique.

Midori éclata d'un rire sans joie.

— Des « règles » ! Tu parles comme une putain qui voudrait qu'on lui reconnaisse de la vertu parce qu'elle n'embrasse jamais les clients qu'elle baise !

La remarque était cinglante. J'encaissai toutefois sans broncher.

— Ensuite, ton ami de la Force métropolitaine de police m'a annoncé ta mort. Et toi, tu m'as laissée le croire. Je t'ai pleuré, le savais-tu ? Imagines-tu seulement ce que c'est ?

Moi aussi je t'ai pleurée, eus-je envie de dire.

— Pourquoi ? enchaîna-t-elle. Pourquoi m'avoir infligé ça ? Après ce que tu avais fait à mon père, pourquoi m'avoir fait vivre un moment pareil ?

Je détournai les yeux.

— Bon sang, réponds-moi ! l'entendis-je s'écrier.

— Je voulais t'épargner, dis-je en attrapant mon verre. Éviter que tu… apprennes la vérité.

— Je ne te crois pas. De toute façon, je m'en doutais plus ou moins. Que croyais-tu que je penserais en voyant que les preuves de corruption contenues dans cette disquette, et pour lesquelles mon père est mort, n'étaient pas publiées ? Ou quand j'ai cherché à savoir ce qu'était devenue ta dépouille pour aller me recueillir et que je n'ai pas pu ?

— J'ignorais que le contenu ne serait pas publié, répliquai-je sans la regarder. À la vérité, je pensais qu'il le serait. Mais j'espérais que tu m'oublierais malgré tout. Il m'arrivait d'en douter, mais que voulais-tu que je fasse, au point où j'en étais ? Que je déboule dans ta vie pour tout t'expliquer ? Et si je m'étais trompé ? Si tu m'avais oublié sans rien soupçonner, pour reprendre ta vie comme je l'espérais ? Je n'aurais réussi qu'à te faire plus de mal encore.

Midori secoua la tête.

— Tu n'aurais pas pu m'en faire davantage.

Après un long silence, je lançai :

— Vas-tu enfin m'expliquer comment tu m'as retrouvé ?

— Par ton ami de la Force métropolitaine de police, répondit-elle avec un haussement d'épaules.

Je restai stupéfait.

— Tatsu t'a contactée ?

— Non, c'est moi qui l'ai fait. Et même à plusieurs reprises. Mais il n'arrêtait pas de se dérober. Quand je suis revenue à Tokyo la semaine dernière, je suis allée à son bureau. J'ai prévenu la réceptionniste que, si Ishikura-san refusait de me recevoir, j'avertirais la presse et ferais tout ce qui serait en mon pouvoir pour qu'un scandale éclate sur la place publique. Et, crois-moi, je l'aurais fait ! Je n'avais pas l'intention d'abandonner.

— Il t'a reçu ?

— Pas tout de suite. Il m'a appelée cet après-midi.

Cet après-midi… Autrement dit, juste après que je lui ai fait part de mon refus.

— Et il t'a dit que tu me trouverais ici ?

Midori acquiesça.

Comment Tatsu avait-il fait pour me pister encore une fois ? Grâce à ces foutues caméras, sans doute. « Tu peux en voir certaines. Pas toutes », m'avait-il averti. C'était évident : il suffisait d'utiliser les caméras pour localiser la zone à l'intérieur de laquelle je me déplaçais le plus fréquemment, puis d'envoyer des hommes dans les hôtels les plus probables du quartier, munis, si nécessaire, de la photo rentrée dans les ordinateurs et dans le logiciel de reconnaissance du faciès, afin de réduire le champ des possibilités.

J'avais été stupide de rester à Tokyo – même si, compte tenu du genre d'avertissement que je devais donner à Harry, l'appeler de l'étranger n'aurait pas garanti les conditions optimales pour qu'il m'écoute.

Néanmoins, à quoi jouait le vieux roublard ?

— Tu as une idée de la raison pour laquelle Tatsu a accepté de te voir après avoir fait barrage pendant toute une année ?

Midori haussa les épaules.

— À cause de mes menaces, j'imagine.

Ça m'aurait étonné. Tatsu ne connaissait pas Midori aussi bien que moi. Il avait dû être persuadé, à tort, qu'elle bluffait.

— Tu penses vraiment que c'est l'unique raison ?

— Peut-être en avait-il une autre de vouloir qu'on se rencontre. Et alors ? Je n'allais pas l'envoyer balader et refuser de te voir ?

— Je suppose que non.

Et c'est ce qu'il avait dû se dire également. Un instant, je ressentis une sorte d'agacement, à la limite de l'hostilité, à l'égard de Tatsu et de ses perpétuelles machinations.

— Il m'a juré que l'idée de m'annoncer ta mort était la sienne, pas la tienne, précisa Midori avec un soupir.

Des propos qui étaient censés me revenir. En contrepartie, Tatsu croyait-il que j'allais liquider Murakami en signe de gratitude ?

— Que t'a-t-il dit d'autre ?

— Que tu lui as donné la disquette en pensant qu'il la transmettrait aux médias pour que ceux-ci la publient.

— T'a-t-il expliqué pourquoi il ne l'a pas fait ?

Midori acquiesça.

— Parce que les informations qu'elle contenait étaient si explosives qu'elles risquaient de faire tomber les libéraux démocrates et de favoriser l'ascension de Yamaoto.

— Tu m'as l'air très bien renseignée.

— Loin de là.

— Et Harry ? demandai-je au bout de plusieurs secondes. Pourquoi ne t'es-tu pas adressée à lui ?

Midori détourna la tête et répondit :

— Je l'ai fait. Je lui ai envoyé une lettre. Il m'a répondu qu'il avait appris ta disparition et ne savait rien de plus.

À voir son regard fuyant, il y avait autre chose qu'elle me taisait.

— Et tu l'as cru ?

— Pourquoi ne l'aurais-je pas cru ?

Bonne repartie. Pourtant, il y avait quelque chose d'autre, j'en étais certain.

— Tu te souviens de la dernière fois où l'on s'est vus ? me demanda-t-elle.

Ici même, à l'Imperial. Nous avions passé la nuit ensemble. Le lendemain matin, j'étais parti intercepter la limousine de Holtzer. Après quoi, j'étais resté plusieurs jours en détention chez les flics. Dans l'intervalle, Tatsu avait annoncé ma mort à Midori et enterré la disquette. Fin de partie.

— Je m'en souviens, dis-je.

— Tu m'avais assuré : « Je serai là ce soir. Tu m'attendras ? » J'ai attendu deux jours avant de recevoir des nouvelles de ton ami Ishikura-san. Je n'avais personne à contacter, aucun moyen de savoir quoi que ce soit…

Je vis ses yeux fixer le plafond un instant, peut-être pour fuir des souvenirs qu'elle n'avait pas envie de se remémorer. Ou pour ravaler ses larmes.

— Je n'arrivais pas à croire que tu n'étais plus là, reprit-elle. Et puis j'ai commencé à me demander si tu étais vraiment mort. Mais si ce n'était pas vrai, qu'est-ce que ça signifiait ? Je me suis mise à douter de moi. À douter de plus en plus. Je me disais : « Ce n'est pas possible, il ne peut pas être en vie, jamais il ne t'aurait fait un coup pareil ! » Mais je n'arrivais pas à me débarrasser de mes soupçons. J'étais partagée entre l'envie de te pleurer et celle de te tuer.

Midori se tourna face à moi.

— Comprends-tu ce que tu m'as fait vivre ? questionna-t-elle, la voix soudain proche du murmure. Tu… tu m'as fait subir un vrai supplice !

Du coin de l'œil, je vis son pouce effleurer rapidement une de ses joues, puis l'autre. Je baissai les yeux sur mon verre. Que je la voie pleurer était sans doute la dernière chose qu'elle voulait.

Au bout d'un moment, je relevai la tête.

— Midori, déclarai-je, d'une voix grave qui me parut étrange. Je regrette ce qui s'est passé plus que je ne saurais le dire. Si je pouvais changer quoi que ce soit, je le ferais.

Nous observâmes un silence. Puis, pensant à Rio, j'ajoutai :

— Ça vaut ce que ça vaut, mais sache que j'ai essayé de quitter tout ça.

— Tu as « essayé » ? Vraiment ? La plupart des gens supportent relativement bien de ne tuer personne. Ils n'ont pas besoin de modifier leurs habitudes pour s'en dispenser.

— Dans mon cas, c'est un peu plus compliqué que ça.

— Pourquoi ?

Je haussai les épaules.

— Actuellement, les gens qui me connaissent semblent se répartir équitablement en deux camps : ceux qui voudraient me tuer et ceux qui voudraient que je tue.

— Ishikura-san ?

J'opinai.

— Tatsu a consacré sa vie entière à lutter contre la corruption au Japon. Il possède certains atouts, mais les forces contre lesquelles il se bat sont plus puissantes que lui. Il fait ce qu'il peut pour tenter d'égaliser les chances.

— J'avoue avoir du mal à me le représenter dans le camp des gentils…

— Je m'en doute. Mais le monde où il vit n'est pas en noir et blanc comme le tien. Crois-le si tu veux, il a voulu aider ton père.

Et, d'un seul coup, je compris pourquoi Tatsu avait envoyé Midori à ma rencontre. Non parce qu'il s'attendait que je cautionne ses explications et commentaires. Ou du moins, pas tout à fait. Non, son véritable espoir était que, si Midori en venait à le considérer comme un homme qui s'efforçait de poursuivre le combat dans lequel s'était engagé son père, elle voudrait que j'accepte de l'aider. Il escomptait que le fait de la revoir me fasse éprouver des regrets par rapport à son père, me rende sensible à sa demande de faire ce que lui désirait.

— Et à présent, tu « essaies de quitter tout ça »… ?

J'acquiesçai, pensant que c'était la réponse qu'elle souhaitait.

Pourtant, Midori se mit à rire.

— C'est ainsi que tu comptes te racheter, après tout ce que tu as fait ? Je ne savais pas qu'il était aussi simple d'accéder au paradis.

Bien que n'en ayant pas tout à fait le droit, je commençais à en avoir par-dessus la tête.

— Écoute, pour ce qui est de ton père, j'ai commis une erreur. Je t'ai dit que je le regrettais, et que si je pouvais changer les choses, je le ferais. Que puis-je faire d'autre ? M'asperger d'essence et craquer une allumette ? Aller nourrir les affamés ? Que veux-tu que je fasse ?

— Je ne sais pas, dit-elle en baissant les yeux.

— Eh bien, moi non plus. Mais je cherche.

Quel enfoiré, ce Tatsu ! Il avait tout prévu. Il savait que Midori jouerait avec mes nerfs.

Je terminai mon whisky. Puis reposai le verre sur la table en le regardant fixement.

— Je veux te demander quelque chose, déclara Midori au bout d'un moment.

— Oui, je sais, rétorquai-je sans la regarder.

— J'ignore encore ce que ce sera.

— Oui, je sais, répétai-je en fermant les yeux.

— Je n'arrive pas à croire que je suis là, en train de parler avec toi…

Cette fois, je me contentai de hocher la tête.

De nouveau, il y eut un long silence pendant lequel je passai en revue tout ce que j'aurais aimé lui dire, des choses dont j'aurais voulu qu'elles aient le pouvoir de tout changer.

— Nous n'avons pas fini, l'entendis-je murmurer.

Ne comprenant pas le sens de sa phrase, je levai les yeux, mais Midori reprit la parole.

— Quand je saurai ce que je veux de toi, je te le ferai savoir.

— C'est gentil de ta part, lâchai-je d'un ton sec. Comme ça, au moins, je serai prévenu.

Elle me regarda sans rire.

— C'est toi le tueur, pas moi.

— Exact.

Midori me dévisagea encore avant de me demander :

— Je te trouverai ici ?

Je secouai la tête.

— Non.

— Où, alors ?

— C'est moi qui te trouverai, c'est mieux.

— Non ! cria-t-elle avec une véhémence soudaine qui me surprit. Ça suffit, ces conneries ! Si tu veux me revoir, tu n'as qu'à me dire où tu seras.

J'attrapai mon verre vide et le serrai dans ma main. *Va-t'en,* m'exhortai-je. *Tu n'as même pas besoin de dire quoi que ce soit. Laisse quelques billets sur la table et va-t'en. Tu ne la reverras jamais.*

Sauf que je la reverrais, encore et toujours. Impossible d'y échapper.

J'ai pris l'habitude de si peu espérer que c'est comme si j'avais perdu toute immunité naturelle pour résister à l'infection que sont les émotions. Les espoirs que Midori faisait naître en moi étaient plus forts que tout, et aussi ridicules soient-ils, je ne parvenais pas à les repousser.

— Écoute, répondis-je tout en étant certain que ce serait en vain. Il y a longtemps que je vis ainsi. C'est même pour cette raison que j'ai vécu si longtemps.

— Oublie tout ça, répliqua-t-elle en se levant.

— Bon, d'accord. Tu me trouveras ici.

— Très bien, fit-elle avec un signe de tête.

Je laissai passer une seconde.

— J'aurai bientôt de tes nouvelles ? demandai-je.

— Tu aimerais en avoir ?

— Je crois que oui.

— Bien, dit-elle en hochant de nouveau la tête. Nous allons voir comment tu supportes l'incertitude.

Puis elle tourna les talons et s'en alla.

Je payai l'addition et attendis une minute avant de partir à mon tour en empruntant l'une des sorties du rez-de-chaussée.

Je ne pouvais pas rester plus longtemps ici. J'aurais accepté que Midori sache où j'étais, mais elle n'avait aucune conscience des questions de sécurité, or il m'était impossible de vivre en me disant qu'elle risquait malgré elle à tout instant de conduire quelqu'un jusqu'à moi. Et puis, je n'avais pas l'intention de faciliter les choses à Tatsu. Au point où j'en étais, qu'il dispose d'un moyen de me retrouver n'était pas très grave, mais l'idée me déplaisait.

J'allais descendre dans un petit hôtel anonyme pour hommes d'affaires et en changerais chaque soir. Agir ainsi me mettrait à l'abri de quiconque déciderait de filer Midori, et obligerait Tatsu à continuer de se démener pour ne pas me perdre.

Naturellement, je garderais ma chambre à l'Imperial. Cela ne ferait que décontenancer Tatsu un peu plus. En outre, je pourrais interroger à distance la boîte vocale de ma chambre, au cas où Midori essaierait de me joindre à l'hôtel. Je passerais de temps à autre en redoublant de prudence, histoire de sauver les apparences.

Marchant tête baissée, je fis de mon mieux pour éviter de présenter une image parfaite aux caméras. J'avais le sentiment d'être coincé, et atteint de claustrophobie.

Sans doute ferais-je mieux de me tirer dès le lendemain matin. Osaka, Rio… et *finito*.

Toutefois, l'idée que Midori chercherait encore une fois à me contacter pour s'apercevoir finalement que j'étais parti m'était insupportable.

Tu lui mens déjà, pensai-je. *Tu n'as fait que ça pendant une demi-heure.*

Peut-être resterais-je un jour de plus, deux maximum. Oui, peut-être. Après ça, la prochaine fois que Midori ou Tatsu ou qui que ce soit recevrait de mes nouvelles, ce serait sur une carte postale envoyée par avion.

J'opérai quelques zigzags un peu brusques pour m'assurer que personne ne me suivait. Puis je ralentis le pas et me laissai dériver dans le Tokyo nocturne, sans savoir où j'allais, sans même m'en soucier.

J'aperçus deux *furita* – ces *freeters*[1] qui faisaient face à la récession que subissait le Japon depuis une dizaine d'années en renonçant aux emplois auxquels ils ne pouvaient de toute façon plus accéder et en se contentant de boulots minables. Ils travaillaient souvent le soir dans des épiceries où ils pourvoyaient aux besoins d'autres abonnés de la nuit tokyoïte : des parents aux yeux cernés venus acheter des produits d'entretien pour les tâches ménagères que les longues heures passées dans les transports et leurs bébés brailleurs ne leur laissaient plus le temps d'accomplir dans la journée ; des hommes esseulés encore vêtus de la chemise à manches courtes qu'ils portaient au bureau, souffrant d'une si profonde solitude au milieu de la ville immense que

1. Contraction de l'anglais *free* et de l'allemand *arbeiter*. Ce terme japonais désigne les jeunes gens qui vivent de petits boulots mal payés, soit parce qu'ils attendent de trouver une place de rêve dans une multinationale, soit parce qu'ils refusent de devenir esclaves d'une entreprise, soit parce qu'ils n'ont pas d'autre choix *(NdT).*

même l'effet soporifique des émissions de télé tardives ne les dissuadait pas de partir en expédition nocturne à la recherche de signes de vie ; mais aussi d'autres *furita* qui rentraient au domicile de leurs parents, où ils continuaient d'habiter pour arriver à joindre les deux bouts, échangeant une cigarette déjà fumée et une mauvaise plaisanterie avant d'aller s'abrutir de sommeil jusqu'à l'après-midi du lendemain, pour finalement se lever et repartir faire exactement la même chose de leur fin de journée.

Je croisai ensuite des éboueurs ; des ouvriers en train de réparer des nids-de-poule dans des rues assoupies, éclairées par les lampes halogènes de puissants projecteurs ; des camionneurs insomniaques qui déchargeaient sans bruit leur cargaison sur des trottoirs déserts et des perrons silencieux.

En passant devant la gare de Nogizaka, je me rendis compte que j'étais remonté sans m'en rendre compte vers le nord-ouest de la ville. Je cessai de marcher. Aoyama Bochi s'étendait juste devant moi dans un silence menaçant, m'attirant comme un trou noir béant dont la force d'attraction était encore plus grande que celle de la ville alentour.

Machinalement, je traversai la rue et sautai pardessus le parapet métallique qui se trouvait au milieu. Arrivé au pied des marches de pierre, je me figeai un instant avant de me résigner à monter vers les tombes.

Immédiatement, les bruits de la rue se firent plus diffus, plus lointains, l'écho insignifiant des rumeurs de la ville renvoyant ses notes lancinantes, sans parvenir à perturber la nécropole aux allures de parc. De l'endroit où je me tenais, le cimetière semblait se prolonger à l'infini. Il s'étendait à perte de vue, telle une cité à part entière où des myriades de tombes, pareilles à des maisons sans fenêtres en miniature, s'alignaient dans une symétrie silencieuse en longs boulevards des morts.

M'enfonçant plus avant dans la pénombre apaisante, je suivis une allée en pierre jonchée de fleurs de cerisier qui formaient comme une couche de neige sombre à la lueur des lampadaires. Quelques jours plus tôt, ces mêmes cerisiers en fleur avaient fait l'admiration des Tokyoïtes encore en vie, venus par milliers s'enivrer et voir se refléter le pathétique inhérent à leur propre existence dans la brève et vitale splendeur des fleurs. Mais elles étaient à présent tombées, les admirateurs repartis ; les détritus laissés sur leur passage avaient été ramassés puis emportés, et l'espace appartenait de nouveau aux seuls morts.

Je repensai à la façon dont Midori avait un jour défini l'idée de *mono no aware*, un sentiment qui – quoique souvent assombri à la saison des cerisiers en fleur par la cacophonie des vers de mirliton avinés et des postes de télé branchés sur générateur – demeure très présent dans l'une de mes deux cultures. Elle avait appelé ça la « tristesse d'être humain ». Avant d'ajouter qu'une telle tristesse pouvait être douce et qu'il fallait l'accepter. La force de caractère que révélait cette définition me laissait admiratif. Pour moi, « triste » a toujours été synonyme d'« amer », et il en ira sûrement toujours ainsi.

Je continuai à marcher d'un pas mélancolique, rempli de respect pour le silence profond qui m'entourait. Contrairement à la ville environnante, Aoyama Bochi reste immuable, si bien que je pus retrouver sans difficulté ce qui m'avait fait venir jusqu'ici, quand bien même je n'y étais pas repassé depuis des dizaines années.

Simple et austère, la tombe ne se distinguait que par une brève inscription indiquant que Shuichi Fujiwara avait vécu de 1912 à 1960, et que tout ce qui restait de lui était enterré là. Shuichi Fujiwara, mon père, tué au cours des émeutes qui avaient ébranlé Tokyo lors d'un abominable été, alors que je n'étais encore qu'un petit garçon.

Face à la tombe, je m'inclinai longuement, les mains jointes paume contre paume à hauteur de visage, me conformant à l'attitude respectueuse qu'adoptent les bouddhistes envers les défunts. Ma mère aurait voulu que je récite une prière et que je fasse le signe de croix à la fin, et si cette tombe avait été la sienne, je l'aurais fait. Mais puisque de son vivant mon père n'aurait vu dans ce rituel occidental qu'une insulte, pourquoi l'offenser à présent ?

Je m'assis par terre en tailleur. Certaines tombes étaient décorées de fleurs à divers stades de fraîcheur ou de décomposition. Comme si les morts pouvaient en sentir les parfums.

Une petite brise circulait entre les sépultures. Le front dans les mains, je regardai fixement le sol.

Les gens ont tous des rituels pour entrer en communion avec les morts, des rituels qui dépendent davantage de l'idiosyncrasie de chaque individu que d'une quelconque influence culturelle. Certains vont au cimetière. D'autres parlent à des portraits ou à des urnes posées sur la cheminée. D'autres encore retournent aux endroits que chérissaient les disparus de leur vivant, marmonnent des prières silencieuses dans des lieux de culte ou font planter des arbres à leur mémoire sur quelque terre lointaine.

Le dénominateur commun à ce sentiment défiant toute logique est que les morts ont conscience de tout cela, entendent les prières, voient le moindre de ces actes, et perçoivent l'amour et la nostalgie qui les imprègnent. Un sentiment que les gens semblent trouver réconfortant.

Personnellement, je ne crois à rien de tout ça. Je n'ai jamais vu une âme quitter un corps. N'ai jamais été hanté par aucun fantôme, qu'il soit aimable ou odieux. N'ai jamais été récompensé, ni puni, ni ému par aucun revenant du pays inconnu. Autant que je sache, les morts sont morts, un point c'est tout.

Je demeurai assis là plusieurs minutes, résistant à l'envie de parler, conscient que ce serait une absurdité. De mon père, il ne restait plus rien. Et même s'il en était resté quelque chose, il eût été ridicule d'imaginer que ce serait là, à voleter au milieu de la poussière et des cendres, à se bousculer pour trouver une place parmi les âmes des centaines de milliers d'autres défunts qui reposaient dans ce cimetière.

Si les gens apportent des fleurs, récitent des prières et croient à toutes ces choses, c'est parce que se comporter ainsi leur épargne le désagrément de se dire que la personne qu'ils aimaient n'est plus de ce monde. Croire que cette personne peut encore voir, entendre et aimer leur est plus facile.

Je contemplai la tombe de mon père. Bien que récente selon les critères du cimetière, à peine plus de quarante ans, elle était déjà noircie par la pollution. Une fine couche de mousse gagnait insensiblement le côté gauche. D'un geste machinal, je tendis la main pour caresser du bout des doigts les caractères qui composaient le nom de mon père.

— *Hisashiburi, papa,* murmurai-je, m'adressant à lui comme le jeune garçon que j'étais au moment de sa mort. Il y avait longtemps, papa.

Pardonne-moi. Voilà trente ans que je ne m'étais pas confessé.

Arrête ces conneries.

— Je suis désolé de ne pas venir ici plus souvent, repris-je à voix basse en japonais. Ou de ne pas penser à toi plus souvent. Il y a tant de choses douloureuses avec lesquelles je garde mes distances… Ton souvenir en est une. C'est même la toute première.

Je me tus pour écouter le silence.

— Mais tu ne m'entends pas, de toute façon.

Je jetai un regard circulaire.

— Tout cela est grotesque. Tu es mort. Tu n'es pas là.

Puis, de nouveau, je laissai retomber ma tête entre mes mains.

— Si seulement j'arrivais à ce qu'elle comprenne, me lamentai-je. Si seulement tu pouvais m'aider.

Quand même, elle avait été dure avec moi. M'avait traité de « putain »…

Ce n'était peut-être pas si injuste. Après tout, tuer est l'expression ultime de la haine et de la peur, comme le sexe est celle de l'amour et du désir. Aimer ou tuer un inconnu qui ne vous émeut en rien sont des actes profondément insolites. On pourrait d'ailleurs dire qu'un homme qui tue un inconnu n'est pas très différent d'une femme qui fait l'amour dans des circonstances analogues. Ou qu'un homme qu'on paie pour tuer est comme une femme qu'on paie pour baiser. L'homme éprouve certainement la même réticence, la même hébétude, les mêmes regrets. Le même bouleversement de l'âme.

— Mais, bon Dieu ! m'écriai-je, est-ce moral d'assassiner un type qu'on ne connaît même pas, un simple troufion comme vous, pour la seule raison que le gouvernement vous l'a demandé ? Est-ce moral de lâcher une bombe à neuf mille mètres d'altitude pour supprimer les

« méchants », en ensevelissant du même coup des femmes et des enfants sous les décombres de leur maison, sans même s'en émouvoir parce qu'on ne verra jamais les dégâts ? Je ne me cache pas derrière un tir au mortier, ni derrière l'image stylisée du viseur thermique d'un tireur embusqué, ni derrière les médailles qu'ils vous distribuent pour vous faire croire que le carnage était justifié. Mais toutes ces conneries ne sont qu'une illusion, un sédatif qu'on file aux tueurs pour les anesthésier après le massacre. Ce que je fais n'est pas pire que ce qui se passe et s'est toujours passé partout dans le monde. À la différence que je dis les choses comme elles sont.

Je réfléchis un instant.

— Et si je prenais un peu de recul, hein ? m'écriai-je soudain. De toute façon, son vieux n'allait pas tarder à mourir d'un cancer des poumons, et dans des souffrances autrement atroces que celles que je lui ai fait subir. D'ailleurs, comme on dit au basket : « Offense mineure ne vaut pas faute. » Je lui ai plutôt rendu service, en fin de compte. Dans certaines cultures, on considérerait mon geste comme de l'euthanasie. Elle devrait presque m'en remercier.

À Osaka, tout s'était relativement bien passé. Lorsque je regardais en arrière, j'avais le sentiment que ma vie s'était mise à déraper quand Tatsu avait fait son entrée en scène.

J'aurais pu l'éliminer. Mais il existait une dizaine de raisons pour lesquelles je n'y tenais pas. Le problème, c'était que Tatsu commençait à se comporter comme s'il le savait, ce qui ne me convenait pas du tout.

Il fallait que je rentre à Osaka pour terminer au plus vite mes préparatifs et partir. Tatsu se débrouillerait tout seul. Harry était un cas désespéré. Midori savait déjà ce qu'elle était venue apprendre ici. Quant à Naomi, elle avait beau être charmante, elle avait rempli son objectif.

Je me relevai. Mes jambes s'étant engourdies au contact du sol glacé, je dus les masser pour relancer la circulation sanguine. Je m'inclinai devant la tombe de mon père, me redressai et restai là encore un long moment.

— *Jaa,* dis-je finalement. *Arigatô.*

Puis je fis volte-face et m'en allai.

15

Le matin suivant, je descendis appeler Harry d'une cabine. Il avait beaucoup fait pour moi pendant des années, et la manière dont nous nous étions quittés m'avait laissé mal à l'aise. Ça devait le tracasser, lui aussi, ce qui m'embêtait.

Une voix masculine inconnue me répondit :

— *Moshi moshi ?*

— *Moshi moshi,* dis-je en plissant le front. *Haruyoshi-san irasshaimasu ka ?* Haruyoshi est-il là ?

Il y eut un bref silence, puis :

— Vous êtes un de ses amis ? s'enquit la voix en japonais.

— Oui. Il se passe quelque chose ?

— Je suis son oncle. J'ai le regret de vous informer que Haruyoshi est décédé hier soir.

Ma main se crispa sur le combiné, et je fermai les yeux. Les dernières paroles que Harry avait prononcées devant moi me revinrent aussitôt : « Écoute, je dois la voir ce soir. Je ferai plus attention. Je repenserai à ce que tu m'as dit. »

Il était allé la voir, ça, c'était certain. Mais sans repenser à rien du tout.

— Pardonnez ma question, demandai-je alors sans rouvrir les yeux, mais pouvez-vous me dire comment c'est arrivé ?

— Apparemment, Haruyoshi avait un peu trop bu, et il est monté faire un tour sur le toit de son immeuble. Il a dû s'approcher trop près du bord et perdre l'équilibre.

Ma main serra plus fort le téléphone. À ma connaissance, Harry ne buvait pas. Ou du moins, jamais trop. Mais je le savais capable d'innover dans toutes sortes de domaines si Yukiko était là pour l'encourager.

— Merci de ces renseignements. Je vous prie d'accepter mes sincères condoléances en cette triste occasion. Et de bien vouloir les transmettre aux parents de Harry. Je dirai une prière à sa mémoire.

— Merci, répondit la voix.

Je raccrochai.

Je restai là plusieurs minutes, me sentant soudain très malheureux et étrangement seul.

Ils avaient obtenu de Harry ce qu'ils voulaient et étaient en train de faire le ménage.

Bon, je ne pouvais plus rien pour lui. J'avais essayé de lui tendre la perche au moment voulu. Mais maintenant, il était trop tard.

C'était un peu ma faute. Tout en ayant la certitude que Yukiko représentait un danger pour lui, je m'étais contenté de lui faire part de mes soupçons. Il aurait mieux valu ne rien dire et se débrouiller pour qu'elle soit victime d'un petit accident. Harry aurait eu de la peine, certes, mais il serait encore en vie.

Me surprenant en train de grincer des dents, je me forçai à me calmer.

Je me rappelai à quel point il avait été heureux la première fois qu'il m'avait parlé d'elle – si timide, si bébête, si visiblement amoureux !

Ensuite, je repensai à la façon dont cette garce glaciale s'était amusée à exciter puis à rassurer Murakami. Et à ce que Naomi avait sous-entendu en disant : « Elle fait volontiers des choses que personnellement je ne fais pas. »

Elle avait dû servir verre après verre à Harry qui prenait très rarement de l'alcool. Et il avait dû les boire pour lui faire plaisir. Après quoi, elle lui avait proposé d'aller faire un petit tour sur le toit, où Murakami attendait.

À moins qu'elle ne se soit chargée elle-même de la besogne. Ça n'avait rien de très difficile. Ayant passé pas mal de temps dans l'immeuble, elle en connaissait les rythmes, les habitudes, de même que l'emplacement des caméras de sécurité. Et Harry lui faisait confiance. Malgré tout ce que je lui avais dit, s'il avait été suffisamment saoul, il n'aurait pas hésité à marcher au bord du vide. Pour rire. Ou par défi.

D'un geste machinal, je retirai le combiné de la fourche et le brandis en l'air, prêt à le laisser retomber violemment sur le téléphone. Je restai ainsi un long moment, le bras tendu, tremblant de tout mon corps, m'exhortant dans mon for intérieur à ne surtout pas faire de scène et attirer l'attention.

Finalement, je reposai le combiné. Je fermai les yeux, puis inspirai et expirai régulièrement à plusieurs reprises.

Après avoir trouvé une autre cabine, j'appelai Tatsu. Pour lui dire de consulter notre messagerie car je voulais le voir. Ensuite je filai dans un café Internet pour lui expliquer où et quand.

Nous avions rendez-vous au Peshaworl, un café-bar situé dans le quartier d'affaires de Nihonbashi, autre endroit où j'avais aimé venir quand je vivais à Tokyo.

J'arrivai en avance et descendis les marches qui menaient de Sakura-dori à l'établissement. Le Peshaworl ayant la forme d'un I, je choisis une place en angle tout au fond, invisible depuis l'entrée, mais d'où je pouvais voir le comptoir. Là sont posés une balance en métal rouge qui sert à mesurer les quantités de grains avec précision ; des cuves cabossées où l'on fait tremper le café, et dont les bosses, comme celles des alambics des single malt, sont censées donner ce goût unique aux mélanges du Peshaworl ; enfin, plusieurs autres ustensiles curieux, impressionnants par leur spécificité, conçus exclusivement pour concocter les mélanges les plus raffinés et que seuls les adeptes de cet art savent utiliser comme il faut.

J'optai pour un Roa, un mélange maison, avant d'écouter Monica Borrfors chanter *August Wishing* en attendant Tatsu. À midi une, j'entendis la porte s'ouvrir et se refermer, puis un pas volontairement traînant qui m'était familier. Quelques secondes plus tard, Tatsu avança la tête et m'aperçut. Il s'approcha et s'assit près de moi à angle droit, afin de garantir le plus de discrétion possible à notre conversation. Après m'avoir salué d'un vague grognement, il déclara :

— Étant donné ta dernière entrevue avec Kawamura-san, j'en déduis que tu m'as convoqué ici pour me remercier ou pour me tuer.

— Je ne suis pas venu pour ça.

Il m'observa un instant en silence.

La serveuse vint prendre sa commande. Il opta pour un thé au lait, manifestement plus pour se conformer au lieu que par véritable envie.

— J'espère que tu comprends pourquoi j'ai fait ce que j'ai fait, dit-il tandis que nous attendions le thé.

— Oui. Parce que tu es un sale manipulateur fanatique qui croit que la fin justifie toujours les moyens.

— Voilà que tu parles comme ma femme !

Sa remarque ne me fit pas rire du tout.

— Tu aurais dû t'abstenir de mêler Midori une fois de plus à tout cela.

— Je n'ai rien fait de tel. J'avais espéré qu'elle te croirait mort. Si elle avait voulu le croire, elle l'aurait cru. Et si elle ne le voulait pas, elle chercherait à en savoir plus. Elle est du genre tenace.

— Elle m'a dit qu'elle t'avait menacé de faire un scandale.

— Du bluff, sans doute.

— Elle ne bluffe pas, Tatsu.

— Peu importe. Je lui ai dit où te trouver parce que ça ne servait à rien de continuer à lui mentir. D'ailleurs, elle n'était pas dupe. Et puis, j'ai pensé que tu pourrais tirer profit de cette rencontre.

— Tu as vraiment cru qu'elle arriverait à me convaincre de t'aider ? demandai-je, incrédule.

— Naturellement.

— Pour quelle raison ?

— Tu le sais bien.

— Cesse de finasser, Tatsu.

— Bon, d'accord. Que tu en sois conscient ou non, tu tiens à te montrer digne de cette femme. Sentiment que je respecte d'autant plus que Kawamura-san possède des qualités admirables. Mais tu t'y prends assez mal, et je voulais t'offrir l'occasion de t'en rendre compte.

— Tu te trompes.

— Dans ce cas, que fais-tu ici ?

— J'ai décidé de t'aider dans cette affaire, répondis-je en le regardant en face. Ça n'a rien à voir avec Midori.

Une brève seconde, l'image de Harry s'imposa à moi, et j'ajoutai :

— Ou plutôt non, c'est toi qui vas m'aider.

La serveuse apporta le thé, puis s'éclipsa aussitôt.

— Que s'est-il passé ? s'enquit Tatsu.

Mon premier réflexe fut de ne rien lui dire, par souci de protéger Harry, comme je l'avais toujours fait. Mais ça n'avait plus d'importance.

— Murakami a tué un de mes amis. Un gosse du nom de Haruyoshi. Yamaoto se servait de lui, dans le but de me retrouver, je crois. Une fois qu'ils ont estimé avoir eu ce qu'ils voulaient, ils se sont débarrassés de lui.

— Je suis désolé.

— Ça tombe plutôt bien pour toi, remarquai-je en haussant les épaules. Si je ne te connaissais pas comme je te connais, je te soupçonnerais volontiers.

À peine ces mots prononcés, je les regrettai. Mais Tatsu avait trop de dignité pour s'abaisser à réagir.

— Quoi qu'il en soit, je voudrais que tu te renseignes pour moi.

— Je t'écoute.

Je lui parlai alors de la façon dont Kanezaki avait suivi Harry, puis de la lettre de Midori qui avait tout déclenché, et enfin du rôle que jouaient Yukiko et La Rose de Damas dans cette histoire.

— Je vais voir ce que je peux trouver, déclara-t-il.

— Merci.

— Ton ami était… jeune ? me demanda Tatsu.

— Oui, assez, répondis-je en le regardant au fond des yeux.

Le regard triste, il hocha la tête sans rien dire.

Je repensai au jour où il m'avait décrit Murakami, et à la façon dont sa mâchoire s'était crispée quand il avait ajouté qu'il le croyait responsable du meurtre d'un enfant. Je voulus en avoir le cœur net.

— Tatsu, tu… tu as eu un fils, non ?

Il y eut un long silence, durant lequel il dut accepter l'idée que je connaissais un aspect de sa vie privée et décider de la manière dont il allait réagir.

— Oui, dit-il finalement en hochant la tête. Il aurait eu trente-deux ans en février.

Chacun de ses mots semblait pesé, et même prononcé avec soin. J'aurais été curieux de savoir depuis quand il n'avait pas reparlé de tout ça.

— Il avait huit mois et venait juste d'être sevré, raconta-t-il. Comme ma femme et moi n'étions pas sortis depuis longtemps, nous avions pris une baby-sitter. À notre retour, la jeune fille paraissait bouleversée. Elle avait laissé tomber l'enfant, et il avait une bosse sur la tête. Il avait pleuré, nous a-t-elle expliqué, mais à présent il avait l'air d'aller mieux et dormait.

« Ma femme voulait emmener notre fils chez le médecin de toute urgence, mais lorsque nous sommes allés le voir, il dormait comme un ange. "Pourquoi déranger le petit dans son sommeil ? ai-je alors dit. S'il y avait eu un problème, nous nous en serions déjà aperçus." Ma femme a préféré croire que tout allait bien, et je n'ai pas eu de mal à la convaincre.

Il but une gorgée de thé.

— Le lendemain matin, le petit était mort. Le médecin nous a expliqué qu'il avait succombé à un hématome sous-dural. Et que l'emmener aux urgences n'aurait rien changé. Mais je me suis toujours interrogé… Parce que j'ai eu le choix, vois-tu. C'est terrible à dire, mais les choses auraient été plus simples si mon fils était mort sur le coup. Ou si la baby-sitter avait été moins honnête et ne nous avait parlé de rien. Le résultat aurait été le même, et en même temps complètement différent.

— Quel âge avaient tes filles ?

— Deux et quatre ans.

— Mon Dieu ! marmonnai-je tout bas.

Tatsu hocha la tête, sans se donner la peine de jouer les stoïques.

— Perdre un enfant est la pire chose qui soit, poursuivit-il. Il n'y a pas de plus grand chagrin. Pendant longtemps, j'ai voulu me supprimer. J'y voyais le moyen d'aller retrouver mon fils pour le consoler et le protéger. Et de me racheter. Mais aussi de mettre fin à ma douleur. Cependant, le devoir que j'avais envers ma femme et mes filles était plus important que ces pulsions égoïstes et irrationnelles. Tant et si bien que j'ai fini par considérer ma souffrance comme un juste châtiment, comme si c'était mon karma. Ce qui ne m'empêche pas de penser chaque jour à mon petit garçon. Ni de me demander s'il me sera donné l'occasion de le revoir.

Nous restâmes silencieux un moment. Le bruit des grains de café dans la machine à moudre nous parvenait de derrière le comptoir.

— Nous allons nous débarrasser de ce type, déclarai-je alors. Je ne peux pas le faire tout seul, et toi non plus, mais à deux on devrait y arriver.

— Dis-moi ce que tu proposes.

— Murakami passe au dojo de temps en temps, mais l'endroit est impossible à surveiller. Il se trouve dans une rue assez déglinguée où circulent très peu de voitures et de piétons, si bien qu'il n'y a nulle part où se cacher. Et j'ai repéré au moins deux sentinelles, le jour où j'y suis allé.

— Je sais, dit Tatsu en hochant la tête. J'ai envoyé un de mes hommes y faire un tour.

— Je me doutais que tu le ferais. Mais on n'a pas forcément besoin de surveiller la salle. Si je débarque là-bas, quelqu'un préviendra Murakami, c'est probable. Et c'est à ce moment-là qu'on le coincera.

— Si Murakami a tué ton ami parce qu'ils avaient décidé qu'ils n'avaient plus besoin de lui pour te trouver, ça veut dire qu'ils savent qui tu es.

— Exact. C'est pour ça que je sais que quelqu'un préviendra Murakami dès que je serai là-bas. Et en admettant que je me trompe et qu'ils ignorent encore qui je suis, Murakami m'a dit qu'il passerait au dojo pour me parler. Il y viendra tôt ou tard. Et dès qu'il se montrera, je t'appellerai. Tu n'auras plus qu'à rappliquer avec une équipe de choc pour l'arrêter et le mettre en prison.

— Il pourrait tenter de résister, observa Tatsu d'un ton sec.

— Ça va de soi. Un type comme lui risque de résister farouchement. Recourir à un moyen létal pour le mater serait justifié, c'est certain.

— En effet.

— D'ailleurs, une fois qu'il aura été menotté, quelqu'un qu'il serait possible de décrire après coup comme « un gars de la bande ayant pris la fuite » pourrait très bien surgir et lui rompre le cou.

— Je vois où une chose de ce genre pourrait se produire.

— Chaque fois que j'irai là-bas, je resterai deux heures d'affilée. À toi de poster tes gars à proximité pendant ce laps de temps pour qu'ils soient prêts à intervenir à mon signal.

Tatsu resta silencieux quelques minutes avant de dire :

— J'hésite à le suggérer, mais il se pourrait aussi que Murakami ne vienne pas. Et se contente de confier la tâche à un subalterne. Auquel cas tu te seras jeté dans la gueule du loup pour rien.

— Il viendra, lui assurai-je. Je connais le bonhomme. S'il sait qui je suis, il va vouloir en découdre avec moi. Et je compte bien lui offrir cette chance.

16

Ce soir-là, je descendis dans un petit hôtel pour hommes d'affaires à Nishi-Nippori. La simplicité de l'établissement me fit regretter le New Otani et l'Imperial, mais comme l'endroit était tranquille et le quartier peu fréquenté, je me sentis en relative sécurité pour la nuit.

Le lendemain matin, je partis à Asakusa m'entraîner au dojo de Murakami. Dès mon arrivée, les types déjà présents s'interrompirent pour venir me saluer tous ensemble en s'inclinant très bas – signe du respect que je leur inspirais depuis qu'ils m'avaient vu expédier Adonis six pieds sous terre. À partir de ce moment, je m'en rendis compte à travers toutes sortes de détails, on me traita avec une déférence qui frisait la crainte, mêlée d'admiration. Même Washio, pourtant plus âgé que moi et qui jouait un rôle prépondérant au dojo depuis longtemps, se mit à employer des formes verbales plus sophistiquées pour montrer qu'il me considérait dorénavant comme son supérieur. D'où je tirais la conclusion que, quoi que Yamaoto et Murakami aient pu découvrir sur mon compte, ils n'avaient pas jugé bon de le partager avec leurs sous-fifres.

Tatsu m'avait remis un Glock 26, le pistolet au canon le plus court dans l'excellente série des neuf millimètres que propose le fabricant. Rien à voir avec une arme standard du Keisatsucho. J'ignorais comment Tatsu avait fait pour se le procurer dans un pays où le contrôle des armes est des plus rigoureux, et je n'avais pas cherché à le savoir. Malgré son encombrement minimum, il m'était impossible de le garder caché sur moi pendant ma séance d'entraînement. Aussi le laissai-je au fond de mon sac de gym en m'arrangeant pour ne pas trop m'en éloigner.

Tatsu m'avait également remis un téléphone portable qui me permettrait de le prévenir au moment où Murakami se pointerait. J'avais installé un raccourci spécial, de façon à n'avoir qu'une seule touche à enfoncer pour lancer l'appel avant de raccrocher. Dès que Tatsu verrait s'afficher ce numéro, il enverrait ses hommes de toute urgence au dojo.

Mais Murakami ne se montra pas. Ni ce jour-là ni le suivant.

Je commençais à ne plus tenir en place. Et puis, j'en avais assez de vivre à l'hôtel et d'en changer chaque soir. Assez de faire attention aux caméras de surveillance. Assez de penser à Harry, à l'absurdité de sa mort, à la dureté dont j'avais fait preuve envers lui ce soir-là.

Et assez de songer à Midori, sans savoir si elle essaierait de me joindre, ni ce qu'elle me demanderait si elle le faisait.

Je retournai au dojo pour le troisième jour consécutif. Je m'entraînai longuement, voulant laisser à Murakami le plus grand créneau possible, mais toujours aucun signe de lui. Je finis par me dire qu'il ne viendrait pas.

Cependant, il arriva. J'étais au sol, en train de faire des étirements, lorsque j'entendis sonner à la porte. En levant les yeux, j'aperçus le balafré, veste en cuir noir et lunettes de soleil maintenues par un bandeau derrière la tête, qui entrait dans la salle accompagné de ses deux gardes du corps habillés à l'identique. Comme d'habitude, l'ambiance changea brusquement, sa présence réveillant chez chacun, à la façon d'un léger courant électrique, un instinct de survie archaïque.

— *Oi,* Arai-san, *yo*, fit-il en venant vers moi. Il faut qu'on parle.

— D'accord, répondis-je en me levant.

L'un des gardes du corps s'approcha. Je voulus aller chercher mon sac, mais il se montra plus rapide que moi, le ramassa et le jeta sur son épaule.

— Je m'en charge, me dit-il.

Je pris l'air de celui que ça ne dérangeait pas. Heureusement, le téléphone, plus petit que le pistolet, était au fond de ma poche.

— Merci, dis-je en haussant les épaules.

Murakami indiqua la porte d'un signe de tête.

— Sortons.

La vitesse de mon pouls avait beau avoir déjà doublé, ma voix garda son calme.

— O.K. Il faut juste que j'aille pisser.

Je filai à l'autre bout de la salle en direction des toilettes. J'étais déjà tellement imbibé d'adrénaline que j'aurais été incapable d'uriner si j'avais dû, mais ce n'était pas le but de la manœuvre.

Je cherchai en vitesse une arme d'appoint. Du savon en poudre à jeter dans les yeux ou un manche de balai que je casserais en deux pour m'en faire une matraque. N'importe quel objet susceptible d'améliorer un tant soit peu mes chances, qui se présentaient plutôt mal pour l'instant. Dès que j'aurais trouvé, j'appellerais Tatsu.

Mon regard fit le tour de la pièce – sans grand succès. Le savon était liquide, et si balai il y avait, on le rangeait ailleurs.

Bon sang, tu aurais dû t'y prendre plus tôt ! Tu n'es qu'un imbécile. Un imbécile.

Ah si, une chose… Un butoir de porte en cuivre vissé dans le mur, à quelques centimètres au-dessus du sol derrière la porte. Je me mis à genoux et entrepris de le dévisser. Mais il était trop près du sol pour que je puisse passer la main derrière. Sans compter qu'il était recouvert d'au moins dix couches de peinture et avait l'air aussi vétuste que le bâtiment. Pas moyen de le faire bouger.

— Merde, soufflai-je entre mes dents.

J'aurais pu grimper dessus avec mon talon, mais il risquait de se briser net à l'endroit où il était vissé dans le mur.

Au lieu de quoi je commençai à appuyer sur le butoir avec ma paume, puis avec l'autre. En haut et en bas. À gauche et à droite. Je l'agitais, mais sans sentir le moindre jeu. *Bon sang, ça prend trop de temps !*

Saisissant le butoir entre les pouces et les index de mes deux mains, je tirai dessus de toutes mes forces dans un sens, puis le serrai en tournant en sens inverse. Je crus une seconde que mes doigts avaient glissé, avant de constater que le butoir avait bel et bien tourné.

Je finis de le dévisser, et me relevai au moment où la porte des toilettes s'ouvrit à toute volée. L'un des gardes du corps se tenait sur le seuil.

Il me regarda.

— Tout va bien ? lança-t-il en gardant la porte entrouverte.

Je cachai le butoir au creux de ma paume.

— Le temps de me laver les mains, et je vous rejoins.

Il hocha la tête et s'en alla. À peine la porte refermée, je fourrai le butoir dans ma poche droite.

Naturellement, rien ne garantissait qu'ils allaient me tomber dessus. Murakami était peut-être passé dans la seule intention de me parler de ce qu'il avait eu en tête à La Rose de Damas. Mais peu importait. Ce qui compte, c'est de prendre conscience à temps de ce qui se passe. La plupart des gens refusent de croire que le crime, l'embuscade ou quelque autre violence que ce soit va réellement se produire. Même s'ils le devinent à un certain niveau de conscience, ils se réfugient dans le déni jusqu'à ce que la preuve leur soit mise sous les yeux. Stade auquel il est évidemment trop tard pour réagir.

Quitte à faire une erreur, je préfère envisager le pire. Comme ça, si je me trompe, je peux toujours m'excuser. Ou envoyer des fleurs. Commettez la moindre erreur dans l'autre sens, et c'est à vous qu'on enverra les fleurs.

Attrapant le portable au fond de ma poche, j'enfonçai la touche de raccourci en sortant des toilettes. La première chose qui me frappa fut de voir la salle vide. Il ne restait plus que Murakami et ses deux sbires entre la porte et moi. Mon sac était posé près de l'entrée. Le pistolet n'était nulle part en vue, signe qu'ils n'avaient pas pensé à fouiller mes affaires pendant ma brève absence.

— Que se passe-t-il ? demandai-je sur le ton désinvolte du type assez bête pour réaliser que quelque chose ne tourne pas rond et qui s'attend qu'on lui réponde avec franchise.

— Tout va bien, répondit Murakami, tandis qu'ils avançaient tous les trois sur moi. Nous avons demandé aux autres de sortir pour pouvoir parler tranquillement, c'est tout.

— Ah bon, très bien, fis-je en brandissant mon portable. Je passe juste un coup de fil.

— Plus tard, dit Murakami.

Pourvu que Tatsu et ses hommes ne soient pas trop loin… Pour m'être vraiment utiles, il aurait fallu qu'ils soient déjà au coin de la rue.

— Tu es sûr ? demandai-je en le regardant, laissant le temps à l'appel d'arriver. Je n'en ai que pour une minute.

— Plus tard, répéta-t-il.

Les deux gardes du corps s'étaient déployés de part et d'autre de leur patron.

Je baissai les yeux et vis que la connexion avait été établie.

— Bon, comme tu voudras, dis-je avec un haussement d'épaules.

Je mis mes mains dans mes poches – rangeant le téléphone dans celle de gauche, tâtant le butoir dans celle de droite. Mieux valait attendre qu'ils soient suffisamment près pour frapper.

Mais ils s'arrêtèrent juste avant. Je leur jetai un regard fixe, l'air interrogateur et penaud, comme pour dire : *Hé, les gars, à quoi vous jouez, là ?*

Murakami me dévisagea longuement. Et quand il prit la parole, ce fut d'une voix qui ressemblait à un grognement rauque.

— On a un problème.

— Un problème ?

— Ouais. Le problème, c'est que tu ne t'appelles pas Arai, mais Rain !

Je pris un regard affolé que je laissai glisser d'un visage à l'autre, puis sur la porte, avant de revenir sur eux. Pour leur faire croire que j'allais m'enfuir. Ce que j'aurais fait sans hésiter, si j'avais pu.

— Saisissez-le ! ordonna Murakami.

Le type qui se trouvait à ma gauche plongea sur moi. Je me tenais prêt. Les mains déjà hors des poches, je tendis le bras gauche en faisant mine de vouloir l'arrêter. Il mordit à l'appât, agrippa mon bras à deux mains pour l'immobiliser tandis que son partenaire arrivait sur ma droite. J'enroulai la main qu'il essayait d'attraper autour de son poignet gauche, de manière à l'emprisonner, et me servis de cette prise pour me jeter sur lui. Il se recroquevilla sur lui-même mais ne put réagir à temps. J'avais déjà le butoir bien dans ma main droite, calé au creux de mon poing, la pointe qui dépassait entre mon majeur et mon index faisant de ce bout de ferraille la chevalière la plus redoutable du monde.

Très vite, sans lâcher son bras gauche, je lui envoyai un direct au cou, en visant juste en dessous de la mâchoire. Un coup pas particulièrement puissant, mais ce n'était pas nécessaire ; l'essentiel était qu'il soit précis, ce qu'il ne manqua pas d'être. La pointe s'enfonça comme une aiguille de tire-bouchon, et sans même laisser le temps au type de reculer, je fis un mouvement de rotation en appuyant bien avant de la retirer d'un geste brusque. Le gars poussa un cri et bondit en arrière, sa main venant se plaquer instinctivement sur sa chair déchirée. Le sang qui gicla abondamment entre ses doigts me confirma que j'avais touché la carotide.

Dans un gargouillement horrifié, il pressa son autre main sur la blessure, mais le sang continuait de jaillir. Tout à coup, je pivotai vers la droite. Son copain s'était figé, ne comprenant pas très bien ce qui venait de se passer, impressionné par tout ce sang. Je pris le butoir entre le pouce et l'index comme si c'était un couteau et le brandis dans le plus pur style hollywoodien, le bras en extension tenant l'arme beaucoup trop loin du corps.

Soudain, réalisant que ce que je tenais n'avait rien d'une machette, le type essaya de s'en saisir. Je le laissai m'attraper par le poignet, puis fis semblant de vouloir me libérer. Il s'arc-bouta pour résister, le genou tendu en avant, son regard et son attention concentrés sur l'arme. Profitant de ce contrepoids pour me tasser sur moi-même, je soulevai mon pied droit et lui balançai un grand coup dans le genou. Atteint à la rotule, il s'effondra sur le sol dans un hurlement.

Murakami se trouvait toujours entre moi et la porte. Il regarda calmement ses deux hommes à terre – l'un beuglant et se tortillant sur le dos ; l'autre assis, les deux mains crispées sur son cou dégoulinant de sang dans un geste de mortification burlesque. Puis il se tourna vers moi et me sourit, révélant sa fausse denture.

— Tu es fort, me dit-il. Tu n'en as pas l'air, mais tu es fort.

— Ton ami a besoin d'un toubib, déclarai-je, haletant. Si on ne s'occupe pas de lui, il va se vider de son sang en cinq minutes, ou même moins.

Murakami haussa les épaules.

— Parce que tu crois que je voudrai encore de cette mauviette comme garde du corps ? S'il ne crève pas, je me chargerai moi-même de l'achever.

L'homme pataugeait dans son sang en regardant son patron d'un œil incrédule. Sa bouche s'ouvrait et se refermait sans que n'en sorte le moindre son. Au bout de quelques secondes, il s'écroula silencieusement sur le côté.

Murakami se pencha sur lui, puis me regarda. De nouveau, il haussa les épaules.

— On dirait que tu m'as épargné le boulot, commenta-t-il.

Bon Dieu, Tatsu, qu'est-ce que tu fous ?

Le balafré ouvrit la fermeture Éclair de son blouson et recula respectueusement d'un pas avant de l'enlever. S'il était resté un tantinet plus près, je lui aurais sauté dessus à la seconde où il aurait eu le blouson au niveau des coudes, et il le savait.

Il regarda le butoir dans ma main ensanglantée.

— On fait ça avec une arme ? fit-il de son ton morne. Parfait.

Sa main plongea dans sa poche arrière, d'où il sortit un cran d'arrêt. Puis il actionna le bouton-poussoir situé sur le manche pour faire jaillir la lame. À en juger par l'ouverture semi-automatique instantanée, il s'agissait d'un modèle Kershaw, autrement dit une lame de qualité dont le port est autorisé. Le fil noir passé au nitrite de titane devait faire dans les neuf centimètres. *Aïe*.

Je sais par expérience qu'un homme sans arme qui se retrouve face à un couteau n'a en gros que quatre solutions. La meilleure est, si possible, de partir en courant. La deuxième consiste à faire immédiatement diversion pour différer le moment de l'attaque. La troisième est d'instaurer une certaine distance entre soi-même et l'adversaire afin de pouvoir utiliser une arme à plus longue portée. La quatrième revient à agir comme un fou furieux en espérant qu'on ne sera pas touché mortellement à l'instant où on se jettera sur l'adversaire.

Aussi entraîné soit-on, ces solutions sont les seules réalistes, bien qu'aucune ne soit franchement satisfaisante à l'exception, peut-être, de la première. Face à une arme blanche, toutes les techniques de défense à mains nues relèvent de l'illusion. Seuls les enseignent ceux qui n'ont jamais eu affaire à un assaillant déterminé armé d'un couteau.

Mes années macho remontant à au moins vingt ans, j'aurais été ravi, si je l'avais pu, de prendre mes jambes à mon cou. Mais dans l'espace clos d'un dojo, face à un ennemi plus jeune, et sans doute plus rapide, qui me bloquait la sortie, choisir la fuite n'était pas vraiment possible ; en d'autres termes, les probabilités déjà fort peu évidentes de s'en sortir indemne face à une lame paraissaient à la seconde même inexistantes.

Je jetai un coup d'œil en direction du sac. Vu qu'il se trouvait à une dizaine de mètres, mes chances de l'atteindre et de récupérer le pistolet avant que Murakami me plante sa lame dans la peau n'étaient pas des meilleures.

Le balafré me sourit, exposant ses bridges sous son rictus de prédateur.

— Jette ton arme et je jetterai la mienne, proposa-t-il.

Ce type était vraiment dingue. Je n'avais aucune envie de me battre, seulement celle de le liquider tout de suite ou de m'enfuir en attendant un moment plus opportun pour le faire. Mais je pouvais jouer là-dessus.

— Tu vas m'expliquer de quoi il s'agit, oui ou non ? demandai-je.

— Jette ton arme et je jetterai la mienne, répéta-t-il.

Raté. Je savais qu'il y avait une série de poids au fond de la salle. Peut-être arriverais-je à les rejoindre avant qu'il ne m'attrape. Si les disques en fonte n'étaient pas attachés, je pourrais m'en servir comme projectiles, histoire de le fatiguer et de créer une diversion qui me laisserait le temps de m'emparer du pistolet. Une perspective qui n'avait rien de très réjouissant contre un type habitué à combattre des chiens, mais j'étais à court d'idées.

— Toi d'abord, dis-je.

— Bon, d'accord, avec une arme, rétorqua-t-il en commençant à avancer vers moi, quoique à pas lents, en prenant tout son temps.

Je me crispai, prêt à m'élancer vers les poids.

Soudain, une série de coups autoritaires retentit contre la porte, tandis qu'une voix criait : « *Keisatsu da !* Police ! » dans un mégaphone.

La tête de Murakami pivota dans cette direction, mais ses yeux restèrent rivés sur moi. À sa réaction, je compris que cette intrusion l'avait déstabilisé et qu'il ne s'y attendait pas.

Une nouvelle fois, un poing frappa contre la porte en métal. Suivi de : « *Keisatsu da ! Akero !* Police ! Ouvrez ! »

Tatsu.

Le regard du balafré et le mien continuèrent de se fixer une longue seconde, mais je savais déjà ce qu'il allait faire. Ce type avait beau être dingue, c'était un survivant. Quelqu'un qui réévalue ses chances en permanence et s'en tient là.

Il brandit son couteau vers moi.

— Ce sera pour une autre fois ! me lança-t-il.

Puis il se rua au fond de la salle.

Je me précipitai sur le sac. Mais, avant que je l'atteigne, Murakami avait déjà gagné le vestiaire et refermé la porte derrière lui. Aller le rejoindre tout seul eût été dangereux. Mieux valait attendre les renforts de Tatsu.

Je courus vers l'entrée. La porte était bloquée par des barres horizontales tendues par un ressort, et il me fallut plusieurs secondes avant de comprendre comment fonctionnait le mécanisme.

J'ouvris la porte d'un coup d'épaule. Tatsu et deux de ses hommes, arme au poing, attendaient sur le seuil.

— Là-dedans ! fis-je en indiquant le vestiaire d'un signe de tête. Il y a une porte sur l'arrière par où il pourrait sortir. Il est armé d'un couteau.

Tatsu désigna un de ses hommes et lui montra la ruelle qui longeait le bâtiment sur la droite. Le flic s'y engouffra aussitôt. Tatsu fit ensuite signe à l'autre de l'accompagner et ils s'avancèrent dans la salle.

En apercevant les deux hommes étendus par terre, ils comprirent que ceux-là ne risquaient plus d'aller très loin. Nous rejoignîmes l'arrière du dojo. L'homme de Tatsu partit vers les toilettes.

— Non, lui dis-je. Par ici. Dans le vestiaire. Une porte donne sur la rue, mais il est peut-être encore à l'intérieur.

Postés de chaque côté de la porte, Tatsu et son homme s'accroupirent afin de s'exposer le moins possible. Chacun d'eux tenait son arme au niveau de la ceinture, dans la position dite du « troisième œil », preuve d'une grande connaissance tactique. Tatsu hocha la tête. Aussitôt, le flic actionna la poignée pour ouvrir la porte, et la poussa doucement tandis que son chef pointait son arme dans l'embrasure. Tatsu suivit le mouvement de la porte en train de pivoter avec ses yeux autant qu'avec son arme.

Nouveau signe, et ils pénétrèrent dans le vestiaire, Tatsu en tête. La pièce était déserte. La porte qui donnait sur l'extérieur était fermée, mais le verrou n'était pas tiré et le cadenas que j'avais aperçu la fois précédente n'était plus là.

— Par là ! dis-je. Il est passé par là.

Tout à coup, je repensai au flic parti dans la ruelle. Murakami et lui avaient dû se heurter de plein fouet.

De nouveau, Tatsu et son agent prirent position pour avancer à l'extérieur. Je les suivis. Derrière le bâtiment se trouvait une cour minuscule, où étaient entassés des poubelles, des cartons vides et des matériaux de construction abandonnés. Un générateur tout rouillé gisait dans un coin. De l'autre côté, la carcasse d'un réfrigérateur était appuyée contre une paroi de tôle ondulée, la porte arrachée, deux étagères pendouillant à l'intérieur telles les entrailles d'un animal éviscéré.

La cour débouchait sur la ruelle, où nous découvrîmes l'homme de Tatsu.

Étendu sur le dos, les yeux grands ouverts, il continuait de serrer dans sa main l'arme qui ne lui avait pas servi. Murakami l'avait éventré de haut en bas, et laissé là. Tout autour, le sol était couvert de sang.

— *Chikusho*, entendis-je jurer Tatsu. Merde.

Il s'agenouilla pour vérifier si l'homme était mort, puis sortit son téléphone portable et donna des ordres tandis que l'autre flic allait explorer la ruelle.

Je remarquai que le cadavre ne portait aucune blessure indiquant qu'il avait tenté de se défendre – aucune marque sur les mains ou aux poignets. Le flic n'avait même pas eu le temps de lever les bras pour se protéger, à plus forte raison pour tirer. Pauvre type. Sans doute aurais-je mieux fait de ne pas parler du couteau. Inconsciemment, il avait dû se méprendre sur ce que j'avais voulu être une mise en garde, et se dire qu'il ne risquait rien grâce à son arme. Une erreur fréquente. Dans certaines conditions, notamment dans un passage étroit comme une ruelle, une lame se révèle supérieure à une balle.

Tatsu se redressa et se tourna vers moi. Malgré son ton paisible, je devinai une rage sourde dans son regard.

— Murakami ? demanda-t-il.

J'opinai.

— Et les deux autres à l'intérieur, ce sont des hommes à lui ?

J'acquiesçai de nouveau.

— Il y a une grosse Mercedes garée devant le bâtiment. Je suppose qu'il est arrivé dedans et prévoyait de repartir de la même façon. À présent, il va devoir compter sur les taxis ou les transports publics… Il n'a quand même pas pu faire ça sans être couvert de sang lui aussi, ajouta Tatsu en montrant le flic à terre. Une équipe va venir quadriller le périmètre. On peut peut-être encore le coincer.

— Ça m'étonnerait, dis-je.

Ses narines se dilatèrent.

— Un des types que j'ai vus dans la salle m'a paru ne pas être trop mal en point pour subir un interrogatoire, observa-t-il. Ça nous servira également.

— Quand vous êtes arrivés, est-ce qu'il y avait du monde devant la porte ? demandai-je. Murakami a fait vider la salle quelques minutes avant.

— Plusieurs types attendaient dehors. Mais ils ont fichu le camp dès qu'ils nous ont vus. Ils ne nous seront d'aucune utilité dans l'immédiat.

— Désolé pour ton gars, murmurai-je, ne sachant trop quoi dire.

Tatsu hocha lentement la tête et, l'espace d'une seconde, ses traits parurent s'affaisser.

— Il s'appelait Fujimori. C'était un chouette type, compétent et idéaliste. C'est ce que je vais devoir répéter à sa veuve tout à l'heure.

Puis il se redressa, l'air tout à coup de se reprendre.

— Résume-moi ce qui s'est passé et déguerpis en vitesse avant que les autres flics arrivent.

Je m'exécutai. Tatsu m'écouta sans piper mot. Lorsque j'eus terminé, il me regarda et dit :

— Viens me retrouver chez Christie à Harajuku, ce soir, à sept heures. Ne disparais pas dans la nature. Ne m'oblige pas à te chercher.

Je connaissais ce salon de thé pour y être allé de nombreuses fois lorsque je vivais à Tokyo.

— J'y serai.

— Où est le pistolet ?

— À l'intérieur. Dans un sac de gym, près de la porte d'entrée. J'aimerais le garder.

Tatsu secoua la tête.

— On me l'a réclamé aujourd'hui. Il faut que je puisse le montrer, sinon j'aurai des ennuis. Il se peut que je t'en trouve un autre.

— Ce serait bien, dis-je, repensant à l'assurance avec laquelle Murakami avait dégainé son Kershaw.

Tatsu me fit un dernier signe de tête avant de se tourner vers son camarade qui gisait dans une mare de sang. Sa mâchoire se contracta, puis se relâcha, et il murmura :

— Le jour où je coincerai ce salopard, je lui ferai subir le même sort.

17

Je repartis à pied jusqu'à Kototoi-dori, d'où je pris un taxi. Étant donné ce qui venait de se passer, le fonctionnement du dojo allait être provisoirement perturbé, mais je savais déjà que les sbires de Murakami étaient au courant de ma présence à Asakusa, et que la station de métro offrait un endroit trop idéal pour une embuscade.

Le rendez-vous que Tatsu m'avait fixé n'était que six heures plus tard. Brusquement, je fus envahi par le sentiment bizarre de n'avoir rien à faire, ni nulle part où aller. Pris d'une bouffée que certains auraient qualifiée de « désordre post-traumatique déclenchant une excitation extrême », je pensai une seconde à appeler Naomi.

Cependant, avec Murakami à mes trousses, je préférais éviter tout endroit où je courais ne serait-ce qu'un risque infime d'être attendu.

Mon pager vibra. Sur l'écran s'afficha un numéro que je ne connaissais pas.

J'entrai dans une cabine et rappelai le numéro. Mon interlocuteur décrocha à la première sonnerie.

— Savez-vous qui je suis ? demanda une voix masculine en anglais.

Je la reconnus aussitôt. Kanezaki, mon nouveau copain de la CIA.

— S'il vous plaît, écoutez ce que j'ai à vous dire, enchaîna-t-il. Ne raccrochez pas.

— Comment as-tu eu ce numéro ?

— Par les archives téléphoniques – en consultant les appels passés depuis les cabines publiques installées à proximité de l'appartement de votre ami. Mais je n'ai rien à voir avec ce qui lui est arrivé. Je viens tout juste de l'apprendre. C'est d'ailleurs pour ça que je vous appelle.

Je réfléchis une seconde. Si Kanezaki avait accès aux archives des coups de fil passés depuis ces cabines, qu'il ait réussi à repérer mon numéro de pager était effectivement possible. Harry avait l'habitude de m'appeler de différents téléphones publics, puis de rentrer chez lui attendre que je le rappelle. Examiner les archives permettait de repérer un schéma – un même numéro appelé depuis plusieurs cabines du quartier. Dans le cas probable où il y aurait plus d'un résultat, il suffisait de composer chaque numéro en procédant par élimination. Une éventualité que Harry et moi aurions dû envisager, mais ce n'était pas très important. Même si quelqu'un parvenait à intercepter mon numéro, comme Kanezaki venait manifestement de le faire, il ne détiendrait au bout du compte qu'une adresse de pager.

— J'écoute, dis-je.

— Je voudrais vous rencontrer. Je pense qu'on peut s'entraider.

— Ah oui ?

— Oui. Écoutez, je prends un gros risque, là… Je sais que vous devez me croire mouillé dans ce qui est arrivé à votre ami et avoir envie de vous venger.

— C'est bien possible.

— De toute manière, je suis sûr que vous finirez toujours par me retrouver. Je me dis que j'ai tout intérêt à vous expliquer ce que je crois être arrivé, plutôt que de passer le reste de ma vie dans l'angoisse de vous voir surgir à l'improviste.

— Que proposes-tu ?

— Une rencontre. Où vous voudrez, du moment que c'est dans un lieu public. Si vous m'écoutez, je sais que vous me croirez. Mais j'ai peur que vous tentiez quelque chose sans même me laisser parler. Comme la dernière fois que nous nous sommes vus.

Je réfléchis. Si c'était un piège, la CIA avait deux manières de s'en prendre à moi. La première était de faire surveiller Kanezaki par des gens qui passeraient à l'action dès mon entrée en scène. Et la seconde, de le surveiller à distance, à l'aide d'une sorte de transmetteur, comme la fois où Holtzer avait essayé de me coincer après m'avoir proposé un « rendez-vous » similaire.

La seconde solution paraissait la plus plausible, dans la mesure où j'aurais plus de mal à repérer l'équipe de Kanezaki si elle n'était pas obligée de rester en contact visuel avec lui. Mais je pouvais me fier au détecteur de Harry pour éliminer la seconde possibilité. Et il me suffisait d'emmener Kanezaki dans un endroit désert pour écarter la première.

— D'où m'appelles-tu ? demandai-je.

— De Toranomon. Près de l'ambassade.

— Tu connais Japan Sword ? La boutique de sabres anciens dans Toranomon 3-chome, à côté de la gare ?

— Oui.

— Alors, vas-y. Je te retrouve là-bas dans trente minutes.

— O.K.

Je raccrochai. En réalité, je n'avais pas l'intention de me rendre dans cette boutique de sabres, bien que j'aime aller y flâner de temps en temps. Mais je voulais que Kanezaki et quiconque l'accompagnerait prennent la peine de se mettre en position là-bas, pendant que je m'installerais dans un endroit plus sûr.

Je pris plusieurs taxis et trains pour aller jusqu'à la porte Wadakuramon du Palais impérial. Entre les hordes de touristes, les batteries de caméras de sécurité et les cordons de flics chargés de protéger les personnalités du palais, la porte Wadakuramon serait un endroit très malcommode pour m'abattre, au cas où cette idée aurait titillé Kanezaki et compagnie. Le faire venir ici après y avoir pris position forcerait une éventuelle équipe de surveillance à agir dans l'urgence, ce qui augmenterait mes chances de la repérer.

Une fois sur place, je me servis de nouveau du téléphone que m'avait donné Tatsu pour appeler Kanezaki.

— Changement de plan, annonçai-je.

Bref silence.

— D'accord.

— Retrouve-moi devant la porte Wadakuramon du Palais impérial, en face de la gare de Tokyo. Viens tout de suite. Je t'attends devant. Arrive par le côté gare, que je puisse vérifier que tu es bien seul.

— J'y serai dans dix minutes.

Je raccrochai.

Je hélai un taxi dans Hibiya-dori, qui coupe le boulevard allant de la gare au Palais impérial. À peine monté, je demandai au chauffeur de patienter en lui expliquant que je devais retrouver un ami ici même peu après. Il enclencha le taximètre, et nous attendîmes en silence.

Dix minutes plus tard, je vis Kanezaki s'approcher en respectant les consignes indiquées. Il jeta des regards alentour sans m'apercevoir.

Je baissai la vitre à l'arrière du taxi.

— Kanezaki ! appelai-je quand il passa près de moi.

Il sursauta et se retourna.

— Monte !

Le chauffeur actionna la portière automatique, et Kanezaki se glissa près de moi. La porte une fois refermée, le taxi démarra. Je dis au chauffeur de rouler en direction d'Akihabara, La Mecque de l'électronique à Tokyo. En jetant un coup d'œil en arrière, je ne constatai rien d'alarmant. Personne ne courait à perdre haleine derrière la voiture. Apparemment, Kanezaki était seul.

Je me penchai pour le palper. À part un téléphone portable, des clés et un nouveau portefeuille, je ne trouvai rien. Et le détecteur de Harry se tenait tranquille.

Je fis prendre au chauffeur des petites rues afin de réduire encore tout risque de filature. Nous descendîmes près de la gare d'Ochanomizu, effectuant à partir de là divers trajets en train et à pied pour que je puisse m'assurer que personne ne nous suivait.

Je mis un terme au parcours à Otsuka, à l'extrême nord de la ligne de Yamanote. Otsuka est une sorte de village, quoique d'un genre assez mal famé, où abondent les salons de massage et les hôtels de passe. Hormis les gens qui vivent et travaillent ici, l'endroit attire surtout des hommes d'un certain âge en quête de services sexuels bas de gamme. Rares sont les Blancs qui s'y aventurent. Si équipe de surveillance il y avait, et qu'elle soit composée de types blancs de la CIA, Otsuka rendrait leur approche difficile.

Nous empruntâmes l'escalier qui menait au premier étage du restaurant Royal Host, face à la gare. En entrant, je jetai un regard circulaire dans la salle. Il y avait là essentiellement des familles en goguette, ainsi que quelques employés à l'air las fuyant une soirée chez eux. Personne ne détonnait dans le tableau.

Nous nous assîmes dans un coin qui offrait une bonne vue sur la rue.

— Vas-y, dis-je en fixant Kanezaki.

Le jeune homme frotta ses mains l'une contre l'autre en lançant des coups d'œil autour de lui.

— Oh, là, là ! Si jamais je me fais prendre en train de…

— Épargne-moi les lamentations, et dis-moi ce que tu veux.

— Je ne voudrais pas que vous pensiez que j'ai joué un rôle dans ce qui est arrivé à votre ami. Et j'aimerais que nous fassions équipe.

— Je t'écoute.

— Bien. Pour commencer, je crois que… qu'on est en train de me piéger.

— Quel rapport avec mon ami ?

— Laissez-moi commencer par le commencement, et vous verrez, d'accord ?

— Vas-y, fis-je en hochant la tête.

Kanezaki se passa la langue sur les lèvres.

— Vous vous souvenez de ce programme dont je vous ai parlé ? Crépusculaire ?

La serveuse arriva, et je m'aperçus tout à coup que je mourais de faim. Sans consulter la carte, je commandai un club sandwich et la soupe du jour. Kanezaki se contenta d'un café.

— Oui, je m'en souviens.

— Eh bien, officiellement, le programme a pris fin voilà six mois.

— Et alors ?

— Alors, il se poursuit néanmoins, et je continue à m'en occuper bien que les fonds qui lui étaient alloués aient été supprimés. Pourquoi est-ce que personne ne m'a averti de sa suppression ? Et d'où vient l'argent qui le fait fonctionner à l'heure actuelle ?

— Attends une seconde. Va moins vite. Comment as-tu découvert ça ?

— Il y a quelques jours, mon patron, le responsable du bureau, a demandé à voir tous les reçus correspondant aux fonds alloués au programme qui étaient en ma possession.

— Biddle ?

Il me jeta un regard étonné.

— Oui. Vous le connaissez ?

— Un peu. Parle-moi de ces reçus.

— À l'Agence, c'est la règle. Chaque fois qu'on attribue des fonds, le bénéficiaire doit signer un reçu. Sinon, il serait trop facile aux agents de terrain de se servir au passage à chaque déboursement.

— Vous avez demandé à ces gens de… de signer des reçus prouvant qu'ils touchent de l'argent ? demandai-je, incrédule.

— C'est la règle, répéta Kanezaki.

— Et ils ont accepté ?

Le jeune homme haussa les épaules.

— Pas toujours, non, pas au début. Nous sommes formés à faire admettre cette idée au bénéficiaire. La première fois, on n'aborde même pas la question. La deuxième fois, on lui explique qu'il s'agit d'une nouvelle politique mise en place par le gouvernement américain, afin de veiller à ce que tous les bénéficiaires du financement reçoivent intégralement la somme qui leur est allouée. S'il continue à renâcler, on lui dit que ce n'est pas grave, qu'on accepte de se mouiller pour lui, mais qu'on va voir ce qu'on peut faire. Vers la cinquième fois, quand il s'est habitué à recevoir de l'argent, on lui annonce que nos supérieurs nous ont réprimandés pour ne pas avoir exigé de reçus, et menacent de couper les fonds si on ne fait pas signer les papiers comme prévu. On tend un reçu au gars en lui demandant de gribouiller quelque chose. La première signature est en général illisible. Au bout de plusieurs fois, elle l'est nettement moins.

Incroyable.

— Très bien. Donc, Biddle demande à voir les reçus…

— Exact. Et je les lui ai apportés, mais j'ai eu comme une impression bizarre.

— Pourquoi ?

Kanezaki se passa la main sur la nuque.

— À l'époque où le programme a démarré, on m'a dit que je serais chargé de conserver tous les reçus dans mon coffre. Je me suis donc inquiété de savoir pourquoi le chef les exigeait tout à coup, bien qu'il m'ait certifié que c'était une simple question de routine. Je me suis immédiatement renseigné auprès de gens que je connais à Langley – par la bande, bien sûr. Et j'ai appris que, dans le cadre d'un programme ayant ce niveau de classification, personne ne demanderait à voir des documents, à moins qu'une plainte ait été formellement déposée au préalable auprès de l'inspecteur général de l'Agence et mette spécifiquement en cause la malhonnêteté d'un agent de terrain.

— Comment sais-tu que ce n'est pas le cas ?

Le jeune homme rougit.

— Premièrement, parce qu'il n'y a aucune raison. Je n'ai rien fait de mal. Deuxièmement, si une plainte avait été déposée formellement, le chef aurait dû organiser, comme l'exige le protocole, une réunion avec moi en présence de juristes. Le détournement de fonds est une accusation grave.

— Bon. Tu remets les reçus à Biddle, mais tu as une impression bizarre…

— Oui. J'ai donc commencé à examiner la circulation des câbles concernant Crépusculaire. Comme tout est numéroté en séquences, je me suis vite aperçu qu'il en manquait un. Un détail que je n'aurais pas remarqué si je n'avais pas eu l'idée de vérifier la séquence numérique. En temps normal, personne ne se serait rendu compte de rien, vu que personne ne recherche jamais les dossiers par numéro de câble ; c'est trop compliqué, d'autant que, souvent, le numéro ne correspond pas… J'ai appelé une fille qui travaille au département Asie du Sud-Est à Langley, et elle m'a lu le contenu du câble manquant par téléphone. Il disait que l'opération Crépusculaire était terminée et devait être interrompue sans délai dans la mesure où le financement avait été attribué à un autre poste.

— Tu penses que quelqu'un d'ici a subtilisé ce câble pour que tu ne saches pas que le programme avait pris fin ?

— Oui, répondit-il en hochant la tête.

La serveuse apporta notre commande. Je me jetai sur mon sandwich.

— Dis-m'en un peu plus sur Crépusculaire, demandai-je entre deux bouchées.

Kanezaki avait l'air d'humeur bavarde, et je voulais en apprendre davantage. Nous en viendrions à Harry bien assez tôt.

— Quoi, par exemple ?

— Quand est-ce que ça a commencé ? Comment en as-tu appris l'existence ?

— Je vous l'ai déjà dit. Il y a dix-huit mois, on m'a informé que le bureau de Tokyo avait été chargé d'un programme d'action visant à encourager les réformes et à supprimer ce qui les entrave. Nom de code de l'opération : Crépusculaire.

Dix-huit mois. Mmm...

— Au départ, qui t'a confié la responsabilité de ce programme ? demandai-je, même si, d'après les dates, j'avais déjà une petite idée de la réponse.

— L'ancien chef du bureau de Tokyo. William Holtzer.

Holtzer. Ses bonnes œuvres continuent.

— Raconte-moi comment il t'a présenté les choses. Sois précis.

Kanezaki regarda sur sa gauche, ce qui chez la plupart des gens est le signe neurolinguistique du souvenir plutôt que de l'affabulation. S'il avait regardé dans l'autre sens, j'aurais supputé un mensonge.

— Il m'a dit que Crépusculaire entrait dans la catégorie des opérations cloisonnées et qu'il voulait que j'en sois le responsable.

— Quel était ton rôle, exactement ?

— Augmenter le nombre de bénéficiaires ciblés, attribuer les fonds, diriger l'ensemble du programme.

— Pourquoi toi ?

— Je n'ai pas posé la question, répondit le jeune homme en haussant les épaules.

Je dus réprimer mon envie de rire.

— Et tu as trouvé tout naturel que, malgré ton jeune âge et ton inexpérience, il te suppose des talents cachés et décide de te confier une telle responsabilité ?

— Quelque chose comme ça, sans doute, admit-il en rougissant.

Je fermai brièvement les yeux en secouant la tête.

— Kanezaki, sais-tu ce que signifient les termes « homme de paille » et « pigeon » ?

Il s'empourpra plus encore.

— Je ne suis pas aussi bête que vous le croyez !

— Bon, quoi d'autre ?

— Holtzer m'a expliqué que le soutien aux réformes nécessiterait de faire parvenir des fonds en liquide à certains hommes politiques qui prônent des mesures au goût du gouvernement américain. La théorie étant que, pour participer à la politique japonaise, il faut disposer de grosses sommes en liquide. Comme il est impossible de rester en poste autrement, tout le monde finit par être corrompu à force d'accepter de l'argent ou par être éliminé à force d'en refuser. Nous allions changer la donne en proposant une autre source de financement.

— Un financement attesté par des reçus.

— C'est la règle, oui. Je vous l'ai dit.

— Lorsque vos bénéficiaires signent ces reçus, ils les manipulent, j'imagine ?

— Évidemment !

Un instant, je me demandai pourquoi ils embauchaient ces jeunes blancs-becs à peine sortis de l'université.

— Je serais curieux de savoir à quoi tu crois que peuvent servir des documents signés sur lesquels figurent des empreintes, et qui attestent que les signataires ont reçu des fonds distribués par la CIA.

— Ce n'est pas ce que vous imaginez, fit Kanezaki en secouant la tête. La CIA ne pratique pas le chantage.

Cette fois, j'éclatai de rire.

— Je ne dis pas que ça ne se fait pas parce qu'on est de bons gars, s'empressa d'ajouter le jeune homme avec tant de sérieux que c'en était presque comique. C'est seulement qu'il a été démontré que ça ne marchait pas. Il arrive qu'on s'en serve pour obtenir une coopération à court terme, mais, sur le long terme, c'est un moyen de contrôle inefficace.

Je le regardai attentivement.

— Parce que la CIA te fait l'effet d'être une organisation qui table particulièrement sur le long terme ?

— On s'y efforce, oui.

— Bon, puisque tu ne fais pas l'objet d'une enquête pour détournement de fonds et que le chantage est une notion inconnue à la CIA, que crois-tu que Biddle fasse avec ces reçus ?

— Je n'en ai aucune idée, avoua-t-il en baissant les yeux.

— Qu'est-ce que tu attends de moi, à vrai dire ?

— Il y a autre chose de bizarre.

Je dressai les sourcils.

— D'après le protocole, avant chaque rencontre avec un bénéficiaire, les agents de terrain doivent remplir un formulaire où sont mentionnées les caractéristiques du rendez-vous prévu : qui, où et quand. Le but est de disposer d'un dossier que d'autres agents pourraient utiliser au cas où quoi que ce soit tournerait mal. Suite à la demande expresse de mon chef, j'ai remis un de ces formulaires, sur lequel était indiqué que j'avais un rendez-vous ce soir – alors qu'en fait je n'en ai pas –, mais en laissant en blanc le lieu du rendez-vous.

— Et on t'en a fait la remarque.

— Exact. Ce qui est tout de même bizarre, vu que personne n'est supposé s'intéresser à ces détails *avant* une rencontre. Ces renseignements sont recueillis au cas où un imprévu surviendrait par la suite. D'ailleurs, la moitié du temps, on ne prend même pas la peine de remplir par avance les formulaires, on ne le fait qu'après. C'est trop embêtant. Et, en général, on n'en entend plus jamais parler.

— Qu'est-ce que tu en conclus ?

— Que quelqu'un observe de très près ces rencontres.

— Pour quelle raison ?

— Je… je n'en sais rien.

— Dans ce cas, je ne vois pas en quoi je peux t'aider.

— Bon, d'accord. Il est possible que quelqu'un essaie de réunir des preuves pour montrer que j'ai poursuivi l'opération Crépusculaire à titre personnel après qu'elle a été arrêtée. Comme ça, si ça se savait, Biddle ou qui que ce soit d'autre pourrait me le reprocher. Et faire de moi leur bouc émissaire, ajouta-t-il en me regardant fixement.

Ce gamin n'était peut-être pas si naïf que ça, en fin de compte.

— Tu ne m'as toujours pas dit ce que tu attendais de moi.

— Que vous fassiez ce soir une contre-surveillance et que vous me racontiez ensuite ce que vous aurez vu.

— Je suis flatté, mais tu ne ferais pas mieux d'aller voir l'inspecteur général ?

— Avec quoi ? De vagues soupçons ? D'autant que, d'après ce que je sais, l'IG et le chef du bureau de

Tokyo ont fait leurs études ensemble à Yale. N'oubliez pas que Crépusculaire a pris fin il y a six mois. Et que, depuis cette date, l'opération est bel et bien devenue illégale. Or, pendant toute cette période, j'ai continué à la diriger. Avant d'engager une procédure, je préférerais comprendre ce qui se passe.

Je restai silencieux une minute. Puis je demandai :

— Que m'offres-tu en échange ?

— Je vous dirai ce que je sais sur votre ami.

Je hochai la tête.

— Si ce que tu me racontes est convaincant et a une quelconque valeur, je t'aiderai.

— Vous ne reviendrez pas sur votre parole ?

— Tu vas devoir en courir le risque, rétorquai-je sans le quitter des yeux.

Kanezaki fit la moue, comme un enfant qui estime avoir fait une demande raisonnable et se vexe qu'on ne le prenne pas au sérieux.

— D'accord, lâcha-t-il au bout d'un moment. La dernière fois que nous nous sommes vus, je vous ai dit que nous avions découvert que Haruyoshi Fukasawa était en relation avec vous après avoir intercepté une lettre destinée à Midori Kawamura. À ce moment-là, nous disposions en tout et pour tout d'un prénom, écrit avec une combinaison de *kanji* peu courante, et d'un cachet du bureau de poste principal du Chuo-ku.

Cela correspondait assez bien à ce que Harry et moi-même avions imaginé.

— Continue, l'encourageai-je.

— Si nous voulions tirer profit de ces deux petits éléments d'information, il restait de nombreuses pistes à explorer. Registres d'habitation de la circonscription locale, dossiers des impôts et autres choses de ce genre. Nous allions devoir procéder par cercles concentriques en partant de Chuo-ku, lieu d'émission du cachet postal. Ce qui nécessitait pas mal de main-d'œuvre et une bonne connaissance des lieux.

J'acquiesçai, sachant déjà ce qui allait suivre.

— Vous avez donc fait appel à un intermédiaire, lançai-je.

— Exact. Un bénéficiaire de notre bureau de Tokyo du nom de Yamaoto.

Bon Dieu, autant mettre un contrat sur la tête de Harry ! Je fermai les yeux pour réfléchir une seconde.

— Avez-vous dit à Yamaoto pourquoi vous vous intéressiez à Fukasawa ?

— Bien sûr que non, répondit Kanezaki en secouant la tête. Nous lui avons seulement dit que nous voulions savoir où la personne portant ce nom vivait et travaillait.

— Et ensuite, que s'est-il passé ?

— Je ne sais pas. Yamaoto nous a fourni l'adresse en question. Nous avons filé Fukasawa au plus près, mais il était sans cesse sur ses gardes, si bien que nous n'avons jamais réussi à le suivre assez longtemps pour qu'il nous conduise jusqu'à vous.

— Tu ne m'apprends rien que je ne connaisse déjà. Et sur la mort de Fukasawa ?

— L'autre jour, comme d'habitude, je suis allé à son appartement avec la sécurité diplomatique pour essayer de le filer. J'avais eu beau dire à Biddle que ce n'était, à mon avis, pas une bonne idée après notre précédente rencontre, que c'était même dangereux pour moi personnellement, il avait insisté pour que j'y retourne. Quoi qu'il en soit, à peine arrivé, j'ai constaté une effervescence inhabituelle. Il y avait plusieurs voitures de police et une… une équipe de nettoyage de la voirie devant l'immeuble. Je suis allé jeter un œil, et j'ai compris ce qui s'était passé. Quand j'ai raconté ça à Biddle, il est devenu complètement livide.

— Ce qui veut dire ?

— Ce qui veut dire qu'il m'a paru à la fois surpris et furieux. Et s'il était surpris, ça signifie que quelqu'un d'autre est responsable de tout ça. Mais ce n'était pas un accident, j'en suis sûr. Ce qui ne laisse que deux possibilités : vous et Yamaoto. Mais étant donné que vous êtes là et que vous avez l'air de ne pas vous en foutre, je me dis que Fukasawa et vous n'étiez pas brouillés. Reste Yamaoto.

— Supposons que tu aies raison. Pourquoi Yamaoto aurait-il fait ça ?

— Je l'ignore, répondit-il en déglutissant. Enfin, de manière très générale, je dirais que c'est soit parce que Fukasawa représentait une sorte de menace, soit parce qu'il n'était plus utile, mais je n'en sais pas plus.

— Tu avais vu Fukasawa avec une femme ?

— Oui, nous l'avons vu aller et venir plusieurs fois avec une certaine Yukiko Nohara. Elle travaille dans un club de Nogizaka, La Rose de Damas.

Je réfléchis une minute. Mon intuition me disait que Kanezaki jouait franc-jeu. Mais je n'avais aucun moyen d'en être absolument certain. De plus, vu le peu qu'il m'apprenait, je n'allais pas prendre le risque d'effectuer une contre-surveillance pour lui avec tout ce que ça pouvait entraîner.

En revanche, ça intéresserait peut-être Tatsu. Et il serait sans doute plus à même que moi de tirer parti des maigres informations de Kanezaki.

— J'ai rendez-vous dans quelques heures avec quelqu'un qui pourra t'aider, déclarai-je. Mieux que moi.

— Est-ce que ça veut dire que vous me croyez ?

— Je n'ai encore rien décidé, répondis-je en soutenant son regard.

Il y eut un silence, puis il me lança :

— Mon portefeuille.

Je levai un sourcil intrigué.

— Où est-il ? demanda alors le jeune homme.

Je pouffai de rire.

— Envolé !

— Il y avait cinquante mille yens dedans…

Je hochai la tête.

— Juste ce qu'il faut pour prendre un menu dégustation et un gevrey-chambertin 85 dans un restaurant que j'aime bien. Mais j'ai dû y aller de ma poche pour le vega sicilia unico 70 que j'ai bu avec le dessert. La prochaine fois que tu te mettras en tête de me surveiller, tâche d'apporter quelques yens de plus, d'accord ?

Kanezaki me jeta un regard noir.

— C'est du vol !

— Estime-toi plutôt heureux, fiston. Avoir voulu me filer aurait pu te coûter davantage. Et maintenant, allons voir si le type dont je t'ai parlé sera d'accord pour te rendre le service que tu veux.

J'emmenai Kanezaki au Christie, le salon de thé où Tatsu m'avait donné rendez-vous. Nous parcourûmes à pied la courte distance qui le séparait de la gare JR de Harajuku. Le propriétaire, qui paraissait se souvenir de moi et des places que je préférais à l'époque où je venais régulièrement, nous conduisit à l'une des tables situées au fond de la longue salle en L et invisibles depuis la rue.

Kanezaki choisit un assam. Je commandai du thé au jasmin pour moi et notre ami qui n'allait pas tarder, jugeant qu'après la journée que lui et moi venions de passer mieux valait nous contenter d'un thé avec un taux de caféine peu élevé.

En attendant Tatsu, nous discutâmes de choses et d'autres. Kanezaki se montrait étonnamment loquace, sans doute à cause des circonstances qui le rendaient nerveux.

— Comment es-tu entré dans le métier ? lui demandai-je.

— Je suis un *sansei*, un Japonais américain de la troisième génération. Mes parents parlent japonais, mais comme ils s'exprimaient en anglais à la maison, mes connaissances de ma langue d'origine se limitaient à ce que j'avais appris avec mes grands-parents. À l'université, j'ai suivi un cours qui comprenait un séjour au Japon, à Nagano-ken, et ça m'a emballé. J'ai eu l'impression de retrouver mes racines. En rentrant, j'ai pris tous les cours de japonais que j'ai pu trouver avant de repartir faire un nouveau séjour. En dernière année, j'ai rencontré un recruteur de la CIA sur le campus. Il m'a expliqué que l'Agence recherchait des gens qui maîtrisaient des langues rares – japonais, chinois, coréen, arabe. Je me suis dit : Pourquoi pas ? J'ai passé des tests, suivi une formation de base… et voilà !

— Et le boulot correspond à ce que tu attendais ? demandai-je avec un fin sourire.

— Pas tout à fait. Mais je suis capable d'encaisser les coups. Je suis peut-être plus coriace que vous le croyez, vous savez.

En repensant à notre première rencontre, à son sang-froid surprenant et à la manière dont il avait pris sur lui après m'avoir vu occire son partenaire, j'hésitai à le contredire.

— En tout cas, poursuivit-il, l'essentiel est que ce boulot me permet de servir les intérêts des deux pays. C'est ça qui m'a attiré, au début.

— Comment ça ?

— Les États-Unis veulent que le Japon se réforme. Et le Japon en a grand besoin, mais ne possède pas les ressources internes pour le faire. Par conséquent, que les États-Unis fassent du *gaiatsu* va dans l'intérêt des deux pays.

Gaiatsu signifie « pression étrangère ». Un instant, je me demandai s'il existait d'autres pays, en dehors du Japon, qui disposaient d'un mot pour désigner un tel concept.

— Ça paraît idéaliste, dis-je, sans parvenir à dissimuler mes doutes.

Il haussa les épaules.

— Peut-être. Mais nous ne formons plus qu'un seul monde, désormais. Si l'économie du Japon plonge, elle entraînera les États-Unis à sa suite. Alors, avec l'idéal et le pragmatisme américains d'un côté et les besoins japonais de l'autre, tout se tient. Je trouve que j'ai de la chance de pouvoir travailler au bien-être mutuel de ces deux pays.

Brièvement, j'eus la vision de ce garçon dans dix ans, se présentant comme candidat aux élections.

— As-tu réfléchi à ce que tu ferais si tu devais choisir un jour ?

— Je suis américain, répondit-il en me regardant dans les yeux.

— Alors, tant que l'Amérique sera à la hauteur de ses ambitions, tu ne devrais pas avoir de problème.

Le serveur apporta les thés. Peu après, Tatsu arriva. S'il fut surpris de me voir en compagnie de Kanezaki, il n'en laissa rien paraître. Tatsu a une tête à jouer au poker.

Kanezaki se tourna vers moi, puis vers lui.

— Ishikura-san, le salua-t-il en se levant à moitié de son siège.

Tatsu inclina la tête à son tour.

— Vous nous avez dit qu'il était mort, attaqua Kanezaki en me désignant du menton.

— À l'époque, je croyais qu'il l'était, répliqua Tatsu avec un haussement d'épaules.

— Pourquoi ne pas nous avoir prévenu quand vous avez appris qu'il n'en était rien ?

Une lueur amusée passa dans le regard de Tatsu, désarmé par autant de franchise, avant qu'il réponde :

— Quelque chose me dit que j'ai eu raison de n'en rien faire.

Le jeune homme fronça les sourcils, puis admit :

— C'est sans doute vrai.

— Raconte-lui ce que tu m'as dit, demandai-je à Kanezaki.

Il obtempéra. Dès qu'il eut fini, Tatsu prit la parole :

— Face à un enchaînement d'événements aussi inhabituels, l'explication la plus plausible semble être que le responsable du bureau, Biddle, ou quelqu'un d'autre de la CIA, se prépare à faire de vous le premier Oliver North du XXIe siècle.

— Oliver North ? répéta Kanezaki.

— Oui, celui du scandale de l'Irangate, précisa Tatsu. L'administration Reagan avait décidé de passer outre le refus du Congrès d'allouer des fonds aux contras du Nicaragua, en vendant des armes aux « modérés » iraniens et en faisant parvenir aux contras les sommes ainsi récupérées sans en informer le Congrès. Oliver North était l'agent du Conseil national de sécurité responsable du programme au jour le jour. Dès qu'il y a eu fuite, ses supérieurs au Conseil national et à la Maison-Blanche lui ont tout collé sur le dos pour échapper aux poursuites, et l'ont accusé d'avoir lancé et dirigé le programme sans qu'ils en aient eu connaissance.

Kanezaki pâlit.

— Je n'avais jamais envisagé les choses sous cet angle, murmura-t-il, jetant des coups d'œil de gauche à droite en essayant de se ressaisir. Oh ! mon Dieu, vous avez raison, il se pourrait très bien que ce soit une sorte d'Irangate ! J'ignore qui a lancé Crépusculaire, mais je sais que quelqu'un y a mis fin, à Langley ou au Conseil national de sécurité, ou peut-être même à la commission sénatoriale en charge des services secrets. Et pourtant, le bureau de Tokyo continue de mener l'opération, je continue de la diriger, et avec des fonds qui ne proviennent pas du Congrès. Oh, mon Dieu ! Oh, mon Dieu !

On aurait dit qu'il s'imaginait déjà en train de témoigner sous serment devant une commission spéciale du Congrès enquêtant sur le tout dernier scandale. Seul, la main levée, face aux membres du Congrès et à leurs assistants – à l'air pincé et hypocrite, siégeant derrière une estrade en bois ciré –, aveuglé par les lumières brûlantes des caméras vidéo, tandis que ses supérieurs cancanaient et bavaient devant la presse sur ce jeune agent de la CIA si brillant, que ses convictions trop radicales avaient fini par transformer en fripouille.

— J'ai quelque chose pour toi, dit subitement Tatsu en se tournant vers moi.

Je levai les sourcils.

— Midori Kawamura. Dans son zèle à te retrouver, il semble qu'elle se soit adressée à une société japonaise d'enquêteurs privés. La plupart de ces firmes emploient des anciens du Keisatsucho ou d'autres professionnels des métiers de la loi, et il se trouve que j'en connais plusieurs. Elle savait où habitait ton ami et leur a donné son adresse. Ils ont essayé de le suivre, mais n'ont apparemment pas réussi, parce qu'il était tout le temps sur ses gardes. Ils n'ont rien découvert sur toi. Je crois que c'est pour ça que Kawamura-san est venue me voir à mon bureau en menaçant de faire un scandale. Parce que les autres moyens dont elle disposait pour te localiser n'avaient abouti à rien.

C'était sûrement de cette façon que Midori avait utilisé l'argent hérité de son père – fruit de la corruption qui lui avait permis de s'enrichir lui, et qui, elle, la dégoûtait. Ce n'était pas sans ironie.

Tout à coup, je repensai à la façon dont elle était restée évasive à l'Imperial. À présent, je comprenais pourquoi. Elle avait engagé un détective privé pour filer Harry, mais n'avait pas voulu me le dire.

— Certaines de ces boîtes de détectives ont-elles des liens avec Yamaoto ? demandai-je.

— Ça ne fait aucun doute.

— Voilà pourquoi il a branché Yukiko sur Harry ! m'exclamai-je, comprenant d'un seul coup. Mais pas parce que l'Agence le lui avait demandé – ce n'est pas la CIA qui lui a appris que Harry était en rapport avec moi. Ce sont les détectives privés de Midori. Elle a dû leur dire qu'ils suivaient Harry pour me retrouver. Quand cette information est parvenue aux oreilles de Yamaoto, il a voulu s'occuper lui-même de l'affaire – et de nettement plus près que les détectives, ou même l'Agence, en auraient été capables. Le boulot de Yukiko consistait à ne pas lâcher Harry d'une semelle, à recueillir un maximum d'informations pour les aider à retrouver ma trace.

Je voyais d'ici le tableau. Yamaoto, sans doute par le biais d'intermédiaires, avait prié le patron de Harry de l'emmener « fêter ça » avec cet heureux client. Le patron en question, qui ignorait probablement le but de la manœuvre, savait seulement quand et où il était censé se pointer avec Harry. Yukiko attendait, l'œil ensorceleur, prête à débiter sa phrase toute faite à propos de la configuration de son Macintosh. Harry avait gobé le tout sans broncher. Il avait conduit Yukiko et ses employeurs tout droit à son appartement, et par la suite jusqu'à moi.

— Mais pourquoi le tuer ? demanda Kanezaki.

Je haussai les épaules, songeant à la manière dont Murakami avait aboyé : *Tu ne t'appelles pas Arai, mais Rain !*

— Ils avaient découvert qui j'étais et comment me trouver. Harry ne leur servait plus à rien. Et Yukiko devait être au courant de ses dons pour l'informatique, savoir qu'il avait travaillé à la NSA et était un hacker hors pair. Ils ont dû voir en lui un atout précieux pour moi. Mieux valait le faire disparaître de l'échiquier.

Je repensai à la façon incroyable dont Harry s'était réfugié dans le déni, s'était montré hostile à la moindre insinuation que Yukiko ait pu chercher à le piéger. Je poussai un soupir.

— C'est sûrement comme ça qu'eux aussi ont su qui j'étais, dis-je. Harry et moi nous étions disputés au sujet de la fille. Il a dû lui rapporter qu'un de ses amis prétendait ci et ça, un ami que son patron à elle avait récemment amené à La Rose de Damas. À partir de là, il suffisait d'additionner deux et deux. À moins qu'ils n'aient montré la vidéo enregistrée au club à Yamaoto, qui m'aura reconnu. Peu importe. Une fois au courant, ils ont décidé que Harry avait cessé de leur être utile.

Il y eut un long silence. Puis Tatsu demanda :

— Kanezaki-san, que proposez-vous ?

Le jeune homme le dévisagea, l'air perplexe.

— Eh bien, à l'origine, je voulais que quelqu'un d'extérieur à l'Agence effectue une contre-surveillance pour moi ce soir. Afin d'apprendre si oui ou non quelqu'un me surveille, cherche à me piéger ou je ne sais trop quoi. Mais pas vous. Vous êtes…

— Je suis du Keisatsucho, fit Tatsu en souriant.

— Justement. Que le FBI japonais observe une rencontre entre la CIA et un bénéficiaire national sensible est inenvisageable.

— Je croyais que la rencontre de ce soir était fictive, destinée à vérifier votre théorie selon laquelle quelqu'un voudrait du mal à vos bénéficiaires.

— Elle a beau être fictive, j'ai rempli des documents qui la présentent comme réelle. Si je me fais prendre avec vous, le résultat sera le même.

Tatsu haussa les épaules.

— Si quelqu'un nous voit ensemble, vous n'aurez qu'à dire que vous m'approchez en tant que bénéficiaire. Suite au contact que vous-même et le chef Biddle avez eu avec moi à l'époque où vous recherchiez notre ami ici présent.

— Peut-être est-ce d'ailleurs ce que je suis en train de faire, observa Kanezaki.

Ça, petit, Tatsu avait prévu que tu allais le dire.

— Vous voyez ? Ce n'est pas aussi tiré que ça par les cheveux.

Soudain, je songeai à ce vieux dicton qu'affectionnent les joueurs de poker : « Si tu fais un tour de table sans repérer le couillon, tu peux être certain que ce sera toi. »

Personne ne pipa mot pendant un long moment. Puis Kanezaki poussa un gros soupir et dit :

— Je n'arrive pas à croire que je suis là en train de faire ce que je fais ! Je risque la prison.

— Pour avoir rencontré un éventuel bénéficiaire important ? fit Tatsu.

Je compris alors que l'affaire était dans le sac.

— Oui, vous avez raison, balbutia Kanezaki, plus pour lui-même que pour quelqu'un d'autre.

Un autre dicton entendu un jour me traversa l'esprit : « Il est toujours plus facile de vendre à un vendeur. »

Toute cette formation pour arriver à convaincre un bénéficiaire de signer un reçu ! Kanezaki s'était quasiment vanté de l'habileté avec laquelle un bon agent y parvenait. Et pourtant, il venait lui-même de franchir une ligne sans seulement s'en rendre compte.

Brusquement, je repensai aux images qui servent parfois à illustrer la chaîne alimentaire : un poisson avalé par un plus gros, avalé par un encore plus gros.

Je jetai un regard à Kanezaki en pensant : *Ce qui est sûr, c'est que Tatsu, lui, ne te trahira pas. À moins d'y être absolument obligé.*

18

Nous partîmes tous en même temps, Kanezaki pour aller à son « rendez-vous » et Tatsu pour envoyer ses hommes en mission de contre-surveillance. Nous nous mîmes d'accord pour nous retrouver au Christie deux heures plus tard. Avant de nous séparer, je demandai à Tatsu s'il avait réussi à me procurer une nouvelle arme. Il me répondit par la négative.

Je passai un petit moment à flâner dans les parages, parmi les antiquaires installés au rez-de-chaussée de l'immeuble Hanae Mori. Les boutiques étaient fermées, mais je pus admirer dans les vitrines de jolies pièces en verre de style Art nouveau, signées par des artistes de l'école de Nancy comme Daum ou Émile Gallé. Je me laissai captiver par les univers en miniature représentés sur les vases et les verreries : une prairie verdoyante où virevoltaient des libellules, des moulins à vent assoupis sous un épais manteau de neige, une forêt aux arbres si voluptueux qu'ils donnaient l'impression de se balancer sous la brise quoiqu'ils fussent gravés dans le verre.

Je revins au Christie bien avant l'heure prévue, mais restai dehors. Je tenais à m'assurer qu'aucune équipe de surveillance n'avait pris position pour guetter ce qui se passait à l'intérieur du salon de thé ; dès que j'en eus confirmation, j'allai me percher dans la pénombre, tels ces corbeaux maléfiques dont regorge Tokyo, en haut d'une pente située à droite du salon afin d'observer l'entrée. J'attendis d'avoir vu revenir Kanezaki, et ensuite Tatsu, puis laissai passer suffisamment de temps pour être certain qu'aucun d'eux n'avait été filé avant de descendre de mon perchoir et de les rejoindre.

— Nous t'attendions, déclara Tatsu pour m'accueillir. Je ne voulais pas commencer sans toi.

— Désolé. J'ai été retenu.

Le regard qu'il me jeta laissait supposer qu'il connaissait parfaitement la cause de mon retard. Il se tourna alors vers Kanezaki et dit :

— J'ai envoyé deux hommes surveiller la zone autour de votre prétendue réunion. Et nous avons découvert là quelqu'un qui comptait photographier le déroulement des opérations.

— Photographier ? répéta Kanezaki, les yeux exorbités.

Tatsu acquiesça.

— Et... qu'avez-vous fait ? s'inquiéta le jeune homme.

— Nous avons embarqué l'individu en question au poste.

— Oh, mon Dieu ! s'exclama Kanezaki, s'imaginant déjà les gros titres dans la presse du lendemain. En garde à vue officielle ?

— Non, fit Tatsu en secouant la tête. Rien d'officiel.

— Qui est-ce ?

— Un certain Edmund Gretz. Il est arrivé à Tokyo il y a trois ans, dans l'espoir de gagner sa vie comme photographe free-lance, avec des projets plus ou moins vagues de mannequins défilant sur des podiums. Au lieu de quoi, il s'est retrouvé à donner des cours d'anglais dans des entreprises japonaises. Mais il a fini par croiser quelqu'un qui s'est intéressé à ses talents de photographe.

— L'Agence ? demanda Kanezaki, pâle comme un linge.

— Oui. Il travaille pour eux. Il y a six mois, il a reçu une formation en surveillance, contre-surveillance et autres subtilités propres à la clandestinité. Depuis, l'Agence l'a contacté à trois reprises. Chaque fois, on lui a indiqué l'heure et le lieu où devait se dérouler la rencontre, en lui donnant pour instruction de tout photographier.

— Comment savait-il qui photographier ?

— On lui a remis la photo d'un Japonais qui participerait systématiquement aux rencontres.

— Moi.

— Oui.

Surpris, je pensai : *Autant faire imprimer « pigeon » sur tes cartes de visite.*

— Et le contact de Gretz est..., commença Kanezaki.

— ... le responsable du bureau de Tokyo, compléta Tatsu. James Biddle.

— Celui-là même qui voulait les reçus, remarquai-je.

— Exactement, confirma Tatsu.

— J'imagine que le photographe n'a pas pu expliquer pourquoi, dis-je.

Tatsu secoua la tête.

— Gretz n'est qu'un larbin qui sait se débrouiller un peu derrière un objectif. Ce qui l'inquiétait le plus, c'était que quelqu'un apprenne qu'on l'avait embarqué, de peur de perdre son gagne-pain ou de se voir expulser.

— Il ne vous a rien appris d'autre ? demanda Kanezaki.

— Mes gars n'ont pourtant pas été tendres avec lui, rétorqua Tatsu d'un air désabusé. Mais je ne crois pas qu'il y avait beaucoup plus à en tirer.

— Une fois qu'il les a prises, que fait-il de ces photos ? s'inquiéta Kanezaki.

— Il livre les tirages à Biddle.

Le jeune homme tapotait la table du bout des doigts.

— Que compte-t-il en faire ? Pourquoi me fait-il ça ? demanda-t-il.

— J'ai peut-être un moyen de le savoir, dit Tatsu.

— Lequel ?

Tatsu secoua de nouveau la tête.

— Non, pas tout de suite. Laissez-moi d'abord mener discrètement mon enquête. Je vous contacterai bientôt.

— Pourquoi m'aideriez-vous ? s'étonna Kanezaki en plissant légèrement les yeux.

Tatsu le regarda.

— J'ai mes propres raisons de vouloir éviter un scandale, expliqua-t-il. En particulier, je n'ai aucune envie que les réformateurs que vous avez voulu soutenir pâtissent de toute cette histoire.

L'expression du jeune homme se détendit. Il crevait de peur. Il avait envie de croire qu'il avait un ami.

— D'accord, dit-il.

Kanezaki se leva, prêt à s'en aller. Mais auparavant, il sortit de sa poche une carte de visite qu'il tendit à Tatsu.

— Je vous en prie, prévenez-moi dès que vous en saurez davantage.

Tatsu se leva également et lui donna sa carte de visite.

— Je n'y manquerai pas.

— Je vous remercie, déclara Kanezaki.

Tatsu s'inclina poliment et répondit :

— *Kochira koso*. De même.

Kanezaki me salua d'un signe de tête et s'en fut.

J'attendis une minute qu'il se soit éloigné, puis me tournai vers Tatsu :

— Allons-y.

Tatsu comprit aussitôt. Lorsque j'étais adolescent, j'étais sorti vainqueur d'une bagarre au cours d'une soirée. Le type que j'avais battu était parti, tandis que je restais à savourer le sentiment d'être un héros. Le seul problème était que le type était revenu une demi-heure plus tard accompagné de deux amis. Tous les trois m'avaient flanqué une sacrée dérouillée. J'avais retenu la leçon. Et appris que, une fois la rencontre terminée, il est préférable de déguerpir, à moins de vouloir courir le risque de voir l'adversaire revenir à la charge.

Nous marchâmes vers Inokashira-dori, longeant le parc Yoyogi qui s'étendait dans une obscurité paisible sur notre droite.

— Comment ça s'est passé, tout à l'heure ? demandai-je. Avec la femme de ton gars. Sa veuve.

Plusieurs secondes s'écoulèrent avant que Tatsu me réponde.

— Fujimori-san, dit-il, sans que je sache s'il parlait de son collègue ou de sa femme. Par chance, je n'ai eu que trois conversations comme celle-ci depuis que je travaille au Keisatsucho.

Nous poursuivîmes notre marche en silence.

— Toujours aucune trace de Murakami ? m'enquis-je au bout d'un moment.

— Non, répondit Tatsu.

— Et le type que vous avez interrogé ?

— Rien pour l'instant.

— Pourquoi voulais-tu me voir, ce soir ?

— Je tenais à avoir toutes mes ressources sous la main, au cas où nous aurions eu une piste sérieuse du côté de Murakami.

— Nous sommes donc là à titre personnel, maintenant.

— À titre personnel, en effet.

Nous continuâmes de marcher en silence.

— Je vais te confier une chose, dis-je finalement. Moi qui me croyais blasé, voilà que la CIA fait un truc qui m'épate : engager un photographe pour prendre des clichés de ses propres agents au cas où elle devrait les sacrifier ! C'est plutôt réjouissant, non ?

— Il n'y a pas de photographe.

Je m'arrêtai net et me tournai vers Tatsu.

— Comment ?

— Je l'ai inventé.

Je secouai la tête en clignant des yeux.

— Gretz n'existe pas ?

— Si, il existe, au cas où Kanezaki irait vérifier. C'est un revendeur de drogue à la petite semaine que j'ai arrêté une fois, puis relâché. Je me doutais qu'il me servirait un jour ou l'autre.

Je ne savais quoi dire.

— Explique-moi, parce que j'ai dû louper quelque chose.

— Pas tant que ça, en réalité. J'ai seulement voulu faire croire à Kanezaki que ses craintes ne relevaient pas de la paranoïa, tout en me faisant passer pour son ami.

— Pourquoi ?

— Pour qu'il soit sérieusement persuadé que quelqu'un cherche à le piéger. Nous n'avons pas encore assez d'informations pour déterminer exactement quel type d'action entreprendre. Je veux qu'il se sente libre de m'appeler. Et impatient, même.

— Quelqu'un lui tend un piège, c'est ce que tu penses ?

— Qui sait ? La demande de Biddle de voir les reçus me paraît suspecte, tout comme le câble manquant, mais je ne prétends pas tout comprendre des procédures bureaucratiques de la CIA.

— Pourquoi Biddle s'intéresserait-il à ce point aux réunions de Kanezaki ?

— Je l'ignore. Mais ce n'est pas pour les photographier. Mes hommes n'ont rien remarqué de particulier sur les lieux. En tout cas, personne avec un appareil photo.

Tatsu laissait apparaître sa duplicité avec une totale candeur. Peut-être était-ce sa façon de me montrer qu'il me faisait confiance. Qu'il y avait ceux qui étaient à l'intérieur et ceux qui étaient à l'extérieur. Nous et eux.

Nous reprîmes notre marche.

— En fin de compte, c'est plutôt une chance que ce gamin soit venu me faire part de ses soupçons, constatai-je.

— Et que tu sois venu me voir ensuite. Je te remercie de l'avoir fait.

Je secouai de nouveau la tête, puis demandai :

— Que sais-tu sur Crépusculaire ?

— Rien de plus que ce que Kanezaki nous en a dit.

— Ces politiciens sélectionnés par le programme – tu travailles avec certains d'entre eux ? Sans doute avec ceux qui n'apparaissaient pas sur la disquette, non ?

— Quelques-uns.

— Que s'est-il passé ? Grâce à cette disquette, tu as découvert qu'ils ne faisaient pas partie du réseau de Yamaoto. Et ensuite ?

— Je les ai prévenus. Le seul fait de partager les renseignements que j'avais sur les méthodes de Yamaoto, et sur ceux de leurs collègues qui lui servaient de faire-valoir, les a rendus beaucoup plus sages tout en les transformant en cibles plus difficiles.

— Et tu savais qu'ils acceptaient de l'argent de la CIA ?

— Pour certains, pas forcément pour tous. Étant donné la fonction qui est la mienne, je peux seulement les aider à se protéger des pratiques d'extorsion chères à Yamaoto. Mais Kanezaki a raison quand il dit que, compte tenu du rôle de l'argent dans le système politique japonais, les politiciens honnêtes ont toujours besoin de liquidités s'ils veulent rivaliser avec les candidats que finance Yamaoto. Et ça, je ne peux pas le leur procurer.

Pendant une minute, nous avançâmes sans dire un mot. Puis Tatsu reprit la parole.

— J'avoue avoir été surpris d'apprendre que ces gens étaient assez fous pour signer des reçus en échange des fonds que leur verse la CIA. Je m'en veux d'avoir sous-estimé leur crédulité. Pourtant, j'aurais dû m'en douter. Les politiciens, même quand ils n'ont rien de vénal, sont une espèce qui peut faire preuve d'une bêtise confondante. S'il en allait autrement, Yamaoto aurait plus de mal à les manipuler.

Je réfléchis un instant.

— Pardonne-moi cette question, Tatsu, mais tout cela n'est-il pas du temps perdu ?

— Pourquoi le crois-tu ?

— Parce que même si ces types défendent des idéaux, même si tu arrives à les protéger de Yamaoto et même s'ils arrivent à trouver de l'argent, tu sais très bien qu'ils ne font pas le poids. Au Japon, les politiciens ne sont là que pour le décorum. Ce sont les bureaucrates qui tirent les ficelles.

— Notre système est étrange, c'est vrai. C'est le fruit d'un curieux mélange d'histoire intérieure et d'intervention étrangère. Les bureaucrates jouissent d'un pouvoir incontestable. Opérationnellement parlant, ils sont les descendants des samouraïs, avec tout ce qu'implique un tel lignage.

J'approuvai d'un signe de tête. Après la restauration de Meiji en 1868, les samouraïs étaient devenus les serviteurs de l'empereur, lui-même supposé d'essence divine. Une association qui était synonyme d'une énorme influence.

— Par la suite, la guerre les a placés aux commandes de l'économie industrielle, enchaîna Tatsu. Or, ce système a été maintenu sous l'occupation américaine pour que les États-Unis puissent gouverner par le biais de la bureaucratie plutôt que par celui des politiciens élus. Résultat, leur prestige et leur pouvoir n'ont fait que s'accroître davantage.

— J'ai toujours considéré la façon dont le Japon est gouverné par les bureaucrates comme une sorte de totalitarisme.

— C'est un fait. À ceci près qu'il n'y a pas de Big Brother. Ou plutôt, c'est la structure elle-même qui sert de Big Brother.

— Justement. Qu'as-tu à gagner en protégeant une poignée de politiciens élus ?

— Sans doute pas grand-chose pour l'instant. Actuellement, le rôle des politiciens se limite à jouer les médiateurs entre les bureaucrates et les électeurs. Leur boulot consiste à garantir à leur électorat qu'il recevra la plus grosse part possible du gâteau que contrôlent les bureaucrates.

— Comme le font les lobbies aux États-Unis.

— Oui. Sauf que les politiciens sont élus. Mais pas les bureaucrates. Ce qui veut dire que les votants disposent bel et bien d'un contrôle en théorie. S'ils élisaient des politiciens en leur confiant pour mission de mettre un frein à la bureaucratie, les bureaucrates s'inclineraient, parce que leur pouvoir dépend de leur prestige, et que s'opposer à un consensus politique fort reviendrait à mettre ce prestige en péril.

Je restai silencieux. Je comprenais son point de vue, même si je soupçonnais son projet de viser à si long terme qu'il n'aboutirait jamais à rien.

Nous marchâmes quelques minutes en silence. Soudain, Tatsu s'arrêta et se tourna vers moi.

— J'aimerais que tu aies une petite conversation avec le chef du bureau, Biddle.

— Avec grand plaisir, dis-je. Kanezaki a l'air de penser que la mort de Harry l'a surpris, mais je voudrais en avoir le cœur net. Reste à savoir comment l'approcher.

— La présence du responsable du bureau de la CIA est déclarée officiellement auprès du gouvernement japonais. Ses mouvements n'ont en général rien de mystérieux pour le Keisatsucho.

Tatsu mit la main dans la poche de sa veste et en sortit une photo. Un homme blanc d'une quarantaine d'années, au visage et au nez étroits, les cheveux rares et blonds coupés court, les yeux bleus derrière des lunettes à monture d'écaille.

— En semaine, M. Biddle prend le thé au Jardin de Luseine, à Harajuku. Bâtiment 2, précisa Tatsu. Dans Brahms-no-komichi.

— Un homme d'habitudes ?

— M. Biddle semble croire qu'être fidèle à des rites est bon pour l'esprit.

— C'est possible, fis-je, dubitatif. Mais c'est parfois très dangereux physiquement.

Tatsu acquiesça.

— Pourquoi ne pas te joindre à lui demain ?

— C'est probablement ce que je vais faire.

Après avoir quitté Tatsu, je marchai encore longtemps. Je pensais à Murakami. J'essayais de trouver des points de connexion, d'effectuer des recoupements entre son existence clandestine et le monde plus concret dans lequel il évoluait. Les pistes dont je disposais étaient minces : le dojo, La Rose de Damas, éventuellement Yukiko. Mais je savais qu'il se maintiendrait à distance de tout ça pendant un moment, peut-être même un sacré bout de temps, comme je l'aurais fait à sa place. Par ailleurs, je me doutais qu'il devait se livrer au même petit jeu avec moi.

Heureusement que, vu de sa fenêtre, les points de connexion me concernant étaient plutôt rares.

Il n'empêche que j'aurais apprécié de pouvoir compter sur le Glock de Tatsu. D'ordinaire, je n'aime pas trimballer une arme aussi peu subtile. Les pistolets font du bruit, et les tests de balistique sont capables d'établir un lien entre la balle que vous laissez derrière vous et l'arme que vous portez sur vous. Sans compter que se faire prendre en possession d'une arme à feu au Japon vous expédie tout droit en prison. Les couteaux ne valent pas beaucoup mieux. Une lame fait des dégâts considérables. Et partout dans le monde, n'importe quel flic digne de ce nom se méfiera de quelqu'un arrêté en possession d'un couteau, aussi petit soit-il. Il le considérera comme un individu dangereux devant faire l'objet d'une surveillance renforcée. Mais, naturellement, depuis que Murakami était dans la nature et à mes trousses, le rapport entre les avantages et les inconvénients qu'il y avait à dissimuler une arme sur soi me paraissait quelque peu modifié.

Je me demandais si Tatsu tirerait des renseignements utiles du type auquel j'avais démoli le genou. J'en doutais. Sachant que Tatsu tablerait là-dessus, Murakami avait dû modifier ses habitudes en fonction de tout ce que son garde du corps tombé aux mains de la police risquait de révéler sous la contrainte.

Yukiko pouvait elle aussi détenir des renseignements utiles. Murakami avait dû envisager cette piste également, mais ça valait quand même la peine de l'explorer. D'autant plus que, après ce qu'ils avaient fait à Harry, mon intérêt pour elle était désormais complètement indépendant de celui que m'inspirait son patron.

Je l'imaginais, avec ses longs cheveux et son air hautain plein d'assurance. Après la mort de Harry, elle avait dû prendre quelques précautions. D'ailleurs, Murakami lui avait peut-être conseillé de redoubler de prudence. Mais elle n'avait rien d'une cible difficile, et je pouvais l'atteindre aisément. Je croyais même savoir comment.

Je me rendis à Shinjuku dans un magasin spécialisé dans le matériel pour parfait espion, afin d'acheter ce dont j'aurais besoin. Ce qui était proposé au public était assez affolant : appareils photo à sténopé, systèmes d'écoute téléphonique, fusils à décharges électriques, bombes lacrymogènes, découpeurs de verre et passe-partout… Le tout vendu, bien sûr, « pour usage académique uniquement ». Je me contentai d'une matraque télescopique de type services secrets, un bâton en acier noir impressionnant qui mesurait seulement vingt-trois centimètres replié pour en atteindre soixante-six d'un simple mouvement de poignet.

Je passai ensuite dans une boutique d'articles de sport, où j'achetai un rouleau de fil de pêche à monofilaments ultra-résistant pouvant supporter jusqu'à quinze kilos, du bandage adhésif blanc pour sportifs, des gants, un bonnet de laine, des caleçons longs et un sac en toile. Dans un troisième magasin, un drugstore, je me procurai un flacon d'eau de Cologne bon marché, une serviette, un paquet de cigarettes et une boîte d'allumettes. Après cela, j'entrai dans une boutique d'articles pour carnaval où je choisis une perruque de clown et des fausses dents cariées. Enfin, chez un spécialiste de fournitures pour emballage, je pris un rouleau de Scotch translucide de vingt-cinq mètres. « À Shinjuku, on trouve tout, tout, tout ! » fredonnai-je comme dans un leitmotiv de publicité.

Je partis ensuite me terrer dans un énième hôtel pour hommes d'affaires, cette fois à Ueno. Après avoir réglé le réveil de ma montre sur minuit, je m'endormis.

Dès que la sonnerie me réveilla, j'enfilai le caleçon long sous mes habits, puis attachai la matraque à mon poignet à l'aide de deux morceaux de bandage adhésif. Après avoir mouillé et essoré la serviette, je la rangeai avec le reste des affaires dans le sac en toile, et partis ensuite à pied vers la gare, devant laquelle je trouvai une cabine téléphonique. J'avais gardé la carte de visite de La Rose de Damas que j'avais emportée le premier soir. Je composai le numéro.

Un homme répondit. Peut-être le rougeaud, mais je n'en étais pas sûr.

— *Hai,* La Rose de Damas, annonça la voix.

J'entendis de la pop japonaise en arrière-fond et imaginai les danseuses sur les deux podiums.

— Bonsoir, déclarai-je en japonais, prenant une voix plus aiguë que la mienne. Pouvez-vous me dire qui est là, ce soir ?

La voix énuméra cinq ou six noms. Naomi en faisait partie. Yukiko aussi.

— Super ! Et elles seront toutes là jusqu'à trois heures ?

— *Hai, so desu.* Oui, c'est ça.

— Super ! répétai-je. À plus tard !

Je raccrochai.

Je pris un taxi qui me déposa à Shibuya, puis effectuai une PDS à pied jusqu'à Minami-Aoyama. Comme je me rappelais l'adresse de Yukiko, découverte en cherchant des renseignements sur elle et Naomi, je n'eus aucune difficulté à dénicher l'immeuble. L'entrée principale était située sur la façade. Sur l'un des côtés, l'accès au garage souterrain se faisait par une grille métallique, elle-même contrôlée par un lecteur de cartes magnétiques installé sur un îlot central. Pas d'autre moyen d'entrer ni de sortir.

Je repensai à la Mercedes blanche. À supposer que le soir où j'avais vu Yukiko au volant n'avait rien d'exceptionnel, ce serait avec cette voiture qu'elle se rendrait au club. Lorsqu'elle en sortirait, elle n'irait pas chez Harry ; quant à Murakami, il devait être injoignable pour l'instant ou avait dû lui donner l'ordre de ne pas l'approcher. Aussi y avait-il de fortes probabilités pour qu'elle arrive ici peu après trois heures.

Non loin de là, j'aperçus un immeuble, séparé du suivant par une longue ruelle étroite. Là, tapi dans l'ombre, j'ouvris mon sac d'accessoires, d'où je sortis l'eau de Cologne pour m'en vaporiser une bonne dose dans les narines. Une fois le sac refermé, je le cachai dans un coin avant de repartir à pied à Roppongi.

Il ne me fallut pas longtemps pour trouver un sans-abri de la taille qui convenait. Il était assis sur un parpaing, en dessous de l'une des voies express surélevées de Roppongi-dori, à côté d'une cabane faite de bâche et de carton. L'homme était vêtu d'un pantalon marron trop grand retenu par une ceinture usée, d'une chemise à carreaux crasseuse avec un col à pointes boutonnées, et d'un gilet râpé qui avait dû être rouge vingt ans auparavant.

Je m'avançai vers lui.

— *Fuku o kokan shite kurenai ka ?* demandai-je en posant le doigt sur ma poitrine. Vous voulez qu'on échange nos vêtements ?

Il me regarda longuement, comme si j'étais dérangé.

— *Nan da te ?* s'exclama-t-il. Qu'est-ce que vous racontez ?

— Je suis sérieux, lui assurai-je en japonais. Ce genre d'occasion ne se présente qu'une fois dans une vie.

Je retirai mon coupe-vent en nylon et le lui tendis. Il le prit, l'air brièvement incrédule, puis commença à se débarrasser de ses hardes sans dire un mot.

Deux minutes plus tard, j'étais dans ses vêtements. Malgré la quantité d'eau de Cologne dont je m'étais aspergé, l'odeur était épouvantable. Je remerciai l'homme et repartis en direction d'Aoyama.

De retour dans la ruelle, je mis la perruque que je fixai avec le bonnet de laine, puis plaçai les fausses dents. J'allumai une cigarette que je laissai se consumer avant de me passer un mélange de cendres et de crachat sur la figure. Ensuite, je craquai une allumette et jetai un rapide coup d'œil dans le petit miroir de dentiste à manche scié qui est attaché en permanence à mon porte-clés. Ayant du mal à me reconnaître, je me souris de toutes mes dents pourries.

Après avoir enfilé les gants, je me dirigeai vers l'entrée du garage de l'immeuble où vivait Yukiko. Je sortis le fil de pêche ainsi que le Scotch transparent, mais laissai le sac et le reste de son contenu dans la ruelle. Une caméra de sécurité était installée juste au-dessus de la grille métallique. Faisant un large détour pour l'éviter, je m'approchai par le côté le plus éloigné de la rue. L'angle du bâtiment formait une saillie de plusieurs centimètres, dont l'usage se limitait apparemment à des raisons esthétiques. Me laissant glisser à terre, je profitai de cette avancée pour me cacher partiellement. Que ce soit en entrant ou en sortant du garage, personne ne me remarquerait.

Et au cas où cela se produirait, on me prendrait pour un SDF abruti d'alcool qui s'était assoupi. Mon accoutrement me protégeait de la très faible probabilité que quelqu'un appelle les flics. Et s'ils venaient quand même y voir de plus près, ma dégaine et mon odeur étaient suffisamment dissuasives pour qu'il leur tarde de me voir déguerpir et que les choses en restent là.

À cette heure tardive, il y avait peu de passage dans la rue. Au bout d'environ une heure, j'entendis enfin une voiture s'engager dans l'allée.

Elle s'arrêta devant la porte, le moteur tournant au ralenti. J'imaginai le conducteur en train de baisser sa vitre pour insérer la carte magnétique dans le lecteur. Un instant plus tard, un gémissement mécanique m'annonça que la grille se levait. Je comptai dix secondes, puis le bruit cessa. La voiture pénétra dans le garage.

Nouveau couinement mécanique. Je laissai s'écouler cinq secondes, supposant que, du fait de son poids, la grille se refermerait plus vite qu'elle ne s'était ouverte. Puis je m'élançai d'un bond, fonçai vers la grille et me jetai sur le côté en roulant en dessous.

Étendu sur le dos afin de ne pas me faire repérer, je relevai la tête pour regarder alentour. Le garage avait la forme d'un grand rectangle. Il y avait une rangée de voitures garées devant chacun des quatre murs, et deux rangées doubles au milieu, dans le sens de la longueur. La voiture qui venait d'entrer se faufila à sa place dans l'une des rangées centrales. Je m'accroupis et, restant à ras du sol, allai me cacher non loin de là derrière un véhicule.

L'ascenseur et une porte indiquant ESCALIER se trouvaient tout au fond, à l'opposé de la grille d'entrée.

Une femme descendit de la voiture qui venait de se garer, puis se dirigea vers l'ascenseur et appuya sur le bouton. Une seconde plus tard, les portes s'ouvrirent. Elle s'introduisit dans la cabine et les portes se refermèrent sur elle.

Je balayai le garage d'un regard circulaire. Les piliers de soutènement en béton étaient espacés de plusieurs mètres. L'absence de rampe d'accès confirmait qu'il n'y avait qu'un seul niveau. D'après la taille et l'emplacement du garage, il ne devait être utilisé que par les résidents de l'immeuble.

Dans l'idéal, il aurait fallu que je surprenne Yukiko au moment où elle descendrait de voiture. Mais comme je n'avais aucun moyen de savoir où se trouvait sa place de parking, il lui serait facile de me voir arriver si jamais je me postais trop loin. Le seul point de passage obligé était l'ascenseur. Aussi est-ce là que je décidai de lui tendre un piège.

Je cherchai à repérer d'éventuelles caméras. Je remarquai, accrochée au plafond juste au-dessus de l'ascenseur, une grosse installation de vidéosurveillance équipée de deux caméras, l'une tournée vers l'ascenseur, l'autre vers le garage. Hormis les systèmes de haute surveillance, dont l'écran est contrôlé en temps réel par des gardiens, les caméras de sécurité enregistrent des bandes qui ne sont en général visionnées que toutes les vingt-quatre heures, à moins que se produise un incident justifiant de les regarder plus tôt. Dans un immeuble résidentiel comme celui-ci, il y avait fort à parier que personne ne surveillait le garage en pleine nuit. Mais il allait sans dire que les bandes seraient examinées de près dès le lendemain. Heureusement que j'avais enfilé ce déguisement.

Une rambarde en métal en forme de U était installée autour de l'ascenseur, dotée de trois ouvertures qui en permettaient l'accès. Probablement pour obliger les résidents à emprunter un monte-charge s'ils voulaient transporter des objets volumineux. Personnellement, je comptais en faire un bien meilleur usage.

Prenant le fil de pêche, j'attachai une des extrémités en haut et à gauche du U, à hauteur de genoux. Puis je tirai le fil au niveau du sol, l'enroulai autour des pieds de la rambarde et le nouai en haut et à droite du U, de façon à barrer chacun des accès. Je consolidai ensuite mon installation sur le sol à l'aide du Scotch transparent, puis me dirigeai vers le pilier le plus proche en laissant courir le fil derrière moi.

Accroupi derrière le pilier, je sortis mon porte-clés et me servis d'une des clés pour couper le fil. Je remis la bobine et le Scotch dans une de mes poches de pantalon, puis enroulai le reste du fil autour de mes mains gantées. Alors je me redressai et orientai le miroir de dentiste de manière à pouvoir surveiller la porte du garage sans avoir à bouger de mon abri derrière le pilier.

J'attendis ainsi pendant près d'une heure. À deux reprises, j'entendis la grille s'ouvrir et jetai un coup d'œil dans mon miroir. La première fut une Saab bleue. La deuxième, une Nissan noire. La troisième était blanche. C'était une BMW. Une M3.

Mon cœur commença à cogner plus fort. Expirant lentement, je saisis l'extrémité du fil de pêche.

La voiture se rapprochait de plus en plus. Elle s'arrêta à quelques mètres de moi. Yukiko bénéficiait d'une excellente place. Pour laquelle elle devait payer un supplément.

J'entendis la portière s'ouvrir, puis claquer. Suivit le cliquetis du verrouillage automatique. Je vérifiai dans le miroir que c'était bien elle, et qu'elle était seule. C'était le cas.

Elle portait un manteau noir et des talons hauts, et tenait son sac en bandoulière. Une tenue qui n'avait rien d'idéal pour réagir ou manœuvrer à sa guise. Mais qui ne manquait pas d'allure.

Je vis que sa main droite était crispée sur une petite boîte de forme cylindrique. Probablement une bombe lacrymogène ou au poivre. Une femme, tard dans la nuit, dans un garage en sous-sol – la situation n'avait rien d'extraordinaire pour elle. Et pourtant, j'avais le sentiment qu'elle pensait à Harry, et à moi. Tant mieux.

Yukiko marchait d'un pas rapide. Je la vis s'approcher du périmètre de la rambarde en métal. Mon souffle, court et silencieux, entrait et sortait de ma bouche. Un… Deux… Trois…

D'un coup sec, je tirai sur le fil. Il glissa le long des piliers à hauteur de cheville, et Yukiko cria de surprise tandis qu'elle trébuchait. Elle aurait pu reprendre son équilibre, mais ses talons élégants jouèrent en ma faveur. Je bondis de derrière le pilier juste à temps pour la voir s'étaler par terre de tout son long.

Remettant mes clés dans ma poche, je me précipitai derrière elle. Au moment où je la rejoignis, elle venait de se redresser et de se mettre à quatre pattes. La bombe était toujours dans sa main. Je posai un pied sur son poignet, et elle laissa échapper un cri. Je me penchai pour lui arracher ce qu'elle serrait entre ses doigts. D'un rapide coup d'œil, je lus : OLÉORÉSINE CAPSICUM, 17 %. Une bombe au poivre rouge. Un bon truc. Je la fourrai dans une de mes poches, puis entraînai Yukiko vers la voiture la plus proche, à l'écart des caméras.

Je la plaquai contre la portière, côté passager. Elle avait l'air affolée, mais, visiblement, elle ne m'avait pas reconnu. Étant donné mon accoutrement, elle devait me prendre pour un agresseur ou un violeur.

— Tu ne te souviens pas de moi, Yukiko ? Nous nous sommes croisés à La Rose de Damas. Je suis un ami de Harry. Du moins, je l'étais.

Son front se plissa un instant tandis qu'elle s'efforçait de faire correspondre ce qu'elle voyait et ce qu'elle entendait. Et, subitement, elle y parvint. Sa bouche s'ouvrit toute grande sans que n'en sorte aucun son.

— Où puis-je trouver Murakami ?

Yukiko referma la bouche. Elle respirait rapidement par le nez, mais à part ça elle avait réussi à dissimuler toute trace de peur. Son cran me laissait presque admiratif.

— Si tu tiens à voir le jour se lever demain matin, tu as intérêt à me dire ce que je veux savoir.

Elle me regarda sans répondre.

Je lui envoyai un uppercut dans le ventre. Assez fort pour lui faire mal, mais pas trop. Il fallait qu'elle soit en mesure de parler. Le coup la fit tressaillir et la courba en deux.

— Le prochain sera pour ta jolie frimousse. Une fois que je me serai occupé de ton nez, de tes dents et de tes yeux, tu pourras dire adieu à ta carrière de danseuse. Maintenant, je voudrais savoir une chose. Qui l'a tué ? Toi ou Murakami ?

Je me fichais éperdument de sa réponse : je ne croirais pas un mot de ce qu'elle dirait. Mais je voulais lui offrir une chance de se disculper, histoire qu'elle s'imagine que je lui laisserais la vie sauve si elle me disait où trouver son patron.

— C'est… c'est lui, souffla-t-elle.

— Très bien. Dis-moi où je peux le trouver.

— Je n'en sais rien.

— Tu ferais mieux d'avoir une idée.

— Il est difficile à trouver… J'ignore comment le joindre. Je sais juste qu'il passe au club de temps en temps.

Yukiko jeta un coup d'œil derrière moi, vers la porte du garage. Je secouai la tête.

— Je sais à quoi tu penses, dis-je. Si tu tiens le coup jusqu'à ce qu'une voiture arrive, je serai obligé de m'enfuir et de te laisser filer. Ou bien quelqu'un verra ce qui se passe sur ces caméras et ne tardera pas à arriver. Mais tu raisonnes à l'envers : si quelqu'un se pointe et que tu ne m'as pas encore dit ce que je veux, je te tue. Alors, où est-il ?

Elle secoua la tête.

— On perd du temps. Je vais te donner une dernière chance. Si tu parles, tu vis. Sinon, tu meurs. Ici, sur place.

Elle serra les dents et me regarda en face.

Bon sang, cette fille était coriace ! Après l'avoir vue manipuler son patron, un type aussi dangereux que de la dynamite, j'aurais dû m'en douter.

— D'accord, déclarai-je. Tu as gagné.

Je lui assénai un second uppercut au niveau du plexus, suffisamment fort cette fois pour provoquer des dégâts. Elle se plia en deux en laissant échapper un hoquet. Passant aussitôt derrière elle, je lui saisis la tête avec une de mes mains gantées, le menton avec l'autre, et lui brisai la nuque. Avant même de toucher le sol, elle était morte.

Je n'avais encore jamais fait ça à une femme. L'espace d'une seconde, je repensai à ce que j'avais expliqué à Naomi à propos de la subornation, et à ce que Midori avait dit sur la rédemption. Mais, outre le constat détaché de la facilité de la manœuvre due à la légèreté de la masse musculaire, je ne ressentais rien.

— Tu salueras Harry de ma part !

Après avoir ramassé son sac pour faire croire qu'elle avait été victime d'un voleur à la tire, je remontai au rez-de-chaussée par l'escalier. Je sortis par la porte principale, tête baissée pour échapper à la caméra. Au coin de l'immeuble, je m'engouffrai dans la ruelle, où je retirai le bonnet et la perruque, crachai mes fausses dents, et essuyai avec la serviette mon visage couvert de cendres. J'ôtai ensuite les hardes du SDF et le caleçon long pour enfiler les vêtements que j'avais achetés chez Gap, puis fourrai tout le reste dans le sac. Mentalement, je passai en revue la liste de ce qu'il contenait pour être sûr de ne rien oublier derrière moi, puis vérifiai une dernière fois par terre par précaution. Tout se passait au poil. Je respirai un grand coup et repartis en direction d'Aoyama-dori.

Arrivé à quelques rues de là, je m'arrêtai sous un réverbère pour examiner en vitesse le contenu du sac à main. Rien d'intéressant.

Je descendis Roppongi-dori jusqu'à ce que je croise un groupe de sans-abri. Abandonnant le sac en toile et le sac à main à côté d'eux, je poursuivis mon chemin en enlevant mes gants. Le faux dentier, je m'en débarrasserais plus loin. Il y avait mon ADN dessus, et ce n'était pas le genre de choses que la population mobile des sans-abri de Tokyo pourrait assimiler au point d'en faire un objet complètement aseptisé.

Dans une ruelle, j'essayai la bombe au poivre pour m'assurer qu'elle fonctionnait. Je décidai de la garder. Quand Murakami apprendrait ce qui était arrivé à Yukiko, disposer d'une petite protection supplémentaire ne serait sûrement pas du luxe.

19

Le lendemain après-midi, je fis une PDS qui se termina à la gare JR de Harajuku. En sortant dans Takeshita-dori, quartier favori des adolescents pour le shopping, je me laissai emporter par le flot incessant des badauds occupés à faire des courses dans des tenues qui auraient sans doute plu à un extraterrestre. Il n'y a qu'à Tokyo que l'on peut voir se côtoyer ainsi l'effervescence débridée d'une avenue comme Takeshita-dori et l'élégance cossue des maisons de thé et des antiquaires de Brahms-no-komichi, un contraste saisissant qui est d'ailleurs l'une des raisons pour lesquelles Harajuku a toujours été l'un de mes coins préférés.

Tatsu m'avait affirmé que Biddle se passait de gardes du corps, mais rien n'a jamais valu une petite vérification personnelle pour faire baisser ma tension. Comme plusieurs chemins mènent au Jardin de Luseine, j'empruntai successivement chacun d'eux, explorant les alentours, imaginant où j'aurais posté mes guetteurs si j'avais voulu protéger quelqu'un à l'intérieur du restaurant. Je me rapprochai en décrivant des cercles de plus en plus resserrés, jusqu'à ce que je sois certain que personne n'attendait dehors. Puis je retournai dans Takeshita-dori, d'où je coupai en biais par une ruelle qui longeait le restaurant.

Je l'aperçus derrière l'immense baie vitrée qui donnait sur le côté. Seul, il lisait un journal et buvait quelque chose dans une tasse en porcelaine. Identique au type de la photo, il portait un élégant costume à fines rayures bleues, avec une chemise blanche à large col et une cravate en reps bordeaux. L'impression d'ensemble qui se dégageait était celle d'une allure soignée, mais sans excès ; moins américaine que britannique ; de directeur général plus que d'as de l'espionnage.

Biddle était assis à une table devant la fenêtre, de profil par rapport à la ruelle, ce qui en disait long : indifférent à ce qui l'entourait, il ignorait que le verre ne résiste pas à la balle d'un tireur embusqué, ni à aucun individu armé ; il se comportait comme un civil, pas comme un espion. Je l'observai quelques minutes en silence, imaginant quel genre de type il était : né avec une bonne dose d'intelligence, derrière laquelle il se réfugiait dès qu'il se sentait inadapté aux exigences du monde réel ; sorti des meilleures universités, bardé de diplômes, il avait dû apprendre des tas de choses sur la vie de bureau et rien sur la rue ; sans doute marié convenablement mais sans passion avec une femme qui lui avait donné les deux ou trois enfants requis et l'avait suivi servilement de poste en poste à mesure qu'il avançait dans sa carrière – une épouse qui refoulait un sentiment croissant de gâchis et un vague désespoir derrière des sourires factices de cocktails-parties, et se tournait de plus en plus vers une bouteille de chablis ou de chardonnay gardée au réfrigérateur pour combattre les longs silences et l'indolence de ses après-midi.

J'entrai. La porte s'ouvrit et se referma en claquant, mais Biddle ne leva pas les yeux pour voir qui venait d'arriver.

J'avançai sur le parquet sombre et sous les lustres Art déco, et contournai les tables et les fauteuils de style victorien en passant le long du piano à queue. Ce ne fut qu'au moment où je me plantai devant lui que Biddle releva le nez de son journal. Il lui fallut une demi-seconde avant de me reconnaître. Dès que ce fut fait, il eut un mouvement de recul.

— Qu'est-ce qui se passe ? gronda-t-il.

Je m'assis face à lui. Il voulut se lever, mais je l'en empêchai en mettant une main ferme sur son épaule.

— Restez assis, dis-je, la voix posée. Et laissez vos mains bien en vue. Je suis venu vous parler, rien de plus. Si mon intention était de vous tuer, vous seriez déjà mort.

Les yeux lui sortaient de la tête.

— Qu'est-ce que ça signifie ? s'offusqua-t-il de nouveau.

— Du calme. Vous me cherchiez. Alors me voilà.

Il poussa un soupir, déglutit et dit :

— Excusez-moi. Je ne m'attendais pas à vous voir surgir comme ça.

Je ne répondis rien.

— Bien, reprit-il au bout d'un moment. La première chose que je devrais préciser, c'est que tout cela n'a aucun rapport avec William Holtzer.

Je ne répondis toujours pas.

— Je veux dire que… il n'avait pas de nombreux supporters. Personne ne le regrette.

Je n'étais pas certain que la famille de Holtzer partageait cette opinion. Je gardai encore le silence.

— Ce que nous voulons… la raison pour laquelle nous vous cherchions, enchaîna-t-il, est que nous aimerions que vous, euh… que vous interveniez dans les affaires de quelqu'un.

Tiens, un nouvel euphémisme, pensai-je. *Très excitant.*

— Qui ? demandai-je.

— Attendez une minute. Avant que nous en parlions, il faut que je sache si ça vous intéresse.

Je le regardai droit dans les yeux.

— Monsieur Biddle, je suis persuadé que vous savez à quel point je suis sélectif quant aux personnes dans les activités desquelles « j'interviens ». Par conséquent, tant que j'ignore de qui il s'agit, il m'est impossible de vous dire si ça m'intéresse ou pas.

— Il s'agit d'un homme. Et pas d'un intermédiaire.

— Bien, approuvai-je en hochant la tête.

— Est-ce que ça veut dire que vous êtes intéressé ?

— Ça veut dire que vous ne m'avez pas encore fait perdre tout intérêt.

Il acquiesça.

— Vous connaissez l'homme en question. Pour l'avoir rencontré récemment, alors qu'il suivait une personne de vos relations.

Seule une longue expérience de la dissimulation m'empêcha de manifester ma surprise.

— Donnez-moi son nom.

— Kanezaki.

— Pourquoi ?

— Comment ça, « pourquoi » ? fit Biddle en fronçant les sourcils.

— Disons que les déboires que j'ai connus avec votre organisation me poussent à exiger un niveau de révélations plus élevé que d'habitude.

— Je regrette, je ne peux rien vous révéler de plus.

— Je regrette, mais vous allez quand même devoir le faire.

— Sinon vous refusez la mission ?

— Sinon je vous tue.

Biddle blêmit, sans se départir toutefois de son air digne.

— Je ne pense pas que cette conversation devrait donner lieu à des menaces, déclara-t-il. Nous parlons affaires, rien de plus.

— Des menaces, répétai-je, songeur. Pendant longtemps, identifier et éliminer des « menaces » à titre préventif est ce qui m'a permis de rester en vie. Aussi vais-je vous faire une proposition : persuadez-moi que vous ne représentez pas une menace pour moi, et je renoncerai à vous éliminer.

— C'est incroyable ! Savez-vous qui je suis ?

— Vous n'avez qu'à me le dire, ça évitera de faire une erreur sur votre pierre tombale.

Biddle me jeta un regard noir. Au bout de quelques secondes, il abdiqua :

— D'accord, je vais tout vous expliquer. Mais c'est uniquement parce que je trouve normal de vous mettre au courant, pas à cause de vos menaces.

Il but une gorgée dans sa tasse en porcelaine.

— Kanezaki est une crapule, poursuivit-il. Il dirige un programme secret qui, si on le découvrait, pourrait devenir une source d'embarras de part et d'autre du Pacifique.

— Crépusculaire ?

Les coins de sa bouche s'affaissèrent.

— Vous êtes au courant… Comment est-ce possible ? Kanezaki ?

Espèce d'imbécile, pensai-je. *Quoi que j'aie pu savoir ou non, tu viens toi-même de m'en apporter la confirmation.*

— Monsieur Biddle, comment croyez-vous que j'ai survécu autant d'années dans ce métier ? Il m'appartient de savoir où je mets les pieds, et si la récompense justifie le risque. C'est comme ça que je reste en vie et que mes clients en ont pour leur argent.

Je lui laissai le temps de digérer ce nouveau point de vue.

— Que connaissez-vous d'autre là-dessus ? demanda-t-il finalement, essayant cette fois de se montrer malin.

— Des tas de choses. Mais expliquez-moi plutôt pourquoi vous avez décidé que Kanezaki était devenu encombrant. D'après ce que j'ai cru comprendre, vous l'avez toujours tenu pour un élément brillant.

Biddle plissa le nez, comme si une odeur désagréable agressait ses narines.

— C'est lui qui se trouve brillant. Pardonnez-moi, mais il ne suffit pas d'avoir du sang japonais pour se faire une idée exacte de ce pays.

Je secouai la tête, histoire de lui montrer que sa remarque ne m'offensait pas le moins du monde.

— Se faire une idée de ce pays, ou de n'importe quel autre, nécessite de longues années d'apprentissage, de l'expérience, de la sensibilité… Mais ce gamin croit en savoir assez pour concevoir et diriger lui-même un plan de politique étrangère !

J'opinai, voulant lui montrer que j'étais en accord avec lui sur ce point.

— Bon, vous connaissez l'existence de ce programme, mais il a été interrompu il y a six mois. Je ne pense pas que ce soit forcément une bonne chose, mais mon opinion personnelle sur la question ne compte pas. Ce qui compte, par contre, c'est que Kanezaki a continué de s'en occuper de son propre chef.

— Je vois le problème, déclarai-je.

— Oui, et d'une certaine façon, c'est dommage. Ce garçon ne manque ni d'enthousiasme ni de talent. Mais il faut régler cette affaire avant qu'elle ne provoque de réels dégâts.

— Que voulez-vous que je fasse ?

— Je veux que vous… Je sais que vous pouvez vous arranger pour laisser croire que la personne a fait ça toute seule.

— C'est exact, confirmai-je, notant qu'il avait commencé par dire « nous voulons » pour passer maintenant au « je ».

— Eh bien, c'est ça qu'il faut faire. Y a-t-il un tarif habituel ?

— Pour un agent de la CIA ? Le tarif risque d'être élevé.

— D'accord. Combien ?

Biddle était si impatient que je fus un instant tenté de l'arnaquer. De le faire payer cash et de lui dire ensuite : « *Sayonara*, connard. »

Peut-être d'ailleurs allais-je le faire. Mais, avant cela, j'avais encore quelques questions à poser.

— Je voudrais vous demander une chose, dis-je, rapprochant les sourcils dans ma meilleure imitation de l'inspecteur Columbo. Comment savez-vous qui je suis et ce que je fais ?

— L'Agence possède un dossier sur vous. Rassemblé en grande partie grâce aux efforts de Holtzer.

— Oh, bien sûr, je comprends… Et quand vous vous êtes lancé à ma recherche, c'était pour me proposer le même boulot qu'aujourd'hui ?

Biddle ignorait que je savais qu'il accompagnait Kanezaki, la première fois qu'il était allé voir Tatsu pour lui demander où j'étais. Ma question avait pour but de le désarçonner.

Peine perdue.

— Non, répondit-il. Au départ, l'idée était de vous utiliser dans le cadre de Crépusculaire. Mais, je vous le répète, le programme a pris fin. Il se peut qu'il y ait un rôle pour vous à l'avenir, mais pour l'instant je n'ai besoin de vous que pour régler quelques détails.

J'acquiesçai.

— C'est tout de même étrange. Vous aviez chargé Kanezaki de me trouver, non ?

— Oui, confirma Biddle, prudent, comme s'il redoutait la question suivante et cherchait déjà une réponse satisfaisante.

— Et alors, ça ne vous paraît pas bizarre ? Dans la mesure où vous vouliez en fait que je m'occupe de lui.

Il secoua la tête.

— Il était seulement censé vous localiser, pas vous rencontrer. C'est moi qui devais me charger d'entrer en contact avec vous personnellement.

Entrevoyant soudain la vérité, j'esquissai un petit sourire.

— Bon, d'accord, s'empressa d'ajouter Biddle. En lisant votre dossier, j'avais pensé que si vous appreniez que quelqu'un vous cherchait vous risquiez, comme vous le dites, d'y voir une menace et de réagir en conséquence.

Je faillis éclater de rire. Biddle avait espéré me voir concrétiser ses désirs sans que ça lui coûte un rond.

— Et ce type qui était avec lui à l'époque ? Kanezaki m'a dit qu'il appartenait à la sécurité diplomatique.

— En effet. Que désirez-vous savoir ?

— Pourquoi donner un garde du corps à un type que vous comptiez éliminer ?

Biddle fit la moue.

— Filer quelqu'un comme vous en solo est impossible. Kanezaki avait besoin d'un partenaire. Je voulais que ce soit quelqu'un d'extérieur à l'Agence, qui ne soit pas vraiment au courant de ce qui se passait.

— Et qu'il était possible de sacrifier.

— Si vous préférez le formuler ainsi…

— Monsieur Biddle, j'ai l'impression que vous en faites une affaire personnelle.

Il y eut un long silence, puis il répliqua :

— Et si c'était le cas ?

Je haussai les épaules.

— Pour moi, ça revient au même, du moment qu'on me paie. Mais nous ne partons pas sur de bonnes bases. Vous m'avez expliqué que le problème tenait au fait que Kanezaki était une crapule et que ses activités risquaient de créer un embarras des deux côtés du Pacifique. Il me semble pourtant que l'embarras en question est beaucoup plus localisé.

Biddle me dévisagea un instant.

— Ce que je vous ai dit n'est pas faux. Mais il est vrai que j'ai aussi des raisons personnelles. Que croyez-vous qu'il m'arrivera en tant que supérieur direct de Kanezaki si on découvre ses activités ?

— Sans doute rien de bon. Mais je ne vois pas comment le suicide de Kanezaki résoudra vos problèmes. Il restera des traces de ses activités. Des reçus attestant des déboursements ou ce genre de choses, non ?

— Ça, je m'en charge, répondit-il en plissant les yeux.

— Naturellement, vous connaissez tout ça mieux que moi. Je tenais juste à vous le faire observer. À propos, d'où pensez-vous que vienne l'argent qui permet à Kanezaki de diriger Crépusculaire alors que ses supérieurs ont coupé le robinet ? Il s'agit de sommes considérables, j'imagine.

Biddle jeta un coup d'œil sur sa droite. Un regard qui disait : *Vite, invente quelque chose !*

— Je ne sais pas.

— Si vous continuez à me mentir, rétorquai-je de ma voix la plus aimable, je vais commencer à vous considérer comme une menace.

Il me fixa un long moment. Finalement, il admit :

— Bon, d'accord. Kanezaki reçoit de l'argent d'un certain Fumio Tanaka. Un homme qui a fait un héritage et a les relations qu'il faut dans le milieu politique. Mais je ne vois pas le rapport avec ce que je vous demande.

Je réfléchis avant de répondre.

— Eh bien, une fois Kanezaki éliminé, Tanaka sera toujours là, non ? Pourquoi ne pas me mêler à ses activités à lui aussi ?

Biddle secoua vigoureusement la tête.

— Non. Ce ne sera pas nécessaire. Je vous demande votre collaboration sur un point précis, et j'aimerais, s'il vous plaît, que votre réponse se limite à ce seul point.

— Il va me falloir un moyen de vous contacter.

— Vous acceptez le travail ?

— Je veux d'abord réfléchir à votre histoire, dis-je en le regardant dans les yeux. Si je décide que je peux travailler avec vous sans risques, je le ferai.

Il sortit son Montblanc Meisterstück, le dévissa et gribouilla un numéro sur une serviette en papier.

— Tenez, vous pouvez me joindre là.

— Oh, une dernière chose, lançai-je alors en prenant la serviette. Le type dont vous vous êtes servi pour remonter jusqu'à moi, Haruyoshi Fukasawa. Eh bien, il vient de mourir.

Biddle avala sa salive.

— Je sais. Kanezaki m'en a informé.

— Que s'est-il passé, selon vous ?

— D'après ce que Kanezaki m'a raconté, c'était un accident, non ?

Je hochai la tête.

— Il se trouve que Fukasawa était un de mes amis. Il n'avait rien d'un gros buveur. Mais apparemment il était ivre mort au moment où il est tombé du toit. Étrange, non ?

— Si vous pensez que nous avons quelque chose à voir là-dedans…

— Vous pourriez vous contenter de me dire qui a fait ça.

De nouveau, il regarda sur sa droite.

— Je ne sais pas.

— Tout de même, vous faisiez suivre Harry. Et je sais que sa mort n'a rien d'accidentel. Si vous ne pouvez pas m'en dire plus, je vais finir par croire que c'est vous.

— Je vous assure, j'ignore qui a fait le coup. Même en supposant que ce n'est pas un accident.

— Comment avez-vous découvert où vivait Harry ?

Il me répéta ce qu'avait raconté Kanezaki à propos de la lettre de Midori.

— Avec ce seul élément, vous avez sûrement dû recourir à des ressources locales, hasardai-je.

— Vous avez l'air d'en savoir long, fit Biddle en me toisant. Mais je ne vais pas me mettre à confirmer ou à nier tout ce que vous avancez. Si vous soupçonnez des ressources locales d'être pour quelque chose dans la mort de votre ami, je ne peux pas vous aider. Je vous l'ai dit, je ne sais rien du tout.

Je ne tirerais rien de plus de lui ici. L'espace d'une seconde, je regrettai que nous ne soyons pas quelque part seuls tous les deux.

Me levant pour partir, je déclarai :

— Je vous appellerai.

Après ma petite confrontation avec Biddle, Tatsu et moi étions convenus de nous retrouver au parc Yoyogi. Je m'y rendis en prenant les précautions habituelles. Il m'attendait, assis sur un banc sous l'un des milliers d'érables qu'abrite le parc, tout en lisant un journal, semblable aux innombrables retraités du quartier qui occupaient leur journée ainsi.

— Comment ça s'est passé ?

Je lui résumai ce que Biddle m'avait raconté.

— Je connais ce Tanaka, dit-il lorsque j'eus fini. Son père a fondé, dans les années 20, une entreprise d'électronique qui a survécu à la guerre et a prospéré par la suite. Tanaka l'a vendue à la mort de son père et vit depuis avec des revenus considérables. On raconte qu'il a une libido insatiable, surtout pour un homme qui n'a pas loin de soixante-dix ans. On dit aussi qu'il est accro à la codéine et à d'autres stupéfiants.

— Et ses opinions politiques ?

— Il n'en a pas, à ma connaissance.

— Si c'est le cas, pourquoi financerait-il un programme de l'Agence qui vise à soutenir les réformateurs ?

— J'aimerais que tu m'aides à le découvrir.

— Pourquoi ?

— J'ai besoin de quelqu'un pour jouer le méchant flic. Et qui sait, peut-être qu'il pourra nous en dire plus sur Murakami.

— Toujours rien du côté du type en garde à vue ?

Tatsu fit « non » de la tête.

— Le problème, c'est qu'il a nettement plus peur de son patron que de moi. Mais j'ai toujours été frappé de voir à quel point l'attitude d'un homme pouvait changer entre quarante-huit heures et soixante-douze heures quand on le prive de sommeil. Nous finirons bien par en tirer quelque chose.

Tatsu sortit son téléphone portable. Tapa un numéro. Posa plusieurs questions. Écouta les réponses. Donna des instructions. Puis dit :

— *So da. So da. So.* C'est ça. C'est ça. Oui.

Après avoir raccroché, il se tourna vers moi.

— Un de mes gars va venir nous chercher. Et nous emmener au domicile de Tanaka, à Shirokanedai.

Shirokanedai est probablement le quartier le plus chic de Tokyo. En dehors de l'artère principale de Meguro-dori qui le coupe en deux, les rues étroites où se succèdent maisons et appartements cossus offrent un silence et un calme extraordinaires, comme si tout l'argent accumulé dans les parages avait réussi à acheter le tumulte de la ville alentour pour l'expédier plus loin. Il se dégage de ce quartier une sorte d'élégance décontractée. Les femmes, qu'on appelle ici les *shiroganeze*, se pavanent enroulées dans des fourrures, promènent des caniches nains et des loulous de Poméranie entre deux rendez-vous dans les salons de thé, les boutiques et les instituts de beauté. Les hommes ont l'air sûrs d'eux au volant des BMW et des Mercedes qui les emmènent au travail, où ils occupent des postes haut placés. Quant aux enfants, détendus et insouciants, ils n'ont pas encore conscience que le quartier où ils vivent représente l'exception et non la règle.

Le gars de Tatsu arriva comme convenu et nous conduisit à Shirokanedai en dix minutes.

Tanaka habitait une maison gigantesque à un étage dans Shirokanedai 4-chome, en face de l'ambassade du Sri Lanka. Hormis sa surface immense, la demeure se singularisait par les voitures garées dans l'allée : une Porsche 911 GT blanche avec un énorme aileron profilé et une Ferrari Modena rouge vif. Si rutilantes et impeccables l'une et l'autre que je ne pus m'empêcher de me demander si Tanaka les conduisait vraiment ou s'il se contentait de les exposer devant chez lui comme des trophées.

Ceinte par une grille, la propriété était bâtie sur un surplomb qui lui donnait l'air d'un château dominant les maisons plus humbles des alentours. Tatsu et moi descendîmes de voiture et franchîmes la grille, qui n'était pas fermée. Lorsqu'il appuya sur le bouton situé près du portail en bois, une longue succession de sonneries au timbre grave résonna à l'intérieur.

Quelques secondes plus tard, une jeune femme se présenta sur le seuil. Une jolie fille de type indonésien, sans doute des Philippines, qui arborait un uniforme de bonne noir et blanc des plus classiques, sans oublier la petite coiffe en dentelle sur le chignon. Sa tenue se rapprochait de ce qu'un pervers moyen pouvait demander à Tokyo dans un de ces « clubs d'images » où les clients s'offrent les services de filles habillées en étudiante, gouvernante ou tout autre profession en uniforme susceptible d'exciter un fétichiste, tant et si bien que je m'interrogeai sur l'étendue exacte des tâches domestiques de la jeune femme dans la maison.

— Je peux vous aider ? demanda-t-elle en se tournant vers Tatsu et ensuite vers moi.

— Je suis Tatsuhiko Ishikura, chef de département au Keisatsucho, et je voudrais parler à Tanaka-san. Pourriez-vous le prévenir ?

— M. Tanaka vous attend ?

— Je ne crois pas, répondit Tatsu, mais je suis certain qu'il sera content de me voir.

— Un instant, je vous prie.

La jeune bonne referma la porte et nous attendîmes.

Une minute plus tard, la porte se rouvrit, sur un homme cette fois. Je le reconnus aussitôt : c'était ce type que j'avais remarqué à La Rose de Damas et qui conservait un semblant de jeunesse à coups de molécules chimiques et de bistouri.

— Tanaka, se présenta-t-il. En quoi puis-je vous aider ?

— Tatsuhiko Ishikura, chef de département au Keisatsucho, répéta Tatsu en lui montrant sa carte. Je souhaiterais vous poser quelques questions. Dans l'immédiat, mon intérêt pour vous n'est que périphérique et officieux. Sa nature pourrait changer selon que vous accepterez ou non de coopérer.

Tanaka demeura impassible, mais la raideur de son corps tout comme l'angle d'inclinaison de sa tête étaient la preuve que Tatsu mobilisait son entière attention. Malgré l'armada d'avocats qui devaient travailler pour lui, et malgré tous les flagorneurs et subordonnés qui l'entouraient, cet homme craignait d'avoir à faire face à de réels ennuis, du genre de ceux qu'il avait dû entr'apercevoir dans le regard de Tatsu.

— Oui, entrez, je vous en prie, nous dit-il.

Après avoir enlevé nos chaussures, nous le suivîmes dans une entrée circulaire dallée de marbre noir et blanc. Tout au fond se trouvait un escalier flanqué de chaque côté de reproductions de statues grecques. Nous pénétrâmes dans une pièce lambrissée d'acajou dont les quatre murs étaient tapissés de bibliothèques, du sol au plafond. Comme les voitures dans la cour, les livres donnaient l'impression d'être régulièrement époussetés sans être jamais ouverts.

Tatsu et moi prîmes place sur un canapé en cuir bordeaux. Tanaka s'assit face à nous dans un fauteuil assorti. Il nous demanda s'il pouvait nous offrir quelque chose à grignoter ou à boire. Proposition que nous déclinâmes.

— Je n'ai pas saisi le nom de votre collègue, déclara Tanaka en me regardant.

— Sa présence, tout comme la mienne, n'a pour l'instant rien d'officiel, rétorqua Tatsu. J'espère que nous pourrons en rester là.

— Bien sûr, certainement, approuva Tanaka, trop nerveux pour se rendre compte que Tatsu avait éludé sa question. Maintenant, dites-moi ce que vous désirez savoir.

— Quelqu'un tente de vous impliquer dans un programme américain qui distribue des fonds à certains politiciens japonais, commença Tatsu. Or, si je vous crois impliqué dans ce programme, je ne crois cependant pas que vous en soyez responsable. Mais j'ai besoin de vous entendre confirmer que j'ai raison de le croire.

Tanaka pâlit sous son bronzage.

— Je pense que… il vaudrait mieux que je consulte mon conseiller juridique.

Tout en le dévisageant, j'imaginai de quelle manière je m'y prendrais pour le tuer afin qu'il puisse se voir dans mon regard.

— Drôle de façon de coopérer, lui fis-je observer.

Tanaka me jeta un coup d'œil, puis se tourna vers Tatsu.

— Cet argent n'est même pas le mien. Il ne sort pas de ma poche.

— Bien, fit Tatsu. Dites-m'en un peu plus.

Tanaka se passa la langue sur les lèvres.

— Cette conversation restera entre nous ? s'inquiéta-t-il. Si jamais quelqu'un venait à l'apprendre, ce serait très ennuyeux pour moi.

— Tant que vous coopérez, vous n'avez rien à craindre, le rassura Tatsu.

Tanaka me regarda pour obtenir confirmation. Je lui adressai un sourire qui laissait deviner mon espoir secret qu'il refuse de coopérer afin de pouvoir m'occuper de lui.

Il avala sa salive.

— Bien. Il y a six mois, on m'a demandé de contacter quelqu'un qui travaille à l'ambassade des États-Unis. Un dénommé Biddle. On m'a dit que ce Biddle représentait certains partis qui espéraient s'assurer une source de financement dans le cadre d'une campagne en faveur de politiciens réformistes.

— Qui vous a dit cela ? demanda Tatsu.

Tanaka le fixa une seconde, puis baissa les yeux.

— La même personne qui fournit l'argent destiné à cette cause.

— Soyez plus précis, demanda Tatsu sans le quitter des yeux.

Tanaka déglutit de nouveau avant de poursuivre.

— Yamaoto, lâcha-t-il dans un murmure. S'il vous plaît, je coopère. Cette conversation doit rester privée.

— Continuez, l'encouragea Tatsu en hochant la tête.

— J'ai rencontré Biddle et, comme on me l'avait demandé, je lui ai dit que j'estimais que le Japon avait besoin d'une réforme politique radicale, à laquelle j'étais prêt à participer d'une manière ou d'une autre. Depuis ce jour, j'ai remis à Biddle quelque cent millions de yens pour qu'il les distribue à divers politiciens.

— Ces gens se font piéger, dit Tatsu. Je veux savoir comment.

Tanaka lui jeta un regard inquiet.

— Je n'ai fait que suivre les instructions, se défendit-il. Je ne suis pas vraiment impliqué.

— Je comprends, fit Tatsu. Vous ne risquez rien. À présent, racontez-moi.

— Pendant trois mois, j'ai remis du liquide à Biddle sans rien demander en échange. Et puis j'ai fait comme si je craignais de me faire escroquer. Je lui ai demandé : « À qui va cet argent, en réalité ? Dites-le-moi, sinon je coupe les fonds ! » Au début, il a résisté. Puis il m'a déclaré que j'allais faire la connaissance de ces gens, que je pouvais deviner de qui il s'agissait en lisant le journal. Ensuite il m'a donné des noms. J'ai fait semblant d'être satisfait et lui ai remis encore plus d'argent.

« Quelque temps après, j'ai recommencé à jouer les paranos. Je lui ai lancé : "Vous avez tout inventé. Prouvez-moi que vous remettez vraiment mon argent aux gens qui en ont besoin et que vous ne le gardez pas pour vous !" Là encore, il a d'abord rechigné. Mais il a fini par accepter de me dire quand et où se tiendrait une rencontre. Et puis une autre.

Mon Dieu !

— De combien de rencontres Biddle vous a-t-il ainsi informé ? questionna Tatsu.

— Quatre.

— Et qu'avez-vous fait de cette information ?

— Je l'ai transmise à… à la personne qui me fournit les fonds, comme on m'avait prié de le faire.

Tatsu hocha la tête.

— Donnez-moi les noms des participants à ces quatre rencontres, ainsi que les dates.

— Je ne me souviens pas des dates exactes, affirma Tanaka.

Tout sourires, je fis mine de me lever. Tanaka tressaillit. Tatsu tendit la main pour me retenir, puis dit :

— Soyez aussi précis que possible.

Tanaka énuméra quatre noms. Accompagnés chacun d'une date approximative. Je me calai au fond du canapé.

— Maintenant, je voudrais tous les noms que vous a donnés Biddle, reprit Tatsu.

Tanaka obtempéra.

Constatant que Tatsu ne prenait aucune note, je compris qu'il savait déjà tout de ces gens.

— Très bien, dit-il lorsque Tanaka eut terminé. Vous vous êtes montré extrêmement coopératif, et je ne vois aucune raison pour que quelqu'un ait vent de cette conversation. Bien entendu, il se peut que je revienne vous voir, au cas où il me faudrait des renseignements supplémentaires. Mais toujours avec autant de discrétion, soyez-en sûr.

Tanaka acquiesça. L'air vaguement barbouillé.

La bonne nous raccompagna jusqu'à la porte. La voiture nous attendait. Nous montâmes à l'arrière et démarrâmes. Je me fis déposer à la station JR de Meguro. L'homme de Tatsu se gara juste devant et resta dans la voiture pendant que Tatsu et moi descendions faire le point.

— Qu'en penses-tu ? demandai-je.

— Il dit la vérité.

— Possible. Mais qui l'a mis en contact avec Biddle ?

— Probablement l'un des bénéficiaires pourris de l'Agence, quelqu'un qui est en rapport avec Yamaoto, répondit Tatsu en haussant les épaules. Si Biddle avait démarché ces bénéficiaires pour essayer de trouver un sympathisant à Crépusculaire, la nouvelle serait revenue aux oreilles de Yamaoto.

— Lequel aurait vu là une occasion de détourner le programme à ses propres fins.

Tatsu acquiesça, puis dit :

— À ton avis, qu'a fait Yamaoto les quatre fois où il a su quand et où Kanezaki rencontrerait ses bénéficiaires ?

— Il a posté des observateurs. En les équipant de micros paraboliques, de téléobjectifs et de caméras vidéo.

— Exact. Maintenant, suppose que Yamaoto possède des enregistrements audio et vidéo du déroulement de ces rencontres. Quelle serait la valeur de ce matériel pour lui ?

Je réfléchis un instant.

— Essentiellement un moyen d'exercer un chantage. « Faites ce que je vous dis, sinon je balance ces photos à la presse. »

— Oui, c'est sa méthode favorite. Et elle est diablement efficace quand les photos révèlent une liaison extraconjugale ou avec un jeune garçon, ou n'importe quelle conduite socialement répréhensible. Mais dans le cas présent ?

Je réfléchis encore.

— Filmer et enregistrer une rencontre avec Kanezaki ne te paraît pas assez accablant ?

— Un enregistrement, passe encore, répondit Tatsu en haussant les épaules. À condition que la conversation enregistrée soit suffisamment compromettante. Mais une vidéo serait de moindre conséquence : un politicien en train de bavarder avec un homme, apparemment japonais, dans un endroit public…

— Oui, parce que personne ne sait qui est Kanezaki, remarquai-je, commençant à comprendre.

Tatsu me fixait, attendant patiemment que je reconstitue le puzzle.

— Il faut qu'ils trouvent un moyen de faire de Kanezaki un nom connu de tous, enchaînai-je. Et de publier son portrait dans les journaux. Histoire de donner du poids aux photos.

Tatsu hocha la tête.

— Et comment parvenir à ça ?

— Bon sang ! m'écriai-je, voyant enfin où il voulait en venir. Sans le savoir, Biddle a joué à fond le jeu de Yamaoto. Il a fait de Kanezaki son pion en lui confiant l'entière responsabilité de Crépusculaire. Comme ça, si jamais l'opération était découverte, il aurait une « crapule » sous la main qui prendrait tout dans la figure. Mais si Kanezaki devient connu du public comme l'incarnation même des magouilles de la CIA, les politiciens photographiés en sa compagnie tomberont à leur tour.

— Exact. Et Biddle ne peut plus sacrifier Kanezaki sans sacrifier en même temps les réformateurs qu'il est supposé vouloir protéger.

— Raison pour laquelle il préférerait le voir mort, dis-je. Un joli petit suicide pour prévenir un scandale.

— Entre-temps, Biddle détruirait les reçus, ainsi que toute trace prouvant l'existence de Crépusculaire.

Je réfléchis un instant.

— Quelque chose ne colle pas, pourtant.

— Ah oui ?

— Biddle est un bureaucrate. En temps normal, il ne commanditerait pas un meurtre aussi facilement. Il faut qu'il soit vraiment désespéré.

— En effet. Et quelle est la cause de ce désespoir ?

Je regardai Tatsu, devinant qu'il avait déjà la réponse.

— Des raisons personnelles et non pas institutionnelles.

— Oui. Par conséquent, la question est : Quel est l'enjeu personnel de Biddle dans cette affaire ?

Je réfléchis.

— Un ennui professionnel ? Des problèmes de carrière si Kanezaki se retrouvait grillé et qu'un scandale éclaboussait le bureau de la CIA à Tokyo ?

— Oui, certainement, mais il y a autre chose de plus précis.

Je ne voyais toujours pas.

— D'après toi, qu'est-ce qui a amené Biddle à exiger ces reçus et à te demander de « suicider » Kanezaki ?

— Je ne sais pas, répondis-je, secouant de nouveau la tête.

Tatsu me regarda comme s'il était un peu déçu que je n'aie pas réussi à le suivre.

— Yamaoto s'y est pris avec Biddle de la même facon qu'il s'y était pris avec Holtzer, expliqua-t-il. Il a créé des bénéficiaires que l'un comme l'autre ont crus réels. Ils se sont vautrés dans la gloire que leur apportaient les renseignements fournis par lesdits « bénéficiaires ». Et ensuite, quand il a jugé le moment opportun, Yamaoto leur a révélé, en privé, qu'ils s'étaient fait avoir.

J'imaginai la conversation de Yamaoto avec Biddle : *Si jamais on découvre que vos « bénéficiaires » sont tous dirigés par l'autre camp, ce sera la fin de votre carrière. Mais si vous travaillez avec moi, je m'arrangerai pour que rien ne filtre. Je ferai même en sorte que vous ayez plus de bénéficiaires et plus de renseignements, si bien que vous continuerez à grimper les échelons.*

— Je vois. Il n'empêche que, cette fois, Yamaoto a mal calculé son coup, car Biddle pense avoir une issue. Il lui suffit de liquider Kanezaki et de détruire toutes les preuves de l'existence de Crépusculaire.

— Oui, approuva Tatsu. Et qu'est-ce que ça nous dit d'autre ?

Je réfléchis.

— Que la liste de distribution de Crépusculaire est exceptionnellement courte. Et que Langley n'est pas au courant, parce que, si c'était le cas, Biddle ne pourrait pas étouffer l'affaire en se contentant d'éliminer Kanezaki et de brûler quelques documents.

— Il semble donc que M. Biddle ait dirigé Crépusculaire de sa propre initiative. Il t'a dit que le programme avait pris fin depuis six mois, non ?

— Oui. Et Kanezaki m'a dit avoir découvert un trafic de câbles à ce sujet.

— À en croire Biddle, Kanezaki dirige un programme en toute illégalité depuis cette date. Mais vu que Tanaka n'a traité qu'avec Biddle, il paraît vraisemblable que ce soit lui la crapule et que Kanezaki lui ait servi d'homme de paille malgré lui.

— Oui, Yamaoto ne savait probablement pas que Crépusculaire n'avait pas été officiellement approuvé, et il devait supposer que le programme était connu des supérieurs de Biddle à Langley. Mais en dehors de Biddle et de Kanezaki, personne n'a l'air d'être au courant côté américain.

Tatsu inclina la tête, comme pour encourager les vaillants efforts d'un étudiant trop lent venant de faire preuve d'un léger progrès.

— Ce qui explique pourquoi Yamaoto n'a pas prévu que l'élimination de Kanezaki permettrait à Biddle de contrer le chantage qu'il lui ferait.

— On ne peut quand même pas en vouloir à Biddle d'avoir raisonné ainsi, commentai-je. Une fois Kanezaki liquidé, le chantage de Yamaoto perdrait une grande partie de son effet. Ce qui signifie que ton réseau de réformateurs serait beaucoup plus en sécurité si Kanezaki disparaissait de la scène.

Tatsu émit une sorte de grognement. Je dois avouer que le voir se débattre avec ce qui était pour lui un dilemme moral était loin de me déplaire.

— Que vont devenir les réformateurs que Kanezaki a rencontrés ? demandai-je. S'il se retrouve exposé en pleine lumière, eux-mêmes seront en danger.

— Oui, quelques-uns.

— En nombre suffisamment réduit pour que ce soit acceptable ?

Tatsu me regarda, connaissant déjà ce qui allait suivre. Je le dis tout de même.

— Que ferais-tu si ça en concernait cinq ? Ou dix ?

— Certaines décisions ne peuvent se prendre qu'au cas par cas, répondit-il en se renfrognant.

— Ce n'est pas comme ça que procède Yamaoto, insistai-je. Il sait ce qu'il faut faire, et il le fait. C'est à ça que tu dois te confronter. Tu es sûr d'être à la hauteur de la tâche ?

Ses yeux se plissèrent légèrement.

— Parce que tu crois que je cherche à me mesurer à cet homme ? Yamaoto n'est en rien responsable du fait que ces politiciens se retrouvent actuellement dans une situation difficile. Ils s'y sont mis de leur plein gré. Il n'est pas davantage responsable du fait que les motivations de Kanezaki sont globalement bonnes. Et encore moins du fait que ce jeune homme a certainement une mère et un père qui ne se remettraient pas de sa disparition.

Je penchai la tête, comprenant son point de vue en même temps que la conviction qui le sous-tendait.

— Ce sont des hommes finis, alors ? demandai-je.

Tatsu opina.

— Je dois partir du principe que Yamaoto les a d'ores et déjà dans sa manche et prévenir les autres.

— Et Kanezaki ?

— Je vais lui faire part de nos entrevues avec Biddle et Tanaka.

— Et lui dire que son patron a voulu mettre un contrat sur sa tête ?

Tatsu haussa les épaules.

— Pourquoi pas ? Ce jeune homme se sent déjà une dette envers moi. Un sentiment qui pourrait se révéler utile à l'avenir. Il n'y a rien de mal à le conforter un peu.

— Et Murakami ?

— Je te l'ai dit, nous continuons d'interroger l'homme en garde à vue. Peut-être nous apprendra-t-il quelque chose d'intéressant.

— Préviens-moi dès que tu auras du nouveau. Je tiens à être là au moment où ça se produira.

— Et moi donc ! dit Tatsu.

20

D'une cabine, je consultai la boîte vocale de l'Imperial. Une voix féminine mécanique m'informa que j'avais un message.

Je m'appliquai à ne rien espérer, mais sans grand succès. La voix m'engagea à appuyer sur le « 1 » si je voulais écouter le message. Ce que je fis.

« Bonjour, Jun, c'est moi », entendis-je dire Midori. Une pause, puis : « Je ne sais pas si tu es encore pour de bon à l'hôtel, ni si tu auras ce message. » Nouvelle pause. « Je voudrais te voir ce soir. Je serai au Body & Soul à huit heures. J'espère que tu viendras. Au revoir. »

La voix synthétique m'indiqua ensuite que le message avait été déposé à quatorze heures vingt-huit, et qu'il fallait appuyer sur la touche « 1 » pour le réécouter. J'appuyai. Et appuyai encore.

Il y avait quelque chose d'un naturel désarmant dans la façon qu'elle avait de m'appeler Jun, diminutif de Junichi. Personne ne m'appelle plus jamais ainsi. Personne ne connaît ce nom. J'avais utilisé mon vrai nom de manière fort sélective avant même de quitter Tokyo et y avais renoncé définitivement par la suite.

Bonjour, Jun, c'est moi. Un message tout ce qu'il y a de banal. La plupart des gens reçoivent probablement sans cesse des messages tels que celui-là.

C'était comme si le sol sous mes pieds avait soudain gagné en pesanteur.

La partie de mon cerveau qui me sert fidèlement depuis si longtemps se manifesta : *Le lieu et l'heure. Ça pourrait être un piège.*

Non, pas venant de Midori. Je n'y croyais pas.

Alors, qui d'autre aurait pu entendre ce message ?

Je réfléchis. Pour l'intercepter, il aurait fallu que quelqu'un sache dans quel hôtel j'étais descendu, et sous quel pseudonyme, et qu'il soit en plus capable de pirater le système de la boîte vocale. À part Tatsu, qui pour l'instant ne me menaçait pas, il y avait peu de probabilités que cette personne existe.

Mais il y en avait quand même une.

Une éventualité qui ne m'empêcha pas de me dire : *Tant pis !*

Et je partis retrouver Midori.

Je suivis un long parcours sinueux, me déplaçant principalement à pied tout en regardant la ville plonger peu à peu dans l'obscurité. La nuit, Tokyo a quelque chose de si formidablement vivant qu'elle laisse croire à tous les possibles. Mais au milieu du flot zigzagant des piétons, des trains assourdissants, de la bousculade, du vacarme et de la circulation, le jour offre sans conteste la plus rythmée des mélodies urbaines. La ville semble cependant accablée par le tumulte quotidien, et comme soulagée chaque soir de pouvoir se glisser dans le crépuscule pour déposer le fardeau de la journée. La nuit chasse l'excès et la fièvre. Marcher alors dans Tokyo donne l'impression de frôler ce qu'on a depuis toujours désiré. La nuit, on entend la ville respirer.

Je m'arrêtai dans un café Internet pour consulter le site du Body & Soul et voir qui jouait ce soir-là. C'était Toku, un jeune chanteur et joueur de bugle, qui avait déjà la réputation d'avoir un son plein de mélancolie bien qu'il n'ait que vingt-neuf ans. Je possédais deux de ses albums mais ne l'avais encore jamais vu en concert.

Il était possible que Yamaoto ait découvert la présence de Midori à Tokyo par l'agence de détectives qu'elle avait engagée. Auquel cas il y avait un risque qu'elle soit filée, peut-être même par Murakami en personne. Aussi me livrai-je à une vérification approfondie des planques les plus probables autour du club. Rien à signaler.

À huit heures et demie, j'entrai dans la salle. Le club était bondé, mais le portier me laissa passer après que je lui eus expliqué que j'étais un ami de Midori Kawamura, venue assister elle aussi au concert de Toku.

— Oh oui ! s'exclama le garçon. Kawamura-san m'a dit que quelqu'un viendrait peut-être la rejoindre. Je vous en prie.

Elle était assise au bout de l'une des deux grandes tables qui couraient le long des murs et surplombaient la scène, où étaient installés les musiciens. Je balayai la salle du regard sans rien repérer d'inquiétant. De fait, le public de la soirée était jeune, féminin, et manifestement venu pour Toku qui, accompagné de son quintet, était en train de les subjuguer en jouant un morceau mélancolique, *Vents d'automne*.

La tenue du groupe – tee-shirts, jeans et baskets – me fit sourire. Ils avaient tous les cheveux longs, teints en châtain *chapatsu*. Leurs contemporains devaient les trouver « cool ». Moi, je les trouvai jeunes.

Je me dirigeai vers Midori. Elle me regarda approcher, mais ne fit pas un geste pour m'accueillir.

Son col roulé noir moulant et sans manches qui avait l'air d'être en fin cashmere accentuait la luminosité de son visage et de ses bras. Lorsqu'elle s'appuya au dossier de sa chaise, je vis qu'elle portait un pantalon en cuir assoupli et patiné par les ans, avec des bottes à talons hauts. En dehors de deux petits diamants aux oreilles, elle n'avait aucun bijou. Qu'elle ne soit jamais ni trop apprêtée ni trop maquillée m'a toujours plu. Elle s'en passe très bien.

— Je ne t'attendais pas vraiment, me dit-elle.

Je me penchai pour me faire entendre malgré la musique.

— Tu as cru que je ne trouverais pas ton message ?

— J'ai cru que tu ne viendrais pas si je proposais un endroit et une heure précis, répliqua-t-elle en levant un sourcil.

Midori apprenait vite.

— Eh bien, tu vois, je suis là, dis-je en haussant les épaules.

Comme il ne restait plus de place libre, elle se leva, et nous nous appuyâmes contre le mur, son épaule frôlant la mienne. Elle avait emporté son verre avec elle.

— Qu'est-ce que tu bois ? lui demandai-je

— Un Ardbeg. C'est toi qui me l'as fait découvrir, tu te rappelles ? Depuis ce jour, son goût me fait penser à toi.

— Je suis surpris qu'il te plaise, alors.

— Il a un parfum doux-amer, remarqua-t-elle en me gratifiant d'un regard en biais.

Quand la serveuse arriva, je commandai la même chose. Nous écoutâmes Toku chanter une histoire qui parlait de chagrin, de solitude et de regret. La foule l'adorait.

À la fin du premier set, une fois le déchaînement d'applaudissements calmé, Midori se tourna vers moi. La lueur d'inquiétude, pour ne pas dire de compassion, que je lus sur son visage m'étonna. Soudain, je compris pourquoi.

— Est-ce que tu… je suppose que tu es au courant pour Harry, dit-elle.

J'acquiesçai.

— Je suis désolée.

J'attendis une seconde avant de parler.

— Il a été tué, tu sais. Les détectives privés que tu as mis sur son dos ne se sont pas adressés aux personnes qu'il fallait.

Midori resta une seconde bouche bée.

— Mais… ils m'ont dit que c'était un accident.

— Ce sont des conneries.

— Comment le sais-tu ?

— Question de circonstances. À un moment donné, ils ont cru m'avoir et ont estimé qu'ils n'avaient plus besoin de lui. Et puis il avait de l'alcool plein l'estomac. Pourtant, Harry ne buvait presque pas.

— Oh, mon Dieu ! s'exclama Midori, une main devant la bouche.

— La prochaine fois, dis-je en la regardant, adresse-toi à une boîte qui prenne ses obligations de confidentialité un peu plus au sérieux.

Elle secoua la tête, sans retirer la main de devant sa bouche.

— Pardon, ajoutai-je alors en baissant les yeux. Ce que je viens de dire est injuste. La faute n'incombe à personne d'autre qu'à ceux qui ont fait ça. Et à Harry, pour ne pas s'être suffisamment méfié.

Je lui racontai une version édulcorée de la manière dont ils l'avaient piégé, tout comme de l'obstination de Harry à refuser de m'écouter.

— Je l'aimais bien, déclara-t-elle lorsque j'eus fini. Quand il m'a affirmé que tu étais mort, je me suis demandé s'il m'avait menti. C'est ce qui m'a poussé à engager ces détectives pour le surveiller. Mais il avait l'air d'être quelqu'un de bien. Il était charmant, timide, et j'ai bien vu qu'il t'admirait.

J'esquissai un pâle sourire. Oraison pour Harry.

— Si j'étais toi, dis-je, je ferais très attention en me promenant dans Tokyo. Avoir perdu ma trace ne va pas les dissuader de continuer à me chercher. S'ils savent que tu es là, ils risquent de s'intéresser à toi. Comme ils l'ont fait avec Harry.

Après un long silence, elle annonça :

— Je repars demain pour New York.

Lentement, je hochai la tête, me doutant déjà de ce qui allait suivre.

— Je ne te reverrai pas, ajouta-t-elle.

Je m'efforçai de sourire. Un sourire plein de nostalgie.

— Je sais.

— J'ai trouvé ce que je voulais te demander, dit-elle.

— Ah oui ?

— Au début, j'ai cru que je voulais me venger. Je n'arrêtais pas de penser au mal que tu m'avais fait et je cherchais comment te faire souffrir, autant que toi tu m'as fait souffrir.

Je n'étais pas surpris.

— Et je t'en voulais à cause de ça, poursuivit Midori. Parce que j'ai toujours considéré la haine comme une émotion indigne. Comme un signe de faiblesse qui en fin de compte ne sert à rien.

Un instant, je m'émerveillai en pensant à l'existence innocente qu'il fallait avoir menée pour qu'une telle philosophie puisse en sortir crédible et intacte ; l'espace d'une seconde, je l'aimai pour ça.

Elle but une gorgée d'Ardbeg.

— Mais t'avoir revu l'autre jour m'a fait changer d'avis. En partie parce que j'ai réalisé que tu avais vraiment essayé de retrouver cette disquette pour terminer ce que mon père avait commencé. Mais aussi parce que j'ai compris que tu souhaitais me protéger de ceux qui voulaient récupérer la disquette.

— Mais la vraie raison, c'est quoi ?

Midori se détourna, son regard s'attarda sur la scène où venaient de jouer les musiciens avant de se reposer sur moi.

— J'ai compris qui tu étais. Tu ne fais pas partie du monde réel. Du moins, pas tel qu'il est pour moi. Tu es une sorte de fantôme, une créature condamnée à vivre dans l'ombre. Et je me suis aperçue que quelqu'un comme ça ne méritait pas la haine.

Mériter sa haine et être haï d'elle n'était pas la même chose. Je n'étais pas certain qu'elle en ait conscience.

— La pitié, alors ? demandai-je.

— Peut-être, répondit-elle en hochant la tête.

— Je crois que j'aurais préféré la haine.

J'eus beau m'efforcer de prendre un ton léger, je ne réussis pas à la faire rire.

Midori me regarda au fond des yeux.

— Il ne nous reste plus que cette nuit.

Je faillis lui dire non. Lui dire que ce serait trop douloureux.

Pour décider finalement que je m'arrangerais de la douleur après. Comme je l'ai toujours fait.

Nous nous rendîmes au Park Hyatt, à Shinjuku. Midori était descendue à l'Okura, mais aller là-bas ensemble eût été trop dangereux.

Nous prîmes un taxi. Pendant le trajet, nous échangeâmes des regards sans prononcer un mot. Je remplis les formalités nécessaires à la réception, et en entrant dans la chambre ni elle ni moi ne pensa à allumer la lumière. Il nous parut tout naturel d'aller nous poster devant les immenses baies vitrées et de regarder la masse urbaine de Shinjuku scintiller dans la lumière violette.

Contemplant la ville du haut de mon perchoir, je repensai à l'enchaînement d'événements qui avait conduit à cette seconde précise, à cet instant imaginé tant de fois dans un espoir ridicule, et que je m'efforçais à présent de savourer alors même que je le sentais s'éloigner irrévocablement.

À un moment donné, je perçus le regard de Midori sur moi. Je me retournai, et avançai la main en suivant le contour de son visage et de son cou avec le dos de mes doigts, essayant de graver chaque détail dans mon esprit, désireux de les garder avec moi pour plus tard, lorsqu'elle serait partie. Je me surpris en train de murmurer doucement son nom, encore et encore, comme je le fais chaque fois que je suis seul et que je songe à elle. Alors, s'approchant de moi pour m'enlacer, elle m'attira contre elle avec une force surprenante.

Son odeur était la même que dans mon souvenir, une odeur de propre avec un soupçon de parfum qui reste pour moi un mystère – comme celui d'un vin qu'on laisse indéfiniment décanter, puis qu'on hésite à boire parce qu'après cela il n'y en aura plus.

Nous nous embrassâmes longuement, avec douceur et sans hâte, debout devant la fenêtre, si longtemps que je finis par oublier ce qui nous avait réunis ici et pourquoi nous devrions repartir ensuite chacun de notre côté.

Nous nous déshabillâmes mutuellement, rapidement, presque avec colère, comme nous l'avions fait la première fois. Je retirai la matraque attachée à mon bras et la posai par terre. Midori s'abstint de toute remarque. Une fois nus, nous continuâmes à nous embrasser, et elle se pressa contre moi avec tant d'autorité que je dus reculer vers le lit. Lorsque mes jambes heurtèrent le matelas, je m'assis au bord. Midori se pencha sur moi, une main sur le lit, l'autre sur ma poitrine, puis me poussa sur le dos. Agenouillée sur moi à califourchon, elle garda une main sur mon torse tandis que l'autre se faufilait plus bas. Elle me serra une seconde, assez fort pour me faire mal. Alors, ses yeux sombres fixèrent les miens et, toujours sans rien dire, elle me guida en elle.

Nos gestes furent d'abord lents et timides, comme deux amants ne sachant pas très bien quel est le désir de l'autre. Mes mains parcouraient les courbes de son corps, s'attardant ici ou là, s'accordant au rythme de sa respiration ou au son de sa voix. Les mains plaquées sur mes épaules, elle me cloua de tout son poids en commençant à me chevaucher plus vite. En observant son visage, qui se découpait en ombre chinoise dans la lumière de la fenêtre, j'eus l'impression que quelque chose d'intangible, une sorte de chaleur ou de courant, passait entre nous. Je basculai mes jambes sur le lit, modifiant à peine l'angle que formaient nos corps, et je sentis que je m'enfonçais plus profondément en elle. Son souffle, de plus en plus haletant, s'accéléra. Ne voulant pas jouir avant elle, je fis de mon mieux pour me retenir, mais elle bougeait de plus en plus vite, avec tant de fougue que je crus devenir fou. Soudain, un râle monta de sa gorge, mi-feulement, mi-gémissement ; puis son visage se pencha en avant, juste au-dessus du mien, son regard s'accrocha à mon regard, et je la sentis jouir. À la seconde où je m'abandonnai à mon tour, elle murmura : « Je te hais », et je vis qu'elle pleurait.

Quand elle se redressa, elle laissa ses mains sur mes épaules. Ensuite elle avança la tête, et son visage disparut dans la pénombre. Elle ne faisait plus aucun bruit, mais ses larmes coulaient sur mon torse et mon cou.

Je ne savais quoi lui dire, ni même si je devais la toucher, et nous restâmes ainsi un long moment. Finalement, elle se leva et passa en silence dans la salle de bains. Je m'assis sur le lit et attendis.

Quelques minutes plus tard, Midori ressortit, enveloppée dans un peignoir blanc en éponge de l'hôtel. Elle me dévisagea, toujours sans prononcer un mot.

— Tu veux que je m'en aille ? demandai-je.

Elle ferma les yeux et hocha la tête.

— D'accord.

Je me levai et commençai à renfiler mes vêtements. Une fois rhabillé, je me tournai vers elle.

— Je sais que ça va bien pour toi à New York, lui dis-je. *Ganbatte*. Continue.

— Que vas-tu faire ? s'enquit-elle en me regardant.

Je haussai les épaules.

— Tu sais comment on est, nous, les créatures de la nuit… Je vais tâcher de trouver un rocher pour me cacher avant le lever du soleil.

Elle se força à sourire.

— Et ensuite ?

— Je ne sais pas encore.

Il y eut un bref silence.

— Tu devrais travailler avec ton ami, dit-elle finalement. C'est la meilleure chose que tu aies à faire.

— C'est drôle, c'est ce qu'il passe son temps à me répéter lui aussi. Heureusement que je ne crois pas aux complots.

Son sourire réapparut, un peu moins forcé cette fois.

— Ses raisons sont sans doute égoïstes. Pas les miennes.

— Après ce que tu viens de me dire, je ne suis pas certain de pouvoir me fier à tes raisons, rétorquai-je.

— Excuse-moi, murmura-t-elle, les yeux baissés.

— Non, ça ne fait rien. Tu as été sincère. Bien que je ne croie pas que quelqu'un l'ait jamais été de cette manière avec moi. En tout cas, pas à cet instant-là.

Nouveau sourire. Un sourire triste, mais qui au moins avait l'air vrai.

— Je le suis tout autant maintenant.

Il fallait en finir. Je m'avançai vers elle, assez près pour sentir ses cheveux et la chaleur de sa peau, et restai là pendant plusieurs minutes, les yeux clos. Respirant à fond. Expirant tranquillement.

Je passai à l'anglais, préférant éviter l'irrévocabilité sans ambiguïté de *sayonara*.

— Au revoir, Midori.

Arrivé devant la porte, comme toujours, je regardai à travers l'œilleton. Le couloir était vide. Je sortis sans me retourner.

Le palier fut difficile ; l'ascenseur, un peu moins. Une fois dans la rue, je sus que le pire était passé.

Une voix chuchotait en moi, placide mais insistante : *C'est aussi bien comme ça.*

21

Je partis dans les petites rues de Shinjuku en marchant vers l'est, le temps de décider où je voulais passer la nuit et ce que je ferais le lendemain matin au réveil. Je m'appliquai à ne penser à rien d'autre.

Malgré l'heure tardive, des petits groupes de gens allaient et venaient, semblables à des constellations à peine visibles dans le vide de l'espace environnant : vagabonds et mendiants, prostituées et proxénètes, les démoralisés, les déchus, les dépossédés.

J'avais mal, et je n'arrivais pas à trouver un moyen de chasser la douleur.

Mon pager vibra.

Aussitôt je pensai : *Midori.*

Mais ce n'était pas elle, je le savais. Elle n'avait pas ce numéro. Et même si elle l'avait eu, elle ne l'aurait pas composé.

En regardant l'écran, je ne reconnus pas mon correspondant.

J'entrai dans une cabine pour rappeler le numéro. Au bout d'une sonnerie, une femme répondit en anglais.

— Bonsoir, dit-elle.

C'était Naomi.

— Bonsoir. J'avais oublié que je t'avais donné ce numéro.

— Ça ne t'ennuie pas que je m'en serve, j'espère ?

— Pas du tout. Je suis juste un peu surpris.

Et je l'étais. Mon niveau d'alerte avait même grimpé d'un cran.

Il y eut un silence.

— Ce soir, comme les choses tournaient un peu au ralenti au club, je suis rentrée plus tôt. Je me demandais si tu voulais passer.

Imaginer un quelconque ralentissement à La Rose de Damas paraissait difficile, mais c'était peut-être vrai. Auquel cas je me serais plutôt attendu à ce qu'elle ait envie d'aller d'abord quelque part, souper ou boire un verre. Pas à ce qu'elle me propose une partie de jambes en l'air chez elle. Mon niveau d'alerte monta d'un cran supplémentaire.

— Bien sûr, dis-je. Si tu n'es pas trop fatiguée.

— Pas du tout. Je serai ravie que tu viennes.

Bizarre. Elle avait prononcé cette dernière phrase sur un ton plat qui n'avait rien à voir avec le côté chantant de son accent portugais habituel. Un message ? Une mise en garde ?

Je regardai ma montre. Bientôt une heure et demie du matin.

— Je serai là dans une demi-heure.

— Il me tarde que tu sois là.

Je l'entendis raccrocher.

Quelque chose ne collait pas. Sans que j'arrive à trouver exactement quoi.

Il y avait le fait étrange que Naomi m'ait appelé. Et puis cette histoire comme quoi elle était rentrée plus tôt, même si ceci pouvait expliquer cela. Sa voix m'avait paru plutôt normale. Sauf cette phrase prononcée de manière singulière.

La question était : que ferais-je si je savais que c'était un piège – non pas si j'avais un doute, mais si j'en étais certain ?

Je cherchai une autre cabine pour appeler Tatsu. Je tombai sur sa boîte vocale. Je tentai ma chance une seconde fois. En vain. Il devait être sorti effectuer une surveillance ou quelque chose comme ça.

C'est vrai qu'il a du boulot, pensai-je. Certes, mais ça tombait mal.

Le plus sûr, le plus sage, eût été de ne pas m'approcher avant de pouvoir compter sur des renforts. Toutefois, s'il y avait là une occasion à saisir, je ne voulais pas la rater.

Je pris un taxi jusqu'à l'angle d'Azabu Juban. Question sécurité, je connaissais bien la topologie des lieux autour de l'appartement de Naomi, pour les avoir explorés et exploités la nuit où je l'avais attendue sous la pluie. L'immeuble situé dans la rue perpendiculaire, celui avec l'auvent où étaient entreposées les poubelles en plastique, représentait un endroit idéal. Si quelqu'un m'attendait, ce serait là. Là où moi-même j'avais attendu Naomi.

Je marchais dans la rue qui menait à l'arrière de l'immeuble lorsque j'entendis le ronronnement d'un deux-roues arrivant dans ma direction. C'était un livreur de pizzas sur son scooter, à l'arrière duquel était fixé un coffre isotherme avec une publicité de l'entreprise qui l'employait. Je l'observai attentivement afin d'avoir confirmation qu'il ne s'agissait pas d'autre chose que de ce que ça avait l'air. Mais c'était bien ça ; rien qu'un jeune gars qui cherchait à gagner quelques sous en bossant la nuit. L'odeur de la pizza s'échappait du coffre.

Tout à coup, j'eus une idée.

Je lc hélai. Il s'arrêta près de moi.

— Tu pourrais me rendre un service ? lui demandai-je en japonais. Ça te rapportera dix mille yens.

— Bien sûr ! fit-il en écarquillant de grands yeux. Qu'est-ce que je dois faire ?

— Au bout de cette rue, à droite en venant d'ici, il y a un immeuble. Tu verras un auvent avec une rangée de poubelles alignées contre le mur. Je crois qu'un ami m'attend là, mais j'aimerais lui faire une surprise. Est-ce que tu pourrais passer devant en remontant du bout de la rue, bien regarder à cet endroit et revenir me dire si tu as vu quelqu'un ?

Ses yeux s'arrondirent plus encore.

— Pour dix mille yens ? Oui, je dois pouvoir faire ça.

Je sortis mon portefeuille dans lequel je pris un billet de cinq mille yens.

— La moitié tout de suite, le reste quand tu reviendras, annonçai-je.

Le garçon empocha l'argent, puis démarra. Trois minutes plus tard, il était de retour.

— Il est bien là, m'informa-t-il. Pile à l'endroit où vous avez dit.

— Merci, répondis-je en hochant la tête. Tu me sauves la vie.

Je lui remis le reste de l'argent. Il fixa le billet d'un regard incrédule avant de se fendre d'un grand sourire ravi.

— Merci ! C'est super ! Vous n'avez pas besoin d'autre chose ?

Je secouai la tête en souriant.

— Pas ce soir.

Il me jeta un regard rempli de regret, puis sourit de nouveau, comme s'il réalisait qu'il ne fallait pas en demander trop.

— O.K., merci encore !

Sur ces mots, il mit les gaz et s'éloigna dans la rue.

Sans attendre, je détachai la matraque et la pris dans ma main droite tout en tenant la bombe au poivre de Yukiko dans ma main gauche. Je m'avançai à pas furtifs, comme j'avais appris à le faire au Vietnam au cours des patrouilles de reconnaissance à grand rayon d'action, rasant les immeubles, vérifiant chaque recoin, m'assurant que la voie était libre avant de m'aventurer plus loin.

Il me fallut près d'une demi-heure pour couvrir la centaine de mètres qui me séparait du lieu de l'embuscade. À trois mètres de là, la couverture que m'offraient les poubelles devint trop peu fiable pour que je continue à progresser. Je m'accroupis le plus bas possible et attendis.

Cinq minutes s'écoulèrent. Je reconnus le craquement d'une allumette, puis vis un nuage de fumée bleue s'élever au-dessus d'une pile de poubelles. J'ignorais qui planquait là, mais ce n'était pas Murakami. Jamais il n'aurait fait une chose aussi stupide.

Après avoir rangé la bombe au poivre dans ma poche, je dépliai lentement la matraque au maximum, tirai sur l'extrémité pour vérifier que les segments étaient tous bien en place, puis la pris dans ma main droite. Tout en regardant la fumée monter devant moi, je chronométrai combien de temps il se passait entre les moments où le fumeur inhalait et exhalait. J'attendais un de ceux où il aspirerait, où son attention serait distraite par le plaisir d'absorber toute cette bonne nicotine. Aspire, expire. Aspire, expire. Aspire…

Je bondis en avant, mon bras armé passé derrière le cou comme pour me gratter l'autre épaule, ma main libre en avant pour me protéger la tête et le visage. Parcourant la distance en quelques secondes, je vis l'homme dès que j'eus dépassé le tas de poubelles. C'était l'un des gardes du corps de Murakami, vêtu d'un blouson en cuir noir, avec des lunettes noires et un bonnet de laine qui modifiaient vaguement son allure. Il venait juste de m'entendre approcher et était en train de tourner la tête quand je lui sautai dessus.

Sa bouche s'ouvrit toute grande, la cigarette pendouillant mollement au coin de ses lèvres. Sa main droite plongea dans une poche de son blouson. Je distinguais chacun de ses gestes clairement, comme au ralenti.

Le pied droit planté en avant, je lui balançai un coup de matraque sur le côté du visage. La force de l'impact fit rebondir sa tête vers la gauche. Ses lunettes voltigèrent. La cigarette, comme une cartouche de fusil, tomba de sa bouche dans une explosion de dents et de sang. Titubant en arrière, il commença à s'écrouler contre le mur. Je me rapprochai et lui appuyai la pointe de la matraque sous le menton pour l'empêcher de glisser plus bas.

— Où est Murakami ?

Il crachota un mélange de sang et de matières diverses qui ressemblaient à des dents.

Tandis qu'il s'étouffait et essayait de se ressaisir, j'en profitai pour le fouiller. Dans son blouson, je trouvai un couteau Kershaw identique à celui de Murakami, ainsi qu'un téléphone portable accroché à sa ceinture. Je fourrai les deux dans ma poche.

J'enfonçai plus fort la matraque.

— Où est-il ? redemandai-je.

Le type toussa et crachouilla.

— *Naka da*, bredouilla-t-il, déformant les mots à cause de son maxillaire en bouillie. À l'intérieur.

— Et ton collègue ?

Il grogna et tenta de se toucher le visage. J'accentuai encore la pression de la matraque sur son cou. Il fit la grimace et laissa retomber ses bras.

— Où est ton collègue ? demandai-je une seconde fois.

— *Omote da*. Devant, crachota le type en reniflant.

Logique. C'est là que je me serais posté aussi.

J'abaissai la matraque et plaquai l'extrémité sur son plexus solaire. Le type se plia en deux en grognant. Je passai en vitesse derrière lui, appliquai l'arme contre sa gorge et lui enfonçai mon genou dans les reins. Arc-bouté en arrière, je le tirai vers moi à l'aide du bâton tout en le poussant dans l'autre sens avec mon genou. Ses mains volèrent vers la matraque pour la repousser, mais il était trop tard. Écrasement du larynx. Il se débattit une demi-minute en silence avant de s'écrouler sur moi.

Je le déposai par terre et regardai alentour. Tout était calme. Je lui retirai son bonnet et son blouson, et les enfilai. Puis je partis à la recherche des lunettes, que je découvris un peu plus loin. Je les mis également.

Après avoir tiré le cadavre le plus loin possible dans l'obscurité, je ramassai la cigarette encore allumée que je coinçai entre mes lèvres. Je donnai un coup de matraque par terre pour la replier, et la glissai dans une poche du blouson tout en saisissant de l'autre main la bombe au poivre.

Contrairement à l'arrière de l'immeuble, l'entrée principale ne donnait pas sur une rue perpendiculaire et offrait donc moins d'avantages. En fait, il n'y avait là qu'un endroit stratégique : la ruelle qui longeait le bâtiment situé de l'autre côté de la rue.

Je fis le tour par l'avant de l'immeuble, lunettes et bonnet sur la tête, la cigarette rougeoyant au coin de la bouche. Tête baissée et yeux levés, je pris la dégaine qu'avaient dû adopter ces types pour échapper au regard des témoins et aux caméras.

Je le vis traverser la rue à la seconde même où je tournai au coin de l'immeuble. Il était habillé comme son défunt collègue. Je me dirigeai vers lui, le pas alerte et assuré. Les lunettes que nous portions étaient idéales pour passer inaperçu, mais pas du tout pour voir dans le noir. Me prenant pour son acolyte, il sortit de la pénombre pour venir à ma rencontre, se demandant sans doute pour quelle raison j'avais quitté mon poste.

Arrivé à trois mètres de lui, je vis ses lèvres esquisser une moue dubitative. À deux mètres, sa mâchoire s'affaissa tandis qu'il réalisait que quelque chose n'allait pas. À un mètre, une giclée de bombe au poivre lui en apporta la confirmation.

Le type porta les mains à son visage et vacilla en arrière. Je crachai la cigarette, remis la bombe dans ma poche et ressortis la matraque. Je la dépliai et passai derrière l'homme pour appuyer l'arme contre sa trachée comme je l'avais fait avec son compère, mais en bénéficiant cette fois d'une meilleure prise qui lui écrasa les carotides en même temps que le larynx. En le fouillant, je trouvai un autre cran d'arrêt et un autre téléphone portable. Je laissai le couteau. Et gardai le téléphone.

La matraque repliée au fond de ma poche, je me rendis au bout de la rue dans une cabine téléphonique. Comme j'ignorais si Naomi avait un système de reconnaissance du numéro, je préférais ne pas prendre le risque d'utiliser l'un des portables que je venais d'acquérir.

Je l'appelai. Elle décrocha au bout de la troisième sonnerie, la voix légèrement incertaine.

— Allô ?

— Salut, c'est moi.

Un temps.

— Où es-tu ?

— Je regrette, mais je ne pourrai pas passer ce soir.

Bref silence.

— Tant pis. Ça ne fait rien, fit-elle, l'air soulagée.

— Je voulais juste te prévenir. Je te rappelle bientôt, d'accord ?

— D'accord.

Après avoir raccroché, je repartis vers l'entrée arrière de l'immeuble et me glissai dans l'ombre près du cadavre que j'avais laissé là.

Un des portables se mit à vibrer. Je le sortis de ma poche et l'ouvris.

— *Hai,* dis-je.

En reconnaissant le grognement si particulier de Murakami, je sentis l'adrénaline s'engouffrer dans mes veines.

— Il ne vient pas ce soir, grommela-t-il. Je descends dans une minute. Préviens Yagi-san, et tenez-vous prêts à partir.

Yagi devait être l'un des deux types que je venais d'occire.

— *Hai*, répondis-je.

Il raccrocha.

Je remis le portable dans la poche du blouson, puis sortis la matraque et la gardai repliée dans ma main droite. Dans ma main gauche, je tenais la bombe au poivre. Mon cœur battait à une cadence régulière. Respirant à fond par le nez, je retins mon souffle quelques secondes avant de le relâcher.

L'entrée sur l'arrière était la plus discrète et la moins empruntée. Sans compter qu'il n'y avait pas de caméra. Je savais que Murakami sortirait par là, comme je l'avais fait.

Je me postai à proximité, à la limite du halo de lumière du réverbère, où Murakami me verrait, mais où ma silhouette resterait dissimulée dans la pénombre. Il fallait qu'il se rapproche de moi le plus possible pour qu'augmente l'effet de surprise. Ce serait vraisemblablement mon seul avantage sur lui.

Deux minutes plus tard, Murakami sortit par la porte de derrière. Je me reculai dans l'ombre, les lunettes sur le nez, le bonnet bien enfoncé.

Murakami tenait à côté de lui un chien, qui tirait sur sa laisse. Comme il n'avait pas de muselière, je mis une seconde à le reconnaître. C'était le pitbull blanc que j'avais vu dans la voiture après mon combat contre Adonis.

Et merde.

Je faillis faire demi-tour pour partir en courant. Mais l'instinct le plus atavique chez un chien étant excité par la fuite, les probabilités que le molosse me rattrape et m'attaque par-derrière ne penchaient pas en ma faveur. J'allais devoir l'affronter.

Le bon point était qu'une partie de l'attention de Murakami était occupée par l'animal. Dès qu'il m'aperçut, il leva brièvement la tête, histoire de faire savoir à son garde du corps qu'il l'avait bien vu, puis baissa les yeux sur le chien qui s'était mis à grogner.

Gentil toutou, pensai-je. *Putain de gentil toutou.*

L'homme et le pitbull se rapprochaient. Une fois de plus, le regard de Murakami se posa sur moi avant de se concentrer de nouveau sur son chien. L'animal grognait sérieusement, avec un grondement saccadé qui montait du fond de son poitrail.

Murakami n'avait pas l'air de s'en inquiéter particulièrement. Je me dis qu'un chien qui prenait de la poudre à canon et des stéroïdes avec sa pâtée et des suppositoires au piment en guise de dessert devait grogner au moindre courant d'air ; son maître devait avoir l'habitude de le voir se comporter ainsi, et même s'en réjouir.

Mais le chien commença à devenir incontrôlable, à grogner et à tirer sur sa laisse. Murakami lui lança un regard. Je l'entendis dire :

— *Doshitanda* ? Qu'est-ce que t'as ?

Alors, lentement, Murakami releva la tête. Il n'était pas aussi près que je l'aurais souhaité, mais je savais qu'au coup d'œil suivant il comprendrait. Je n'aurais pas de meilleure occasion.

Je bondis et parcourus en deux grandes enjambées la distance qui nous séparait. Murakami réagit au quart de tour : il lâcha la laisse et leva les mains pour se protéger la tête et le haut du corps.

Une réaction d'homme bien entraîné, mais prévisible. Sans m'occuper du chien, que je considérais comme un moindre mal, je m'accroupis, lançai mon bras droit en arrière et le projetai en avant, comme quand on effectue un revers au tennis. La matraque commença à se déplier. Au moment où elle frappa la cheville de Murakami, elle avait atteint ses soixante-six centimètres.

L'impact de l'acier sur sa cheville se révéla l'une des meilleures sensations que j'aie jamais éprouvées de ma vie. Si je l'avais raté, je serais mort sans tarder.

Mais je ne l'avais pas raté. Je sentis l'os éclater sous l'acier et entendis Murakami hurler. Une seconde plus tard, la seule chose que je vis fut un chien blanc qui fonçait sur moi tel un missile de croisière.

Je réussis à lever le bras gauche devant ma gorge. Le chien se rua sur moi en m'agrippant juste au-dessus du poignet. Je ressentis une explosion de douleur. Le choc me fit basculer en arrière.

Si je tombais sur le dos avec ce monstre sur moi, le service du nettoyage ne trouverait même pas un bout de chair à ramasser quand il en aurait fini avec moi. À la fois par instinct et parce que j'avais une longue pratique du judo, j'accompagnai l'élan qui nous fit culbuter en arrière en roulant par terre, et me retrouvai finalement accroupi. Le chien me tenait toujours juste au-dessus du poignet, grognant et secouant la tête, me serrant dans son étau mortel comme on l'avait dressé à le faire. Je ne sentais déjà plus mon bras.

Je voulus me servir de la matraque pour lui en asséner un bon coup sur la tête, mais sans y parvenir. Les pattes du pitbull griffaient le trottoir, cherchant un point d'appui pour faire levier et me forcer à me mettre sur le dos.

Lâchant la matraque, je tendis ma main valide pour l'attraper par les testicules. Le molosse esquiva, déplaçant son arrière-train de gauche à droite, sachant très bien ce que je cherchais. Je finis cependant par trouver. Saisissant le paquet à pleine main, je tirai dessus de toutes mes forces. L'étau des mâchoires se desserra, et je libérai mon bras.

Je me relevai d'un bond. Le chien se tordit de douleur un instant, puis se coucha sur son arrière-train. Il grogna et me fixa de ses yeux injectés de sang.

Je jetai un coup d'œil sur ma main gauche. Elle serrait la bombe au poivre dans une crispation proche de la rigidité cadavérique. Les tendons avaient dû se bloquer sous la pression des mâchoires de l'animal.

Les muscles du chien se rétractèrent. J'ouvris la bombe de ma main valide. Le chien bondit. La bombe tendue devant moi, j'appuyai sur le déclencheur.

Un bruit réjouissant de gaz s'échappa sous la pression, tandis qu'un nuage rouge atteignait la bête en pleine gueule. Emporté par son élan, le pitbull me heurta et me renversa par terre, mais il était trop occupé à s'ébrouer et à baver pour me réattaquer. Je repoussai à coups de pied sa masse secouée de soubresauts et roulai en position accroupie.

Le chien commença à se tortiller sur le trottoir, frottant frénétiquement son museau contre le bitume, comme s'il cherchait à essuyer la substance qui le mettait à la torture. J'approchai la bombe plus près. Au moment où l'animal tourna la tête vers moi en suffoquant, je visai le museau et la gueule en enfonçant le déclencheur. Un épais nuage en jaillit de nouveau, qui s'arrêta tout aussi brusquement une fois le contenu de la bombe épuisé.

Mais ça suffisait. Le corps du chien se retrouva d'un seul coup agité de spasmes en comparaison desquels ses tortillements précédents faisaient l'effet de joyeux étirements. En général, l'oléorésine capsicum n'est pas mortelle, mais une dose aussi concentrée que celle que le chien venait d'ingurgiter risquait de constituer l'exception qui confirme la règle.

Je me tournai vers Murakami. Encore debout, il s'abstenait de faire porter son poids sur sa cheville esquintée. Il tenait son cran d'arrêt dans la main droite, au niveau de la ceinture.

En baissant les yeux, j'aperçus la matraque. Je la ramassai dans ma main droite et m'approchai de lui, mon bras gauche inutile pendant dans le vide.

Le grognement qui s'échappait de sa poitrine n'était pas très différent de celui de son molosse.

Prudent, je lui tournai autour en décrivant un cercle, l'obligeant à s'adapter, cherchant à évaluer l'étendue de sa mobilité. Le coup qu'il avait pris dans la cheville avait été violent, je le savais. Tout comme je savais qu'il était possible qu'il exagère la gravité de sa blessure pour me pousser à m'exposer en voulant l'achever trop vite. S'il parvenait à s'emparer de la matraque ou à tromper ma garde, son cran d'arrêt et ses deux bras valides se révéleraient décisifs.

Aussi pris-je mon temps. Je feintai avec la matraque. Un coup à gauche, un coup à droite. Je visai sa main armée du couteau, l'empêchant d'attraper quoi que ce soit de l'autre, et l'obligeant à se déplacer et à fatiguer sa cheville.

Je le laissai s'habituer à mes feintes gauche-droite. Et soudain, je donnai un grand coup au milieu, abattant la matraque en acier sur sa figure et son cou. Murakami para l'attaque de sa main libre en essayant d'attraper l'engin, mais j'avais prévu sa réaction et je le repliai juste à temps. Alors, d'un revers tout aussi brusque, je renvoyai un grand coup qui vint s'écraser sur le côté de son crâne.

Murakami tomba, un genou à terre, mais je me retins de fondre sur lui. Mon intuition me soufflait qu'il faisait semblant, qu'il voulait encore une fois m'attirer par la ruse, dans le but d'abolir la trop grande distance que maintenait la matraque entre nous.

Du sang dégoulinait de sa tête. Murakami me regarda et, l'espace d'une seconde, je vis la peur passer sur son visage comme un rideau de pluie. Ses feintes n'avaient pas marché, il le savait. Et il savait aussi que j'allais m'appliquer à l'épuiser, méthodiquement, sans rien commettre de stupide qu'il aurait pu exploiter.

Son unique chance était de tenter un geste désespéré. Je recommençai à lui tourner autour et attendis.

Je le laissai se rapprocher un peu, suffisamment en tout cas pour qu'il reprenne espoir.

J'alternai feintes et esquives, le forçant à tournoyer sur sa cheville. Il était à bout de souffle.

Soudain, poussant un *kiai* assourdissant, Murakami plongea vers moi, sa main libre tendue en avant, avec l'idée de me saisir par la manche pour me ramener sur la lame de son couteau.

Mais sa cheville meurtrie ralentit son mouvement.

Faisant un grand pas en arrière et sur le côté, je projetai la matraque sur son avant-bras. Bien que j'aie privilégié la précision et la rapidité par rapport à la force, le coup fut puissant et lui arracha un grognement de douleur. Je reculai de deux pas pour évaluer les dégâts. Son bras blessé pressé contre lui, Murakami me regarda. Et il sourit.

— Allez, vas-y, grommela-t-il. Je suis devant toi. Achève-moi. Ne te dégonfle pas.

Je continuai à lui tourner autour. Indifférent à ses propos.

— Au moment où il a basculé dans le vide, ton ami a hurlé, dit-il alors. Il a…

Je couvris en une enjambée la distance qui nous séparait et projetai la matraque contre sa gorge. Son bras meurtri se leva pour l'attraper, mais je l'avais déjà ramenée vers moi. Dans la foulée, je me baissai et lui balançai un nouveau coup de matraque dans la jambe. Il poussa un cri et s'écroula à genoux.

Je passai derrière lui, éliminant tout risque qu'il puisse se jeter sur moi.

— C'est ce bruit-là qu'il a fait ? grondai-je.

Et je laissai retomber la matraque sur sa tête comme une machette.

Affalé sur le flanc, Murakami lutta pour se redresser. Je lui assénai un deuxième coup de matraque. Puis un troisième. Des gouttes de sang dégoulinaient de son cuir chevelu. Je me rendis compte que je hurlais. Sans trop savoir quoi.

Je le rouai de coups jusqu'à en avoir mal au bras et à l'épaule. Puis je reculai et me laissai tomber à genoux en aspirant le vent. Je jetai un coup d'œil au chien. Il ne bougeait plus.

J'attendis quelques secondes d'avoir repris mon souffle. Quand je voulus replier la matraque, je n'y parvins pas. En l'examinant de plus près, je compris pourquoi. Suite au traitement que j'avais réservé à Murakami, la barre d'acier qui était rectiligne s'était tordue au point de former un arc.

Mon Dieu… Je me relevai et traînai son corps dans un coin obscur sous l'auvent, à côté de ce qui restait de son petit camarade. Effectuer l'opération d'un seul bras n'était pas facile, mais je finis par y arriver. Pour le chien, la manœuvre fut plus simple. Je rassemblai les téléphones portables, effaçai mes empreintes, puis les jetai par terre. Idem pour les lunettes de soleil. Restait la matraque. J'aimais autant qu'on ne me trouve pas en train de me balader avec une arme mortelle de soixante-six centimètres qui avait désormais la forme du crâne d'une de mes victimes. J'enlevai le blouson de cuir que j'avais emprunté et le lançai par-dessus le tout.

Près de l'auvent, plusieurs des seaux avaient recueilli de l'eau de pluie. Je m'en servis pour laver le sol et faire disparaître le plus gros des traces de sang. Dès que j'eus terminé, je pris soin d'effacer mes empreintes.

Je fis un dernier arrêt devant l'immeuble, où je ramassai le mégot de cigarette dont je m'étais débarrassé avant d'éliminer le second garde du corps. Après l'avoir éteint, je le fourrai au fond de ma poche.

Ensuite, je repartis vers l'immeuble de Naomi et enfonçai le bouton de l'interphone avec le dos de mon index. Peu après, j'entendis sa voix. Son ton était craintif.

— Qui est là ? demanda-t-elle.

Pendant une seconde, je ne me souvins plus comment je lui avais dit m'appeler la première fois que nous nous étions rencontrés au club. Subitement, la mémoire me revint : par mon vrai nom.

— C'est moi, John.

Sa respiration me parvenait.

— Tu es seul ?

— Oui.

— Très bien. Monte. Dépêche-toi.

La porte bourdonna, je l'ouvris. Je gardai la tête baissée en dissimulant mon visage, au cas, plus que probable, où quelqu'un visionnerait les bandes enregistrées par la caméra. Je montai au cinquième étage par l'escalier et frappai doucement à la porte.

Un bref instant, la lumière s'obscurcit derrière l'œilleton. Puis la porte s'ouvrit. En m'apercevant, Naomi resta bouche bée.

— *Oh, meu deus !* s'exclama-t-elle. *Meu deus !* Que t'est-il arrivé ?

— Je les ai croisés au moment où ils sortaient.

Elle secoua la tête en clignant des yeux.

— Viens, entre…

J'avançai dans le *genkan* et elle referma la porte derrière moi.

— Je ne peux pas rester, dis-je. On ne va pas tarder à les découvrir, et ça va grouiller de flics dans le quartier.

— Les découvrir ? répéta Naomi, dont l'expression se durcissait au fur et à mesure qu'elle comprenait. Tu… tu les as tués ? fit-elle alors, incrédule. *Oh ! merda.*

— Raconte-moi ce qui s'est passé.

— Ils sont passés au club dans la soirée et m'ont dit de venir avec eux sans m'expliquer pourquoi. J'étais morte de peur. Ils m'ont obligée à les amener chez moi. Murakami avait un chien. Il m'a menacée de le lancer sur moi si je ne faisais pas exactement ce qu'il voulait.

Naomi me regarda, affolée, crus-je deviner, à l'idée de ce que j'allais penser.

— Ça va, dis-je. Continue.

— Il m'a déclaré qu'il savait que je t'avais revu en dehors du club et que j'avais un moyen de te joindre. Il m'a ordonné de t'appeler pour te demander de venir ici.

— Il devait bluffer. À moins que les micros nous aient enregistrés le premier soir quand tu m'as donné ton adresse e-mail et qu'il ait joué là-dessus. Ou alors Yukiko a flairé quelque chose et lui en a parlé. Peu importe.

— Il a voulu savoir dans quelle langue nous parlions ensemble. J'ai dit que c'était surtout en anglais. Son anglais à lui n'est pas très bon, mais il m'a prévenue que s'il remarquait quoi que ce soit qui n'allait pas, ou qui ressemblait à un avertissement, il me donnerait à bouffer à son chien. Il était là, juste à côté de moi, à épier chaque mot que je prononçais. J'avais peur, si j'essayais de t'avertir, que tu dises quelque chose qui lui ferait comprendre ce que j'avais fait. J'ai quand même essayé de t'alerter, mais sans te pousser à réagir tout de suite ou à faire des commentaires. Tu as remarqué ?

— « Je serai ravie que tu viennes », dis-je, imitant le ton plat qu'elle avait eu au téléphone.

— *Sim.* Je suis désolée, mais je n'ai pas pu faire mieux. J'avais tellement la trouille… Il s'en serait aperçu.

Je lui souris.

— C'était parfait comme ça. Tu as eu une bonne idée. *Obrigado.*

Je tenais mon poignet serré contre moi. Naomi baissa les yeux.

— Qu'est-il arrivé à ton bras ?

— Le chien de Murakami.

— Oh non ! Tu es sûr que ça va ?

J'examinai mon avant-bras. Le blouson de cuir avait empêché les crocs de l'animal de transpercer la chair, mais comme la peau était violacée et gonflée tout autour, il n'était pas impossible que j'aie quelque chose de cassé.

— Ça va aller, assurai-je. C'est pour toi que je suis inquiet. Un triple meurtre vient d'avoir lieu en bas de chez toi. Dès qu'on aura trouvé les cadavres, ce qui ne sera pas très compliqué, la police va réquisitionner toutes les bandes vidéo des caméras de sécurité de tous les immeubles alentour. Ils verront que tu es rentrée accompagnée d'un type avec un chien blanc, celui-là même qui se trouve maintenant refroidi à côté de son maître, à quelques mètres de ton immeuble. Tu vas devoir répondre à pas mal de questions.

— Qu'est-ce que je dois faire ?

— Si on t'embarque, dis la vérité. Évite toutefois de mentionner que tu viens de m'ouvrir la porte, ce qui ferait de toi ma complice. Mais inutile de nier que quelqu'un est monté jusqu'ici et a essayé d'entrer. J'ai beau avoir fait attention à ne pas montrer mon visage, ils me verront sur les bandes.

— D'accord.

— Mais les flics ne représentent pas le plus gros problème. Le vrai problème, ce sont les associés des types qui étaient ici ce soir. Ils vont te chercher, soit pour se venger, soit pour me retrouver, soit pour les deux.

Naomi blêmit sous son teint caramel.

— Ce soir, il avait l'intention de me tuer, n'est-ce pas ?

Je confirmai d'un signe de tête.

— Si j'étais monté comme Murakami l'espérait, ils m'auraient tué et t'auraient éliminée ensuite, à titre de témoin potentiel et d'élément impossible à contrôler. Le fait que je ne sois pas venu t'a rendue moins encombrante à leurs yeux. Dans leur esprit, te tuer ne valait plus la peine. C'est aussi simple que ça.

— *Meu deus*, murmura Naomi en avalant sa salive. Elle était pâle comme un linge.

— Prépare un sac. Et en vitesse, dis-je. Prends un taxi jusqu'à Shinjuku ou Shibuya, n'importe où pourvu que ce soit un coin où il y a encore du monde. De là, tu monteras dans un autre taxi. Passe la nuit dans un *love hotel* avec guichet de réception automatique. Paie en liquide, pas par carte. Demain matin, à la première heure, file en train à Nagoya ou Osaka, une ville où il y a un grand aéroport. Embarque sur le premier vol qui partira. Peu importe la destination. Une fois hors du pays, tu seras hors de danger. À partir de là, tu trouveras un moyen de rentrer chez toi.

— Chez moi ?

— Au Brésil, précisai-je.

Naomi resta silencieuse un long moment. Puis elle prit ma main valide entre les siennes.

— Viens avec moi.

Mon regard s'attarda sur ses yeux verts, et je faillis dire oui. Mais je n'en fis rien.

— Viens avec moi, répéta-t-elle. Tu es en danger, toi aussi.

C'est alors que je me rendis compte que j'avais créé une nouvelle connexion, un autre Harry ou une autre Midori, qu'un poursuivant déterminé comme l'Agence ou Yamaoto serait susceptible de faire surveiller pour retrouver ma trace. Or, cette connexion menait tout droit au Brésil. Où Yamada-san, mon alter ego, avait prévu lui-même de s'établir.

Je dus esquisser un petit sourire en pensant à l'ironie des tours que nous joue parfois le destin, car elle demanda :

— Qu'est-ce qu'il y a ?

— Non, je ne peux pas partir maintenant, répondis-je. Et même si je le pouvais, voyager avec moi serait trop dangereux pour toi. Pars. Je trouverai un moyen de te contacter à Salvador une fois que tu seras là-bas.

— Vraiment, tu le feras ?

— Oui.

Il y eut un long silence. Puis Naomi leva les yeux vers moi.

— Je ne crois pas que tu viendras. Ça ne fait rien. Mais appelle-moi pour me dire ce que tu auras décidé. Ne me laisse pas attendre sans savoir. Ne me fais pas ça.

Je hochai la tête, songeant à Midori et à la façon qu'elle avait eu de me dire : « Nous allons voir comment tu supportes l'incertitude. »

— Je t'appellerai.

— Je ne sais pas où je serai exactement, mais tu n'auras qu'à passer par mon père. David Leonardo Nascimento. Lui saura où me joindre.

— Vas-y. Tu n'as pas beaucoup de temps.

Je tournais les talons pour m'en aller lorsque Naomi me rattrapa et se colla contre moi. Prenant mon visage entre ses mains, elle m'embrassa à pleine bouche.

— J'attendrai, me dit-elle.

22

Je m'éloignai du quartier à pied, ne voulant surtout pas me faire repérer, même par un chauffeur de taxi anonyme.

Je fis un saut dans un sauna de nuit pour me laver, puis passai dans un drugstore ouvert vingt-quatre heures sur vingt-quatre pour acheter une boîte d'ibuprofène. J'avalai à sec une demi-douzaine de cachets. Mon bras m'élançait.

Après quoi, je trouvai à Shibuya un hôtel pour hommes d'affaires où je sombrai dans un sommeil comateux.

Le bruit de mon pager me réveilla. Je commençai par l'intégrer à mon rêve sous forme de grincement de porte de garage automatique, puis de vibreur de téléphone portable, avant de basculer dans la réalité et de le prendre pour ce qu'il était.

Je regardai l'écran. Tatsu. Pas trop tôt ! Je sortis chercher une cabine pour le rappeler. On était déjà au milieu de la journée.

— Ça va ? me demanda-t-il d'emblée.

Il devait être au courant du carnage.

— Il n'y a jamais de flic dans le coin quand on en a besoin, rétorquai-je.

— Ne m'en veux pas.

— Si je m'étais fait massacrer, je n'aurais pas pu t'en vouloir. Mais, les circonstances étant ce qu'elles sont, je me sens d'humeur plutôt magnanime. Je ne verrai aucun inconvénient à montrer mon bras en charpie à un toubib.

— Je vais t'en trouver un. On peut se voir tout de suite ?

— Oui.

— Là où l'on s'est quittés la dernière fois.

— D'accord.

Je raccrochai.

J'effectuai une PDS qui me conduisit à la gare de Meguro. Tatsu, accompagné de Kanezaki, m'attendait devant les guichets.

Oh, parfait. Moi qui avais justement besoin d'une surprise…

Je les rejoignis. Tatsu m'entraîna à l'écart.

— La version officielle, c'est qu'une guerre des gangs se prépare, m'annonça-t-il. Un conflit interne entre yakuzas. Ça va se calmer.

— Donc, tu es au courant.

Il opina.

— Et alors ? lançai-je. Tes parents ne t'ont jamais appris à dire merci ?

Un sourire étonné éclaira son visage, et il me gratifia d'une tape amicale dans le dos.

— Merci, dit-il en regardant mon bras que je tenais à un angle bizarre. Je connais quelqu'un qui va pouvoir s'occuper de ça. Mais je crois que tu préféreras d'abord entendre ce que Kanezaki a à raconter.

Nous marchâmes tous les trois jusqu'à un café. Une fois installés et la commande passée, Kanezaki prit la parole :

— J'ai appris quelque chose sur la mort de votre ami. Ce n'est pas grand-chose, mais puisque vous m'avez aidé comme vous l'aviez promis, je tenais à vous en faire part.

— Je suis tout ouïe.

Kanezaki jeta un regard vers Tatsu.

— Euh, Ishikura-san ici présent m'a informé des entretiens que vous aviez eus avec Biddle et Tanaka. Il m'a dit que Biddle vous avait demandé de me tuer.

Il se tut une seconde avant d'ajouter :

— Je vous remercie de ne pas l'avoir pris au mot.

— *Doitashimashite*, fis-je en secouant lentement la tête. Il n'y a pas de quoi.

— Après notre dernière rencontre, expliqua le jeune homme, j'ai voulu en savoir plus. Pour faire pression sur Biddle et être sûr qu'il sache bien que j'avais un dossier sur lui, au cas où il déciderait de tenter autre chose.

Ce garçon apprend vite, pensai-je.

— Et qu'est-ce que tu as fait ?

— J'ai mis son bureau sur écoute.

Je le dévisageai, mi-surpris, mi-impressionné par tant d'audace.

— Tu as mis sur écoute le bureau de ton patron ?

Son sourire de gamin content de lui me rappela brièvement Harry.

— Oui. La détection de micros dans son bureau n'a lieu que toutes les vingt-quatre heures, à intervalles réguliers. À l'époque où je travaillais au siège, j'ai suivi un cours sur le crochetage de serrures, si bien qu'entrer dans son bureau pour placer le micro ne m'a posé aucun problème.

— Le système de sécurité a l'air impressionnant, plaisantai-je.

Il haussa les épaules.

— En général, la sécurité est efficace contre les menaces qui viennent de l'extérieur. Mais elle n'est pas conçue pour faire face à des menaces internes. Quoi qu'il en soit, je peux entrer et sortir comme bon me semble, installer le micro et le retirer ensuite pour le soustraire à la fouille.

— C'est là que tu as appris quelque chose au sujet de Harry, lui rappelai-je.

— Oui. Hier, le chef était au téléphone. Je n'entendais qu'une moitié de la conversation, mais je sais qu'il parlait à quelqu'un d'important parce qu'il n'arrêtait pas de lui donner du « Oui, monsieur » par-ci et du « Non, monsieur » par-là.

— Qu'a-t-il dit ?

— Il a dit : « Ne vous inquiétez pas. Le fil que nous suivions pour entrer en contact avec Rain a été coupé. Coupé net. »

— Ce n'est pas grand-chose.

— Pour moi, rétorqua-t-il, ça revient à admettre que la mort de votre ami n'était pas accidentelle et qu'il a été tué.

Je le dévisageai avec insistance, et ce qu'il lut dans mon regard le fit cligner des yeux.

— Kanezaki, si tu me racontes la moindre connerie dans le but de me manipuler et de me faire agir contre ton chef, tu le regretteras comme la pire erreur de ta vie.

Il blêmit légèrement, mais sans perdre son calme.

— Je le sais. Mais je ne vous raconte pas de conneries et je ne cherche pas à vous manipuler. Je vous ai dit que je vous raconterais ce que je savais sur votre ami si vous m'aidiez, et vous m'avez aidé. Je fais ce que j'ai dit, rien de plus.

— Rien sur celui qui a « coupé le fil » ? demandai-je sans le lâcher des yeux.

— Rien d'explicite, non. Mais le gros de la conversation tournait autour de Yamaoto, et je pense qu'on peut en déduire quelque chose.

— Très bien, petit, déduis.

Tatsu s'interposa.

— Il semblerait que la relation de Biddle avec Yamaoto ne soit pas celle que je croyais. Ils ont l'air de collaborer, et non de s'affronter comme des adversaires.

— Quel rapport avec Harry ? demandai-je.

— L'une des choses que j'ai entendues, s'empressa de répondre Kanezaki, c'est que Biddle projette de remettre les reçus à Yamaoto.

Le serveur apporta les cafés, puis repartit.

— Je ne comprends pas, dis-je. Je croyais que nous étions tous d'accord sur le fait que le gouvernement américain voulait aider le Japon à se réformer, alors que Yamaoto considère toute réforme comme une menace mortelle.

— C'est exact, confirma Kanezaki.

— Mais à présent, tu penses qu'ils travaillent ensemble ?

— D'après ce que j'ai entendu, oui.

— Si c'est le cas, il est possible que Biddle soit mêlé à la mort de Harry. Mais pourquoi ?

— Je ne sais pas exactement.

Je me tournai vers Tatsu pour lui lancer :

— Si l'Agence travaille avec Yamaoto, ça ne peut être que dans l'objectif de baiser tes réformateurs. Or, Biddle a maintenant tous les reçus.

— Il faut les récupérer, répliqua Tatsu en hochant la tête. Avant qu'il ne les remette à Yamaoto.

— Mais il n'y a pas que ça, enchaînai-je. D'après ce que Tanaka nous a dit, on peut supposer que plusieurs des rencontres de Kanezaki ont été filmées en vidéo et enregistrées à l'aide de micros paraboliques. Que comptes-tu faire de ça ?

— Il n'y a rien à faire, concéda Tatsu. Nous l'avons vu, tous les politiciens qui se sont fait surprendre en compagnie d'un agent de la CIA sont compromis. Mais on peut encore sauver ceux qui ne sont impliqués que par l'intermédiaire des reçus.

— Comment ça ?

— Un petit pourcentage de politiciens va se retrouver compromis à la fois par les reçus et les photos. Nul doute que Yamaoto compte griller ces malchanceux en premier. Ensuite, au milieu de la frénésie médiatique que l'affaire ne manquera pas de déclencher, il balancera les reçus. L'absence de véritables preuves vidéo ou audio venant conforter cette seconde vague de révélations passera inaperçue aux yeux du public.

— Donc, Yamaoto étant encore en mesure de briser le groupe des politiciens qu'il a en vidéo…

— … ses efforts se concentreront sur ce groupe. En récupérant les reçus, nous parviendrons à limiter les dégâts.

— D'accord. Et pour t'approprier les reçus, comment t'y prends-tu ?

— Ils sont dans le coffre de Biddle, dit Kanezaki. Je l'ai entendu le préciser au téléphone.

— Tu t'y connais peut-être en serrures, petit, mais forcer un coffre, c'est une autre paire de manches.

— Il n'aura pas à le forcer, remarqua Tatsu. Biddle lui donnera la combinaison.

— Tu comptes la lui demander gentiment, c'est ça ?

Tatsu secoua la tête.

— À mon avis, il vaudrait mieux que ce soit toi.

Je réfléchis un instant. Je voulais avoir une nouvelle occasion d'interroger Biddle sur Harry, mais dans un cadre plus intime que la fois précédente. D'autant que s'il était vrai que Yamaoto et lui travaillaient plus ou moins en accord, la probabilité qu'il soit pour quelque chose dans la mort de Harry ne faisait qu'augmenter. Murakami et Yukiko ne posaient plus de problème, mais il me restait apparemment encore un petit détail à régler.

— D'accord, déclarai-je. Je vais m'en occuper.

— Je peux vous aider à arranger…, commença à dire Kanezaki.

— Non, fis-je en secouant la tête, voyant déjà comment j'allais m'y prendre. Je m'en charge. Débrouille-toi simplement pour avoir accès au bureau de Biddle au moment où je te le demanderai.

— D'accord.

Je le dévisageai.

— Pourquoi fais-tu tout ça ? Si jamais la CIA en a connaissance, tu passeras pour un traître.

Le jeune homme éclata de rire.

— Difficile de trembler pour ça quand on vient d'apprendre que votre chef a voulu engager quelqu'un pour vous supprimer ! De plus, n'oubliez pas que le programme Crépusculaire a été officiellement fermé. À mes yeux, s'il y a un traître, ce serait plutôt Biddle.

Je me contente de faire de mon mieux pour remettre un peu d'ordre là-dedans.

Tatsu m'emmena chez un médecin de sa connaissance, un dénommé Eto. Il m'expliqua qu'il avait rendu service à ce type de longues années auparavant, que celui-ci lui était donc redevable et qu'on pouvait compter sur sa discrétion.

Eto ne posa pas de questions. Il examina mon bras et diagnostiqua une fracture du cubitus. Après l'avoir réduite, il me posa un plâtre et me prescrivit un antalgique à base de codéine. L'ordonnance était rédigée sur du papier à en-tête de l'hôpital Jikei. En regardant sa signature, je vis qu'elle était illisible. Personne ne serait en mesure de remonter jusqu'à lui.

En sortant, j'appelai Biddle. Pour lui dire que j'étais prêt à accepter son offre concernant Kanezaki. Et lui fixer rendez-vous à dix heures du soir afin de discuter des détails.

Je passai dans une autre boutique pour espions à Shinjuku. Cette fois, j'achetai des lunettes de vision nocturne à haute résolution, équipées d'une fonction jumelles. Je me procurai également une nouvelle matraque télescopique. J'avais fini par prendre goût à ces machins.

Ensuite, je m'arrêtai dans un magasin de sports pour acheter un jogging en coton noir uni, ainsi qu'une paire de baskets. J'eus du mal à trouver mon bonheur – presque tout dans le magasin était multicolore et tape-à-l'œil –, mais je finis par en dénicher une paire de couleur assez sombre. Une fois dehors, je découpai les bandes réfléchissantes que le fabricant avait judicieusement placées à l'arrière du talon pour permettre aux joggers de mieux être vus la nuit. Me faire faucher par une voiture n'était pas au premier rang de mes préoccupations.

J'avais donné consigne à Biddle d'entrer dans le cimetière d'Aoyama Bochi par Kayanoki-dori, en empruntant la porte d'Omotesando-dori. Puis de suivre l'allée sur une cinquantaine de mètres, où il verrait sur sa gauche un grand obélisque, la structure la plus haute du cimetière. Et d'attendre là.

À huit heures, lorsqu'il fit suffisamment sombre, je me faufilai dans le cimetière par Gaiennishi-dori, évitant les entrées habituelles au cas où quelqu'un me guetterait. Drôle d'endroit pour venir faire son jogging, mais pas tant que ça. Une fois dans le cimetière, je chaussai les lunettes. Chaque tombe et chaque buisson m'apparaissaient en vert vif. Je vis des chauves-souris voleter entre les arbres et un chat sortir furtivement de derrière une pierre tombale.

Je m'installai près de l'obélisque, dans un mémorial en forme de triple pagode. Non seulement c'était une excellente planque, mais je bénéficiais d'une vue à trois cent soixante degrés sur le cimetière.

Biddle arriva à dix heures pile. Aussi ponctuel dans son métier d'espion que pour prendre le thé.

Je le regardai se diriger vers l'obélisque. Il portait un imperméable grand ouvert sur un costume-cravate. Un style très « services secrets ». Pendant dix minutes, je scrutai le périmètre alentour, utilisant mes lunettes comme des jumelles de vision nocturne, jusqu'à ce que je sois certain qu'il était bien seul. Alors je sortis de ma cachette et m'avançai vers lui.

Il ne m'entendit qu'à la dernière minute, au moment où je l'interpellai, à un mètre de lui :

— Biddle !

— Seigneur ! s'exclama-t-il en sursautant et en pivotant vers moi.

Ses yeux scrutèrent l'obscurité. Dans le halo blanc-vert des lunettes, je distinguai son expression dans les moindres détails.

Au fond de ma poche, le détecteur de Harry se tenait tranquille. De mon bras valide, je sortis la matraque de la poche de mon jogging. Dans le noir, Biddle ne le remarqua même pas.

— Il y a un petit problème, dis-je.

— Lequel ?

— Vous allez devoir vous fendre un peu plus pour me convaincre que vous n'avez rien à voir avec la mort de Haruyoshi Fukasawa.

Je vis son front se plisser dans la lumière verte.

— Écoutez, je vous l'ai déjà dit…, commença-t-il.

Dépliant la matraque, je lui en donnai un coup sur le tibia, retenant légèrement mon geste en fin de course parce qu'il était trop tôt pour lui briser quoi que ce soit. Biddle poussa un cri et tomba sur le sol en agrippant à deux mains sa jambe blessée. Je lui accordai une minute pour se rouler par terre, le temps de scruter les alentours. À part Biddle, tout était silencieux.

— Arrêtez ce boucan, lui ordonnai-je. Taisez-vous, sinon c'est moi qui vous fais taire.

Il grinça des dents et regarda dans la direction d'où provenait ma voix.

— Bon sang, je vous ai dit tout ce que je savais ! haleta-t-il.

— Pas que vous collaboriez avec Yamaoto. Ni que c'est vous qui avez maintenu l'opération Crépusculaire, et non Kanezaki.

Ses yeux s'écarquillèrent en me cherchant dans l'obscurité.

— Kanezaki vous paye, c'est ça ? grommela-t-il.

Je réfléchis avant de répondre.

— Non. Personne ne me paie. Pour une fois, je vais faire une chose pour la seule raison que j'en ai envie. Mais, à votre place, je ne prendrais pas ça pour une bonne nouvelle.

— J'ai pourtant de quoi vous payer. L'Agence en a les moyens. Nous évoluons dans un nouveau monde, désormais, et je vous ai dit que nous voulions que vous en fassiez partie.

J'émis un petit rire.

— On dirait le slogan d'une affiche pour le recrutement ! me moquai-je. Bon, maintenant, parlez-moi de Yamaoto.

— Je suis sérieux. Depuis le 11 Septembre, l'Agence a besoin de gens comme vous. C'est pour cette raison que nous vous avons cherché.

— Je vais répéter ma question. Pour rien. Mais si je dois la reposer encore une fois, le coup qui vient de vous flanquer par terre aura l'air d'une caresse.

Un long moment s'écoula, puis :

— D'accord, déclara Biddle en se relevant et en prenant appui sur sa bonne jambe. Disons que Yamaoto a ses intérêts, et nous les nôtres. Il se trouve qu'ils concordent pour l'instant, c'est tout. Une alliance de commodité.

— Dans quel but ? Je croyais que Crépusculaire était censé soutenir les réformateurs de ce pays.

— Des réformes seraient positives pour les États-Unis à long terme, mais elles n'iraient pas sans poser quelques problèmes. Le Japon est le plus grand créditeur du monde, vous savez. Il a investi plus de trois cents milliards de dollars rien qu'en bons du Trésor américains. À court terme, une vraie réforme entraînerait la fermeture des banques japonaises, laquelle entraînerait celle de leurs guichets, laquelle obligerait les banques à rapatrier leurs capitaux placés à l'étranger pour compenser la fuite des épargnants. Si les réformes finissent par aboutir et que l'économie s'améliore, les avoirs en yens deviendront plus attractifs, si bien que les banques japonaises rapatrieront leurs avoirs en dollars ou en euros dans le pays, où elles offriront certainement un meilleur rapport.

Biddle s'était repris, et plutôt bien. Peut-être avais-je été injuste envers lui.

— Autrement dit, ceux qui tirent actuellement les ficelles aux États-Unis préfèrent le statu quo.

— Nous préférons parler de « stabilité », répliqua-t-il en faisant passer une partie de son poids sur sa jambe blessée, ce qui lui arracha une grimace.

Je jetai un coup d'œil à la ronde. Tout était calme.

— Ce statu quo permet donc de garder ces milliards de yens en sécurité aux États-Unis, où ils soutiennent l'économie américaine.

— En effet. Pour dire les choses crûment, vu que pour supporter le déficit de ses dépenses, l'Amérique est accro à un afflux permanent de capitaux étrangers, c'est au Japon qu'elle trouve sa dose. Et certains éléments au sein du gouvernement américain ne tiennent pas à ce que cela change.

— C'est au contraire très justement dit. L'Amérique est accro au pétrole bon marché, et elle soutient des régimes autoritaires au Moyen-Orient pour être sûre d'avoir sa dose. Et quand le gouvernement américain soutient des éléments corrompus au Japon parce que ces éléments lui garantissent un accès permanent aux capitaux japonais, l'Oncle Sam fait seulement preuve de cohérence.

— Ça n'a rien de déloyal, je suppose. Mais ce n'est pas moi qui fais la politique. Je me contente de l'appliquer.

— Tout ça explique pourquoi Crépusculaire a été stoppé il y a six mois, dis-je. Une faction nouvellement promue au sein du gouvernement américain a décidé que poursuivre les réformes au Japon n'était finalement pas dans l'intérêt de l'Oncle Sam.

— C'est l'inverse, fit Biddle en amorçant le geste de mettre les mains dans ses poches.

— Laissez vos mains dehors, que je puisse les voir, ordonnai-je d'un ton sec.

Il sursauta.

— Désolé, c'est juste que j'ai un peu froid. Mais comment faites-vous pour voir quelque chose ? Il fait aussi noir que dans un four.

— Que voulez-vous dire par : « C'est l'inverse » ?

— Crépusculaire n'a jamais eu pour objectif d'encourager la réforme. Dès le départ, ce programme a été conçu comme un moyen de suborner les réformateurs. Quel qu'il soit, celui qui a donné l'ordre d'y mettre un terme devait être partisan de la réforme. Mais en aucun cas réaliste.

— Vous, par contre, vous l'êtes.

Il se redressa légèrement pour répondre :

— En effet. De même qu'une partie des institutions qui font la politique étrangère américaine. Celles qui n'ont pas d'œillères ou qui ne subissent pas la pression des échéances électorales. Les politiciens poussent le Japon à se réformer parce qu'ils ne comprennent pas très bien ce qui s'y passe. Il y a dix ans, ou même cinq ans, c'eût été encore possible. Mais plus aujourd'hui.

Les choses ici sont allées beaucoup trop loin. En Amérique, les politiciens parlent toujours de « prendre le taureau par les cornes » ou de « remède de cheval », sans se rendre compte que le taureau risque de les encorner, ou que le patient est si faible qu'une opération pourrait le tuer. Puisqu'il n'y a plus d'espoir de guérison, il est temps d'adopter une attitude qui prenne en compte la douleur.

— C'est une histoire émouvante, docteur Kevorkian[1]. Mais je suis prêt à entendre la fin.

— La fin ?

— Oui. La partie qui dit : « Et voici la combinaison de mon coffre-fort. »

— La combinaison de… Oh, non ! Non, non, non, s'écria Biddle, affolé. Comment vous a-t-il persuadé de faire ça ? Que diable vous a-t-il dit ? Que ces réformateurs sont des héros ? Pour l'amour du ciel, ils sont comme n'importe quel autre politicien dans ce foutu pays, aussi égoïstes et vénaux que les autres. Kanezaki ne sait pas ce qu'il fait…

Je lançai la matraque sur sa jambe déjà blessée. Biddle tomba en poussant un cri.

— Du calme, dis-je. Ou je vous fais la même chose aux deux bras.

Il serra des dents et roula sur le dos, un bras autour de sa jambe, l'autre s'agitant de gauche à droite devant lui, pour tenter de parer l'attaque suivante.

1. Jack Kevorkian est ce médecin américain qui revendique publiquement avoir fourni une assistance médicale à cent trente patients atteints de maladies incurables et désireux de se suicider. Poursuivi quatre fois pour meurtre, il a été acquitté trois fois et a bénéficié une fois d'un non-lieu *(NdT).*

— Je vous ai prévenu que je ne répéterai pas ma question deux fois. Alors, dépêchez-vous de cracher le morceau. Sinon, votre dossier dentaire ne suffira pas à vous identifier.

Dans la lumière verte, je vis sa mâchoire se crisper. Il gémit et serra sa jambe un peu plus fort. Finalement, il dit :

— 32 deux fois à gauche, 4 une fois à droite, 12 à gauche.

Je sortis mon téléphone portable et enfonçai la touche raccourci pour appeler Kanezaki.

— Allô ? l'entendis-je dire.

Je lui répétai les chiffres.

— Ne quittez pas…

Quelques secondes s'écoulèrent.

— … ça y est, j'y suis.

— Tu as trouvé ce que tu cherchais ?

Je perçus un bruit de papiers froissés.

— Le gros lot ! s'exclama Kanezaki.

Je raccrochai.

— À environ un mètre sur votre droite, il y a une tombe, indiquai-je à Biddle. Vous n'avez qu'à vous en servir pour vous relever.

Il se tourna dans la bonne direction et se mit lentement debout en prenant appui sur la pierre. Puis il se laissa tomber dessus, pantelant, le visage luisant de sueur.

— Vous saviez qu'ils allaient liquider Harry, n'est-ce pas ?

Je le vis secouer la tête.

— Non.

— Mais vous le suspectiez.

— Je suspecte tout. Je suis payé pour ça. Ce n'est pas la même chose que savoir.

— Pourquoi m'avez-vous demandé de tuer Kanezaki ?

— Je pense que vous connaissez la réponse, dit-il, retrouvant peu à peu un souffle régulier. Si ces reçus avaient été divulgués, il aurait bien fallu blâmer quelqu'un. Mieux valait que cette personne ne soit pas en mesure de raconter sa version de l'histoire.

— Kanezaki continue à être en danger ?

Il eut un ricanement amer.

— Pas si ces reçus ne sont plus dans le circuit.

— Vous n'avez pas l'air bouleversé.

Biddle haussa les épaules.

— Je suis un professionnel. Rien de tout ça ne m'atteint personnellement. J'espère qu'il en va de même pour vous.

— Que va devenir Crépusculaire ?

Il soupira, l'air vaguement mélancolique.

— Crépusculaire ? L'opération est terminée. Elle l'est depuis six mois.

Il débitait déjà l'histoire officielle. Pas étonnant qu'il ait recouvré sa sérénité aussi vite. Il n'aurait personnellement à subir aucune répercussion sur sa carrière, il le savait.

Je l'observai un long moment. Je repensais à Harry, à Tatsu et, plus encore, à Midori. Au bout d'un moment, je dis :

— Je vais vous laisser ici, Biddle. Vous tuer serait plus malin, mais je vais m'en abstenir. Ce qui signifie que vous avez une dette envers moi. Si vous la payez en cherchant à vous mêler une fois encore de ma vie, je vous trouverai.

— Je le crois volontiers.

— Ce soir, en sortant d'ici, nos chemins se séparent – compris ?

— Nous avons toujours autant besoin de vous. Vous avez toujours votre place parmi nous.

J'attendis quelques instants dans l'obscurité. Biddle s'aperçut qu'il n'avait pas répondu à ma question.

— Compris, dit-il à voix basse.

Je fis demi-tour et m'en allai. Il trouverait tout seul la sortie.

Le lendemain, je rejoignis Tatsu sous un érable, dans une allée ensoleillée du parc Yoyogi. Je lui fis un rapide résumé de ce que Biddle m'avait appris.

— Kanezaki a récupéré les reçus, m'annonça-t-il. Et les a détruits aussitôt. C'est comme s'ils n'avaient jamais existé. Après tout, il y a six mois que Crépusculaire a été interrompu.

— Ce gosse est naïf, mais il a du cran.

Tatsu approuva, le regard traversé de mélancolie.

— Il a bon cœur.

Je souris. Reconnaître que quelqu'un était futé n'était pas dans les habitudes de Tatsu.

— J'ai l'impression que tu n'as pas fini de le voir, dis-je.

Il haussa les épaules.

— J'espère que non. Remettre la main sur ces reçus a été une sacrée veine. Mais il me reste encore beaucoup à faire.

— Tu ne peux pas t'occuper de tout, Tatsu. Tâche de ne pas l'oublier.

— Mais il faut quand même bien faire quelque chose, *ne* ? Souviens-toi que le Japon moderne a vu le jour grâce aux samouraïs des provinces du Sud, qui se sont emparés du Palais impérial de Kyoto et ont déclaré la restauration de l'empereur Meiji. Peut-être que ça se produira de nouveau. Peut-être verra-t-on renaître la démocratie.

— Peut-être.

Il se tourna vers moi.

— Que vas-tu faire, Rain-san ?

Je laissai mon regard se perdre dans les arbres.

— J'y réfléchis.

— Travaille avec moi.

— Tatsu… Tu me fais penser à un disque rayé.

— Voilà que tu recommences à parler comme ma femme !

J'éclatai de rire.

— Quel effet ça fait, d'avoir appartenu à quelque chose de plus grand que soi ? me demanda-t-il.

Je soulevai légèrement mon bras plâtré et bandé.

— Pareil que ça, répondis-je.

Il me décocha son sourire mélancolique.

— C'est seulement signe que tu es encore en vie.

— C'est mieux que l'inverse, je l'admets, dis-je d'un air désabusé.

— Si tu as besoin de quoi que ce soit, appelle-moi.

Je me levai. Tatsu en fit autant.

Nous nous saluâmes et nous serrâmes la main. Je m'éloignai.

Je marchai un long moment. Vers l'est, vers la gare de Tokyo et le train express qui me ramènerait à Osaka. Là, Tatsu savait où me trouver, mais l'idée me paraissait tolérable pour l'instant.

Une fois là-bas, j'ignorais encore ce que je ferais. Yamada, mon alter ego, était quasiment prêt à partir. Mais je ne savais plus où l'envoyer.

Il fallait que j'entre en contact avec Naomi. J'en avais envie. Sans être sûr de ce que j'allais lui dire.

Yamaoto était toujours dans la nature. Tatsu lui avait flanqué une sacrée gifle, mais il était toujours debout. Sans doute encore en train de me chercher. Peut-être avec l'aide de l'Agence.

Au fur et à mesure que je marchais, le ciel s'assombrit. Le vent secouait les branches des arbres endurcis par la pollution urbaine.

Tatsu avait fait preuve d'optimisme. Je me demandai à quelle source il puisait son enthousiasme. J'aurais bien voulu le partager. Mais j'étais trop conscient que Harry gisait sous terre, que Midori était partie pour de bon et que Naomi attendait une réponse incertaine.

De grosses gouttes de pluie commencèrent à rebondir sur la peau de béton de la ville et sur les yeux de verre que représentaient ses fenêtres. Des passants munis de parapluies les ouvrirent. Les autres coururent se mettre à l'abri.

Je continuai à marcher, indifférent. Je m'efforçai d'y voir un baptême, un nouveau commencement.

C'était peut-être ça. Mais quelle solitude, pour une résurrection !

Note de l'auteur

Les lecteurs familiers de Roppongi et d'Akasaka-Mitsuke à Tokyo remarqueront que si plusieurs bars à hôtesses et « gentlemen's clubs » ressemblent à La Rose de Damas, aucun ne lui correspond exactement. À cette exception près, tous les lieux de Tokyo et d'Osaka décrits dans ce livre sont tels que je les ai découverts.

Remerciements

Je tiens à remercier l'équipe remarquable qui a travaillé de part et d'autre du Pacifique, mes agents Nat Sobel et Judith Weber, de Sobel Weber Associates, à New York, et Ken Mori, de Tuttle Mori, à Tokyo, ainsi que mes éditeurs, David Highfill, de Putnam, à New York, et Masaru Suzuki, de Sony's Village Books, à Tokyo, pour l'enthousiasme, les conseils et le soutien constants qu'ils ont su m'apporter.

Je remercie également mon cher ami et *sensei* Koichiro Fukasawa, de Wasabi-Communications, qui continue à éclairer si brillamment maintes facettes du Japon et des Japonais – et qui dispose, en outre, d'un excellent site Web.

Merci au professeur de médecine Evan Rosen et au docteur Peter Zimetbaum, tous deux de l'unité médicale de Harvard, d'avoir sans cesse surmonté leur nausée face à mes questions sur les implications médicales de différentes techniques d'assassinat ; d'avoir accepté que le serment d'Hippocrate puisse ne pas s'appliquer à la fiction, et soutenu John Rain dans toutes ses tentatives grâce à leur immense savoir et à leurs facultés d'imagination.

Merci à Lori Andreini pour ses conseils avisés sur la façon de s'habiller et de penser de femmes raffinées et sexy comme Midori et Naomi, et pour ses précieux commentaires sur le manuscrit.

Merci à Ernie Tibaldi, vétéran du FBI à trente et un ans, qui a généreusement partagé l'expérience considérable qui est la sienne en matière de surveillance et d'investigation, m'a indiqué quantité de bons livres et autres sources de renseignements, et m'a fait part d'observations très utiles sur le manuscrit.

Merci à Carla Mendes qui m'a permis d'affiner ma connaissance du Brésil et des Brésiliens, et a supervisé les efforts de Rain en portugais.

Merci à Marc « Animal » MacYoung et à Peyton Quinn, philosophes guerriers l'un et l'autre, auteurs d'excellents livres et vidéos sur la violence et les codes de la rue. C'est à MacYoung que John Rain doit sa théorie sur les tactiques de défense à mains nues face à une arme blanche, et à Quinn l'idée d'être « interviewé » par un adversaire en tant que victime potentielle.

Merci à Masao Miyamoto pour son livre aussi terrifiant que drôle, *Straitjacket Society*, auquel Tatsu a emprunté ses idées sur la nature que revêt Big Brother au Japon.

Merci au lieutenant-colonel Dave Grossman, dont l'essai original et dérangeant, *On Killing : The Psychological Cost of Learning to Kill in War and Society*, a fortement inspiré les origines et le profil psychologique de John Rain.

Merci à Alex Kerr pour son ouvrage *Dogs and Demons* – une recherche méticuleuse doublée d'un compte rendu argumenté sur la corruption au Japon et sur une bureaucratie insensée devenue folle –, qui a nourri en partie la trame de ce roman.

Merci à Alan Eisler, Judy Eisler, Dan et Naomi Levin, Matthew Powers, Owen Rennert, David et Shari Rosenblatt, Ted Schlein, Hank Shiffman et Pete Wenzel, qui m'ont fourni de judicieux commentaires sur le manuscrit ainsi que nombre de suggestions et idées intéressantes.

Merci à Rick Kennedy et à l'équipe de *Tokyo Q* d'avoir fait découvrir à John Rain plusieurs des bars et restaurants qui figurent dans ce livre.

Merci aux propriétaires des établissements suivants, qui sont tous des endroits formidables comme bureau : le bar Satoh à Miyakojima-ku, à Osaka ; le Café Borrone de Menlo Park, en Californie ; Las Chicas à Aoyama, à Tokyo ; la bibliothèque publique de Mountain View, en Californie ; et le These Library Lounge à Nishi Azabu, à Tokyo.

Enfin et surtout, je remercie ma femme, Laura, merveilleuse éditrice, la plus ardente de mes supporters et ma meilleure amie.

Pilule magique

(Pocket n° 12515)

Imaginez une drogue qui décuple vos facultés intellectuelles, vous permet de lire et mémoriser des livres en quelques heures, de maîtriser l'italien en une nuit, d'apprendre le piano en une journée ou de devenir un spéculateur boursier hors du commun… Cette drogue existe, Eddie Spinola l'a trouvée. Elle s'appelle la MDT-48 et va bouleverser sa vie. Mais bien moins que ses effets secondaires…

Il y a toujours un Pocket à découvrir

Saigneur des glaces

(Pocket n° 12173)

Ontario, Canada, au cœur de l'hiver. Près d'Algonquin Bay, on vient de retrouver le cadavre, pris dans la glace, d'une jeune fille de treize ans qui avait disparu depuis des mois. L'inspecteur John Cardinal ne croit pas à l'hypothèse de la fugue : pour lui, il s'agit d'un enlèvement… Bientôt, d'autres adolescents disparaissent et les indices ne laissent plus place au doute. Cardinal est bien en présence d'un redoutable serial killer…

Composé par Nord Compo
à Villeneuve-d'Ascq

Impression réalisée sur Presse Offset par

CPI
Brodard & Taupin

49072 – La Flèche (Sarthe), le 25-09-2008
Dépôt légal : février 2006
Suite du premier tirage : octobre 2008

POCKET – 12, avenue d'Italie - 75627 Paris cedex 13

Imprimé en France